目录
CONTENTS

自　序 / 001

第 一 章　合则罢不合散 / 003
第 二 章　非宁静无致远 / 019
第 三 章　往事并不如风 / 036
第 四 章　所谓驭夫有术 / 052
第 五 章　不思量自难忘 / 067
第 六 章　爱欲犹如执炬 / 084
第 七 章　却又浅尝辄止 / 100
第 八 章　自知世情甘苦 / 115
第 九 章　连雨不知春去 / 131
第 十 章　只觉如鲠在喉 / 147
第十一章　心上一团乱麻 / 163
第十二章　岂止同床异梦 / 178
第十三章　唯有孤注一掷 / 192
第十四章　难敌似水流年 / 206
第十五章　相逢总在狭路 / 221
第十六章　只缘身在此山 / 236
第十七章　云何降伏其心 / 250
第十八章　无不散之筵席 / 266

第十九章　宛如持灯觅火 / 281

第二十章　尽寒霜色流丹 / 296

第二十一章　雨欲来风满楼 / 312

第二十二章　人生几度秋凉 / 326

第二十三章　聚散原本无常 / 340

第二十四章　此岸即是彼岸 / 354

自 序

"至高至明日月，至亲至疏夫妻"，这话出自唐代女道士李冶的《八至》。

众所周知，唐代社会相对开放。敦煌莫高窟曾出土一批文献，其中就有唐代的《放妻书》，最喜文末那句"一别两宽，各生欢喜"。

从古至今，婚姻都是个难题。以我有限的经历和浅薄的阅历，很难用一部小说来诠释婚姻本身。所以，《糖婚》里没有鸡汤，也并不发人深省。我只是想客观呈现、讲述在时代背景下，一群已经不是很年轻的85后的婚恋故事。

他们生活在一个叫冇城的地方，三线城市，像你我的家乡，又是你我的远方。

"冇"是虚无，是可以忽略不计的存在。但他们这群人，却是真实的。真实到，连我自己都不太喜欢男主和女主。他的游移、软弱，她的虚荣、市侩，他们佯装出来的现世安稳，那个看似坚固、却一击就塌的婚姻堡垒……

然而，我想说，这并不是他们婚姻的全部真相。瑕疵和残败背后，自有他们的反思。如果非要下定论，婚姻其实更像是反思的过程，是一对成年男女的二次成长。他们在较量中，此消彼长，也在矛盾中，若即若离。他们探讨着亲密关系中的边际，在"至亲"与"至疏"的交替中，达成了某种程度的和解。这也是他们与汹涌生活的握手言和。

《糖婚》原名《80后离婚潮》，构思于2015年，几经修改，终未能达到我对自己的要求和期待。那座山峰，此时，仍被云层遮盖，我也只得一面等待云开，一面积蓄力量，继续着孤独的创作之旅。既然如此，便只有抱拳道：书中纰漏处，还请各位读者指正。

第一章 合则罢不合散

周宁静总劝海莉,少安毋躁,把一切交给时间。海莉听了,也交了,可不知为什么,时间到了最后,居然给了她这么一个结局。

"我们离婚吧。"老巴说完,旋即拿出离婚协议书。

一式两份,极平整的六张A4纸、宋体、五号,该加粗的地方加粗,该签字的地方他也已经签上了字。

海莉心口一堵,不可思议地看着丈夫。

结婚三年,吵吵闹闹是常事,"离婚"这个词,更是每回必提。谁曾想,今晚老巴真的掏出了协议书,看他那样儿,多少有点蓄谋已久的意思。

刚才那场战争,家里能摔的都摔了,海莉伸手去够那几张纸,将它们撕得粉碎。

老巴一笑:"撕吧,撕完了我再打印。"

其实,晚上他们俩吵架,也还是为了些鸡毛蒜皮的小事。

老巴下班晚,在外面和同事瞎对付了一顿,没告诉海莉他不回来吃。海莉呢,做了四菜一汤,一直在等。用老巴的话来说"多大点事,你饿了就先吃,不用等"。海莉可不这想,"什么意思,你在外面吃饭都不跟我打招呼,我还是不是你老婆"。

接着就是各自翻彼此的旧账。海莉说老巴四体不勤,不做家务;老巴说海莉工作清闲,况且家里的事本就应该女人干。海莉说老巴整天不着家,心里压根就没有她;老巴说老子现在月薪税后三万,就是没日没夜拼出来的,当老婆的就应该无条件支持。海莉哭了,说她也要工作,怎么不见他支持;老巴便讥讽，说她工资少，又不肯上进，还不如早点辞职回家生孩子；海莉哭得更凶了，孩子孩子，老巴你都不爱我，我干吗要给你生孩子？

如此这般，来来回回，兜兜转转，能翻的账全都翻了个底朝天。

海莉一时被老巴占了上风，恼羞成怒，把饭菜全都给摔了。输人不输阵，老巴哪肯罢休，你摔饭菜，行，我摔点别的，摔杯子，对，杯子便宜。一套玻璃杯噼啪坠地。好啊，够没出息的，就知道摔便宜的，我海莉摔点贵的扎扎你的心。两个半人高的青瓷花瓶哐哐坠地。瞧不起我是吧？老子今天豁出去了，于是，电视机牺牲了。算你狠，海莉操起一把椅子，紧接着大鱼缸阵亡了。幸好鱼缸早就成了摆设，里头没有水更没有鱼。

大鱼缸是老巴的心头爱。当年他下定决心买房，就是为了有一天能养那么一缸子五颜六色的鱼。刚结婚时，他们确实养过。他兴致勃勃给海莉介绍，这是孔雀鱼，那是斗鱼，哦，丑丑的叫清道夫啦。

"我看着都挺丑，"海莉对鱼没什么兴趣，"拆了这个鱼缸，加一组鞋柜倒是可以。养鱼还不如养猫呢，猫还有个情感交流，这个鱼……啧啧。"

老巴给每条鱼都取了名字，诸如圆圆、胖胖、黑子、小白等，本想一一介绍给这个家的女主人。可女主人话都说到这一步了，老巴顿觉索然无味。好在人的兴趣是可以培养的，以后慢慢培养吧。

结果，海莉对养鱼的兴趣是半点都没培养起来，那些鱼呢，倒是牺牲了一批又一批。终于有一天，老巴不再往家里买鱼。

现在好了，鱼缸也没了。

一了百了。

砸完鱼缸，海莉也懵了。她当然知道鱼缸对老巴来说意味着什么。不是她不喜欢鱼，也不是她怕麻烦，而是她真的没有时间精力来照顾那么一缸子活物。她也想过的，等她当上经理，可以坐办公室了，不用整天站在大卖场推销洗衣液了，那个时候，她兴许就能让鱼缸重新活起来。还有啊，等到那一天，生孩子的事情，也可以提上日程了。

周宁静总劝海莉，少安毋躁，把一切交给时间。

海莉听了，也交了，可不知为什么，时间到了最后，居然给了她这么一个结局。

"对不起。"海莉含糊不清地说着,试图表达她的歉意。

"冷静点了?"老巴问。

海莉点点头。

老巴也点点头:"你找个干净地方坐着,哟,这砸的……咱俩战斗力可以啊。"

他细心地把沙发上各种物体的碎片捡了,按着海莉坐下:"我先收拾一下,你坐着别动,等会儿我有话跟你说。"

海莉就这么坐着,看老巴收拾房间。这还是他第一次主动做家务。

他个子很高,弯腰的时候有些费劲;他发胖了不少,动一动就全身发汗;他笨手笨脚,捡了这个忘了那个。她看不下去,到底还是去帮忙了。他投来一道感激的目光,她就笑笑,她以为,他们俩跟以往一样,马上就要握手言和了。

可是,没有想到,收拾完战场,他飞过来两份离婚协议书,像空投的原子弹,把海莉的心轰了个稀巴烂。

"咱俩造个孩子吧,今天就造。"她拿出最后的筹码。

他摇头:"海莉,咱俩的问题不是孩子。我问你,这些年,你真的幸福吗?"

"幸……幸福啊。"她努力笑着。

"要是幸福,我们就不会闹成这样了。从根上来说,咱俩就不合适。"

"怎么会不合适呢?我觉得挺合适的。是,我脾气有点大,往后我改还不行吗?"

"也不全是你的问题,我也有问题。总之,别再互相折磨了。你比我小几岁,咱俩也没孩子,离了婚,你再找个合适的,你喜欢的,对方也喜欢你的……"

"你不喜欢我了?"

"那你喜欢过我吗?"

"我怎么不喜欢你,我当然喜欢你!"

"我总觉得,要是咱俩真的相互喜欢,日子不会过成这样,"老巴抓了抓有些稀疏的头发,"你只关心我什么时候回家,只关心我微信里是不是又加了什么大姐姐小妹妹,我过得怎么样,我是不是开心,你想过吗?"

海莉被问住了。

老巴见海莉沉默,便继续道:"还有我,我的问题也很多……"

"多久了?"问出这话的海莉,已经彻底冷静下来。

"什么?"

"决定离婚,拟好协议书,多久了?"

"半年前吧。"

"真的想好了?"

"想好了,房、车、钱,我全都不要。"

"净身出户?"

"对,净身出户。"

"让我想想?"

"可以,你什么时候想好了,我们什么时候去办手续。"

海莉有些想笑。

三年前,他向她求婚的时候也这么说,你什么时候想好了,我们什么时候去办手续。

方致远在洗澡。

洗面奶、洗发水、护发素、沐浴露、洗液、身体乳,一字排开。

早些年他经常弄错顺序,后来便也习惯了。

"洗发水要打两遍,冲干净了再用护发素,沐浴露打两遍,洗液要多倒点,别舍不得。还有这个身体乳啊,一定要记得擦。哪,这是刚买的搓澡巾,丝瓜瓤的,试试看?"敷着面膜的周宁静从旁指导。

他很想告诉她,这些流程他知道,他熟悉。

可他不能,也不敢。

毕竟,夫妻生活每周一次,任何一个小细节都有可能影响她的兴致。

水雾中,方致远看不清周宁静的脸。况且她敷着面膜,白生生的,一片模糊。

不过，她的身体轮廓倒是分外清晰。

上大学的时候，没觉得周宁静身材有多好，顶多就是没有赘肉。等她生完孩子，又是健身房，又是控制饮食，内外兼修，各种保养，不但维持了当年的体重，竟还凹凸有致起来。这么说吧，当年不觉她惊艳，如今再看，她的颜值和身材居然能将大多数同龄人甩出两条街开外，嗯，他还是有些引以为傲的。

当然，周宁静不但注重自身保养，也没落下方致远。所以，方致远至今没有恼人的啤酒肚，连三年前的修身衬衣都可以轻松套上。

"啊……"方致远揉着眼睛，"洗发水弄眼睛里了。"

周宁静靠近："多大的人了！"

他伸手，一把将她拽到莲蓬头下面。

她知道中了他的圈套："干吗呢？"

"你说干吗，"他笑着，扯了她的面膜和睡裙，"帮我搓搓背。"

该搓的搓了，该做的也做了。

吹干头发，方致远对镜自顾，脸上神采奕奕。

以前呢，每周一次的这个活动总是按部就班。今晚出其不意地来那么一回，感觉还真不错。关键是周宁静极其配合，温柔里带着那么点小小的不情愿，不情愿里又带着那么点小小的期待。

有妻如此，夫复何求？这不但是他自己的感受，也是身边朋友时常表现出来的对他的羡慕。

按部就班其实没什么不好，婚后这些年，他始终秉持着"大事老婆做主，小事我不在乎"的原则，这个小家庭始终以周宁静为核心，她指哪，他就打哪，皆大欢喜的同时，生活也在蒸蒸日上。

他们大学毕业时，他本来想留在广州。周宁静说，一线城市生活压力太大，没归属感，我们还是回有城吧。回到有城，家里人想让他考公，她说，公务员确实稳定，但我们一穷二白，还是去大公司好，只要肯拼，机会更多，工资也更高。到了这家通信公司，收入果然水涨船高，他便顺风顺水混到了现在。这些年，他们靠自己的本事，买了房、买了车，还有了孩子。虽然不如那些拼爹的，但心里踏实。

周宁静细细抹了一遍眼部精华，扭头看方致远："明天上午请个假。"

"请假？"

"你忘了，去民政局办手续嘛。"

这一年多来，周宁静一直在看学区房。孩子满三岁，该上幼儿园了，这意味着离上学也就不远了。现在住的这套是刚需，边上只有一所菜场小学。当时买得急，没考虑太多。对此，她非常懊悔，总觉得自己失算。方致远自然不会怪她，要没有她的英明决策，别说什么学区房，现在住的这套都不知在哪。

前段时间，周宁静托堂哥周宁海搞了个新楼盘的号，人家那学区在冇城可是数一数二的。数千人抢两百套房子，没有号什么都白搭。非但如此，首付的钱她也落实了，存款不够，便借了一部分。眼看就要开盘，身为丈夫的他，还真没操多少心。

二套房嘛，按揭比首套要多，利率也高出不少。不知谁给周宁静出的主意，说这种小问题，去民政局办个离婚就可以解决。先离婚，然后把现在的房子过户给方致远，再用周宁静的名义去买那套学区房。听起来蛮简单的。

"这样好么？"方致远不是没犯过嘀咕。

"现在好多人都这么干，我们干吗要跟钱过不去嘛。"周宁静的话总是很有道理。

是，方致远确实没意见。可他没想到，假离婚这事不但提上了日程，还来得那么快，简直猝不及防。

"怎么不说话呀？你有别的想法？"周宁静拿着一个纤巧的按摩器，在脸上滑来滑去。

"没有，"方致远笑着，"我是说，这么大的事，要不要先跟两边通个气？"

"跟爸妈他们说？"

"对啊。"

"你傻啊，这种事能让他们知道吗？老人家听风就是雨的，还以为我们来真的呢。不要自找苦头吃了，假离婚的事，越少人知道越好，最好嘛，谁也别说！"

"反正我都听你的。"方致远在床边坐定，看着周宁静。

周宁静放下按摩器，把梳妆台上的瓶瓶罐罐收好，笑嘻嘻走过来，坐在方致远腿上:"不听我的,你还想听谁的呀?"

近来她练了瑜伽,身体愈发柔软了,他忍不住扶上她的腰,将她压在身下。

"哎,哎,还想不想要二胎了?"她嗔笑着推他。

"就是想要我才这样。"

"想要,就更得节制。睡吧,睡吧。"

他翻身,钻进被窝:"明天真要去民政局啊?"

"你看着我,我脸上写着'开玩笑'三个字啦?"

"没有,我只在你脸上看到'亲亲我'三个字。"

"肉麻死了。"话是这么说,可她仍在笑。

他喜欢她这么笑。

她高兴就好。

她挨着他躺下,香喷喷的手放在他胸前:"我都想好了,等学区房的事搞定,就把周子接过来。"

他们的孩子叫方周子,断奶后一直放在方致远的老家齐镇,由他父母看顾。

"嗯。"他低声应着。

"齐镇连像样的幼儿园都没有,总不能让周子输在起跑线上嘛。"

"我就怕妈舍不得。"

"不是说好的吗?孩子上幼儿园就回来。"

"那是的,我就是这么随口一说。"

"听你这口气,好像有意见?"她轻轻拍了他一把。

"只要你高兴,我什么意见都没有。"

"这还差不多。"

周宁静打着鸡蛋,再过三分钟,豆浆就能榨好,蒸锅里的杂粮包也已热透。

她需要在三分钟内煎好两个鸡蛋,她的是一面熟,方致远的是全熟。

为了精准把控时间,她在厨房里放了个座钟。

煎蛋出锅,她顺手就洗了锅,再一个麻利的转身,柔声喊道:"老公,吃饭！"

"来了！"方致远抹着嘴边的牙膏沫子，走了过来。

周宁静递过去一杯苏打水："喝。"

也不知她从哪里听来的，说多吃碱性食品有助于生儿子。第一胎是个女儿嘛，要是第二胎能生个儿子，凑个"好"字，总归是件美事。况且方致远的父母多少有那么点重男轻女的思想。如果每天喝喝苏打水，就能让大家如愿，不也挺好吗？

"抓紧吃饭，我们早点出发。"这边苏打水刚下肚，豆浆又端了上来。

"唔……"他咀嚼着煎蛋，连连点头。

家里只有一辆车，而他们俩上班的地方离这都不算近。周宁静在市中心的冇城新百嘉上班，车程半小时，方致远的公司则在城北创业园，市中心过去，还要再开半小时。他们必须在七点半之前出门，中间得算上早高峰的堵车时间，这样才能保证方致远在九点前赶到公司。

待周宁静端出杂粮包，两人对视，不禁哑然失笑。

今天他们分明不用那么赶，他们是去离婚的嘛。

方致远的早餐搭配合理、营养均衡，老巴可就没这种待遇了。

他和海莉，一人端一碗泡面，正埋头吃着呢。

别觉得泡面没什么大不了，这可是海莉"赏赐"的。因为，按照离婚协议，这个家里的一切，除了老巴的私有物品，都将和他没有任何关系，包括这碗泡面。

老巴知道海莉窝着火，便只隐忍。离婚的事，他思前想后，考虑了那么久，又准备了那么久，这革命马上就要成功，临门一脚的紧要关头啊，可千万不能出岔子。

海莉本来就不太爱做早餐，要她在这一点上向周宁静看齐，比登天还难。老巴也没少拿周宁静当榜样，说她哪哪都好，家里打点得妥妥当当，还没耽误工作。海莉便笑，拿话激老巴，要是她跟周宁静似的管着自家老公，老巴愿不愿意。每每这时，老巴就挠头，赶紧换话题。

是，周宁静和方致远确实是朋友圈里的模范夫妻。他们几乎不吵架，不红脸，至少，他们从没当着大家的面闹过别扭。他们的生活呢，看着也特别有奔头。但是吧，羡慕归羡慕，方致远在老巴他们眼里，多少还是有那么点怂的。

哪儿怂？他怕老婆呗。周宁静勒令他戒烟、戒酒，照办。周宁静要求他晚上十一点之前必须回家，也照办。诸如此类的事，简直不胜枚举。大的不说，就连穿什么颜色的袜子，那都得周宁静拍板决定。结婚前，他就是个没什么主见的人，结婚后，自然也就完美进化成了"老婆奴"。"老婆奴"这种生物，老巴是效仿不来的。要男人都跟方致远似的，民政局办离婚的同志全都可以下岗了。

所以，在民政局遇到方致远和周宁静的那一瞬间，老巴整个人都懵啦，几百万头羊驼从胸口驰骋而过，就差吐血了。

方致远正填表呢，猛一抬头，也看到了老巴。

两人几乎同时蹙眉。

那边厢周宁静眼疾手快，提溜起海莉就往角落里走，一边走一边数落："什么情况，你们怎么在这！"

海莉丧着脸："静姐，你……你在这干吗？"

周宁静这人有个小毛病，大概是以前在公司里当惯了领导，除了老公，别的人、别的事，她也爱管。海莉年纪比周宁静小，自是处处尊重，加上她和老巴一直感情不和，吵架的时候没少麻烦周宁静两口子，更是多了份感激，平时便"静姐静姐"那么叫着，海莉没觉出什么，周宁静却对她产生了一种责任感。

海莉和老巴好几次闹到不可开交，都是周宁静出面救的火。后来，周宁静总结出来，海莉的问题多半是闲的，出去上上班就好了。于是乎，周宁静便帮着找了个工作。这工作的地方在宥城新百嘉，也就是周宁静上班的百货公司。不同的是，周宁静是公司管理层，海莉呢，在地下一层的大卖场推销洗衣液。

这份工作虽然辛苦，但大大改变了海莉的生活，除了收入，她有了自己的交际圈。比如理货员小方、小李，再比如和她一起推销洗衣液的两位大姐。至于周宁静，海莉总觉得有距离感，一半是敬，一半是怵。看看周宁静发的那些朋友圈，什么女人要独立，女人要自主，男女平权之类的，海莉就咂舌。世界那么大，有的女人像周宁静那样活着，有的女人呢，就只能是海莉，无甚大追求、晒晒小日子的海莉。

周宁静没接海莉的话茬，喋喋不休道："有什么不能沟通的，非要闹到这一步？你也太不懂事了吧……"

海莉看着周宁静手里的表格，心想，你不也是来离婚的么？

老巴拽着方致远："什么情况？你们俩也要离？"

"我……"方致远瞧瞧四周，到底做贼心虚，"我待会儿再跟你解释。你这是……"

"离婚啊，来这还能干吗！你赶紧的，把你老婆拉开，谁知道她又要给海莉灌什么心灵鸡汤。要是海莉后悔了，不和我离婚了，我……我就死给你们看！"

不离婚就要去死，方致远着实吓了一跳。这个老巴，平时就有些神经质，顶着脑袋为了显高的白羊男嘛，冲动、任性、不计后果。再者，老巴和海莉感情不睦，已经不是什么新闻。要真闹到非离不可的境地，他方致远一个外人还能说什么呢？

"快去啊。"老巴推了方致远一把。

周宁静见方致远和老巴朝她们走来，脸色相当难看："老巴，你搞什么啊？刚海莉跟我说，是你要离的。婚姻不是儿戏，你们俩还没到那一步。要真离了，你以后一定会后悔的。"

"哎，我就奇了怪了，你们能离，怎么我们就不能离了！"老巴的声音很大。

"我们离婚是有原因的。"

"你问问到这办手续的，谁没原因？要是能过，谁愿意离啊。"

已经有人围观，饶有兴味地看着他们，就差两把瓜子了。

"我们借一步说话。"周宁静丢不起这个人。

"没什么好说的！今天这婚，我离定了。"

方致远拉着周宁静："算了吧，算了。"

周宁静看了看身侧的海莉："算什么算！"

近年来，有城离婚率直线上升，民政局想了不少对策。他们组织了一批志愿者，算是劝解员，全都是些退休后闲赋在家的老太太。还别说，这些老太太一出马，劝下过不少哭着闹着要离婚的。

这会儿，便有两个老太太走上前来，要分别找周宁静和老巴谈谈，还以为他们是两口子。

周宁静平时铁骨铮铮，冷不丁看到老太太们，心里也发慌。她本以为离婚是件特别简单的事，没想到中间还有谈话环节。

"大妈，你们弄错了，我和他不是两口子。"周宁静无奈。

"既然不是，有什么好吵的？"

"这个，"周宁静揽过海莉，"她和他才是两口子。我正劝他们呢，好好过日子，别动不动就闹离婚。"

"周宁静你没完了是吧？方致远，你到底管不管你老婆了？你要不管，我帮你管！"老巴皱眉。

方致远脾气是好，但听到这话也不乐意了："宁静是好心！"

老巴一个激灵，转对周宁静："你们俩不也是来离婚的吗？"

两位大妈立刻精神抖擞，看向了周宁静。

周宁静咬咬牙，把手里的表格一撕："我跟我老公闹着玩的。"

"闹着玩？你当这是公园还是游乐场？不是我说，你们这些年轻人，对待婚姻那是极其不严肃……"一个大妈双目炯炯，正准备发表长篇大论。

"我们走吧。"方致远觉得很难堪。

周宁静仍有些不情愿，三步一回头，跟着方致远走出了民政局大门。

"实在不行，咱明天再过来呗。"方致远试图安抚。

"明天是周末！你说你交的都是什么朋友，我好心劝他们，他还跟我杠上了。"

"老巴不也是你同学吗？我们几个认识多少年了，他什么脾气你又不是不知道。宁静，你别动气，说白了这是人家两口子的事。走吧，我先送你去公司，下午还得上班呢。"

"急什么，等他们俩出来再说。"

"等他们出来，离婚证都拿上了，还有什么好说的。其实，我跟你的想法是一样一样的，这老巴离了婚，百分之五百会后悔。"

周宁静一笑:"他这一离,你们三个可就剩你没离了。"

周宁静说的"你们三个"是指方致远、老巴和陆泽西。陆泽西这婚,结得早,离得也早。这些年,他交过不少女朋友,跟割韭菜似的,一茬接着一茬。尽管有些客观因素,跟他那段不幸的婚史也有脱不了的干系,但她挺看不上陆泽西的。

"我……我不也要离了吗?"方致远也笑了。

"哎,我问你,你内心是不是有那么点小向往啊?"

"向往什么?"

"你有没有一闪而过那种念头……就是……希望咱俩离婚这事是真的?咱俩结婚也有六年了,马上可就七年之痒啦,怎么样,你痒不痒?"

"对天发誓,绝对没有!我哪也不痒!"

看着一脸坚定的方致远,周宁静的气消了不少:"走吧,咱俩周一再来。"

"不管他们了?"

"不管了,管也没用。"

话是这么说,周宁静仍有些不是滋味。

老巴和海莉结婚快三年了,毫不夸张地说,周宁静是一路跟着他们走过来的。只要他们出了问题,只要他们有任何需要,她就像一碗行走的心灵鸡汤,光速现身。她并不求他们感恩,现在可好,连离婚这么大的事都不告诉她。

不管周宁静愿不愿意承认,这个社会总有些市侩而残酷的现实。拿离婚来说,世俗对男女有两套完全不同的标准。比如老巴和海莉,他们俩离婚后,老巴显然更容易找到新的对象,因为"男人离婚了是个宝"。可是海莉呢?别说她只是一个导购员,就算她是什么女强人,也难免要打上"离异女"的标签,被旁人指指点点,被摆到清仓售卖的货架——她能主动选择的机会很有限,更多的,是让别人挑挑拣拣。

老巴注视着海莉,她正麻利地递交着各种证件,她的脸上甚至带着一丝微笑。他知道,自己距离自由就差一颗钢印了。他低头,在他和方致远、陆泽西、明杭的四人微信群里发了消息:老子重获单身了!

方致远正开车呢,没看着。远在北京的明杭则一手拿着公文包,一手拽着公交车拉环,他哪有时间看手机啊。陆泽西掀开被子,身侧不着片缕的林子萱也醒了，她像条游鱼，翻身攀上陆泽西的身体。他摇摇头，指指手机。

"好啊，值得庆祝，我这就给你安排单身派对！"陆泽西发了条语音。

副驾驶位的周宁静顺手拿过方致远的手机，熟练解锁，点开了语音。

车里的气氛有些尴尬，方致远便笑："陆泽西就喜欢胡说八道。"

"我知道你跟他不是一路人，好好开车。"

"哎。"

周宁静明白，这个什么单身派对陆泽西是一定会搞的，方致远呢，也肯定会去。不消说，到了傍晚，他就会给她发个消息，找个由头不回家吃饭，临时加班啦，客户应酬啦。

结婚六年，他们自有相处之道。无伤大雅的事，总会顾及一下对方的脸面。何况，男人也好，女人也罢，婚后都得有自己的社交圈。

"晚饭你自己随便解决一下吧，公司有会，估计要开到很晚。"周宁静缓缓说道，她打算给他个台阶下，也省得他找借口。

果然，陆泽西已经洗漱完毕，正滑着手机选餐厅。

林子萱腻腻歪歪地靠着陆泽西，贴了钻的手指甲闪闪发光："不要这家不要这家，这家的菜都好油，我最近正减肥呢。"

陆泽西撇撇嘴："今天晚上是哥们聚会，你凑什么热闹？"

"离婚有什么好庆祝的，"林子萱冷哼，"你又不是没离过。"

这话在陆泽西听来，略有些刺耳。

他一贯的恋爱法则是"合则罢，不合则散"。当然，对他而言，每段感情到了最后，统统都得散，唯一的区别是怎么散。可以的话，最好不要撕破脸。毕竟，一别两宽才是成人游戏最好的结局。

可是，当他扭头看到林子萱的脸——满脸都充盈着水当当的天然胶原蛋白，哪还舍得撕啊？

这张年轻的脸，确实是他未能狠心提分手的原因。

年轻有多好，不再年轻才知道。

"离婚没什么好庆祝的，可我要是不离婚，怎么会遇见你呀？"他捏着她的小脸蛋。

5

办事员手里拿着两本离婚证："办好了。"

老巴和海莉谁也没伸手。

离婚的流程其实并不复杂，两人填了表格，先是被一位劝解员大妈领进办公室。

大概是为了营造温馨的气氛，办公室布置成了简单的会客室。海莉往那张柔软的沙发上一靠，竟然还有些犯困。是了，昨晚她几乎一夜未睡，脑子里翻来覆去都是这三年的林林总总。

头回见面，老巴没给海莉留下什么特别深刻的印象，除了抠。他拼命往咖啡里倒牛奶，她好奇，他直言不讳，说这就相当于今天喝过牛奶了。她回家后把这事告诉老妈，老妈讲，丫头你不懂，他要不抠搜，怎么能买下那么大一套房。确实，他的家境是远不如海莉家的。海莉的嫂子也劝，列了老巴不少优点，有车有房，人还老实。看她那样，要是她没结婚，恨不得生扑了老巴。

当时，海莉刚满二十五岁，婚嫁问题上，属于有点着急，但还可以再看看的阶段。可是，高职毕业后，她就在家里帮老爸看店，生活半径很小，身边几乎没有什么可以发展的对象。眼见着，今天这个女同学结婚了，明天那个女同学离婚了，又看新闻上说，如今有多少多少剩女，剩女都成社会问题了。

再加上哥嫂结婚后，一直没搬出去，等嫂子生了孩子，老的小的，家里便有了六口人。夫妻吵、婆媳吵、父子吵、母子吵、父女吵、母子吵，到了最后，嫂子和海莉也有点不对付起来。女大不中留嘛，海莉知道，她要是离开这个家了，嫂子一定争着抢着放鞭炮。连刚上幼儿园的侄子都问海莉，姑姑你到底什么时候才能嫁出去呀。

姑姑嫁出去了，可是，姑姑现在又要单身了。

劝解员大妈苦口婆心，意思是让海莉和老巴再考虑一下。

海莉苦笑，心想，抠抠搜搜的老巴，他连房子车子都不要了，只求跟我离婚，我还死皮赖脸拉着他干吗！她是没什么用，但她也是有骨气的。

终究，钢印那么一敲，这婚就算是正式离掉了。

见老巴不伸手，海莉接过了两本离婚证，都翻开了看，把属于他的那本递了过去。

递过这本离婚证，从此老巴是路人。

"那就……"老巴没敢正视海莉，"那就办妥了。"

此时，周宁静走进了冇城新百嘉。

冇城新百嘉的前身是冇城百货公司，这些年，TW集团在二三线城市收购了不少诸如冇城百货这样的商场，每一个都能成为城市新地标。

周宁静一毕业就进了冇城百货公司，好不容易爬到了运营部总监的位置，公司一被收购，人员也重新做了调整，运营部三分之二的人都是集团空降的，她便成了总监助理。

比起那些被劝退的，已经算好了，这是方致远安慰她的话。

周宁静却不这么想，五年，最多五年，她必须重新成为运营部总监。

到办公室后，她先是叫了个简单的外卖，然后迅速跑到更衣室，换上了工装。深蓝色西装套裙包裹着她还未松弛的身体，那张健身卡是她最超值的投资。她取出一双未开封的肉色连裤丝袜，抖开来仔细检查，没有勾丝、没有破洞，完美。穿上丝袜后，她把长发挽成一个发髻，看似随意，却无一丝乱发。口红用珊瑚红色号的吧，薄涂就好，不能太张扬。她和那些二十多岁的年轻女同事不一样，她们追求时尚，求新也求变，而她呢，只求自己的打扮经得起推敲。

等穿戴好回到办公室，刚准备吃饭，有人敲门，是迈克。

这位迈克就是集团派下来的运营部总监，大名刘思翰。因为有留美经历，他很喜欢大家喊他"迈克"。

"噢，在吃饭？"他笑。

迈克很注重打扮，一丝不苟里透着些油头粉面。

她便站起，微笑着点了下头。

"对了，准备一下，下个月跟我去趟北京。"

"嗯？"

"集团培训。"

TW每年都会安排一次面向分公司中层的培训，周宁静以为这种事是轮不到自己的，毕竟她一个小助理还算不上什么中层。再者，迈克和周宁静的上下级关系一直有些僵，两人的理念也完全不同。

周宁静微微有些诧异，等她抬头，迈克已经走了。

从民政局出来，海莉和老巴又去办了房和车的过户手续，一切都很顺利。

车子换了新牌照，老巴把车钥匙递到海莉手里。海莉的脸上没有更多的表情，只是晕开的妆容让她看起来有些疲惫。结婚前她就是个粗糙的人，现在还是。

海莉有着自己的迷之审美，同样是烫头发，周宁静烫出来的看着就很大方，海莉呢，总能选中一些奇奇怪怪的造型。刚认识时，老巴觉着这姑娘不擅打扮蛮好，朴素呀，可时间长了，审美疲劳嘛，就希望她能够改变改变，给他个小惊喜什么的。为了这事，两人没少吵嘴。

譬如今天，海莉穿着荧光黄的宽松外套和白色小脚裤，裤子很紧，勒得她的大腿更显粗壮。再看那双皮鞋，沾满了尘泥——老巴不知道说了她多少回，出门之前先擦擦鞋，鞋是一个人的门面。

以后，再也不能说她了吧。她是他的前妻了。

老巴的背微微弓着，双手插裤袋，把视线从海莉身上挪开，抬头望天。

海莉说道："家里的东西，就是离婚协议上写的，你的个人物品，你改天再来处理吧。我想你一时半会儿也找不到新住处。"

"哦……那我改天再来……我……"

"你走吧。"

"我走了？"老巴像是自言自语。

"走吧。"

海莉自顾自拉开车门，并没有载老巴一程的打算。老巴垂了手，看前妻把车子开远，远远的，路口一个急转弯，消失在他的视线里。

老巴沿街走着，到便利小商店买了包烟，差点忘了找零。人影幢幢里，他撕开烟盒，点了一支。他的离婚体验和他的预想不太一样，但又说不出哪里不一样。

手机一直在响，不用看，一定是陆泽西他们打来的。

单身派对嘛。

第二章 非宁静无致远

从懵懵懂懂的职场新人,到现在各有了一片天地,他们的夫妻组合,看起来简直无所不能。可他们都知道,横亘在彼此之间的,确确实实有那么一个人。

有城的夜晚,和昨天的并无区别。

熙来攘往的市中心,装修一新的有城百货公司变成了有城新百嘉,B2层是迷宫般的大型停车场,B1层是堆砌着琳琅满目商品的大型卖场,1层售卖的是国际一二线品牌,多为奢侈品,沿着扶梯往上,2层到6层,服饰、家居等应有尽有,7层和8层没有扶梯直达,是商场的办公区。9层往上,一直到12层,则是娱乐和餐饮。

不过半年,这座商场已成为新的城市地标,无数男男女女涌进商场,又拎着大包小包走出。

商场顶楼的菲斯特餐厅,以可观有城夜景和中西合璧的菜色而闻名,招牌菜是香煎牛舌和参鸡汤。穿着黑色制服的服务生们,清一色的浅笑,保持着恰到好处的热情和距离感。

餐厅最大的包厢里,此刻高朋满座。四面落地玻璃,服务生拉开白纱帘,360度的有城夜景一览无余。大厨亲手奉上了传说中的香煎牛舌,那瓶"Les Forts de Latour"(拉图庄园副牌红酒)也已经醒好。

二十人的圆形餐桌,主客位置上,一个大腹便便的男人举杯站起,众人纷纷起立,无不恭敬。你来我往的场面话,在餐桌上飞了一阵,这才陆续坐下。

"那么,开吃?"男人微笑着。

他拿着刀叉，熟练切割着餐盘里的牛舌。不多时，半条牛舌便被他分成了八块，均匀无比。当他吃完牛舌，再次起身举杯时，还未及说话，身体就重重往后仰倒了。

"徐总，徐总！"众人疾呼。

一个穿白衬衫的女人冲了进来，她看了一眼被扶起的徐总，轻轻扒开他的眼皮："放平他！他这是脑溢血，必须保持头部水平！"

女人说完，转对愣在一边的服务生："开窗！马上叫救护车！还有，餐厅的专用电梯在救护车来之前，停止运转！对了，把包厢里的客人都请到外边去！保持空气流通！"

一个服务生飞快跑出包厢，另一个开始疏散包厢里的客人。

女人俯蹲，松开了徐总的领带，解开衣扣，检查着他口鼻里的分泌物。

"你谁啊？别乱动，万一出事了，你承担得起责任吗？"有人叫嚣。

"餐巾！"女人头也没抬。

服务生哆哆嗦嗦递过去一块餐巾，女人用餐巾包住徐总的舌头，慢慢将它拉出，这才对刚才那个人缓缓说道："我以前是护士，听我的！"

急救车很快就到了，女人抓过服务生递来的包，飞身钻了进去。

救护车上，一个秘书模样的男人也陪在一边。

医生正在问询："姓名！"

"我……我姓张！"

"没问你，病人的姓名！"

"徐子文。"

"徐子文？"女人低头看向躺在担架上的男人。

"年龄！"

"三十三岁……"秘书整个人都在哆嗦，"徐总，您可不能出事啊，咱们公司的A轮融资马上就要到位了，您要出点什么事，我们可怎么办……"

"病史。"医生并不关心别的。

"我们徐总没病，就刚才，还吃了半条牛舌呢。"

"徐子文……"女人轻声嘟囔。

女人叫柏橙，三个月前从杭州回到冇城，现在是菲斯特餐厅的经理。而担架上的男人，没认错的话，确实是她的高中同学徐子文。

"老巴，旧的不去新的不来，你看咱们班徐子文，和安汶离婚后，马上就娶了个更年轻、更漂亮的，日子过得美着呢！"KTV包厢内，陆泽西正揽着老巴的肩膀。

包厢里，除了陆泽西、老巴和方致远，还有五个肤白貌美的年轻女孩，林子萱自然不在其中。

既然是"单身"主题的聚会，主旨是庆祝老巴重获自由，怎么能带女朋友？陆泽西都想好了，要让老巴充分体会到单身的乐趣，方致远呢，也可以趁机放松放松，叫那些女孩过来，正是基于这些目的。

老巴和方致远是前后脚来的，很显然，这两人既没感受到这种乐趣，也没能放松。

方致远，老婆奴一个，家里家外都是好好先生。除了偶尔跟着说说笑，便只埋头玩手机。至于老巴，苦着个脸，跟谁欠他几百万似的。也难怪，净身出户的他，如今一穷二白，又要继续抠搜着置办身家了。

老巴谈及在民政局的邂逅，方致远便笑，说起了自己和周宁静的盘算，是为了二套房。陆泽西和老巴都表示难以理解，方致远又道，家家有本难念的经。见他略有些尴尬，他们也不好再问。

其实陆泽西和方致远都很好奇，好奇老巴怎么突然就离了，而且是以"壮士断臂"的方式结束了他的婚姻。可是他们又都知道，有些话现在还不能说。老巴这人，性子急、脾气冲，必须顺着毛捋。什么时候他自己想说了，自然会说。

"还真不能背后说人，你们猜谁给我打电话了？"陆泽西晃着手机，"是安汶！"

"她给你打电话干吗？"老巴喝着闷酒。

陆泽西示意女孩子们噤声，又把音乐调小，这才接起电话："老同学，别来无恙呀……徐子文死了？咳，我知道我知道，在你心里，他早就是个死人了……真的死了……不是，你别吓我……"

徐子文死了。

医院急救室外，站满了人。

站在不远处的柏橙，看到了人群里的安汶，她蓬着头，卷发有些油腻地耷拉在耳朵两侧,酒红色真丝睡衣外面套了件黑风衣,脚上套着双拖鞋。不知怎么,安汶和一个女人扭打在了一起。

柏橙跑过去,挡在了安汶面前。

安汶这才认出柏橙,跟见了鬼似的,扯着嗓子喊:"柏橙!"

两人到了僻静处,安汶的眼泪马上翻滚而出:"你什么时候回来的?我还以为再也见不到你了!"

"我的事再说。你这是……"

"我和徐子文结婚了……"

柏橙点点头。

安汶继续道:"又离婚了。刚才那个女人,就是他现在的老婆。徐子文走了,但我儿子还在他们家,我得把儿子要回来。"

"你先别急,也别太难过。"

"我能不难过吗?他可是我儿子的亲爹!"

柏橙看着安汶:"我不知道发生了那么多事,抱歉……"

"安汶!"远远地,三个男人正朝他们跑来。

安汶抬头:"他们来了。"

"他们?"

"陆泽西、巴有根,还有……方致远。"

"方致远。"柏橙重复着这个名字。

这晚,方致远十二点多才回家。

之前他给周宁静发过微信,简单说了一下徐子文的事。

快到楼下时,方致远有些惴惴不安。他在小区的24小时便利店买了烟和打火机,外加一条口香糖,绕到小花园,找了张长椅坐下。

烟雾缭绕中,他一眼看到了他和周宁静的家。窗口透出昏黄的灯光,她还在等他。

他的晚归和抽烟,都是他们婚姻生活中的大忌。

同样，"柏橙"这个名字也是大忌。

如果说老同学徐子文的猝死让方致远心头一震，那柏橙的出现便是一记猛击。

白手起家的徐子文是有城商界奇才，但方致远他们几个跟他的交情并不深。徐子文有自己的小圈子，那个圈子也许经营整形医院的陆泽西能够触及，方致远和老巴这种上班族，怕是不够格的。人生而平等，可人也有自己的阶层。周宁静总说要努力跨越阶层，他们这一辈不行，就培养方周子，所以，她才会对学区房那么执著。

徐子文的死，让方致远扼腕慨叹，更多的却是反观自照。谁都不知明天会怎样，有太多的突如其来。徐子文离世之前至少实现了自己的人生理想，可他方致远呢？他想要的到底是什么？除了按照周宁静的规划，一步步往前走，他还能做些什么？

结婚六年，六年里几乎没碰过香烟，一根烟燃尽，方致远只觉微微眩晕，那些个关于柏橙的回忆随之喷薄而出。

那年，小恋人方致远和柏橙，因为高考分隔两地。他们本填报了相同的志愿，无奈柏橙落榜，她选择了去杭州复读。两人约定，即便异地，也要将爱情进行到底。方致远发誓，他会在广州等她，一直等下去。

只是，这个和永远有关的誓言，在方致远大一的时候就破灭了。

始终以同学、朋友身份守在方致远身边的周宁静，终于向他告白了。她告诉方致远，为了跟他考取同一所大学，她付出了怎样的努力，她还说，如果他不答应，她可以等。

远在杭州的柏橙，在和方致远的通话、信件里，表现出了各种反复无常，她的情绪化常常让他很为难。相较之下，周宁静显得更明事理，也更为体贴。似乎很自然地，他做出了自己的选择。那时，柏橙迎来了第二次高考，饱受打击的她，再次发挥失常。

他们再无联系。

心有愧疚，也确实很难放下，方致远向周宁静提出了分手，去杭州找柏橙，却没有见到她。周宁静告诉方致远，她还是那句话，可以等，等他彻底放下柏橙。这一等，又是两年。

后来，方致远和周宁静大学毕业，一同返乡，再后来，水到渠成，组建了家庭。总结起来，他们的婚恋故事并无任何波澜壮阔、跌宕起伏，一切就跟他们的名字一样，宁静而致远。

在他们平和的生活里，好像什么都不会成为问题，什么都能闯过去。从一无所有的裸婚，到现在有了房子、车子、孩子。从懵懵懂懂的职场新人，到现在各有了一片天地，他们的夫妻组合，看起来简直无所不能。

可他们都知道，横亘在彼此之间的，确确实实有那么一个人。那就是柏橙。

周宁静从没问过方致远是否真的已放下。

她要是问了，他也不知该如何作答。

也许，有些问题，不是避而不谈就能解决的，哪怕交给时间，时间……它并不能抹杀一切。

抽了两支烟后，方致远往嘴里塞了一块口香糖。待确认嘴里没有烟味后，把烟和打火机扔进垃圾桶，这才慢慢往单元楼走去。

他用钥匙开的门，周宁静正在客厅等他。

穿着半旧的杏色真丝长袖睡裙的周宁静，大概是刚敷过面膜，脸上显得油光水润。

"回来了？"

"嗯，回来了。"

他把外套随手脱掉，她走过去，极有默契地接过，又给他拿了双拖鞋。

"怎么好好的，说没就没了……"她在问徐子文的事。

"脑溢血，送到医院时，就已经来不及了。安汶和徐家人闹，要把儿子接回去，徐家不让，安汶这才给陆泽西打了电话。"

"这种事，陆泽西倒是能帮上忙的。什么时候出殡？"

"周日。"

"那就是后天……后天我要去售楼处再看看，要不，徐子文的追悼会，你就代表一下咱俩？"

"嗯。"方致远进屋坐下，揉着有些酸痛的太阳穴。

"你说今天到底是什么破日子，老巴离婚，徐子文又出了这种事……"她递过去一杯牛奶，"喝了它，安安神。人各有命，或许真有命中注定一说。你也别多想了,喝完牛奶,洗个澡,赶紧睡觉。"

"宁静……"方致远看起来欲言又止。

"怎么啦?"

"没什么,你先睡吧。"

周宁静睡到凌晨,恍惚被一个噩梦惊醒。她开了灯,发现方致远不在身侧。走出卧室,看到他蜷在沙发上,没有喝牛奶,也没有洗澡,就这么睡着了。她拿了毯子,替他盖好。些微的光亮从落地窗帘的隙缝里钻进,刚好洒在他的脸上。睡梦中的他,还是那个十六岁的少年,她第一次见到他时的样子。

天色尚早,柏橙从寓所出来,奔向了灰蒙蒙的大马路。

她有晨跑的习惯,这是她在白天始终保持清醒的秘诀,比咖啡管用。

安汶和徐子文结了又离,还有了一个快上小学的儿子。陆泽西成了整形医院的老板,冒冒失失的巴有根在做网游开发,而方致远,他居然真的和周宁静结婚了。

"非宁静无以致远!柏橙你看,这两个同学的名字好般配!"十六岁的安汶,扎着马尾辫,指着贴在教室门上的名单。

"是啊,周宁静……方致远……有意思。"柏橙笑着。

"谁在叫我?"清瘦的方致远走了过来。

柏橙回头,四目相对。那一眼,她记到现在。

急促的喇叭声,一辆垃圾车从柏橙身边快速驶过,她抬头,黄灯变红灯。而她,正茫茫然站在斑马线上。

冇城的清晨,和昨天的并无区别。

周日,周宁静照旧起了个大早。

她要去售楼处,方致远呢,则要参加徐子文的追悼会。

待方致远醒来,床边已经放着他今天要穿的衣服,衣服上,还有把奔驰的车钥匙。不消说,周宁静又去问周宁海借车了。

周宁静总觉得家里那辆二十万不到的车上不了台面,所以,每每有什么婚丧嫁娶之类需要他们出席的场合，她就要问堂哥周宁海借车。

方致远抓了个面包就要出门："来不及了，我还要去机场接明杭！"

"明杭也回来了？"周宁静笑，"他不是发誓永远不回冇城了吗？"

高中毕业后，明杭一路向北，就读了北京一所大学，此后回冇城的次数确实屈指可数。

一开始是真的忙，到了后来，是因为父母逼婚。他对那句"只要不逼我结婚，家乡就还是家乡"，可谓感同身受。配了尔康抓狂的表情发到朋友圈，却忘记刚学会玩微信的父亲是加过自己的。

父亲在底下洋洋洒洒评论了差不多两百个字，博古观今，义正词严，什么"婚姻是社会稳定的基石"，什么"不孝有三，无后为大"。

明杭便反驳：老爹啊，有的话不能只看前半句，这"不孝有三，无后为大"，后面还跟着一句"舜不告而娶，为无后也，君子以为犹告之"。意思是，不孝的行为有很多，没有尽后代的责任最为严重。舜擅自娶妻，没告诉父母，在君子看来，就是没有尽到后代的责任。这句话跟生孩子本质上没什么联系。

听了这段圣言歪解，父亲那叫一个气急败坏，直接就拉黑了明杭。

所以，明杭这次回乡参加徐子文的追悼会，事先并没有告诉父母。

方致远接到明杭，两人并肩往停车场走去。

明杭拍拍方致远的肩，他们几个从高中时代就是挚友，语言表达有时显得多余。

"本来陆泽西和老巴也要过来的，泽西呢，一早就去了殡仪馆，老巴嘛，在找房子。"方致远边走边说。

"真的净身出户啦？为什么啊？"

"你们大城市的人也这么八卦？"

"老巴这人多抠啊，上学那会儿，一张草稿纸涂得密密麻麻了还舍不得扔。不但不扔，还老爱收我们的。学期结束，人还拿着一摞作业本、草稿纸什么的，去废品站换钱。房也不要，车也不要，这就相当于要了他的命。"

"老巴和海莉，从结婚闹到离婚，是一天都没消停过。我估计，老巴是觉得日子真的过不下去了吧。"

"所以我总说，婚姻可怕，婚姻也可恶。"

"哎，老巴这事可不是你继续单身的理由。"

"别别别，你自己好好在围城里待着就行，少拉我下水。"

不觉间，两人已走进停车场，方致远掏出车钥匙，不远处一辆奔驰的车灯亮了。

"换车了？"明杭问道。

"说出来也不怕你笑话，我老婆知道今天徐子文出殡，老同学们基本都会到……这车是她借的。"

"她考虑得还挺全面，"明杭早已一屁股坐进了副驾，东挪西蹭地，"那她呢，她怎么不来？"

"悠着点，人这是真皮座椅。她去看学区房了。"

"啊，你家宝宝不是才三岁多一点？"

"你没成家，跟你说了你也不懂……"

"不要歧视我们单身狗。"

"没那意思。你这样生活，也挺好。"

"是啊，我多自在，一人吃饱全家不饿。"

老巴在中介那里碰了壁，但也怨不得别人，以他的预算，确实租不到什么好房子。

刚走出中介店，就看到了方致远的那辆黑色凯美瑞。不过，开车的是周宁静。

周宁静按下车窗："上车！"

老巴挠挠头，拉开了副驾的门。

"干吗呢，找房子呢吧，活该。"在民政局发生的糟心事，她还憋着气。

"我不是故意要跟你抬杠，也知道你是好心，就是……唉，宁静，咱多少年同学了，你还不了解我吗？但凡日子能过下去，我是不会离婚的……这婚一离，我起码要多奋斗十年，一无所有了嘛。"

周宁静翻了个白眼："后悔了？"

"不后悔。趁着海莉还年轻，早点离，对她对我都不是坏事。宁静，你说咱结婚是为什么？不就是为了身边能有个知冷知热的人吗？在海莉看来，我这人一无是处。我嘛，总觉得她蛮不讲理。你老劝我们，说磨合磨合就会好，可这感情，也早就磨得没剩多少了。你别这么瞪着我，我挺仗义的，至少我把房子和车子都留给了她。"

老巴看起来还算诚恳，周宁静便道："离都离了，我还能说什么？以后你的事，我再也不管了。"

"别啊，你看我都上车了，你顺道送我去殡仪馆吧。"

"咱俩不顺道！我要去售楼处。"

"不是，你既然不打算送我，那你让我上车干吗？"

"气不过，想看你笑话，行了吧？下车下车。"

殡仪馆这边，安汶正忙着接待老同学们。一身缟素的她，看起来比徐子文的现任妻子更像遗孀。

高中的那帮同学，竟来了大半。有忙着到处加微信、发名片的，也有三三两两说着话的。

"那谁啊？"明杭看到了一个浑身名牌的女人。

陆泽西笑笑："付丽丽，听说发了大财，回冇城创业了，开了家大公司。"

"哟，那边……"明杭推了方致远一把，"那个穿黑衣服的，从白色甲壳虫上下来的是柏橙吧？"

方致远没说话，眼角余光瞥到了款款走来的柏橙。

柏橙穿一身黑，更衬得肤白如雪，油亮的头发扎在脑后，看起来很精神。

她不疾不徐朝方致远他们走来，微笑着，但又很适度，隐隐地，还带着一股子参加追悼会应有的沉痛。

"我还以为她失踪了呢，多少年了，都没联系。"明杭道。

陆泽西接嘴："徐子文走的那晚，我们就见过她啦。说是回来开餐厅了，徐子文啊，就是在她餐厅出的事。"

明杭看向方致远："致远，你是不是早就知道了？"

"我知道什么呀？"

"知道柏橙回冇城啊。"

"怎么可能，我跟她……这些年也没联系。"

"哎，你们说她结婚了没有？"

4

周宁静从售楼处出来，看看时间还早，思来想去，还是决定去送送徐子文。

一来毕竟是高中同窗，再一个，既然方致远出席了，身为他的妻子，就应该陪同。这是他们夫妻间不成文的规定，需要共同出席的场合，就尽量出双入对。

当然，她也有自己的小心思。她和方致远当年结婚，是不太被看好的。方致远的老家，在冇城下面的齐镇，父母皆是普通工人。而她自己家呢，父亲早年就下了岗，母亲更是提前办了病退，能帮她的也不多。小两口这一路，差不多是赤手空拳奋斗出来的。过去这么些年，也应该在老同学们面前展示下成果了。

殡仪馆内，追悼会已经开始。

灵堂里安安静静的，只有些微的抽泣声。伴随着哀乐响起，大家挨个走到徐子文的遗体前，看他最后一眼。

柏橙就站在方致远身边，只见他裹在灰色风衣里，身形仍然消瘦，不同的是，现在的他脸上已有了棱角，额上也有了细纹。

方致远扭头，迎上了柏橙的目光，她的眼里隐隐有泪。

他也想问她，问她有没有成家，问她这些年都在哪里，都遇到了什么人什么事，可是，他不知道该怎么开口。就像那晚在医院相遇，也不过简简单单打了声招呼。还是陆泽西他们，无意中跟柏橙提及，说方致远已经和周宁静结婚。

人群外，周宁静悄然站立。

哀恸着的众人并未发现她，而她，却发现了丈夫和丈夫身边的柏橙。

尽管周宁静不愿意相信，但此刻和方致远并肩而立的，确确实实就是柏橙。有那么几年，她都快忘记这个名字了，也忘了她自己是方致远的"退而求其次"。他们能修成正果，说到底，不过是因为她的坚持和主动，而他，则带着某种妥协、某种无奈。

读高中那会儿，周宁静暗恋方致远，方致远和柏橙却是一对。有意思的是，周宁静和柏橙却是好友，她们俩和安汶是班里的"铁三角"。只是，在周宁静和方致远确定关系后，柏橙便彻底失联，而安汶也和周宁静渐行渐远。

这段婚姻，从一开始周宁静就是付出更多的那一方。她失去了两个好友，也背上了"夺人所爱"的名声。

周宁静不想给自己难堪，也不愿给丈夫难堪。她顿了顿，转身离去，上了自家的凯美瑞。

后视镜上的挂件是个椭圆的水晶小相框，相框内，是她和方致远的结婚照。那天她化了很浓的妆，看起来像偷涂了妈妈口红的小女孩。而方致远呢，显得憨憨傻傻的，总是笑得不够自然。

一晃六年，她终于能够驾驭各种妆容，也终于成了看起来淡淡然的那种妇人。

可是，柏橙还是柏橙，她没有变。哪怕是穿一身黑，站在人群里，仍旧是那么惹眼，仍旧有一份独属她的气质。这气质，十几年过去了，居然还在。周宁静说不出那到底是什么，但她知道，这种东西，她再怎么保养也不可能会有。她努力健身，控制饮食，确实把很多同龄人都比了下去，此刻面对柏橙，却完完全全没有了那份底气。

周宁静想，柏橙只是回来参加追悼会的吧？对，一定是这样。

等追悼会结束，柏橙就会走，继续消失，继续了无音信。

就在这个时候，她的手机响了，是微信提示音。高中班级群里，有了新成员，她点开那人的头像，赫然看到了柏橙。

陆泽西发了信息：柏橙回宕城了，开了家餐厅，就在新百嘉顶楼，晚上她请大家小聚。

该死的陆泽西……

原来新百嘉顶楼的菲斯特餐厅是柏橙的！她们每天在同一个地方进出，竟然从未遇见？

是了，早就听说菲斯特的老板雇了新的经理，这经理是个女人，为人低调，还显得有些神秘。但新百嘉的餐饮是外包的，和周宁静的运营部并没有什么关系，没遇见过，似乎也情有可原。菲斯特成为网红餐厅后，周宁静还想带着家人去吃饭的，却一直没有时间安排。

不知不觉，周宁静的车子就驶入了新百嘉的地下停车场。刚出车门，就遇到了哭哭啼啼的海莉。拉住一问，海莉居然被人给欺负了，说是要辞职。

欺负海莉的，是她的上司，一家日化公司的区域经理，她推销的，就是这家公司的洗衣液。上司叫王胜，平日里和和气气的，虽然长得不怎么样，但挺会来事，每每遇到周宁静，都是静姐长静姐短地叫着。当初周宁静把海莉推荐给王胜，还是很放心的，觉得这王胜还算靠谱。

谁能想到，王胜知道海莉离了婚，竟在库房里对她动手动脚起来。还好海莉机灵，得以脱身，没让他给得逞。周宁静一听，哪还沉得住气，拉着海莉就去库房找王胜。

那小子果然还在，看到周宁静来了，撒丫子就想跑。

周宁静脱了高跟鞋就去追，死死地把他给堵在了墙角。

"静姐，这都是误会，真的是误会……"王胜试图狡辩。

"库房有监控，要不要我现在就调出来！"周宁静最恨这种下作的男人，"你这叫强奸未遂，判个三年都不冤枉！"

王胜一听这话，当即就跪下了："饶了我吧，静姐，我也是一时糊涂。"

"觉得海莉离婚了，就好欺负了，是吧？想让我们饶了你，门都没有！我们这就报警！"

话是这么说，但王胜到底没得逞，周宁静不想把事情闹大。这种事，到最后，受伤害的还是女人。但是，她必须给王胜一个教训。当然，海莉是不能再在王胜手底下干活了。于是，周宁静提出，王胜必须当场向海莉道歉，另外答应海莉的辞职申请，补偿给她六个月的薪资。

离婚那天，海莉觉着周宁静管得有点宽了，现在回头看，说实话，这几年身边真正关心自己、帮助自己的，除了亲妈，就是她了。

"静姐……"从库房出来，海莉全身都在发抖，紧紧拉着周宁静的手。

"别怕。"

"我不该和老巴离婚的，早知道，他说什么我都不会答应……王胜就是看我离婚了，这才……"海莉说不下去了，只是啜泣。

5

周宁静并不想回家，和海莉分别后，便去了办公室。

没想到，迈克也在。

他们俩的办公室相当于一个套间，一大一小，分别都有门，但两个房间中间也有一道门。

这个设计，是为了总监能够随时传唤助理，便于沟通。

不过，迈克上任已有半年，从未主动打开过那道门，周宁静呢，本来就不待见这个抢了自己位置的空降兵，自然乐得自在。

可是现在，那道门不但开着，迈克还坐在了周宁静的椅子上。坐就坐吧，他居然在翻看她桌上的文件。

"噢……抱歉，"迈克站起，"今天是周日，不知道你会来公司。"

"不知道我会来，所以，就可以这样？"周宁静有些愤愤，"迈克，你要看什么资料，可以直接问我要的。"

"不是你想的那样，"迈克笑，"我的办公室刚好在做清洁，临时借用一下你的。至于资料，我就是随手一翻……我想这都是公司的文件，不会牵涉你的什么隐私吧？"

迈克这么一说，周宁静倒觉得有些不好意思了："是我大惊小怪了。迈克，大周末的，怎么你也在这？"

"在家宅着，还不如来公司看看。你呢？"

"我路过，想起有个东西落在办公室了。"

"哎，宁静，你这个案子很好，为什么不跟我分享？"迈克敲敲手里的文件夹，"新百嘉的线上运营确实有待完善，我正犯愁呢。"

他说的应该是周宁静近来做的线上运营方案，听他的语气，应该是在夸她。

迈克继续说着："现在的传统百货，都在做线上线下融合，TW已经晚了一步，但总部那边已经明确，融合是今明两年的重中之重。不过，你这份方案虽然不错，但还有几个地方要细化。如果你现在有时间，我们能探讨一下吗？"

"当然可以。"

这也是周宁静喜欢工作的原因，工作，总能够让她暂时忘记一些烦恼。两人聊到傍晚，她对迈克大为改观，想来之前确实是自己狭隘了。迈克提出一起吃晚饭，她婉拒了，和他倒没什么关系，是她真的没心情。

周宁静驱车回家时，已近黄昏。后视镜上，水晶小相框摇摇摆摆，她的思绪，便也跟着摇摇摆摆。

这时，方致远应该在菲斯特吧。在柏橙的菲斯特。

菲斯特大包厢里，二十个人的桌子坐得满满当当。

柏橙让服务员拿来各种酒水，还极力推荐他们自酿的梅子酒。她偶尔站起来招呼大家，更多时候是在小声安抚安汶。浓郁的参鸡汤下肚，安汶的脸色渐渐好看了起来。

这顿饭，方致远本不想来吃的。可要是不来，倒显得他心里有事了。毕竟，在座的，谁都知道他跟柏橙的过往。与其让人揣度，还不如大大方方。只是，他还没想好怎么在周宁静面前大方。不用说，陆泽西把柏橙拉进微信群，周宁静肯定看到了。十五分钟前，他给她发微信，说和同学聚餐，她便只发了个"OK"的表情过来。

付丽丽在跟陆泽西谈生意经，两人颇有些重逢恨晚的意思。众同学也都很亲密，天南海北地聊开来。和他们比起来，方致远就有些沉默了，他要么随声附和，要么低头喝果汁。

陆泽西瞧瞧方致远，露出鄙夷的神色："你还真好意思，大家都在喝酒，就你一个人端着饮料。"

说话间，付丽丽站了起来："来，大家一起走一个！"

然后，她一指方致远，笑道："换了换了，给他换成红酒。"

同学们纷纷站起，方致远手里端着的果汁实在有些煞风景。

柏橙拿了一瓶红酒，走到他身边："挺难得的，要不喝一点？"

付丽丽又道："这一杯，敬徐子文！永远三十三岁的徐子文！"

方致远再推不过。

这之后，他们又去了KTV，KTV出来后，还去了夜排档。方致远只记得自己在不停地喝酒，一杯接着一杯，中途他还吐了两次。也不知道是被谁送到小区门口的，他踉踉跄跄下了车，对着路边的垃圾桶，又是一顿猛吐。吐完了，他才慢慢走进小区。待他打开家门，正好十一点。即便喝得烂醉，他也知道今天不能再晚归。

周宁静把方致远搀进了屋。

"对不起，我今天喝多了……"他一边说着，一边躺倒在沙发上。

"没事。"周宁静的声音很轻。

她走进洗手间，传来水声，不一会儿，拧了一条热毛巾过来。

方致远抓住她的手，她努力抽开，却被攥得更紧了。她背过身去，不理他。他坐起来，一把揽住她，轻咬她的耳垂。

"你干什么？"她有些生气，她当然知道他想干什么，但今天并不是"干什么"的日子。

她试图推开，他扳过她的脸，随后吻上她的唇。浓重的酒精味，熏得她睁不开眼。他隔着她的衣服，摩挲她柔软的腰臀。她一个分神，就被他压到了沙发上。她努力挣扎着，终于把他从身上推了下去。不知道是从什么时候开始，她的激情慢慢退去，像是再也涨不起来的潮。

当方致远冲完澡从洗手间出来的时候，酒也醒了大半。

周宁静坐在沙发上，闷不吭声。

方致远好像应该道个歉，却不知道该从哪件事说起。

是为着刚才的情不自禁？是回家太晚了，喝得太醉了？还是因为别的……

"睡吧。"她先说话了。

"宁静……"他走过去，"对不起。"

"对不起什么？"

"刚才……我真的喝多了。"

"没事，大家难得一聚，情有可原的。"她说完就进了房间。

他跟着进了房间，挨着她躺下。她一个翻身，慢慢靠进他怀里。

"致远，我刚才不是不想，只是，我累了……"

"我知道，"方致远抚摸着她的头发，"是我的错。快睡吧，明天还要去民政局办手续。"

"不，我们不离婚。"

"是假的呀。"

"假的也不行，我不会跟你离婚的，永远都不会。"

"好，"他吻了下她的额头，"我都听你的。"

第三章　往事并不如风

人只有一辈子，这次，我应该自己选。

晨光薄雾里，推开层峦，一座盆地城市随着云开雾散，慢慢呈现。

画面定格，定格在城内一所学校。脆亮却又悠远的铃声响起，隐隐有回音。

铃声渐渐消失。苍老的校工拉开学校的大铁门。

绿皮铁门有些沉重，缓缓被拉开，一群少年冲了出来。

随之，薄雾渐渐散开，阳光穿刺而过，刺痛了周宁静的眼睛。她用课本遮挡，在缝隙里看到了方致远。

方致远和柏橙并肩而行，他们正低声说着什么，他们都在笑。

"方致远！"周宁静叫他。

他回头，笑容登时敛住。

"宁静！你什么时候来的？"

周宁静心口一紧，睁开眼，才发现自己靠在沙发上睡着了。

"你就在这干等着？"说话的是周宁海，周宁静的堂哥。

"他们说你正忙着，我只好在这等你啦。"

周宁海抬手看表："走，去楼下咖啡馆坐坐。"

周宁静过两周就要去北京培训，却又放心不下学区房的事，思来想去，便趁着午休来找周宁海商量。她这位堂哥，可以说是年轻有为，不过比方致远年长两岁，就已经是律所合伙人，专打离婚官司。

两人走出律所，就近找了家咖啡馆。

"安灿上学的事情怎么样了？"周宁静搅动着咖啡，看着堂哥。

周宁海苦笑:"我还是想征求他自己的意见,本来想找机会跟他聊聊的,但这孩子现在跟我已经不大亲了,反而跟他继父处得不错。这种情况,我也不知是喜是忧。"

堂哥离婚三年了,安灿是他的儿子,如今跟着前妻过。安灿就快小升初,但成绩不太理想,他妈妈提出给孩子转学,送他去省城的一家私立学校。

"上学这种事,怎么能听孩子的……"

"宁静,你这个观点我可不同意。孩子不是咱们的私有物品,他们也有自由意志的。"

"要自由要意志,那也得满十八岁再说,安灿现在才多大,你问他,他自然是觉得越轻松越好喽,恨不得整天抱着手机玩游戏呢。那家私立学校很好的,我早就听说了,只可惜我家周子还小,也没这样的条件……"

"对孩子来说,父母感情和睦,就是最好的教育。"

"你这个论点,我随便举几个例子就能驳倒你。父母感情和睦不是什么决定性因素,关键还是看能给孩子提供什么样的条件……"

"你又开始较真了,"周宁海摇头,"对了,学区房的事怎么样了?"

周宁静低头:"我今天找你,就是为这事嘛。"

她沉吟片刻,喝了口咖啡,才继续道:"本来想和方致远假离婚,那么首付还能凑出来,现在么……我不想离了。"

"假离婚,就为了一套房子?"

"哥,我最看不惯的就是你这副样子。就跟大款说先定个小目标挣它一个亿似的,你们朱门酒肉臭,哪晓得路边还有我这样的冻死骨。你从小到大,在钱上没吃过苦头,哪像我啊。要是我有钱,也不至于动这种歪念头。"

"你也知道是歪念头?因为拆迁,我一个当事人,五十多岁的大姐,和她老公假离婚了,没想到,她老公早就在外面有人了,打着假离婚的幌子讹她呢。我没夸张啊,大姐是一夜之间白了头。"

"那不是有你吗,邟城最有名的离婚律师,哪有你搞不定的官司!"

"除了在钱上给她多争取一点,别的忙我也帮不上。"

"那也蛮好,成富婆了。"

"给你一千万,让你和方致远离婚,你干不干?"

周宁静乐了:"那不行,他可是我老公,千金万金都不换的。"

"你老公嘛,我看也不值一千万。"周宁海半开玩笑。

当时堂妹要嫁给方致远,周宁海是第一个站出来反对的。他和周宁静都是独生子女,打小就当亲兄妹处的,感情自然深厚。那会儿,方致远一穷二白,周宁海担心堂妹受委屈,直言两人不般配。在家族里,周宁海颇有点影响力,一来二去的,方致远没少受排挤。便是现在,周宁海和方致远仍然互存偏见。

"还缺多少?"对堂妹夫有偏见,但眼下堂妹遇到困难了,周宁海也不能不管不顾。

"哥,我没想问你借钱的……"

"行啦,你就是这样,死要面子!在我这还兜圈子?我问你呢,还缺多少!"

"首付八十多万,我们自己有一些,问我妈借了点,还缺二十几万……"

"二十几是几?"

"三十万不到……"

"嗯,知道了,三十万,我先给你备着,要用的时候你提前告诉我。打借条,按银行利息算,本息三年内还清。"

"到底是律师。"

"当然要明算账。钱呢,我答应借给你了,现在你能听我说几句了吧?"

周宁静叹气:"哥,你又有什么重要指示?"

"任何事都要量力而行,别太为难自己。"

"知道了,啰唆。"

周宁海看着堂妹:"你们俩的生活现在已经步入正轨,比我当初想象的好了太多,这中间,你付出了怎样的努力,我全看在眼里,当然,方致远也还算争气。"

"我和他结婚六年,他就换来你这一句'还算争气'?"

"还要听别的?行,我这还有一句,要不是你压着他,他本来可以更争气。家里家外,大事小事,哪一样不是你做主?就拿买房来说,钱不够,怎么不见他抛头露面?是,新时代,男女平等,你那一套我不反对。可是你们俩平等吗?且不说他在家里有没有地位,我看,他连最起码的参与感都没有……"

周宁静双手交叉:"停,你烦不烦啊?"

"这些话,除了我,谁也不会跟你说!"周宁海颇有些怒其不争,挥手示意服务生,"买单!"

"我来我来……"

"你不是冻死骨吗?我哪敢吃你的!"

"你是成功人士,要有胸襟,跟我置气,至于吗?"

周宁海一边掏钱,一边说道:"我对你没别的指望,就指望你往后别跑我这来,求着我帮你打官司。"

"呸呸呸。"周宁静推了堂哥一把。

周宁海像是想起了什么,皱皱眉:"那个安汶,是你同学吧?"

"对啊,怎么了?"

"她有个抚养权官司要打,上午找了我,是方致远陪着来的。"

"他还挺热心。"

"还有个叫柏橙的,也是你们同学?之前怎么从没听你提过?"

每年春末,是公司招新的时候。按照惯例,人事初筛部分简历后,会统一安排面试。面试过后,就是部门的单独约谈了。方致远刚当上销售总监的时候,对约谈应聘者的事可谓乐此不疲,总会挑出一两个会面。

可是慢慢地,他就没了这种心情。应聘者的素质一年不如一年,倒也怪不了他们,现在的年轻人,但凡有些家底的,真没人愿意做销售。而所谓的高才生,很多都不愿留在冇城这种不上不下的三线城市。

公司去年代理了一款国产智能手机,对销售前景方致远持有的审慎乐观并不为其他高层所重视,到了年底,惨淡的销售业绩重重地打了大家的脸,只是,身为销售总监的方致远却成了众矢之的。

他百口莫辩,哪怕多说一句话都像是在找借口。

公司内部本就复杂,提拔方致远的是常务副总姓刘,为人非常强势,自然,他在公司也总被视为刘总的人。老总姓何,出了名的笑面虎,吃人不吐骨头那种。方致远夹在其中,偏又不是那种能够左右逢源的人,没少为难。

今年的招聘，两位老总又给他出了难题。何总的意思是财政紧缩，没裁员就已经够好的了，没必要再招人，尤其是销售部。刘总认为里子是不如从前，但面子还要顾着，况且销售部需要新鲜血液，流动才能产生竞争。

客观来说，方致远认可刘总的想法，他也照着刘总的意思适当地招了两个新人。没想到，人还没到位，刘总就被调离到省城的总公司了。又是一个毫无征兆，方致远都懵了。

刘总一走，一直憋着气的何总开始大整顿，据说方致远的位置也要动。至于怎么动，倒还没定论，可能是转行政吧。

助理叶枫前几天开玩笑似的对方致远说，公司里的人都说你站错阵营了，其实你连自己站哪都不知道。

还在等录用书，却接到销售部不再招新的通知，两个应聘者跑来公司，直接找的人事，人事那边惯会打太极，又推到了销售部。方致远在里间办公室，听到那两个应聘者在和叶枫争执不休，便觉得有些心烦。

他拎起外套，径直走了出去。在公司门口，遇到了何总。何总笑着拍拍方致远的肩膀，他的笑，让方致远觉得更心烦。

冇城的春末，人行道一侧的树木已是绿意盈盈。方致远独自走着，他不是容易伤春悲秋的人，对生活也已渐渐生出钝感，这还是他三十岁后第一次觉出了无能为力。如果真的转行政，意味着他的收入会大打折扣。还有，他还没想好怎么告诉周宁静。在何总做决定之前，他必须给周宁静打好预防针。他甚至可以想见周宁静的诧异和失落。

"致远！"一个熟悉的声音。

方致远抬眼，看到了柏橙。

柏橙站在一棵树下，堆着浅笑的脸庞依然素净。

米白色的茧形风衣穿在柏橙身上并不显臃肿，这抹白和她身后的绿荫相得益彰，加上她未经烫染的黑直长发，很是引人注目。

方致远不觉奇怪，既然柏橙回来了，不可能不再见面。

"你怎么在这？"柏橙笑着问道。

"公司就在这附近，我出来透口气，你呢？"

"安汶在路口的茶馆约了律师，我过来陪她。"

"律师？"

"她和徐子文离婚的时候，不是没要孩子的抚养权吗，现在徐子文走了，她担心孩子跟着陈虹受委屈，想把孩子要回来。子文出殡那天，她不是还跟徐家人闹起来了吗？"

两人边走边聊，不知不觉就走到了路口的茶馆。

方致远笑："行，我就送你到这了。"

"要不要进去坐坐？"

"我……"

远远的，有个男人在喊："致远！"

方致远一回头，是周宁海。

"宁海哥？"方致远愣住了。

周宁海打量了柏橙一眼，问方致远："约了朋友？"

"你就是周宁海律师？"柏橙说话了，"你好，我们是陪安汶过来的，我叫柏橙。"

原来，安汶请的律师就是周宁海。

"那我们进去吧。"周宁海没多说什么。

好在叶枫的电话来得及时，说是何总急召。

看着柏橙和周宁海走进茶馆，方致远松了口气，却又觉得头有些疼了，自己好像有好多事情都要向周宁静交代，而这些事情，桩桩件件都是扯不清爽的线头，越说越乱，越说越错。

刚才叶枫在电话里，只说何总看起来很生气，但没说具体的事。

最可怕的就在这，知道要挨打了，却不知道为什么要挨打，甚至不明白该往哪儿躲。

回到公司，方致远惴惴不安，走进了何总办公室。

何总顺手就扔过来一份报表："高额返利，压货，裸价促销，这就是你所谓的销售策略？你看看现在，我们的大部分经销商在你高额返利的刺激下，逆向获利！不是在降价就是在买赠，整个片区是一片混乱！"

方致远一时语塞。

"你是销售总监，你必须负主要责任！"何总咄咄逼人。

方致远抬头，他知道自己躲不了："行，我保证不往外推。何总，你就说怎么办吧。"

"小方，算你还是个明白人。总部会另外派一个销售总监下来，至于你，调到行政部，级别没变，还是总监……"

"何总……"方致远深吸一口气，"要不这样，我引咎辞职。"

叶枫打抱不平，何总口中的"高额返利"等不过是刘总甩给方致远的锅。刘总自己倒好，拍拍屁股走人，留下方致远当替死鬼。方致远听了叶枫的话，更是烦闷。

"方总，你不会真的要辞职吧？"叶枫问道。

是啊，他不会真的要辞职吧？他又该怎么跟周宁静解释呢？

"你先去忙。"

"不是，方总，你走了，我怎么办啊？"

"何总不至于为难你，你可以继续留下。小叶，你很优秀，未来提升空间也很大。"

"可是……"叶枫看着方致远。

方致远像是自说自话般："人只有一辈子，这次，我应该自己选。"

当方致远拿出两张音乐会的票时，周宁静并不诧异。

两人杵在地下车库，身边不时有同事路过，她便勾了他的胳膊，笑着："怎么突然想起去听音乐会了？"

"很久没去了嘛。"

周宁静驭夫有术，在新百嘉是出了名的，几个女同事投来了艳羡的目光。

待她们走远，周宁静才看着方致远，徐徐道："无事献殷勤。说吧，是不是干什么对不起我的事了？"

"看你……我好不容易献个殷勤你还不乐意了。"

"瞧见没，自己挖坑往里跳了吧？有话就直说，我不想和你猜谜语。"

"那我说了你可不能生气啊。"

"说啊。"

辞职这么大的事,自然不是一场音乐会就能让周宁静心平气和接受的。可是呢,与其让她从别人嘴里得知,还不如主动点,把脑袋凑过去,横竖让她先来那么一刀。

周宁静哪能料到方致远会辞职,她以为他的愧,是因为他上午见了柏橙。

方致远正要说话,手机响了,那头,老巴正哭天抢地。

话说老巴找到一套合租房,回原来的家拿衣物,和海莉一见面,两人又掐了起来。据说他进家门的时候,灯光昏暗,海莉正披头散发坐在客厅的地板上,手里拿着把剪刀,地板上全是被剪碎的布条。

"海莉你有病啊!"老巴再也控制不住了。

海莉悠悠站起,把剪刀往老巴脚底下一扔:"你才知道我有病啊!"

"这是我的衣服,我的!"

"我知道啊,不是你的我还不剪呢。"

"我们已经离婚了,我把房子车子都给你了……这屋子里的东西,除了我的电脑和衣服,其他我也一概不要!海莉,你到底还想怎么样!"

"电脑?是这个吗?"海莉打开卫生间的门,一指里面。

老巴冲了进去,他的笔记本电脑正在浴缸里泡着。

"啊!"老巴大叫,赶紧捞起电脑,抱在怀里,"你这个疯子!你知道这台电脑对我有多重要吗?我的资料,所有资料!"

周宁静和方致远赶到的时候,看到了终生难忘的一幕。

老巴拿着剪子,对准自己的脖子,嚷嚷着要自杀。海莉呢,手里抓着一把白色药丸,就要往嘴里送,也说不活了。

好说歹说,才把两人给劝下来。周宁静带着海莉到了书房,才知她的胡闹也不是全无来由,上回被王胜欺负的事,她耿耿于怀,笃定是离婚害了自己,难免迁怒老巴。老巴呢,抱着笔记本电脑,就跟痛失了亲人似的。那十几个G的不可描述的小电影就不说了,关键是电脑里的好多重要资料都没备份。

待这两人平静下来,周宁静便偷偷和方致远商量,一致认为王胜那事还是先别告诉老巴为好,以他的性格,搞不好会冲出去揍王胜一顿。方致远只劝老巴,不过就是些衣服,不过就是台电脑,不要也罢,息事宁人为好,万一海莉真要吞药，后果谁负责？老巴想着这话有几分道理，抱着那台湿漉漉的笔记本电脑，怏怏离去。

从海莉那出来，上了车，方致远深呼一口气："这都什么事啊，婚都离了，我们还得当消防员，还得随叫随到。"

"可惜了这场音乐会，"周宁静叹口气，"对了，你不是有话对我说吗，现在可以说了？"

"音乐会没听成，我这还有保留节目呢。"

"又是去吃肠粉？"

"你不是喜欢吗？"

"喜欢也不能老是吃啊，再说了，肠粉店像是能说话的地方？那地方吵死了。就前面，江边的步行街，我们下车走走。"

江叫冇江。冇城南北被它切成两半，北为新城，南为老城。

他们刚同居时，手头拮据，"到江边走走"就成了性价比最高的休闲和健身方式。这些年，步行街翻新了，他们却很少再来。

初春的夜晚，江风吹来，寒气颇有些料峭。方致远刚准备把外套脱给周宁静，她却一指前面，发现了一间小餐厅。

餐厅虽小，装修倒也别致。也就是这时，方致远才发现妻子为什么不再爱吃肠粉。相比嘈杂的肠粉店，哪怕刚"灭完一场大火"，妆发却依然精致的妻子，确实更适合来这种地方。

"想好怎么跟我说了吗？"她笑着，露出极白的牙，夹了一筷子青菜。

"我……"方致远低头，"我要是说了，你可不能生气。"

"你要不说我更生气。"

"事情是这样……"方致远知道，"辞职"二字一旦脱口而出，就再也收不回来了。

周宁静沉吟："和柏橙有关？"

方致远如此磨叽，她实在看不下去了。

听了她的话，他一愣。

她又道："今天上午，你和柏橙陪着安汶，你们去见我哥了，是安汶打官司的事，对吗？"

"不，不是这样的，"方致远忙道，"他们谈事的茶馆就在我们公司附近，我是碰巧遇到的。茶馆……我根本就没进去。"

"那么紧张干吗……我知道的，你不说，就是怕我多心。其实，柏橙回来也好，不回来也好，你们见面也好，不见面也好，这又有什么关系呢？你们之间……咳，怎么说呢，那会儿大家还都是高中生，懂什么呀。除非，"周宁静又笑，"除非你心里还惦记着她喽。"

"怎么可能！我真的就是路过……"

"老公，我相信你，"她给他盛了碗汤，递过去，"这事翻篇了。不过，这顿饭必须你买单。"

方致远点着头。

"哦，学区房你不用担心，我哥已经答应我了，借咱三十万。所以你呢，只管好好工作，争取年底多拿点分红。"周宁静继续说着。

"宁静，工作……"

"你怎么了？不会是工作上出了什么差错吧？"

"工作上的事你别担心，都挺好的。快吃菜，这个清蒸鱼凉了就不好吃了。"

老巴这些天一直住在陆泽西家，如今他两手空空，想着索性再凑合一晚，明早再搬也不迟。待他开了门，看到林子萱穿着极短的睡裙，正坐在沙发上修脚指甲。

他赶紧歪头，大声喊着："陆泽西！我回来了。"

陆泽西从卧室出来，大笑："我就说他还会回来的。子萱，你收拾一下，我把车钥匙给你，等会儿你自己回家。"

林子萱愤愤，瞪了老巴一眼，这才站起来回房。卧室里传来一阵噼里啪啦的响动，小女友怕是真的生气了。

"干吗呀，你这那么大，你们住你们的，碍不着我什么。"

"你不懂……"陆泽西低声，"我不愿意她住这。"

等林子萱走了，老巴一边倒腾着早已阵亡的笔记本电脑，一边听陆泽西絮叨。

"她父母要来冇城看她，看就看呗，非要我出面接待。这是变相见家长，要逼婚的节奏啊。于是，晚上我请她吃了个火锅……"

陆泽西每次跟女朋友分手，都要一起去吃个火锅。

老巴苦笑："林子萱不是蛮好的，我掐指一算，这些年，就数她在你身边时间最长，还以为你们俩会结婚呢。"

"你能不能先听我说完？"

"行，你说，你说。我今天心里本来就不痛快，你赶紧把你的不痛快说出来，让我痛快痛快。"

陆泽西对火锅有种说不清道不明的情结，他高兴了会去吃，不高兴了也会去吃。先放荤菜，各种荤菜，当汤汁变得又浓又稠后，再放素菜，各种素菜。他喜欢沸腾翻滚的汤汁，甚至，他还有着自己的火锅哲学。

"子萱，你看，我们的人生就像这个火锅。一开始是干干净净的汤汁，沸腾了、翻滚了，加入了各种东西，又沸腾了、又翻滚了，直到汤汁熬干……"陆泽西看着林子萱。

"汤不够了？那我叫服务员加汤。"

"子萱，我不是这个意思。我说的汤是意象，意象，你懂吗？"

"有事？"

"没事啊，我就是想和你谈谈人生，咱俩有段时间没聊这么严肃的话题了吧？"

"不对，肯定是有事。"

"真没事！"

"每次你说这些我听不懂的话，就一定是有事。"

陆泽西知道不放大招是不行了，他喝了口啤酒，看着林子萱："我们刚认识的时候，我是不是跟你说过，说我以后不打算结婚。"

"说过啊。"

陆泽西露出"那不就得了"的表情。

林子萱一笑："可是人都会变啊。你上回结婚的时候应该没想过会离婚吧，到最后还不是离了？你从医学院退学的时候，没想过有一天能开一家整形医院吧,到最后还不是开了?你刚认识我的时候,没想到我们能撑过六个月吧,可是现在呢,我们在一起都快一年了!"

听起来简直无懈可击,陆泽西看着林子萱,就跟看着陌生人似的。

林子萱还是笑,指指自己的脑袋:"我不是只有脸蛋的,我还有这儿!"

"子萱,别的事都会变,但我不想结婚这事,它不会变。"

"我也没说我们要结婚啊。"

"可是你让我去见你父母。"

"见了家长就得结婚?"

陆泽西有点晕,傻看着林子萱。

"陆泽西,我的意思是我们不用急着结婚,我会给你一个缓冲期。"

"别,我不想耽误你。"

"我可不是你那些前女友,吃个火锅就答应跟你分手。"

"这你都知道?"

"知己知彼。还有,我也不是你前妻,因为你穷就和你分手。我跟着你,不是为了你的钱。"

"这么说,我还有别的优点?"

"我喜欢你给我买包,买表,买礼物,但我喜欢只是因为你喜欢。你喜欢做这些,你觉得做这些我会高兴,那我就高兴给你看。就这么简单。其实我没你想得那么傻。只不过是,你喜欢我傻……"

"林子萱,我怎么觉得你挺可怕的呢?"

"可怕就对了。"

"不是,你到底想干吗呀?"

"做个圣母,拯救你呀。行了,大叔,别这么看着我,我懂你。世界很大,每天都有人牵手,同样的,每天都有人失散,我们能凑到一块儿,能走到今天,不容易。和我分手的事,你暂时就别想了。咱俩分不了。"

"汤真的快干了……"

"服务员,加点汤!"林子萱大声喊道。

陆泽西绘声绘色演给老巴看:"她就跟什么都没发生似的,在那喊,服务员,加点汤……把我弄得哭笑不得。"

"那就别分了。"老巴拆开电脑,正要取出硬盘。

"不就是一台电脑吗,别修了!你能不能听我好好说话?"

门铃响起。

"谁啊?不会是林子萱又回来了吧?"老巴笑。

"你去开门。"

"我不去。"

陆泽西指指笔记本电脑:"信不信我一屁股把它坐得稀碎?"

"泽西,你在吗?"门外,是明杭的声音。

"明杭?他不是回北京了吗?"陆泽西跑过去开了门。

明杭哭丧着脸,连鞋都没换就进门了,头一仰,躺倒在沙发上:"我爸病了。"

徐子文葬礼后,明杭并没有马上回北京。不管父母怎么逼婚,宥城到底是他的家乡,他们也到底是他的家人,他决定还是回家看看二老。

他连怎么应付父母的盘问都想好了,却发现明远和刘素织都不在家。问了邻居,才知道他爸住院了。当明杭出现在病房里的时候,明家老两口都惊着了。刘素织拉他到病房外边,说明远只是急性胃炎,没什么大碍,让他先回北京。

明杭回北京没几天,有次在微信上跟表妹聊天,小姑娘是个心直口快的,说哥哥你赶紧回来吧,舅妈是骗你的,其实舅舅得了癌。

这还了得,他当天就飞回了宥城。果然如表妹所说,明远的病是恶性淋巴瘤,主治医生的建议是化疗,但明远只同意保守治疗。

比起刘素织的慌乱,明远倒是气定神闲:"你知道了也好,我跟你实说,这事本也没打算瞒你。就算你表妹不告诉你,过几天,我也是要把你叫回来的。瞒着你,是你妈的意思,怕你担心。当然,你担心也没用,我这病,该怎么样还是怎么样。我不求你在我病床前当什么孝子,人家护工比你周到,也不会惹我生气。我呢,没什么别的想法啦,就希望你早点成家。我要是就这么走了，到了下边，没法跟你爷爷交代。"

"爸，现在不是说这些的时候。马上收拾东西，跟我去北京，那边医疗条件好。"

"我哪儿都不去，不做化疗，也不去大医院，我就在这等着，哪天你结婚了，我两眼一闭，就是个善终。"

"是不是我明天就结婚，你才会听医生的话？"

"你要是明天真的把儿媳妇带到我面前了，我就什么都听你的。"

明杭无语，跑出病房，一路来到了陆泽西家。

老巴在微信群里@了方致远，让他火速过来。

"哥几个，这可是救急救命的事，赶紧拿钱吧。"陆泽西先说话了。

老巴露出为难的神色。

陆泽西摇头："知道你现在手头紧张，你那份，我先替你出。"

"我不是来借钱的……"明杭慢慢坐起，"我们家的情况我还是知道的，老两口有退休工资，平时省吃俭用的，还给我存了一笔老婆本……不是钱的问题，是我爸他现在根本就不想治疗。他就是拿生病这事逼我，想让我早点结婚。我就奇了怪了，他的命比我结婚还重要？"

"你就不能先稳着他吗？"方致远道，"你就告诉他，说你有对象了……"

"他要见我女朋友呢，我上哪给他找，伸出我的左手还是右手？"

"你够了啊，这都什么时候了，还开玩笑！"陆泽西拍拍明杭的肩膀，"凡事有哥几个，我们慢慢给你想办法。眼下，你爸这种情况，北京那边的工作你最好先停一下……"

"怎么停？一个萝卜一个坑，我要是请长假，就约等于辞职，哪天我再回去，坑早就被人占了。"

老巴挠头："那你就回来呗，回宥城，找份工作，也能顾到家里。"

"本来还想就这么飘飘荡荡一辈子，做个自由自在的洒脱人。不被父母牵制，不结婚不生子，不走寻常路……"

陆泽西笑："洒脱，你说得倒简单。你看我这样，我是不是特洒脱？告诉你吧，连我都被逼婚了。还有老巴，这都离婚了，解放了吧？自由了吧？才没有！海莉晚上跟他大闹了一场，把他的衣服全给铰了，连条内裤都没给他留！

他珍藏了十几个G的片子，全都泡水里了，刚才还在想办法恢复硬盘呢。"

"我们几个……这日子过的，也就致远比我们强点。"老巴看了看方致远。

方致远顿了顿："我辞职了。"

不顾他们三人的诧异，方致远接着说道："我辞职了，而且，我还没敢告诉周宁静。"

"为什么啊？"陆泽西问。

"不想留在公司里当炮灰。还有，我要是说，我想为自己活一把，你们会嘲笑我吗？"

三个人都没吱声。

方致远站起来，看着落地窗外的夜色："徐子文的事对我触动很大，我们谁都不知道明天会怎么样，会发生什么。仔细想想，我这些年，一直优柔寡断，也一直随波逐流，没主见，怕老婆，你们私底下没少笑话我。这回辞职了，我想自己干。这事我还没跟宁静商量，不过，即便她不同意，我还是会坚持自己的想法。我有这么多年的工作经验，也积累了点人脉，干点什么不行？非要窝在那个破公司当炮灰？"

"我去拿酒！"陆泽西奔向酒柜，"方致远同学终于开窍了，那四个字怎么说的，醍醐灌顶，对，醍醐灌顶！"

"糟心的生活，喝！"老巴站了起来。

明杭随声附和："算我一个，今天晚上，喝他个不醉不归。"

"哎，你们还记得吗，高二那年暑假，我们去水库游泳，差点没淹死。"老巴说道。

"记得啊。"方致远说。

"早知道三十几岁是这样的，还不如当时就淹死了呢。"老巴接过酒杯，一饮而尽。

陆泽西举杯："哎，不管怎么样，明杭回宥城，致远创业，这都是好事，别说那些丧气话。"

"谁说我要回来了？"明杭喝着酒。

"别绷着了，我们还不了解你？每回写作文，什么我最喜欢的人，我最尊敬的人，对我影响最大的一个人，你写的全都是你爸。"

"有时候也写我妈。"明杭鼻子一酸。

"回来吧。回来了，剩下的事，大家一起想办法。"

方致远的酒杯早就空了，便又倒了一杯："干！"

第四章　所谓驭夫有术

生活总在继续,即便你有十万个不愿意,它也会推着你往前走。

周宁静最喜欢的作家是张爱玲。

所以,她信奉张爱玲那个关于红白玫瑰的论调。

很显然,现在,柏橙就是方致远的那朵白玫瑰,已经幻化成了白月光的白玫瑰。

冇城很小,周宁静无法确定丈夫何时会再邂逅他的初恋,这是她完全不能够掌控的,是摆在她面前的一种现实。如果丈夫心里埋着那么颗小种子,它就不该萌芽,更不该开花、结果。她嘴上说"都是过去的事""都是小事",她想的,却全然不是这么一回事。坐以待毙不是她的性格。

南城市民广场上,大妈们正踏着欢快的曲子,时而伸出双臂拥抱世界,时而两两相对笑容灿烂。周宁静坐在树下的长椅上,看着这些年过半百仍然涂脂抹粉的长辈们。这种时候,她就很想快点变老,变得和她们一样。对她们来说,身为社会人的使命,大半部分已经完成,退休了,孩子也成家了,剩下的,就是安享晚年。她们的背后,基本都有一个默默无闻的小老头,所有的恩爱都变得自然而平淡,没有一丝波澜。

穿着旗袍的王秀芬,昂着下巴,排在队伍最前面,她一眼就看到了神情有些憔悴的女儿。待音乐停了,她才不紧不慢朝女儿走去:"你怎么来了?"

"我回了趟家,爸说你在这。"周宁静微笑着。

"出事了?"

"什么就出事了,你能不能盼着我点好?"周宁静摇头,"这不是很久没来看你们了吗？走，我陪你去做个头发。你不是一直想烫个头嘛，这回啊，给你烫个最漂亮最高级的。"

王秀芬坐下，看着周宁静："你那房子，钱还是凑不够？"

"哎哟，我的亲妈，你以为我是来问你要钱的？"

王秀芬笑笑："你要我也没有，那点家底上次可全都给你们了。"

"那是我们问你借的嘛。"

"再说了，你们买房，怎么不见方家出钱？"

"他家的情况……妈，咱就别再提这事了，饶了我吧，我知道我知道，我嫁了个穷光蛋，全是我的错，行了吧？"

"致远嘛，我现在看看还是好的，就是他父母，我看不习惯的。"

"我就是要跟你说这事呢……"

"他们欺负你啦？"

"没有。是周子，我想把她接回来。"

"是他们不想带了，所以要给你送回来了？"

"那倒不是，我就是想早点把周子接回来。你也知道，齐镇连像样的幼儿园都没有。早点回来，早点适应这边的环境，不是坏事。"

王秀芬沉吟片刻："你想让我给你看孩子？"

周宁静笑："谢谢妈，还是你最懂我。"

"等等！"王秀芬站了起来，"你怎么想起一出是一出啊！你说买学区房，好，我跟你爸全力支持，把棺材本都掏给你了。现在你又要提前把孩子接回来……你爸的情况你不知道？他身体不好，我呢，这几年好不容易清闲点，能出来跳跳舞了，你又……孩子姓方，她不姓周！"

"你发那么大脾气干吗？也不怕人笑话。方周子嘛，名字里也带周。"

王秀芬四下看看，这才不情不愿坐下："不是我不帮你带，这于情于理，孩子就应该交给爷爷奶奶。你们才是一家人，我啊，我跟你爸，我们是外人！"

周宁静坐月子时，王秀芬和亲家母吵过一架的，亲家母于大敏曾放话，说孩子是方家的，外公外婆是外人。

"那好，那我把婆婆也接来，让她跟我们一起住！不劳你操心！"

"她……"王秀芬低头，"除了坐月子时，你就基本没跟她住过，这能行吗？都说婆媳是天敌，这话不是没有道理的，还有啊，你们生活习惯什么的，也不一样……"

"好，我请个保姆呗。"

"钱烧的？再说，保姆的负面新闻还少吗？到时候你还不得天天看着保姆？"

"按你这意思，我就是走投无路了呗。"周宁静嬉皮笑脸的。

王秀芬叹气。

周宁静挽住她的手臂："妈，你就帮帮我呗，我按月给你开工资。"

"让方家人开！"

"好好好，让我婆婆出钱！"

王秀芬知道，于大敏根本不会出什么钱。

"还不是你和致远的钱喽。"

"这么说，你答应了？"

"我要不答应，你能答应吗？"王秀芬摸摸女儿的头发，"你也不容易。"

"妈，我挺好的。"

"你好我知道，可方家人，他们知道吗？他方致远知道吗？"

"当然知道！走吧，做头发去！这回，带你去最好的店！"

"不去，弄堂那家就蛮好。"

"这点钱嘛，我还是有的。"

"我没想过要花你的钱。"

方致远昨天正式递交了辞职报告，何总说了些场面话，他也只是应着。这些年，他早就见惯了公司里的人来人往，更是明白离了谁公司都能一样运转。

交接工作还需一周，人走茶凉，多待一天都是折磨。今天周六，趁着公司没什么人，他想把手头的资料整理好，以便早点完成交接，早点离职。为了提高效率，他特地叫来了助理叶枫。

大学一毕业，方致远就进了启明通信，从一个普通的销售员，一路到了总监的位置。被客户拒绝过无数次，在酒桌上也醉倒过无数次。个中心酸，难以言表。他竭力压制着那些说不清道不明的情绪，心中五味杂陈。

"方总，还要咖啡吗？"叶枫进门。

方致远摇摇头:"以后就别叫我方总了。"

"习惯了……我一到公司就在你手底下工作,你这一走,我心里……"叶枫见方致远不说话,便继续道,"我心里挺不是滋味的。"

叶枫站起来,朝方致远走去。

她穿着修身的鹅黄色衬衣,下边是紧窄包裙,齐肩的长发似乎刚染了新色,眉眼细长,微微翘起的双唇饱满润泽。她看起来和以前有些不一样,想是化了妆的缘故。

她离方致远越来越近,他一个愣神,她便坐在了他的腿上:"方总,我舍不得你走。我一直喜欢你……"

老巴终于从陆泽西家搬走了。

这些天,他是越想越气,甚至开始怀疑自己的决定,壮士断臂般的净身出户是不是太冲动了,为什么不花点时间斡旋,为什么要把自己弄得这么狼狈?

生活总在继续,即便你有十万个不愿意,它也会推着你往前走。

老巴和海莉婚前有一笔存款,数额不多,是由海莉管着的,按照协议,这钱现在也和他无关了。这么说吧,老巴手里的现金只有这个月的工资,七七八八加起来,扣了税,能到手的三万不到。以前他有房有车,不菲的月薪和丰厚的年底分红,再加上他素来节俭,只肯在电子产品上下血本,小日子确实过得挺滋润。现在,一切都要从零开始,不免更精打细算起来。

找的是合租房,也见过合租对象了,看起来斯斯文文一男的,姓王。关键是这房子地段好,离老巴上班的CC科技很近,而且,对方给出的价格,确实是这个区域里性价比最高的。租得急,老巴只看了房子的照片,觉得对方是实诚人,也就没有实地考察,想着哪天直接搬过去就行了。

老巴以为否极泰来,到了合租房,才发现自己又遇到了大麻烦。

屋里哪有什么姓王的,只有个敷着面膜的瘦高女人。一问才知,她是王姓男子的前妻,两人刚离婚,离婚前,女人交了一年的房租。这可好,他前脚搬走了,后脚还没忘把房子租出去一半,真够鸡贼的。

两人联系姓王的，对方早就停机了。

老巴不干了，房租已经给那人了，这房子他有居住权。女人便大发雷霆，说没有这样的道理，房子租出去，根本没经过她的同意。

老巴拿出两份合同，一份是姓王的和房东签的，一份是自己和姓王的签的，妥妥的白纸黑字。女人偏不信，找了房东来调停，房东倒是个讲道理的，力挺老巴。见女人理亏，老巴挺直腰板，提溜着东西就进了一间朝南的卧室，女人悻悻，把他赶到另外一间。

问了房东，才知道女人叫童安安，五年前和前夫一起租的这房子，两人经营着一家网店，但生意不见有什么起色。年初她发现前夫出轨，两人这才离的婚。

"兄弟，你就在附近上班吧？"房东问。

老巴点点头："CC科技。"

房东瞄了老巴的新款iPhone一眼："看你这样，也不缺钱，要是觉得住着不方便，索性我把这房子整租给你。"

"大哥，我要有钱，我干吗还租房子呀？"

"童安安她也不容易，我估摸着，一时半会儿，她也没钱另外找房子。你租了她那一半，也算是给她解个围。她啊，人财两失，你就当是同情她。"

"你是没看到啊，你来之前，她差点就拿锅铲砸我了。她要不愿意住这，让她自己找个租客不就行了！"

"我不搬！"童安安几乎是踹门进来，"我就是死，也要死在这儿！"

老巴蹙眉："那我搬，我搬还不行吗？你给我几天时间，我想办法把这房子租出去，行不行？"

"行啊。"童安安扭脸就走。

她这副样子，让老巴想到了海莉，她们这样的女人，他可惹不起。

老巴这边租房，海莉呢，正带着中介看她的房子，她要把它给卖了。

正看着呢，张兰来了。

张兰是海莉的妈，也就是老巴的前丈母娘。当然，现在张兰还不知道自己已经成为"前丈母娘"，大周末的，她买了菜，想过来给小两口改善下伙食。

海莉支走中介，看着张兰，她知道该来的还是得来，一切才刚刚开始。

不用女儿多说，张兰就察觉出了屋内的异样。墙上的婚纱照摘了、鱼缸没了，不但这样，整个家里，连一样老巴的东西都找不见，包括他的拖鞋。

"你……你们……"张兰指着海莉的手在哆嗦。

"我们俩离婚了。"

张兰先是愣了一下，随即坐到地上，大哭起来："你这是要我的命啊。莉莉啊，这女人一离婚，这辈子就全完了！"

"你不也离过婚吗？你现在不也没完吗？"

张兰和海国庆是重组家庭，海莉就是他们俩结婚后生下的。海国庆和他前妻有个儿子，也就是海莉的哥哥海平。虽然是同父异母，但哥哥结婚之前，兄妹俩的感情一直很好，她也没觉出张兰在这个家受过什么委屈。

"你哪晓得我的苦，我只是不说，这后妈没么好当的，半路夫妻比不过少年夫妻的……"张兰继续哭。

海莉也不劝，取了离婚证书，摆在张兰面前，好让她接受现实。

"离婚这事，是谁提的？"张兰哭累了，想起当下的重点。

"他提的。"

"那他一定是外面有人了！"

"无所谓了。"

"什么无所谓，这不一样！如果是他的错，那……"

"连双袜子都没让他带走。这房子，还有车子，都留给我了。"

"当然要留给你！妈知道你心里难过，没事，想哭就哭，哭完了，让你爸加上你哥，找他说理去！"

海莉不免笑出声来："该出的气，我已经出了，难过也好，伤心也罢，跟他再也没关系了。既然我答应和他离婚，就不想再跟他有什么来往。这口气就算是咽不下去，也只能出到这里了。"

张兰吸吸鼻子："离婚那么大的事，你总该跟我们商量商量吧？心也太大了！"

"妈，其实你了解他，他这个人，把钱看得比什么都重。他这都净身出户了，说明什么？说明他心里是真没我了。我挺恨他的，但更恨我自己。恨我自己着急忙慌结了婚……"

"我可没逼你结婚！"

"我没怨你，也怨不着你。全世界都和剩女有仇，不结婚就是天大的罪过，说真的，我要是怨，还真不知道从哪怨起。"

张兰的眼圈更红了："那接下来，你该怎么过呀？"

"把房子卖了，然后到处转转，想干吗干吗。"

方致远被叶枫的举动吓着了。

这些年，他不是没见过世面，出去应酬时，偶尔也有逢场作戏。但是叶枫不一样，在方致远眼里，她一直是个听话的助理、要好的同事，她的样子人畜无害，好像一个邻家小妹。

周宁静说过，这出轨的事，就跟车祸一样，你不去撞人家，人家撞你也未可知。

幸好是周六，公司里没几个人，也没人瞧见。要是被谁看到了，还不知要编排出什么。说自己完完全全坐怀不乱那是假的，就是因为乱，他才狠狠地推开了叶枫和她那具年轻的身体，逃命似的离开了公司。

熙熙攘攘的街头，天气日渐和煦，不少女孩都迫不及待换上了夏装，是一道道流动的风景。相比之下，穿着灰色西装的方致远走在人群里，显得有些格格不入。

他双手插兜，像刚刚大学毕业那年一样，无所适从。彼时，周宁静跟这些女孩差不多年纪，青春的无畏都还写在脸上。

"致远，你那么优秀，一定能找到特别好的工作！"她始终鼓舞着他。

想来，这些年，他的努力，一多半就是因为不想让她失望。

就像母亲于大敏说的那样，周宁静是个无可指摘、无可挑剔的妻子。婚后不过三年，他们用省吃俭用存下来的钱按揭了现在这套房子，不大，两室一厅，只有七十平，便是这样，装修的钱还是问人借的。

父母听说他在城里买了房，动了要搬来和他同住的心思，就在他压力山大、左右为难时，她又有了新的规划："这房子太小，公婆过来住也不方便，再说了，我们工作那么忙，也没时间照顾他们啊，是吧？要不这样吧，后年，最晚大后年，我们在镇上给公公婆婆买套新房！他们在齐镇生活大半辈子了，搬来这边也很难适应的。还有……我跟你二人世界还没过够呢。"

果然，两年后，他们给父母买了新房。

她是这个家庭的领路人，而他也一步不差按照她的规划去奋斗。

可是现在，因为他的离职，这一切都要变了。

他还不知道怎么跟她说呢……

方致远回家已是傍晚，周宁静正在厨房做饭。

客厅的茶几上堆着两盒保健品、一盒化妆品，还有一个装着衣服的纸袋。

"回来啦？"她探头，冲他笑。

"这是？"

"明天回趟齐镇，看看爸妈，顺便把周子接过来。"

"嗯，也好，把她接过来住几天。"

她洗了把手，走出厨房，脸上有层淡淡的油腻："不，这次过来，周子就不走了。"

方致远刚要说话，她一指："把菜端出来，我去洗把脸。"

简单的三菜一汤，却透着妻子的小心思。薏米排骨汤是祛湿的，鱼香茄子是他喜欢的，还有两样是时令蔬菜。碗筷摆开，两人对坐。

"宁静，你刚才说的话，我没听明白……咱不是商量好的吗，等学区房落实了，再去接周子。"

"我改主意了。"

"咱俩都挺忙的，这孩子来了，谁照顾？她还小，人幼儿园也不收……"

"我妈不是闲着吗，该轮到她发光发热了。"

"不太好吧。你要实在想孩子了，让我妈跟着过来，先在这住上一两个月。"

周宁静拧拧眉毛，夹了一筷子菜给方致远："你妈总说你孝顺，我看未必。我把周子接回来，也是给你妈放放假，这几年，她为了周子，为了咱俩，没少辛苦。至于我妈……喂，方致远，你是不是不放心把孩子交给她呀？"

"哪能啊，我这不是怕她累着吗？要不这样，我们请个保姆。"

"保姆能有自家人好？我都跟我妈说好了，按月给她开工资，不白忙。当然，钱的话，就是个意思，两千还是两千八，你来定。"

她还没问他是否同意，就已经安排好了一切。到最后，还给他一个看起来很是民主的决定权：两千还是两千八。

这就是周宁静。

方致远已经吃饱了，他一边收拾着碗筷，一边缓缓说道："都行。"

虽然和父母离得远，但父母和周宁静给的夹板气他没少受。周宁静的彬彬有礼，导致她每次回公婆家都会制造一些不必要的尴尬。

于大敏，也就是方致远的妈，她是这么评价这个儿媳妇的，好是好，好到挑不出理，但就是让人亲近不起来。父母年纪大了，方致远的妹妹方清云又远嫁到了东北，孙女算是他们最大的慰藉。

接到儿子电话的时候，于大敏正和方周子玩识字卡片，这是儿媳妇交代过的，她不敢忘。儿子把意思表达得很婉转，于大敏还是犯嘀咕了。且不说舍不得孙女，就是她舍得，也不愿意把孩子交给亲家母。那个描眉画目、花枝招展的亲家母，她能教孩子什么啊？

思来想去，于大敏就说了一句话，这事我得和你爸商量商量。

方致远忍不住说了句："还商量什么，明天我们就过来接孩子！"

于大敏那头没再吱声，沉默了十几秒后，她先挂断了电话。

周宁静换了瑜伽服，从卧室里出来："说好了？"

"差不多吧。"他坐在沙发上，滑着手机，心不在焉地刷着朋友圈。

她挨着他坐下："对了，还有个事，我差点忘记问你了，听说你们刘总调去总公司了，真的假的？"

"你从哪儿听说的？"

"那就是真的喽，这么大的事，你也不告诉我。刘总走了，那姓何的少不了要为难你，你应该找机会对他表表忠心。"

"这是我的工作，我自己知道。"

"我哥有个朋友，跟何总熟，是不是让他安排一下……"

方致远站起来："我说了，这是我的工作。"

没等周宁静反应过来，他已经走进了卧室。

4

周日，除了要回齐镇接孩子的方致远，陆泽西和老巴都去了医院，一是探望明杭患病的父亲，二是明杭的工作有着落了，是陆泽西给安排的，想先问问明杭本人的意见。

陆泽西把明杭推荐给了宥城一家本土广告公司，职位就是设计部主管。薪资自然比不了北京，发展平台也就那么点大，可明杭已经很感激了。

前两天，明杭回了趟北京。那家4A广告公司的老总出面挽留，他告诉明杭，没有意外的话，一年后明杭就会是设计部主管。明杭没有告诉老总自己辞职离京的真正原因。在这里，每个人都有自己的故事，他不想拿自己的故事去惊扰别人。

同事米娜一定要给明杭送行，呼啦啦叫上了一堆人。酒过三巡，KTV里，明杭听着不知道谁的嘶吼，只觉得天旋地转。但是当米娜趴在他耳边，说她一直喜欢他的时候，他的酒突然醒了一大半。

他送米娜回的家。都是成年人，几乎不需要更多的暗示，两人很快抱在了一起。米娜的身体很软，这和她平时表现出来的刚强完全不同。他搂着她，闻到她身上香水混杂着烟草的味道。米娜是策划部的骨干，工作强度很大，加班和熬夜都是常有的，烟和咖啡是她最好的伴侣。

两人没有对话，所有动作都是恶狠狠的。她跨到他身上，长发拂过他的胸口，顺着胸口又荡到了小腹。这种感觉，后来他回忆过很多次。却也仅仅停留于回忆。

米娜没有去机场送他。他就像独自来北京上学那年，走的时候，还是一个人。飞机离地，他觉得眼眶有些发热。他顿了顿，掏出一副眼罩。不想让人看到他的眼泪，也不想让软弱动摇自己的决定。

这座城市，每天都有人怀着梦想来，也有人抱着遗憾走。而他，好像还没来得及有梦想，就先有了遗憾。

几个男人在医院附近的餐厅吃的午饭，明杭执意要做东。饭还没吃完，老巴就接到了舅舅的电话。

舅舅劈头盖脸就是一顿骂："离婚那么大的事你都不告诉我，眼里还有没有我这个舅舅！海莉可是我介绍给你的，要不是她姑姑跟我说，我到现在还不知道呢！"

舅舅和海莉的姑姑是同事，老巴他们的婚事就是这两人牵的线。

老巴的父母来冇城了，据说这会正往海莉那里赶。托舅舅带话，要老巴马上过去。老巴根本不知道父母的意图，心里直犯嘀咕。离婚的事，他本来想过段时间再跟他们说……

陆泽西几个人一听说这事，主动提出陪老巴前往。老巴他们赶到的时候，只看到满满当当一屋子人。不消说，海莉的娘家人也已经聚在那了。气氛似乎不太好，老巴看到父亲正和前岳父海国庆怒目相视，前大舅子海平横在两人中间，看起来在劝和，其实是在向巴父示威。

前岳母张兰呢，正瞪着巴母，巴母向来寡言内敛，是个上不了台面的，已经被张兰的气场彻底碾压。海平的妻子余微不知道从哪抓来了一把瓜子，嗑得正欢，一副事不关己的样子。舅舅和姑姑忙着调停，却又被两家人怪罪，好像海莉和老巴离婚全是这两位介绍人的错。

唯独不见海莉。听姑姑说海莉早在两家人撕起来之前就走了，而且是摔门而去。老巴成了唯一的当事人，他一出现，瞬间被围攻。陆泽西几个人一开始还在边上说着话，替老巴打圆场。

海平上来就是一句"这是我们两家人的事，和你们没关系"，陆泽西这几个人面面相觑，很有默契地退到一边。房子不大，退无可退，又担心老巴，便移步到阳台上，有点像在看热闹。

在两家人的争执中，陆泽西听出来，其实双方父母一开始是想让老巴和海莉复婚的。海莉还没离开这里的时候，似乎明确表示过，她绝对不会复婚。

巴父一听到这个，马上提出财产分割不合理，凭什么要让老巴净身出户。海国庆没少冷嘲热讽，说什么净身出户是老巴自己提出来的，两人手续都办了，没必要再理论。海平添油加醋，说老巴肯定是做了什么对不起海莉的事，海莉没追究赔偿已经够厚道，房子车子当然应该归海莉。

巴父、巴母节节败退，眼看就要失守。巴父不知道哪来的灵感，突然悠悠道："实在不行，我们就住这了，难道你们还能强行把我们给赶出去！"

张兰不甘示弱,让海国庆和海平立刻回去搬东西,以后她就要住在女儿这了。里外不是人的舅舅和姑姑早就放弃说和了,也只是由着他们闹。

老巴劝父母离开,父母哪肯听他的。巴父还在高声理论的时候,闷不吭声的巴母悄悄占领了主卧。余微把瓜子一扔,扭头跟了进去。也不知道她们俩在卧室里发生了什么,只听到巴母一声惨叫,众人赶紧冲进主卧,巴母半躺在地上,连声喊疼。余微惊慌失措。陆泽西打了120,一堆人便齐刷刷赶往医院。一诊断,巴母小腿骨折。

这下更热闹了。

周宁静两口子到齐镇的时候已经是中午。

于大敏跟往常一样,竭尽所能做了丰盛的饭菜。方周子已经有一阵子没见到爸爸妈妈,看到周宁静和方致远,一时认生,直往于大敏身后躲。周宁静也不着急,这一点,她把孩子交给于大敏那天就已经想见。

于大敏和方富都明白,既然周宁静来了,那孙女就必须跟她走了。他们纵然有一千一万个不愿意,却也清楚孙女早晚都是要离开的。于大敏所谓的"接孩子的事还要和你爸商量商量",也不过是不想太早低头。

她知道没有周宁静的付出,就没有方致远的今天。老两口能够住上新房,似乎也是沾了儿媳妇的光。可是于大敏想让儿媳妇明白,她永远是婆婆,是方致远的母亲,她有理由得到必须的尊重。

面对这桌看似丰盛的饭菜,周宁静是一点胃口也没有。于大敏口重,做菜喜欢放各种作料,味精也是一抓一把。方致远明里暗里说过好几次,但于大敏从来不听。周宁静知道婆婆的用意,无非是想告诉自己:我只用自己的方式招待你,至于你喜不喜欢,和我无关。

看到妈妈带来了玩具,方周子才慢慢黏过来。周宁静不愿意在饭桌上寒暄,扒拉了两口,就带着孩子进了房间。

方周子小心翼翼坐在周宁静腿上,仰着小脸,看着她:"妈妈,我可以留在奶奶家吗?"

"为什么啊？"周宁静的声音很温柔。

"我不要狼外婆。"

"狼外婆？"

"外婆坏，"方周子嘟着嘴，"我不要外婆。"

周宁静的笑容僵住了。小孩子懂什么，方周子之所以会说出这样的话，肯定和于大敏有关。

"外婆最疼周子了。"她摸着女儿的小脸蛋。

方周子似乎还是不太相信："可是狼外婆吃了小红帽。"

就在周宁静不知道该怎么跟女儿解释的时候，方致远推门而入："妈问你晚饭想吃什么。"

周宁静笑着，摇摇头："我们下午就走。"

"好不容易回来一趟，不住一晚？明天我们不都请假了么，急什么。"

"不了，商场刚来电话，晚上有个紧急会议。"

方致远晃了晃手里的手机："你的手机落在饭桌上了。"

周宁静略有些尴尬，却还是重复着："我们下午就走。"

吃过中饭，于大敏一把鼻涕一把泪地跟孙女道别，周子更是抱着她的脖子不撒手，哭得嗓子都哑了。

路上方周子一直闹着要奶奶，周宁静各种哄骗，似乎都不得法，她的耐性终于被耗尽了，便任由孩子哭，弄得方致远更加心烦意乱。

"非要今天回有城，你看周子都哭成什么样了！"方致远的语气有些烦躁。

"你的意思是，如果我们明天回，她就不会哭着喊着要奶奶了？"

"她还小，需要适应。"

"我看过育儿书，孩子哭闹很正常，不能事事都由着她。"

"你为什么就不能顾及一下我妈的心情呢？先不说别的，就说咱俩，那么久没回老家了，吃顿饭就走人，你让她怎么想？"

"我倒是想住呢，可你知道她跟周子说什么吗？她说我妈是狼外婆！"

方致远不可思议地摇着头，他突然笑了起来："不可能！"

"很好笑吗？"周宁静仰脸。

"那也不一定是我妈说的啊。"

"我不想和你理论，怪没意思的，"周宁静一边说，一边看向方周子，她已经止住了哭声，好像睡着了，"别说话，孩子睡了。"

方致远放慢了车速。他不时在后视镜里打量着周宁静，她轻轻拍打着安全座椅上的孩子，眼神柔和。他很久没见过这样的她了。也许她是对的吧，应该早点把孩子接回来。他想起了大腹便便怀着身孕的她，也想起了自己在产房外面来回踱步的那个夜晚。

医院里，争执还在继续。

巴父要求海家承担医药费，余微说巴母的骨折和自己没关系，巴母却一口咬定是余微把自己推倒的。没人知道到底发生了什么，唯一能确定的是，两家人的矛盾正在不断升级。

老巴打算息事宁人，他盘算了下，自己手头上的钱应该还能应付，决定去窗口交钱，被巴父阻拦。陆泽西等人看到自己也帮不上什么忙，只能先走了。临走的时候几个人嘱咐老巴，有事一定要打电话，老巴不无感动。

接到海平电话的海莉，正匆匆往医院赶。她实在不愿意卷入这场闹剧，才有了之前的摔门而去。如今前婆婆人在医院，又红口白牙说是嫂子余微把她推倒的，要是海莉再不出面，可真就难以收场了。

海莉一进病房，一屋子的人都拥了上来，七嘴八舌。

余微红着眼圈，挤到跟前："海莉，我真没推她！"

海莉没搭理余微，只是看了看老巴："你跟我来。"

老巴跟着海莉来到病房外面。

海莉低头想了一会儿，才说道："医药费我出。就一个要求，希望你们家的人别再来打扰我。"

"不用了，我等会儿就去交钱。"

"我了解你爸，这钱我必须出。"

老巴一时语塞。

张兰突然走了出来："你们俩谈完了吗？这事到底怎么解决？现在知道有事要好好商量了，没离婚前你们都干吗去了？"

老巴刚想说什么，海莉开口了："妈，医药费我来掏。"

张兰看着老巴："微微真的没推你妈，你怎么就不信呢？"

"妈，你要还想把事情闹大，我也不拦着。"海莉淡淡的。

"我不是这个意思，我只是觉得……"张兰欲言又止，她对老巴本身并没什么意见，在她看来，如果没有离婚这事，老巴还算是个不错的女婿。她不太想为难他。

老巴似乎知道张兰要说的是什么，他顿了顿："妈……"

他意识到自己还没有改口，清了清嗓子："全是我的错，离婚的事我一直没告诉家里……"

"你也没告诉我和海莉他爸！"

海莉插嘴："妈，你就不能让他把话说完吗？"

"我也没想到他们会去找海莉，最后还闹成这样……"

"那是因为你们不同意复婚！到底出了什么问题啊，你们非要闹到这一步！"

老巴和海莉就这么站着，互相看看，他们实在不知道该说什么了。

第五章 不思量自难忘

爱的对立面从来就不是恨。

水木春城并没有听起来那么诗情画意,配套设施远远比不上那些高档小区,过半的业主不交物业费,反过来呢,物业也消极怠工,让它和它的名字背道而驰。

9栋2单元201室,方致远和周宁静的家中,王秀芬已经做好了一桌丰盛的晚餐。她不时探头往窗外看,又不时掏出小圆镜检查着发型和妆容。得有半年没见外孙女了吧,上一回见她,还是她和老伴周长和跟着女儿女婿去齐镇的时候。

那次她和亲家母于大敏闹得有些不愉快,外孙女似乎不太愿意和王秀芬亲近,总之,没留下什么美好的回忆。女儿要把外孙女接回来,王秀芬是高兴的,但高兴之余,隐隐还是有些担心。她了解女儿,女儿做事向来有自己的规划,这匆匆忙忙就把孩子给接回来,里头肯定有问题。

王秀芬正想着,听到了开门声。她惶惶站起,有些不知所措。

"妈!"先进门的是周宁静。

她身后,是抱着周子的方致远。

"周子!还认识外婆吗?"王秀芬走过去,伸手要抱孩子。

周子把头一扭,哇哇大哭起来。

"这孩子……"方致远轻轻拍着周子的背,安抚她,一面转对丈母娘,"妈,周子睡了一路,刚下车的时候还迷瞪呢。"

"那就是还没睡醒!赶紧抱孩子进房间,再哄她睡会儿!我去把饭菜热热……"

"妈，你别忙了，我请你来是看孩子的，又不是给我们当保姆。致远，你去把饭菜热了，我来哄周子！"周宁静踢掉高跟鞋，把包往沙发上一扔，抱过了周子。

方致远洗了手，端起餐桌上的菜就进了厨房。

周宁静走进次卧，王秀芬跟了进来。

周宁静环顾着，床单被褥都是刚换的，床上还放了只特别大的毛绒熊，她满意地点点头："妈，你想得还挺周到。"

王秀芬一边帮着周宁静把周子放到床上，一边小声对她耳语："有你这么对老公的吗？他开车不累啊？饭菜我顺手热热就行了，你支使他干吗？"

"参与感，明白吗？他是孩子的爸爸，我的老公，我再也不想让他当甩手掌柜了！"

"差不多就行了啊，本来小两口感情蛮好的，再让你给作……"

周宁静打断王秀芬的话："你不是不待见方致远吗？什么'寒门难出贵子'，什么'穷山恶水多刁民'，难听的话你可是没少说！今天太阳从西边出来了？你要这么护着他？"

"我这是为你好！"

"真要为我好，安心帮我带孩子就行了，我和致远的事，你少管。"

"那你告诉我，好好的，为什么一定要把孩子接回来？"

"我不是说了吗，早晚都得接回来。"

"不对，肯定有事。"

"能有什么事啊！"

"吃饭了！"门外传来方致远的声音。

等吃完饭、收拾妥当又洗了澡，再等周子安然入睡，已经是深夜。

方致远瘫倒在大床上，这一天来回折腾，他确实明白了"身体被掏空"是什么感觉。周宁静跳上床，撑开方致远的眼皮，两人四目相对。

"老公，还在生我气？"

"不敢不敢。"

"我是不是特别不讲道理，特别霸道？"

"没有没有。"

周宁静捏捏方致远的脸："我把周子接回来，就是为了让咱俩时刻记着，我们已经为人父母，我们身上有责任，对感情，对婚姻，更是对家庭。"

方致远一个翻身，把她压到身下："说完了吗？"

"干吗呢！今天不行！"她娇嗔。

方致远跟没听到似的，一下撩开了周宁静的睡裙……

她挣扎着，从他身下溜走。

他正意兴阑珊，她却将长发拢到脑后，跨腿坐在了他身上。

"老婆……"他喃喃。

"唔……"她一边应着一边吻上了他的唇。

市中心都林花园，偌大的客厅里，电视屏幕上，一对久别重逢的情侣在拥吻。

柏橙喝了口酒，定定看着屏幕。

这些年，什么都变了，但有的东西，还没变。

她想起那个夜晚，年少岁月的她和方致远。生涩的肢体接触，他有些粗糙却温暖的大手滑过她的背，她紧紧抱住了他，却也仅止于此。她有些后悔，后悔那没来得及发生的一切。

他们幸福吗？他和周宁静，他们真的跟看起来一样幸福吗？

他会像抱自己一样抱周宁静吗？她这么想着，笑了起来，饮完杯中的酒。

陆泽西也在喝酒，他在一个朋友的订婚晚宴上。

长条餐桌的对面，坐着他的前妻潘瑜和她现在的丈夫田凯，他们是女方的朋友。

潘瑜还和以前一样，只是略丰腴了些。合体的名牌套装加上恰到好处的妆容，更衬得她娇艳夺目。看起来，她面对陆泽西，倒是一点都不觉得尴尬。也是，此刻她都没用正眼看他。

早知道就把林子萱带上了。陆泽西又喝了口酒。

潘瑜欠身站起，她转身的时候，陆泽西看到了她脖子后面一块隐约的淤青。

他手里拎着还没喝完的大半瓶子酒，正准备离开，在门厅外的长廊上，看到了她。

她点了一支细长的女士烟,慢慢抽着。

长廊上除了他们俩,再无别人。

他打算转身,她叫住了他:"哎,躲什么呢?"

"人生何处不相逢。只是,我们俩,不太适合相逢。"

"还记恨我呢?"

"怎么会,我应该谢谢你,谢谢你没有继续祸害我。"

"这就要走?"她猛吸了一口烟。

他皱眉:"你现在走出去也算是个贵妇了,跟老烟枪似的,有失身份。"

"身份……"潘瑜轻笑,"那我问你,你现在找着你的身份了吗?"

"怎么着也比跟你在一块的时候有身份吧。"

"对啊,你有钱了。"

"是啊,我有钱了。"

"那你开心吗?"

"开心啊。"

"行,开心就好。"她说着,脱了高跟鞋,弯腰摸索着许是站酸了的脚腕。

她没穿丝袜,但脚上的皮肤很光滑,脚背细瘦,白皙得都能瞧见底下青色的毛细血管。

"别盯着我看,不合适。"潘瑜显然发现陆泽西在看自己了。

陆泽西略尴尬,指指潘瑜的脖子:"撞哪儿了?"

"你管不着。"潘瑜轻笑着,穿上高跟鞋,袅袅离去。

那些愤愤、那些意难平,夹杂着刚才潘瑜的轻笑声,跟把钝刀似的,一下一下拉扯着陆泽西的后脑勺,他的耳朵嗡嗡作响。

他有无数个恨她的理由,却还是会关心她脖子上小小的淤青。

爱的对立面从来就不是恨。

老巴在医院待到很晚,回出租房后,见童安安不在,他打开了客厅里的电视，可是，嘈杂的综艺节目看得他头疼。

他不是个敏感的人，但这些天发生的一切，和海莉离婚、徐子文的死，加上明杭父亲的淋巴癌，堆叠在胸口，闷得发慌。他不知道生活到底出了什么问题，想大喊，想大哭，还想和海莉大吵一架。只是，他们应该没有理由再争执了。

房门外一阵噼里啪啦的响动，夹杂着高跟鞋走动的声音。

钥匙开门的声音，先是两只高跟鞋飞了进来，然后是摇头晃脑的童安安歪歪斜斜走进来，她摆着各种姿势，对着客厅里的穿衣镜，一个劲傻笑。不是疯了，就是喝多了。

老巴摇摇头，不想管闲事。等父母回老家，他就落实房子的事，实在不行，就先住陆泽西家。

等他回转身要关房门，童安安突然冲了进来，对着床，翻江倒海地吐了起来，汤汤水水全都喷在了老巴的被单上。

"童安安！"老巴都快疯了！

童安安咧嘴笑，一骨碌滚到地上，嘴里还叫着："我没醉！"

童安安醒来的时候，发现自己躺在床上。她一阵警觉，赶紧摸索着，开灯。没错，是在自己房间，她是安全的。她拍拍脑袋，想起了酒醉后的窘样，自然，也想起了吐在老巴床上的事。

她拿着空杯子走进客厅，开了灯，老巴一个激灵从沙发上弹起来。

"对不起啊，弄脏了你的床。"

"得亏你还记得。"老巴讪讪。

"那个，巴有根，你算一下，多少钱，我赔。"

巴有根是老巴的大名，因为名字很土，且被父母赋予了特殊又直白的含义，他一直很忌讳别人这么喊他。

"叫我老巴。"

"不管你叫什么，总之，今晚这事，确实是我的错。我向你道歉。"

童安安不发脾气的时候，看着倒也是个正常人。

老巴这人呢，吃软不吃硬，一看对方这态度，火气立刻降了不少："你说你喝那么多干吗？"

"借酒消愁呗，还能干吗。"

"都是离婚，这人和人的差距怎么就那么大呢？"

"谁啊，你也离了？"

老巴苦笑着，没说话。

童安安也笑："我猜，是你先不要她的吧？"

"嗯？"

"先放下的那个人，和我们这种被抛弃的，心境自然是不一样的。倒是没看出来，你长得蛮老实，也在外面乱搞……"

老巴的火气又窜了上来："谁乱搞了！离婚就非得……非得和谁乱搞？"

"你激动什么，我也就随口那么一说。既然不是乱搞，那你们为什么要离婚呢？"

"你问得着吗？"老巴气冲冲回房，那股子刺鼻的呕吐物的味道又把他逼退回来。

童安安从自己房间抱了个毯子，扔到沙发上："那什么，巴有根，你就在这将就一晚。"

"我说了，别对我指名道姓。"

"嘴长在我身上，你管不着。"

不几日，冇城机场，拖着行李箱的周宁静遇到了同样风尘仆仆的海莉，两人相视一笑。周宁静是去北京总部学习的，为期半个月。而海莉，终于开始了传说中的"想走就走的旅行"，第一站，她要去的是色达。

此时，方致远的离职手续已办完，工作也已交接完毕。销售部的几个同事，一定要请他吃饭，他婉拒，他们把他塞进商务车，说什么这顿饭非吃不可。到了车上，他发现叶枫不在，登时松了口气。这些天，他一直小心翼翼躲着她。可没想到，等到了吃饭的地方，他彻底傻眼了。

这地方他来过，就是柏橙的菲斯特餐厅。

迈克比周宁静早到北京两天，很自然的，他就来接机了。

说真的，周宁静原来对迈克并无好感。本来嘛，他空降到运营部，顶了她原来的位置，她并不服气。

迈克很自然地拿过她硕大的行李箱，口吻像是熟稔的朋友："累了吧，我们先回酒店。"

她微微一笑，这个职业化的笑容，又把两人拉回了上下级。

菲斯特的包厢内，酒菜都已上齐。

经不住劝酒，方致远醉得很快，已有些眩晕起来，隐隐想吐，只好起身去洗手间。

从洗手间出来，便一眼看到了那个本不想看到、也不该看到的人。

柏橙穿一件藕色中袖连衣裙，头发利落地扎在脑后，手里端着杯水，正笑看着他。

他第一次被她惊艳时，她也是穿着裙子。在犷城一中的迎新晚会上，她担任主持人。和她搭档的是一个高二学长，普通话圆润、口齿伶俐，串词不多、稍显内敛的她，却抢尽了学长的风头。

真正恋爱倒是高二，两人成了前后桌。因为家境窘迫，高中时代，方致远虽然成绩出众，但却是个有些自卑、不善表达的人。他当然喜欢柏橙，却很清楚，这种喜欢，只能藏在心底。

及至一次，柏橙看到方致远在读《霍乱时期的爱情》。

"世俗的好处：安全感、和谐和幸福，这些东西一旦相加，或许看似爱情，也几乎等于爱情……"书中的段落，柏橙几乎信手拈来，"用一块没有泪水的海绵将有关她的记忆彻底抹掉，让她在他记忆中所占据的那块空间里长出一片罂粟花。"

柏橙背完书中的段落，笑看着方致远："我也喜欢这本书。"

两人渐渐走近，没有谁追的谁，就像是注定会交织的两片云，走到了一起。

"致远，"柏橙说话了，"你来了怎么也不事先打个招呼？喝多了？没事吧？"

"咳，就是来吃顿饭，知道你忙，就没提前跟你说。我没事，今天高兴，就多喝了几杯。"方致远晃悠着往前走了一步，地上湿滑，他差点跌倒。

柏橙一下扶住了方致远，她的身上散发着一股淡淡的玫瑰花香，香味迅速窜进了他的鼻子。

他轻轻挣开："我自己能行。"

"那我送你回包厢。"

3

北京，TW旗下的一家星级酒店。

餐厅内，前来出席晚宴的总部的几个领导，被从各地分公司派来受训的学员们给团团围住了。

看得出来，领导们都认识这些学员。只有周宁静，孤零零站在一边。总部几个领导上回来冇城视察工作时，除了偶尔眼神交汇，连话都没有跟她说过一句。

"这次来受训的都是各分公司运营部的骨干，不是总监，就是副总监。"不知何时，迈克端了杯酒，站到了周宁静身边。

她还没想好怎么应对，便只是微笑："我只是个小助理，能够和他们共同受训，说起来还真得谢谢你。"

迈克继续说着："穿红衣服、个子很高的那个女人，是杭州分公司的运营部总监。年纪跟我们差不多，长得漂亮不说，人还是工商管理硕士，一到杭州，就大刀阔斧搞了好几个大项目，现在啊，是闵总跟前的大红人。哦，闵总你还不认识吧？他是我们华东地区的老总……"

"我认识他，他不认识我。"周宁静笑笑。

"等会儿我给你引荐一下。走，我们先到那边坐坐，吃点东西。"

迈克表现出来的善意，让周宁静隐约感到了不安。

果然，待她洗了澡，刚准备入睡时，接到了迈克的电话，说待会儿他会来找她，有工作要谈。她踌躇着、犹豫着，不去肯定不行，可是去了，她又不知该如何应对。

最终，她决定联系方致远，想让他在十五分钟后给她回一个电话，到时候真要有什么事，也好替她解围，避免她和迈克独处一室的尴尬。

方致远回到包厢，原同事小李正拿着方致远的手机，醉醺醺说着："嫂子，你放心，我哥无论到哪，都能东山再起！对，我们相信他，你也必须相信他！"

小李挂了电话，跟脸色铁青的方致远说道："是嫂子，别担心，我都跟她说了，说你跟我们在菲斯特吃饭呢。来，我们继续喝！"

方致远在菲斯特……

方致远辞职了……

周宁静差点没把手机给摔了。

门铃响了，随之传来迈克的声音："宁静，你在吗？"

周宁静双手微微颤抖，整理了一下妆容，拧开了房门："迈克，抱歉，我……"

"不舒服？"

"有点累。"

"晚上我约了闵总喝咖啡，本想叫上你的。"

"你说来找我，就是……就是喝咖啡？"

"我跟闵总说了一下你的那个方案，他很感兴趣，想简单跟你聊聊，说是喝咖啡，其实也是工作啊。"

她竟错怪了迈克，还以为他对她有什么……

"偏头痛，老毛病。刚才吃了一片阿司匹林，好点了。"周宁静努力微笑，她并不想失去这个机会。

手机响起，是方致远打来的，她随手挂断，拿了大衣和包："迈克，我们走吧。"

方致远到菲斯特吃饭，已经不是第一次，比起这个，他没有任何报备的辞职更让她抓狂。她怎么也没想到，丈夫辞职这事，还是从他同事嘴里得知的。而此时，面对闵总和迈克，她只能强压着心里的怒火和不安。

聊得差不多，闵总接了个电话，就先走了。

周宁静这才略略放松下来，可是一放松，她的颓然也就完完全全挂在了脸上。

"我能帮到你什么吗？"迈克突然发问。

"嗯？"她惶惶抬头。

"是不是发生什么不愉快的事了？"

"我吗？"她笑笑，"我的不愉快，在你那里，恐怕……迈克，人的悲欢并不相通，我跟你说了也没用。何况，我是这样的人，而你，又是那样的人。"

"这话我不懂。"

"我只是一个为生活所迫的普通人，而你，海归，家境优渥。目前呢，又处于事业上升期。你有你的春风得意，我有我的事事不如意。抱歉，我都不知道为什么会跟你说这些。"

"可以说啊，现在不是上班时间，我们是朋友。"

"我不习惯跟同事，尤其是上司交朋友。就算撇除了这些，我们也不可能成为朋友。你的未来是可以预见的，可控的，以后，你的孩子可以上最好的幼儿园，你不用为学区房发愁。这孩子一生出来，就有北京户口。若干年后，我的孩子长大了，假如她选择到北京打拼，或许，她的终点正是你们家孩子的起点。你说，我和你，有可能成为朋友吗？"

迈克笑了："我还没有女朋友呢，你连我的孩子上什么幼儿园都想好了。好吧，我告诉你，我并不打算结婚的，更别说孩子了。孩子就像小怪物，我搞不定的。"

周宁静不禁失笑。

迈克继续道："刚才我问你是否需要帮忙，无意探听你的私事，更不是要八卦，我只是不希望有别的事影响你受训，要是你的问题我能帮你解决，那就最好了。"

"我丈夫辞职了。"

"然后？"

"他事先没有跟我商量。"

"工作是他自己的，他辞职为什么要跟你商量？"

"工作是他自己的，但婚姻与家庭是我和他共同拥有的，他的一切行为都和我息息相关。"

"你了解事情的真相吗？他到底为什么要辞职，为什么不跟你说？"迈克顿了顿，"你真的了解他吗？你要是了解他，就不会有这么多困惑了吧？"

周宁静登时无语，她真的被迈克给问住了。

迈克摊手："现在你知道我为什么不想结婚了吧。"

④

周宁静不接电话，方致远也就没有再给她打。

可以想见她的震怒和不解，这种时候，他没必要往枪口上撞。

犹豫了那么久都没能说出口的"辞职"二字，经由旁人告诉了她，不知怎么，他竟觉出几分轻松来。他打开微信，组织着语言，极力想用客观冷静的言辞，把他辞职的原因和之后的计划告诉她，却发现高中班级群里炸了锅。

闹闹丢了。

闹闹是徐子文和安汶的孩子，如今跟着徐子文的遗孀程虹，也正因为这样，安汶才找周宁海帮忙打官司，要拿回孩子的抚养权。徐子文已故，安汶才是闹闹的直系亲属，连闹闹的爷爷、奶奶都要靠边站，何况是毫无血缘关系的程虹？可想把孩子留在身边的，却正是这个程虹。所以说，这场官司安汶是稳赢的，但就在这个节骨眼，孩子丢了。

方致远刚走出包厢，准备给陆泽西他们打电话，柏橙就迎了上来，她也要去帮忙找孩子。

很自然地，方致远就跟着柏橙离开了菲斯特，不能酒驾，坐的还是她的甲壳虫。尽管他坐在后排，还是能闻到这狭小空间里她身上的香味。这让他有些无措，也极为尴尬。

"哎，你还记得这吗？"柏橙朝窗外努努嘴。

方致远点点头："这里以前是电影院。"

"是啊，只有一个厅，厅里坐着好几百号人。有一次晚自习，我们俩还偷着跑出来看过电影呢，那电影的名，好像叫……"

"我不记得了。"其实他记得，可是，记得又能怎样呢？

"不记得也正常，毕竟是那么久以前的事啦。"

"嗯。"

接下来，便是长久的沉默。许是想打破这种沉默，柏橙打开了音响。

是王菲的歌。那么多年过去了，她还是喜欢王菲的歌。

方致远看向车窗外，已是农贸市场的老电影院早就被抛在身后。

柏橙和方致远最后一次约会,就在这家电影院。

两人前后脚走进影厅,票是柏橙买的,在末排。已经忘了看的是什么电影了,电影本身或许并不重要。末排就只有他们两个,柏橙把方致远带到靠角落的位置,拉着他的手坐下。当时的他,没有觉出她的举动有任何反常之处。

柏橙依偎在方致远怀里,两人拉着手,谁也没心思看电影。他抑制着内心强烈的冲动,一手紧紧揽住她的细腰,柔软却又不失紧实的细腰。

电影散场,柏橙提出去附近的人民公园走走。

早已入夏,公园里还有不少人,两人并着肩,走到一个僻静的角落。

"致远……"她抱住了他。

那是他们第一次拥抱,也是最后一次。

往事历历,却只是如风。

这些年,他方致远的人物设定是好男人、好上司、好哥们、好丈夫、好儿子和好父亲,种种设定已经帮他铺垫好了后半辈子的剧情发展。他的生活,是注定没什么波澜的,哪怕一点点小浪花也不会有。辞职,是他做过的最疯狂的事。别的,他没有精力去想,也着实不敢想。哪怕被叶枫坐了一会儿大腿,他有了那么点微微起伏的生理反应,他都觉得自己不可饶恕。

这天晚饭,是程虹带着闹闹在外面吃的。闹闹吵着要吃肯德基,本就溺爱他的程虹,在徐子文走后,对他更是有求必应。出去不到半小时,爷爷奶奶就接到了程虹的电话,说孩子丢了。他们还未及细问,程虹就把电话给挂了。

冇城说大不大,说小也不小,徐家二老慌得没了主意,再打程虹电话,人直接就不接了!于是二老通知亲朋,报警,也打了个电话给安汶。安汶这人确实不太靠谱,但闹闹是她亲生的,她以后嫁人也好,怎么也好,总不至于太亏待孩子。至于程虹,丈夫这么一走,说起来,闹闹和她已经没什么关系,再说了,哪天她再嫁,有了自己的孩子,还会对闹闹这么好?二老都明白,他们总归是要先走一步的,与其把孩子托付给程虹,倒不如归还给他亲妈。

安汶也是个遇事就慌的主,幸好有这帮老同学,他们拿了闹闹的照片,做了寻人启事,发微博、微信,又跟着出来满城找。

等方致远和柏橙赶去和他们会合时,这帮一无所获的人已经聚在派出所了。安汶一看柏橙来了,抱住她,又是一通大哭。陆泽西和老巴相互看看,他们对方致远和柏橙的共同出现表示诧异。

这时,老巴的手机响了,竟是童安安打来的。原来,她看到了老巴发的寻人微博,经她手一转发,很快,就有一个粉丝发来私信,说是在南城区的水井巷里见过这孩子。

一听说孩子在水井巷,徐家二老傻眼了,程虹的娘家不就在水井巷吗?事不宜迟,这帮人连同着民警,直接赶去了水井巷。程家二老一开始死活不承认,直到眼尖的安汶看到沙发上孩子的鞋子,程虹才带了闹闹,面无表情地走出来。安汶扑上去就要打程虹,被众人拦住。

闹闹本来倒没什么事,但孩子还小,一看到这阵仗,呼啦啦来了一堆人,民警还要带走自己的妈妈,立刻就哭开了。

安汶去哄,但孩子根本不认识她,哭得更厉害了。等奶奶去抱,这才止了哭声,一手指着安汶,骂她是巫婆。

"我是你妈!"安汶声嘶力竭喊着,一边喊,一边自己先哭开了。

"你是坏人,你们抓走了我妈妈,你们都是坏人!"孩子跟只小猛兽似的,咬牙切齿。

徐家二老先带着孩子离开了,安汶还愣在那里发呆,这时一直沉默的程家二老说话了。

"虹虹也没恶意,她就是太喜欢这个孩子了。"程父一边说,一边招呼众人坐下,还给安汶倒了杯水。

"安汶啊,孩子,你是叫安汶吧?"程母看着安汶。

安汶木然点头。

"安汶,有件事你可能不知道,虹虹和子文结婚前,她答应过子文的,从今往后,他们就只有闹闹一个孩子。其实……半年前,虹虹意外怀孕过一次,她愣是没要……"

安汶惶惶抬头,屋子里方致远等人也全都看向了程母。

程母继续说道:"他们俩刚认识那会儿,闹闹才三个多月吧。虹虹回来跟我提了这事,一开始我也不同意,这算什么,好好的大姑娘,真要嫁过去给人当后妈?虹虹自己条件又不差,是,子文是年轻有为,也有钱,但带着这么个孩子,委屈的还是虹虹啊。但我能看出来,她是真喜欢子文,也是真喜欢闹闹……安汶,我们都知道,虹虹自己也知道,真的打起官司来,孩子肯定得归你。可是……可是你这等于是要了她的命!子文没了,她难过得整晚整晚睡不着,幸好还有个孩子,她才撑到现在……"

"别说了!"程父微怒,"这于情于理,闹闹都应该跟着他亲妈!"

"可闹闹是我们家女儿一手带大的!"

安汶缓缓站起,朝着程家二老,深深鞠了一躬,扭头就跑,柏橙追了出去。

众人跟程家二老道别,带着几分唏嘘,各自散了。

方致远等人走到不远处的停车场,经过付丽丽的豪车时,听到她和周冲正说得起劲。

"这个项目绝对没问题,我亲自考察过的……"付丽丽眉飞色舞,"你看现在,股市低迷,楼市不振,你说你手上捏着那么多钱,你不投资那不是资源浪费吗?哎,我跟你说啊,紫星国际是大公司,人家有自己的交易所……"

"靠谱吗?我怎么听着有点悬……"

"要不你怎么就只能搞搞农家乐呢?咱俩格局不一样。你哪,暴发户一个!"付丽丽拉开车门,一眼看到了方致远。

付丽丽只是冲方致远一笑,便上车离去。和众同学的座驾相比,她的绝对是豪车,不但车够豪,人家还有专属司机。

"刚才付丽丽在说什么呢?什么投资,什么项目?"方致远问周冲。

"我也没听明白……"周冲苦笑,"你说啊,我们这些同学里,现在就属她最有钱,当年还真没看出来。致远,我也该回去了,这样,过几天呢,我想叫上我们班的这些同学,到我那农家乐聚聚。你和宁静也得来啊。"

"一定。"方致远点点头。

陆泽西把方致远送回了家,便和老巴、明杭聚在冇江边的夜排档,撸了一晚上的串。

凌晨五点,冇江被那轮日出映得一片绯红。

天光云影，像是误闯了谁的梦境。

"子文这辈子，值了……"说话的是陆泽西，"这两个女人，是真喜欢他。比起他，我算是白活了。"

老巴苦笑："咱们三个这算什么？单身狗的狂欢派对？"

"泽西才不是单身狗呢。"明杭道。

陆泽西喝了口酒："我宁可单身。"

话说这方致远回到家后，终于编写好了那条微信，给周宁静发了过去。在漫长的等待后，收到了她的回复：等我回来再说。

从这简单的六个字里，他辨别不出她的情绪。与其这样，他倒宁愿她打电话过来骂他一通。如果他辞职的举动是反常的，那么，她现在的反应更加反常。

北京，雾中的清晨。半夜才睡着的周宁静在自己的干咳声中醒来，一气喝下了整杯水。镜中，她的脸皮浮着，眼睛也肿着，嘴唇起了一层皮。她不断搓揉着自己的脸，抠着嘴唇上快掉落的皮，一用力，血珠从嘴上渗出。

是的，那简简单单六个字的回复，是内心激烈斗争后，强迫自己平静下来的举措。

马上要买学区房，周子也即将上幼儿园，家里哪哪都需要钱，丈夫居然在这种时候选择辞职，而且是裸辞……

可方致远在冇城，她远在北京，鞭长莫及，她的任何反应都是没有意义的。

而且，她喝过的那些心灵鸡汤告诉她，不知道怎么做的时候，就什么都别做。

她必须让自己尽快清醒、尽快恢复常态。

她做了一整套瑜伽，冲了个澡，才慢慢缓过来。化完妆、换好衣服后，她对镜自照，虽略显憔悴，但精神比之前已好很多。看看表，该去吃早餐了。她换上高跟鞋，拎起自己的包，走出房门。

自助餐厅里，迈克一眼就看到了周宁静，她又恢复了工作状态，长卷发挽在脑后，额前没有一丝乱发，身着卡其色套装，长裤下边是一双同色系防水台高跟鞋。

迈克招手，周宁静取了几样吃的，坐到他对面。

"不错，看来你的家事并没有影响到你。"迈克微笑。

"要是我被这点小事影响了，损失不是更大吗？迈克，我很珍惜这次受训机会。"

"为你的……怎么说呢，为你的敬业和洒脱，干杯。"迈克举起手里的牛奶。

柏橙公寓内，她和安汶也在吃早餐。

昨晚她们离开水井巷后，柏橙便把安汶带回了家。

"想明白了？"柏橙问道。

安汶笑了笑。

不是每个人都适合婚姻的，至少，在安汶看来，她不适合。

大学毕业后，安汶和徐子文回到冇城，这也意味着他们需要给这段漫长的恋爱一个人人想见的大团圆结局了。婚后，正处于创业初期的徐子文非常忙碌，三天两头在外应酬。读书时代被徐子文宠溺惯了的安汶，哪受得了这种落差啊。

其实，他们俩并没有特别原则性的冲突和矛盾，真要论起来，无非是一些生活琐碎造成的隔阂与误会。积少成多，终于在安汶怀孕后彻底爆发开来。

安汶责怪徐子文不够顾家，而徐子文则埋怨安汶不够体贴。这中间，又牵扯进了双方父母，从小两口的争吵演变成了两个家庭的冲突。爱情在这种时候，显得有些苍白无力。性格刚烈的安汶，整个孕期都很焦虑，而徐子文更是背负着巨大的精神压力。在生下闹闹后，她便主动提出了离婚。

在安汶看来，除了分开，当时的他们似乎没有更好的解决办法。谁也不愿迁就谁，谁也不愿勉强谁。徐家二老不同意儿子儿媳离婚，除非安汶愿意放弃闹闹的抚养权。被困在婚姻里透不过气的安汶，就这样放弃了她的孩子。

此后的日子里，那段过往的婚姻看起来对双方似乎都没有什么影响。然而，在得知徐子文将和程虹结婚后，安汶崩溃过一次，以至于大闹他们的婚礼。

也就是这个时候，安汶才发现，徐子文根本没有走出过自己的生活。她以为那份爱已经消磨殆尽，未曾想，只是被繁杂的生活和失控的情绪埋在了内心最深处……

安汶站起来，对柏橙说："我们走吧。"

她们是去找程虹的。

"我看出来了，闹闹一时半会儿也离不开你，这样，孩子我愿意暂时交给他的爷爷奶奶，可是，他们毕竟年纪大了，孩子的事，还要你多操心。"安汶对程虹说。

程虹又惊又喜，却还是不敢相信。

安汶继续说着："你比我年轻，以后你还会有自己的家庭，自己的孩子。人生很长，有很多事情都是我们无法预料的。所以，我也会和闹闹培养感情，试着让他接受我。"

"你可以随时来看闹闹的。"

"我不是什么圣母，之所以做这个决定，是因为你对闹闹付出了很多，而我对孩子始终有亏欠。程虹，闹闹不属于你，也不属于我，他会长大成人，会有属于自己的生活。我只是希望孩子快乐，只有这样，子文泉下有知，他才能安心……"

"安汶，我也有个希望，我希望你尽快开始新的生活。"

"你能吗？"

程虹没有说话。

第六章　爱欲犹如执炬

人与人之间的交往，好就好在这句"为了你好"，坏也坏在这句"为了你好"。

这天早上，方致远也不平静。

王秀芬在砸门。

昨天他晚归，丈母娘当时就没给好脸色。他解释，同事聚餐、帮同学找孩子，她阴阳怪气，嘴上怪周宁静为什么要把孩子接回来，其实是在表达对他的不满。

她对他不满也不是一两天了，他已经习惯，也早过了非要证明自己的阶段。但这次，他不轻不重地怼了过去。以前，他总是顾忌这个人的感受、顾忌那个人的面子，可他们，又有谁真的在意过他的感受、他的面子呢？

这些天，他的心里并不好受，裸辞看着确实洒脱，可是，这以后的路该怎么走，总得好好斟酌。他的出身虽然不怎么样，但这一路走来，他的学业、事业也都算是平顺的。像现在这样的低谷，他还从未经历过。当着陆泽西他们几个说下的豪言壮语——想自己创业，可创业，需要资金，更需要机遇。眼下，他空有想法，却根本不知道该从哪下手。

"致远，开门！"王秀芬还在砸门。

他开了门："妈，这才几点……"

王秀芬心急火燎："周子发烧了！快，去医院！"

来不及慨叹雪上加霜，方致远抱了孩子就往楼下冲。

到了医院急诊室，一检查，是肠胃炎合并脱水引起的发烧，需要输液。看着尖锐的针管插进周子细小的血管，方致远一阵心悸。他嘱咐面容憔悴的王秀芬打车回家休息，小的已经病倒，老的可不能再出什么事。王秀芬的身体其实也没看起来那么硬朗，高血压，一直在吃药。

"还是我看着孩子吧，你还得上班呢。"丈母娘到底还是心疼这个女婿的。

方致远心中有愧，说道："妈，没事，我跟公司请个假就好。"

王秀芬还是犹豫："请假还得扣工资，再说，你也没正经看过孩子……"

"妈，你就放心吧，这儿有我。这样，你先回去，要是我搞不定，再给你打电话。"

"那……那也行。"王秀芬点点头。

"对了，妈，周子生病的事暂时先别告诉宁静，她离得那么远，跟她说了，她也只能瞎担心。她这次去总部学习，机会难得，我想让她安心点。"

"这个不用你说！"王秀芬转身走了几步，想起什么，"钱够吗？"

"够，妈，你赶紧回家吧。"

"哎，唉……"王秀芬这才离去。

此时，老巴正不可思议地看着面前丰富的早餐。

童安安笑着："快吃啊，我又没下毒。"

"你做的？"

"有问题？"

"不是，为什么啊？"

"没为什么，咱俩合租，是室友，不得搞好关系？"

"前几天你不还往外撵我吗？不用你撵，我已经在找房子了……"

童安安还是笑，往老巴跟前凑："干吗非要搬走呀，住着呗。"

她穿着件松松垮垮的V领T恤，长发拢在一侧。

老巴不禁拉紧了衬衫："你想干吗？"

"喊，你想什么呢！我问你，你平时是不是喜欢拍个照片什么的？我看你微博了，你晒的照片都是自己拍的吧？"

"对啊。"

童安安曾强制老巴关注她的微博，不仅是微博，还有网店。关注后，他才知道，原来她是个小网红，微博粉丝小几万，标签是时尚博主。

"你呢，也不用搬了，我正式聘你为我的御用摄影师，以后你帮我拍照。我那有一批新款要上了，刚好……"

老巴直乐："我不愿意。"

童安安坐下，看着老巴："昨晚我可帮了你大忙，要不是我转发了你的微博，孩子能那么快就找着？巴有根，人要知恩图报。"

老巴白了她一眼。

她才道："好啦好啦，以后我不叫你巴有根了。"

"我又不是什么专业摄影师，拍照就图个乐。"

"但凡我有钱，我也不找你。"

"哦，你请我拍照，还不打算给钱？那我更不愿意了，凭什么呀？"

"别急呀，你先尝尝这个……"她推过去一个盘子，"我做的葱花饼。"

老巴皱皱眉，尝了一口，别说，比他想象的好吃。

童安安歪着脑袋："你帮我拍照，我给你做饭，这买卖你不亏。"

老巴三下五除二吃完葱花饼，童安安怕他噎着，递过去一杯果汁。

吃干抹净，他站起来："让我考虑考虑。"

"哎，你这人……"童安安正欲发火，老巴已经窜出房门。

中午，方致远抱着周子离开医院，在停车场遇到了明杭。只见明杭匆匆下车，边上还跟着个女人。方致远定睛一瞧，那女人不是明杭就职广告公司的老板区一美吗？因为区一美和陆泽西有业务往来，两人关系一直不错，陆泽西这才介绍明杭去她公司的。听说区一美对明杭很是照顾，委以重任，颇有些求贤若渴的感觉。

只见她穿着一件红色连衣裙，外边罩着白色的斗篷式小外套，既遮住了略显粗壮的手臂，又突出了傲人的上围。因为保养得当，又是陆泽西整形医院的常客，已过不惑之年的她，看起来不过三十出头。她剪着短发，肤色白皙，本不甚出奇的五官经过这些年的改造，竟有些神似某位当红女星。

这女人可不是省油的灯，人不显老，心里更是不服老。陆泽西的缘故，方致远和她吃过几次饭，也听到过不少关于她的传闻。据说，她和她丈夫的感情一直不太好，常年两地分居，他们的婚姻状态就是四个字：各玩各的。

方致远还未及和他们打招呼，区一美倒是眼尖，挥手："方总！"

"致远,你怎么在这?"明杭也看到了方致远。

方致远走近:"周子病了。"

"没事吧?"区一美问道。

"好多了,你们这是?"

明杭一脸焦虑:"是我爸……刚我妈来的电话,说医生下了病危通知!区总客气,一定要送我过来。"

"那你赶快进去吧!"

明杭点头,快步往里走,区一美跟了上去。

方致远想了想,抱紧周子,也跟了上去。

急救室外,刘素织一看到儿子,就扑上来抱住了他。

"妈,爸到底什么情况?"

"医生说你爸快不行了……"刘素织本来在哭,但她看到儿子身边的区一美时,哭声戛然而止。

区一美微微点头:"阿姨你好,我是明杭的同事。"

"哦,哦……"刘素织又哭开了。

有医生从急救室出来,明杭等人围了上去。

"恶性淋巴已贯满全身,情况很危急!"医生看着明杭,"我们在尽力,你们也要有心理准备。"

"你爸他……"刘素织泪流满面,"你爸他不能就这么走了,他还没看到你结婚!"

"妈,这都什么时候了,你……"明杭嘴上责备母亲,眼眶却红了起来。

方致远回到家已是下午,打电话给明杭,确认他父亲的情况已趋于稳定,一颗悬着的心才放下。周子已经退烧,被王秀芬带回房睡午觉了。方致远瘫坐在沙发上,只觉得四肢乏力。他本想给周宁静打个电话的,一看时间,担心影响她午休,便发了微信。

周宁静看着微信,丈夫字斟句酌,在为他的任性辞职找借口。他说,他想为自己选一次。按她的理解，他是在告诉她，他以往的所有选择都是出于无奈，包括和她的婚姻。这算什么，他想干什么？她不安地看着课程表。

及至夜里，明杭才从医院出来。

明远已经醒了，按照医生说的，再过半个月，等他身体条件稍好些，就要进行化疗了。其实，他真的没想拿化疗威胁儿子成家，只是，他相信医学，却更明白医学并非万能。

去年，他送走了他的老领导，被肝癌折磨得不成人样的老领导拉着明远的手，说与其这么半死不活、尊严尽失，还不如早点离开。明远能够理解他，甚至和老领导聊过，如果有一天，他也遭遇相同的境况，他一定不拖累妻儿，也不为难自己。没想到，一语成谶。

可对明杭和刘素织来说，明远是他们最亲的人，就这么看着他撒手离去，他们做不到。明远知道妻子和儿子的心思，也不想再做无谓的挣扎，便口头答应接受化疗。何况，儿子不但回有城找了工作，还答应去相亲，如此低眉顺眼，这是第一回。他这个当爹的要还是死撑着，就是他不通人情了。

明杭在医院门口等车，手机响了。

"我就在你对面，你过来吧。"是区一美。

明杭朝马路对面看去，区一美的车果然停在那儿。

他拉开车门，坐了上去，一脸歉意："区总，真不好意思，还麻烦您来接我。"

"我下午离开医院之后吧，临时有个应酬，不然早就过来了。这不应酬完了，想来医院看看情况怎么样了，结果你刚好就出来了。怎么样，叔叔还好吧？他同意化疗了吗？"

明杭点点头。

"还没吃东西吧？"区一美又问。

"之前叫了点外卖……"

"外卖怎么行，走！"

明杭不好推托，硬着头皮跟着区一美走进附近一家餐厅。

"这里还蛮安静的。"区一美一边脱着外套，一边坐下。

明杭就坐在区一美对面，她脱下外套后，露出里面的红色连衣裙，领口开得很大，胸前一抹春色。

明杭不自觉地低下头去："谢谢区总。"

"等我们吃完了，再打包一份给叔叔阿姨。"

"不用了。"

"你跟我这么客气干吗？既然你来公司上班了，那我们就是自己人。对了，给你配的车下个月就能提了，公司呢，预算有限，这小车就是给你代步的，你别嫌弃啊。"

"区总，我怎么会嫌弃呢？说实话，这段时间，不管是你还是公司同事，对我都特别照顾。"

"都是应该的，我最喜欢的就是你这种有能力的人！安安心心干吧。"

"区总，我一定会尽力的。"

区一美笑道："明杭，你干吗要这么生分啊！什么区总，在公司都没人这么叫我，你没听到大家都管我叫一美姐吗？"

"是，那我以后就跟他们一样，叫你一美姐。"

"这就对了。哎，明杭，姐问你个事呗，私事，不介意吧？"

"一美姐，你问。"

"你有女朋友了吗？"

明杭尴尬道："没有，我父母正为这事犯愁呢。"

"哦，没有女朋友啊。"区一美还是一笑。

简单的四菜一汤，但很精致。明杭无心享用，只想快点结束，他扒拉着碗里的白米饭，看起来心不在焉。

"你待会儿是去医院还是回家？"长久的沉默后，区一美问道。

"先回家拿点东西，然后去医院换我妈，这段时间都是我妈和护工在照顾，她也很辛苦。"

"听说你回冇城，就是因为叔叔的病？"

"嗯。"

"虽说你和陆泽西是朋友，但你们俩的性格完全不一样。你知道吗？我和他认识也有三年了，从没听他提过他的父母，在他眼里呢，只有女人，只有ABCD。"

"ABCD？"

"罩杯嘛。"区一美抿嘴笑。

明杭只是笑着，他都不知道该怎么接话了。

区一美看到明杭对自己的段子不太感兴趣，便换了话题："哎，你呢，你喜欢什么类型的女人？"

"这个，我还真没想过……"明杭放下筷子，"一美姐，你看时候也不早了，我还得回家拿东西，要不我们……"

区一美微微不悦，却还是叫过了服务生："买单！"

"我来吧。"明杭拿出钱包。

区一美按住明杭的手："说好我请的嘛。"

明杭抽回自己的手，只觉得浑身不自在。

清晨，冇江南岸的旧时光咖啡馆门口，立着两个穿健身服的女人。

匀称一点的是柏橙，骨感一些的是安汶。刚结束晨跑，两人脸上都还挂着汗珠。

这咖啡馆是安汶的，不过，她现在预备远走他乡，把咖啡馆盘出去。

和徐子文离婚后，安汶在某个偏远之处投资了一家民宿，如今，这民宿成为了她的退路，却也是前路。重新开始生活很难，但总得试试。

"咖啡馆的事，我就交给你啦。"安汶拍拍柏橙的肩膀。

柏橙微笑："放心去吧。"

安汶定定看着柏橙："我有个问题，一直想问你。"

"问呗。"

"这些年，你为什么音信全无？你回来了，为什么不早点告诉我们？"

"这是两个问题。"

"你要是不想回答，就算了。只可惜，如今你回来了，我却要走了。"

"我回来，早晚都会遇到你们，说不说都是一样的。至于这些年为什么都没联系你们……"柏橙顿了顿，"高考过后，我爸妈就离婚了。"

柏橙的父母感情不睦，长期失和，这对她高中时期的好友安汶来说并不是一个秘密。

　　"他们早该分开了。"安汶道。

　　"是啊，他们强撑着，说什么不愿意影响我高考，我呢，到底还是考砸了。什么为了孩子再熬两年，都是鬼话。他们离婚后，我妈就带我去杭州了，她工作，我复读，一开始都还不错。只是后来，她得了场大病，没法上班，身边离不得人。我爸呢，离了婚，如鱼得水，当时交的那个女朋友是个厉害的主，慢慢地，我爸也就停了我的学费和生活费。最要命的是，方致远还和周宁静好上了……"

　　"那你都是怎么过来的，为什么不跟我说？"

　　"安汶，我不知道该怎么跟你说，也许是自卑，也许是好强，总之，我的生活变得一塌糊涂。"

　　"这些事，方致远也不知道？"

　　"嗯。我不想拿这些博取谁的同情。既然他做出了自己的选择，我便只能接受。"

　　安汶发出一声长长的叹息："阿姨的身体现在怎么样了？"

　　"她的病……一言难尽。去年，我爸算是良心发现，接回了我们母女，如今，我妈住在宥城一家疗养院。只是，我永远都不会原谅我爸。"

　　"其实，你不用独自承受这些。"

　　"都过去了。"

　　"只可惜，你和致远……"

　　"其实我都想明白了，深情难敌久伴。"

　　"为了和致远在一起，周宁静可以说是处心积虑，听说高考前，她拼了命地学习，就是为了跟他考同一所大学。当时她还跟我们俩姐姐妹妹的，一扭脸，就抢了你的男朋友。她和方致远在一起后，我也很少跟他们来往了。坦白说，我不喜欢周宁静的为人。"

　　"关于她，我没有什么好说的，说再多也没用。"

　　"现在可好，他们俩成幸福的模范夫妻了，你呢，孤家寡人一个。"

　　"模范，"柏橙笑笑，"模范就等于幸福？在你看来，致远应该没什么大的变化，我看他，却觉得他跟换了个人似的。"

"这些年，你就没有遇到过喜欢的人？"

"有过，可是……"柏橙没再往下说。

方致远不知道周宁静是否已将他裸辞的事告诉王秀芬，便继续演戏，一大早起床，拎了包准备去"上班"。不想刚拉开房门，就看到了老丈人周长和。

原来，周长和在一个朋友嘴里辗转知道了女婿的事，心急火燎，再坐不住，天一亮就往这边赶了。见到方致远，周长和免不了大发脾气，王秀芬在一旁各种敲边鼓，说方致远草率、鲁莽等等，更上升到他没家庭责任心。

老丈人数年前突发心梗，抢救过来后便一直病快快的，离不了药，更不能受刺激。也就是这一两年，他的身体才略硬朗些。丈母娘呢，听风就是雨，是个直性子。这二老，方致远哪敢顶撞？

好在牛总来了通电话，算是暂时给方致远解了围。

牛总是一家本土通信公司的老板，为了抢占市场，他以前没少跟方致远交手。

两人约在附近的一家咖啡馆。

老远的，隔着落地窗，方致远就看到了牛总和他新买的帕拉梅拉。

见了方致远，牛总一脸欣喜："方总啊，听说你辞职了，辞职好啊，辞职了咱俩才能合作。"

"消息传得还挺快。"方致远笑笑。

"明人不说暗话，这样，你来我这，你开个价。"

"我这……"

"带上你的客户资料，来我公司，我直接给你挂个副总。"

方致远一愣："牛总，我可没心情跟你开玩笑。"

"我像是在开玩笑？"

"带着客户资料到你公司？你给我高职高薪？"

"对啊。"

"那我索性开个一口价，直接把客户资料卖你得了。"

"也行。"

方致远霍地站起："牛总，你也太小看我了吧？带着客户资料到你公司，我还想不想在业内混了？不好意思，牛总，咱俩还真不是一路人。"

"还激动了，有什么好激动的，你还真把自己当回事了？"

方致远扔下两张百元纸币，喊了声买单，愤愤离去。

家里，老丈人和丈母娘还等着方致远，要做他的思想工作，要给他出谋划策。想到这些，他难免心烦，便开着车四处晃荡。前面一个顺拐，车子进了加油站。

他下车刚抡起加油枪，身后便传来了一个有些粗犷的女声："方致远！"

他一扭头，是付丽丽。

付丽丽正站在她的玛莎拉蒂前边，身侧那个微胖的小伙子是她的司机。

方致远微笑："还挺巧。"

付丽丽递过来一张名片："致远，我早就想跟你好好聊聊了，希望有机会能跟你合作。这上边有我的电话……"

"我们不是加过微信了吗？"

"我哪有时间天天看微信，但是，只要是打进这个号码的电话，我一准会接！"

方致远只得接过名片。

"行，那我等你电话啊！有空来我公司看看。"付丽丽说着摆摆手，转身朝自己的豪车走去。

方致远实在没办法把眼前这个付丽丽和高中时代的付丽丽联系在一起。

他印象里，这是一个少言寡语、成绩平平的女同学，甚至整个高中三年，她都显得有些孤僻。命运真有意思。可是他现在也无暇感慨别人的命运了。

方致远正无处可去，想顺道去陆泽西的整形医院坐坐，不料周宁静来电话了。

这段时间，她从没主动联系过他。他发微信，她要么简单回复，要么就是直接回几个表情；他打电话，每次她接起，不是在忙就是"嗯""哦""好的""再说"。

"你在干吗呢?"她问道。

"打算去泽西那呢。"

"哦,你就这样把我爸撂家里了?"

"爸都跟你说了?"

"你辞职的事我就没告诉爸妈,想让他们省点心。可有城就这么点大,他们哪有不知道的。既然二老都知道了,他们说什么你就听着。你都有勇气辞职,难道没勇气面对他们?"

"没有没有,我出来是想缓和下气氛……"

"你啊,就是这样,遇事就往后躲。行了,早点回家吧。"

"哎,老婆,你下周该回来了吧?老婆……喂……"

那边,周宁静已经挂断电话。

老婆大人发话了,方致远不能不听,经过菜市场,他买了老两口爱吃的菜,这才回的家。周长和絮絮叨叨,抓着方致远说个没完。

女婿买回来的几样菜,王秀芬做得很用心。羊肉是周长和喜欢的,她做了清炖,除尽腥膻,掠去浮油,很是鲜美。冰箱里还有排骨,每回她做糖醋小排,女婿都赞不绝口,今天捎带手也做了。以往女儿在家,她喜清淡,王秀芬便只迎合她的口味。但王秀芬知道,女婿无辣不欢,口味略重,就添了盘香辣鸡块。

其实,女婿出门后,她跟老伴商量过了,等他回来,他们俩一个唱红脸一个唱白脸,不为别的,就是希望他能早点找到新工作。

这顿午饭,三个人吃得很是尴尬。周长和提出,周子先由王秀芬带回他们家照看,好让方致远专心找工作。方致远本想说说自己的创业计划,话到嘴边,又只好咽下。

此情此景,让他想起和周宁静结婚之前的种种。当初,王秀芬不看好方致远的,比起她的极力反对,周长和倒是表现出了少有的开明。

"大鱼大肉是一辈子,粗茶淡饭也是一辈子,只要你对宁静好,宁静也愿意跟着你,我没意见!"

周长和的话,方致远至今还记得。

便是今天这样的斥责,周长和仍然顾及到了方致远的面子。态度虽然严肃，但听得出来，他对方致远还是理解和尊重的。

周长和不能饮酒，便以茶代酒："致远，我还是那句话，不求你发什么大财，但往后不管做什么，都不能忘记你已经成家了，有什么事啊，要多和宁静商量，要多想想你是周子的爸爸……你们要买学区房，又打算要二胎，生活压力大。我的意见嘛，接下来，你还是谨慎点好，找到好工作了，收收心，踏踏实实的，该有的都会有。"

方致远甚至有些后悔，他本该受了何总那一巴掌，再吃下何总给的糖，然后，让生活跟过去一样，继续顺着妻子的规划滑向未来，也不至于弄得像现在这么被动。现在的他，项目雏形是有了，但一没资金，二得不到周宁静的明确支持，可以说是一筹莫展。

接下来几天，方致远一直过得浑浑噩噩。

到了周五，陆泽西找上门来了。

林子萱的父母已到宥城，陆泽西自是不愿出面接待，便推说忙。林子萱也没强求，撂下个潇洒的背影便走了。她这么一走，他倒有些不是滋味了，本来以为她会跟他大吵一架呢。

他给她发了微信，说自己已将二老的行程安排好，吃住玩一条龙，如果有需要，回程的机票他都可以帮忙订。信息发出去不到三分钟，他就后悔了，想撤回已是不能。

人性本贱，这一点，此刻在他身上体现得淋漓尽致。其实林子萱这一赌气，两人一分手，干脆利落，不管是对她还是对他，都是好事。可不知怎么，他就是管不住自己的手。

这一次，她不再像往常一样秒回微信，隔了漫长的十五分钟后，才回了淡淡的三个字：不用了。

陆泽西正嘲笑自己多此一举，周冲打来电话，说是邀请老同学到他的农家乐过周末。反正闲着也是闲着，他便兴冲冲来到了方致远家。两人一合计，联系了老巴和明杭。赶巧，老巴刚送走了父母，周末也不用加班。至于明杭，刘素织一听说是同学聚会，非要让他参加，说什么多会会同学，好让大家给他介绍对象。

好在陆泽西开了医院的商务车，满满当当坐了一车，除了他们四个男的，还有童安安和区一美，一行人浩浩荡荡。这童安安呢，老巴之前答应周末帮她拍照片的，她还真当回事了，带了一大包衣服，非要跟着去。至于区一美，明眼人都看得出来，她嘴上说是跟着陆泽西出来走走，其实就是冲着明杭来的。明杭自是别扭，又不好说什么。众人只是拿老巴和童安安打趣，老巴百口莫辩。

周冲的农家乐在冇城的东郊，紧挨着冇江中游，背后又是冇山，可谓依山傍水。早几年，他正好赶上冇城大力发展旅游产业，便辞了体制内的工作，在冇山脚下开起了农家乐。一开始生意确实不错，但近年周边的农家乐是越来越多了，竞争激烈，能收支平衡就不错了。

虽则前路漫漫，偶尔还有举步维艰的无力感，但高中时代默默无闻的周冲，还是很想在老同学面前显摆显摆。为了这次聚会，他还退掉了两桌客人。别的先不说，他这里嘛，好饭好菜、好酒好茶还是供得起的。

"客房都检查过了吗？床单被套全都换一遍啊！"周冲刚检查完后厨的肉菜，走至餐厅，一眼看到了妻子季岚。

季岚一脸不悦："不就是几个老同学，连生意都不做了，至于吗？"

"至于！你懂什么！还不换衣服去！就穿这样，像话吗？"

只见季岚穿着格子衬衫和牛仔裤，确实没有半点老板娘的样子。

季岚撇嘴："那我是不是得现去买件貂皮大衣穿着？还是跟你似的，挂一根半斤重的金链子？"

"你看你，怎么老走极端啊！我这些老同学第一次到咱们这，你总得穿得隆重点、正式点吧？"

"穷显摆什么啊，有意思吗？"季岚说完扭头就走。

方致远他们很快就到了农家乐，周冲急急领了季岚出门去迎，这才发现，妻子还是穿着那件格子衬衫。自从周冲从事业单位辞职，还留在原单位的季岚就老大的不乐意，总觉得他变得满身铜臭。在季岚看来，丈夫为了搞同学聚会推掉两桌客人，说起来是什么重情重义，其实就是为了穷显摆。但场面上，总还要给他点面子。

这边方致远等人刚坐定，付丽丽就到了。半小时后，安汶和柏橙也来了。

安汶说自己过几天就要离开冇城了，趁着这个机会，再跟大家聚聚。

午饭很是丰盛，现杀的土鸡，一只清炖、一只白切，自家鱼塘的白鲢，一鱼三吃，鱼头煲了豆腐汤、中段切片水煮、尾部油炸，另有烤羊腿、羊杂碎、红烧的土猪肉等等，还有几样据说是空运过来的海鲜，也都不错。新鲜的菜蔬和点心都是后上的，点心里一道酒酿圆子算是周冲这里的招牌菜。拿出来的白酒和葡萄酒也是自酿，口感纯正。

和柏橙的菲斯特不一样，周冲这里的一切都显得原生态，透着那么股子新鲜的质朴。众人一边吃，一边回味着高中时代的种种，一团和乐。

趁着陆泽西去上洗手间，明杭跟了过去，直接把他堵洗手间门口了。

陆泽西纳闷："有事？"

明杭似乎犹豫了一下，才道："区一美的事。"

"一美姐呀，"陆泽西乐了，"她怎么了？"

"她来干吗？"

陆泽西皱眉："你想什么呢，是不是想多了？"

"她是我的老板，我不想和她有太多私交。"

"你原来在大城市是怎么样我不知道，但在冇城，小地方，有私交不是坏事。"

"你没感觉到？"

"感觉到了，刚才来的这一路，我们都感觉到了，要不是我们还在车上，搞不好她就要生扑你了。"

"我不管，反正这事你得帮我解决。"

"不是，我怎么解决啊？哦，你以为我把你介绍到她那，是在拉皮条？"

"能不能好好说话了？你要这么说，这工作，我不要也罢。"

"爱干不干，没人强迫你！"

陆泽西这些天心里本来就憋着一肚子火，看明杭那样，更觉得可气。自己好心帮他，还落得一身不是了，没这道理。

从洗手间出来，陆泽西绕到餐厅后面的鱼塘。

时值初夏，新绿的荷叶在塘上铺开，正午的阳光又洒在叶面上，很有一番风味。但他哪有心思欣赏，摸摸裤兜，想抽根烟，却发现兜内空空如也。四下张望，在鱼塘对面看到个女孩。

女孩穿着藕荷色的套装，是农家乐女服务员的打扮，正打着电话。听不清她在说什么，远远看去，她的神态和肢体语言倒有些像林子萱。一样的年轻，连媚态都有几分神似。

陆泽西难免看得有些入神，于是想起了林子萱，他甚至有些怀疑这是想念。

"你在这干吗！"是方致远的声音，"大家都在找你，酒桌上没你，不热闹。"

陆泽西没回头："你们哪，也就是这种时候才会想起我。"

方致远点了两支烟，递给陆泽西一支："心里有事？"

"哟，又抽上了？周宁静知道吗？不行，你得跟她汇报呀。"

"别拐着弯骂我，宁静让我戒烟，那也是为了我好。"

"是啊，为了你好。这人与人之间的交往，好就好在这句'为了你好'，可到了最后，坏也坏在这句'为了你好'。"

"哪来这么多感慨。是不是医院那边出了什么事？"

"咳，林子萱嘛，非要拉着我去见她父母，我没答应。"

"自从你和潘瑜离婚，交过不少女朋友，就这个林子萱，跟你时间最长。你要是真的喜欢人家，给人家一个交代也是应该的。"

"你也要逼婚？"

"林子萱是林子萱，潘瑜是潘瑜，她们俩不一样。是，林子萱有时候确实任性了点，年轻嘛，可以理解的。"

"子萱没错，相反，她是个特别好的姑娘。"

方致远晃着手里的半截烟："知道就好。"

饭后，季岚领着众人去各自房间午睡。童安安没有午睡的习惯，拉着老巴给她拍照。老巴被磨得没办法，只得依言。

付丽丽想得周到，给每个人带了罐好茶。方致远正准备烧水，发现水壶坏了，又不想麻烦服务员，便提溜着壶往楼下走。

周冲的农家乐，总共有三栋房子，一栋是自住的二层小楼，还有栋平房是厨房兼餐厅。再一栋就是柏橙他们住的地方，这栋房子有四层，一二三层是客房，四层是棋牌室。

方致远走到一楼楼梯拐角处，隐隐听到季岚和周冲在说话。他探头，只见周冲涨红了脸，靠着服务台，季岚站在他对面，一脸不悦。

"客房不还空着一半吗，今天怎么就不能对外了？"是季岚。

"我才是这的老板，怎么了，我连这点事都不能做主？"

"要不是老顾客给我打电话，说是要订三间房，我也不会跟你商量。"

"我不差那仨瓜俩枣的！"

"你这些老同学能来，我挺高兴的，可也不能因为他们，我们连生意都不做了吧？"

"你小点声！"

"周冲，你当初要辞职，要创业搞这农家乐，我谈不上支持，但也没反对，没拖你后腿没给你使绊！可是现在你看……不说挣钱，连收支平衡都够呛。家里的开销还得我来……"

"少说几句会死啊！"

"会死！这都几年了，你往家里拿过一分钱吗？"

两口子你一言我一语，吵个没完。

为免尴尬，方致远只得折回楼上。到二楼了，看到柏橙正从房间里出来。

"你这是……"柏橙缓缓抬头，看向方致远。

方致远晃晃手里的水壶："坏了。"

"我那有热水，要不……"柏橙笑，"哎，方致远，我要是请你到我房间喝杯茶，宁静应该不会介意吧？"

第七章　却又浅尝辄止

婚姻，在你看来，是爱情的开花结果，在有些人看来，仅仅是一种形式。

柏橙向方致远发出了邀请，要请他到房里喝茶。

这趟来农家乐，方致远是跟周宁静报备过的，当然，就算他不报备，她也会在微信群里看到他们吃饭时的合影。

今天，从见面到现在，柏橙皆是落落大方、拿捏有度，对方致远不远不近，和她对别的同学没什么两样。要是他扭扭捏捏，倒显得自己心里有鬼了，何况只是喝杯茶。如今他已成家，用周宁静的话来说，他和柏橙的过往只是"年少无知"，都过去了。既然都已过去，柏橙又回来定居了，同学一场，见面总归是免不了的。也许，喝杯茶，一笑泯恩仇，往后再见才不至于尴尬。

"方便吗？"方致远笑着，指指房门。

柏橙把方致远请进屋，烧水、泡茶不在话下。

房内很是齐整，方致远不敢乱坐，便立在窗前往外看。

窗下便是农家乐的小花园，童安安正大摆"POSE"（姿势）。

老巴按着快门，看着镜头里这个不再年轻的网红。她像一只扑棱着翅膀的大花蝴蝶，不停地换着衣服，又不停地变换造型。

"拍得怎么样啊，我看看！"见老巴还在调镜头，她便大踏步走过来。

她这么一跑，傲人的上围便晃动起来。老巴连着往后退了好几步，一个不留神，摔倒在地。两人大笑不止。

"这个童安安是老巴的女朋友？"不知什么时候，柏橙也走到了窗边。

她的黑亮的长发披洒在双肩，两腮微微泛红，显得神采奕奕、顾盼生辉。

方致远接过她手里的茶杯："他俩合租。"

"听说他离婚了。"

"他和他前妻的感情一直不太好，三天两头闹，离了，未必是坏事，对彼此都是个解脱吧。"

"你呢？"

"我？"

"你和宁静，你们好吗？"

"挺好的。"方致远紧握着还有些烫的杯子，转身，走到靠窗的单人沙发旁，坐下。

柏橙很自然地走过来，坐到他对面。她穿着一件白衬衣，开着三颗扣子，略略欠身调整坐姿的时候，胸前依稀可窥春光。她的表情淡然，当和他对视时，却又眉目含笑。

"这些年，你都好吧？"这句话，从他第一次和她重逢就想问，却一直没有机会问出口。

"你指的是哪方面？"

方致远一愣，他还真不知道该怎么回答。

柏橙便道："大学毕业后进了一家医院，如果没回来，今年应该升任护士长了。谈过一个男朋友，同事，外科医生。和他，我没有谈婚论嫁的打算，自然也就散了。"

"叔叔阿姨呢，他们都好吗？"

"他们俩离婚了，在我第一次参加高考后的第二天。"

"我怎么记得……你当年没提过这事。"

"怎么提，又不是什么好事，我都帮不了他们，何况你。"

方致远搓着手："柏橙，我很抱歉。"

"奇怪，你为什么要跟我说抱歉？"她直视着他。

"我不知道你有这些变故……"

"知道了又能怎么样呢？我不需要谁的同情。难道说，我父母离婚了，你就不会移情别恋？"

"当时我……"

"致远，你不必解释的，都过去了。我当年都没兴师问罪，今天更不会。"

方致远想了半天，才憋出两个字："谢谢。"

柏橙仍是笑："我再给你倒点水。"

她拿来水壶，给他续水，他慌乱站起，热水越来越满，他杯子一抖，全都泼到了她的身上。

她尖叫了一声，跑向洗手间里，他连忙跟了进去。

只见洗手间内，她拉高衣服，腰腹部一片通红。

"没事的，我行李箱里有常用药，你把烫伤膏拿来。"她说道。

洗手间里除了烫伤膏的味道，还有她身上的香水味。

她的T恤还没放下，撩得很高，都露出白色文胸的边角了。

方致远把药膏塞回她手里："我在外面等你。"

她的声音略有些沙哑："致远，别走。"

敲门声响起，明杭隔着门洞看到了区一美。

这门，开也不是，不开也不是，他正纠结，区一美已经在叫他了："明杭，你在吗？"

他开了门，她跟一阵风似的刮了进来。她的短风衣下，依稀可见白色睡裙的裙摆，脚上一双露趾拖鞋，白皙的小腿绷得直直的。

她走进来，也不客气，挨着床边就坐下了："你前几天做的那个设计图啊，客户又有新的想法了，怎么样，我们俩聊聊？"

"姐，你不午睡吗？"

"这是个急活，你应该知道的呀。"

"那行吧，我先把设计图找出来。"

明杭翻找出笔记本电脑，正要打开图片只觉得双腿一阵温热，区一美已经坐到了他的腿上，双手搂着他的脖子，胸部紧贴着他的下巴："明杭，你应该知道我的心思吧……"

离开北京的前夜，原公司的人给明杭送行，他和同事米娜有过那么一次突如其来。

从这之后，他就没有再碰过女人。

他和米娜偶尔也会联系，可当晚的激情和忘情，他们再没谈起过。尽管他并不深谙此道，却也知道成人游戏的规则。对感情，他有着自己的洁癖。

陆泽西他们几个总说明杭没有谈过恋爱，其实，大学毕业后不久，他谈过那么一次。对象是他的大学同学小雅，一个野心勃勃、浑身上下充满了能量的女孩。两人短暂同居过一段时间，明杭不是没有想过要和小雅谈婚论嫁。可是对小雅来说，更重要的并不是和明杭长相厮守，她要的是在北京扎根。

扎根、开花、结果。小雅这样描述她的未来规划。

没过多久，小雅就认识了那么一个能帮她实现规划的男人。

她要的，明杭给不了，最起码，他暂时给不了。而她，似乎也没有耐心，也并不打算给他机会。除了让她走，他再也没有别的办法。

和小雅分手后，明杭再也没有交过别的女朋友。米娜自然是不算的。

此刻，他的女老板却坐在他的腿上，双手紧扣着他的脖子。

"致远，别走。"柏橙这样说着。

"我……"

"我腰后这边好像也烫到了，自己抹不到烫伤膏，"她把手里的烫伤膏递给方致远，"轻点擦。"

他附身，手指微微颤抖，挤了点药膏到指尖："忍着点。"

这个情景，看起来多少有些暧昧。

擦好药膏后，他站直身体，发现她眼里闪着晶莹。

"很疼吗？要不然去附近的诊所看看。"

"不疼了。"她抿了抿嘴唇。

狭小空间里，她的气息向他袭来，他只觉得手足无措、百感交集。

这么多年，他本以为和她此生不复相见。

他知道，柏橙既不是白月光也不是朱砂痣，周宁静也不是饭黏子和蚊子血。对他来说，她们是他的过去和现在。无法割舍、不能释怀的过去，必须面对、别无选择的现在。

"柏橙,那我先走了……"

"好,晚饭见。"她送他出了房门。

"再见。"

不能否认,区一美充满魅力。也许可以就势发生些什么,她也不像是会纠缠不休的女人。她不过是无聊解闷,不过是拿他当消遣。但反过来说,正是这样,明杭才觉得有些恶心。

"难道你不想吗?"区一美俯在明杭耳边。

"一美姐,这样不太合适。"他掰开她的手。

她松开手,但那双手却没有离开他的身体,而是沿着他的脖子一直往下,游走到腰际,继续探索。终于,她在他的两腿之间,找到了她要的答案。

"你明明很想要我,不是吗?"她拿起他的手,把它放到自己的胸脯上。

就在这时,房门突然开了。

区一美一惊,从明杭腿上站起,整理着自己的衣服。

明杭扭头,看到了陆泽西。

穿着睡衣的陆泽西拿着个洗漱包:"哟,光天化日的,你们俩在干吗呢?"

"既然知道我们在干吗,你就不该进来。"区一美愤愤。

"我房间热水器坏了,来明杭这洗澡。"陆泽西并没有走的意思,反而吹着口哨进了洗手间。

区一美翻着白眼,顾自离开。

明杭关上门,如蒙大赦:"泽西,你来的太是时候了。"

陆泽西走出洗手间:"你还真以为这是巧合?我看到她往你这里来了,才问服务员拿的房卡。我还真能让你吃亏?她也不看看是谁介绍你到她公司的!"

"那个公司,我怕是不能呆了。"

"你上午跟我说的时候,我就想好了,在不伤彼此的颜面的前提下,我跟她打个招呼,就说你另谋高就了。你呢,体体面面到她那的,也应该体体面面地走。凭你的能力,到哪找不到工作,再说还有我们几个呢。"

"泽西,我都不知道说什么好了,谢谢……"

"少拿我当外人。"

"不是我八卦,区一美这样……她老公也不管?"

陆泽西顿了顿："Open marriage，开放式婚姻，听说过吗？"

明杭点点头。

陆泽西继续道："区一美那老公呢，也是个生意人，比她大几岁，长年在国外，所以呢，他们基本就处于分居状态了。她知道老公在国外不缺女朋友，她老公呢，也知道区一美不会闲着。这事一开始还没挑明，直到前年，她老公带着女朋友回来，要和她离婚。区一美肯定不同意啊，吵了也闹了，两人这才有了约定，婚呢，这辈子都不会离，也允许各自继续精彩。只是逢年过节，她老公会回来陪老人孩子团圆，还有那些个需要夫妻共同出席的场合，人还表现得挺恩爱，这么一来吧，两个人的关系倒也融洽了。"

明杭咂舌："那还结什么婚呀。"

"婚姻，在你看来，是爱情的开花结果，在有些人看来，仅仅是一种形式。"

"那你呢，你怎么看？"

"我？我那段婚姻就是个笑话。"

这时，陆泽西收到区一美的微信，他扫了一眼："她说公司有事，等会儿就回城。"

"她要再不走，我都想走了。"明杭苦笑。

方致远本以为周冲和季岚只是拌拌嘴，没想到晚饭时，这两人又吵开了。在你来我往、无休无止的争执中，他们把彼此羞辱了个体无完肤，谁劝都没用。于是乎，众人都了解了周冲不太乐观的财务状况，还知道他们夫妻已经分房近两年。

最终，以周冲掀桌完结，季岚是哭着跑出餐厅的。

周冲坐在地上，借着那股子酒劲，痛哭流涕："我这点脸面算是丢尽了，结婚那么多年，她还是不懂我……"

陆泽西、安汶和柏橙留下劝周冲。这个聚会，童安安本是个外人，陆泽西给老巴使眼色，让他送她回房间。至于方致远和付丽丽，他们俩第一时间去找季岚了。

老巴和童安安并肩走着。

"你知道孕妇效应吗？"童安安突然问道，"女人怀孕了，走到大街上，总能遇到别的孕妇。我吧，自从离婚后，放眼看去，一望无际的全是不幸的婚姻。"

"没那么惨。方致远他们两口子就挺好的。"

"好不好,只有他们自己才知道。对了,你离婚到底是因为什么呀?"

"我不想说。"

"不想说,那就还是没有走出来。"

老巴站定:"童安安,跟你说个事,我在找房子了,过段时间就搬。"

"真要搬呀?"童安安笑道,"我还以为咱俩都说好了呢,你帮我拍照,我负责伙食,通力合作,和平共处。"

"咱们合租……总有些不方便。不过,你这批新款,我会帮你拍完的,我答应过你的嘛。"

"谢啦。"童安安说着,顾自往前走。

方致远和付丽丽一直追到江边,才找到季岚。两人好一通劝,她的情绪才稳定下来。季岚说晚上还要回城照顾孩子,要先走了。见她平静不少,这两人也就放心让她开车离去了。

停车场出来,方致远看着身边的付丽丽,突然想起她跟周冲提过的那个项目,便问了一句。

付丽丽的眼里有了光,开始滔滔不绝:"我这个项目呢,叫自由之旅。只要加入自由之旅,我们呢,就能给会员提供最经济却最尊贵的服务!那些乱七八糟的小景点不说,就说世界顶级旅游胜地,少说也有一百个吧?这百来个地方,只要你想去,我们就能给你设计出行方案,而且,最重要的是,你只需要投入几百美元,就有机会走遍全球!怎么样,想想都激动吧?"

"哦,听着不错。"

"这样,你要真有兴趣了解,什么时候有空了,就来我公司坐坐。你不是有我私人号码吗,你给我打个电话,我马上就让司机来接你。"

"那倒不用。"

"客气什么,大家都是同学,再说了,我啊……我是真的很需要你这种人才。中午的时候,你和陆泽西他们聊天,我听了一耳朵,致远,你真的辞职了?"

方致远点点头。

付丽丽大笑起来:"树挪死,人挪活,这是好事。明天回城后,我就带你去我们公司看看。"

"不急。"

"你不急,我急啊。致远,不瞒你说,我现在真的很缺人手。"

方致远正欲说什么,安汶走了过来:"找到季岚了?"

"她回城了,周冲怎么样?"

安汶看了方致远身边的付丽丽一眼,才道:"还醉着呢。刚才我远远听到你们俩在聊什么项目,怎么,有发财的机会也不带我?"

付丽丽接嘴:"谁不知道你安汶啊,一向视钱财如粪土,这种事,你不会感兴趣的。"

"别呀,说说呗。"

付丽丽看表:"哟,我还有个很重要的电话要打,我先回去了。"

方致远和安汶目送着付丽丽,待她走远,安汶笑道:"她那公司到底是做什么的呀?"

"我也不是很清楚。"

"刚我听到她想请你过去,那什么,方致远,别怪我没提醒你啊,你可别病急乱投医。"

"我打算自己干了,也就是想去她那取取经。"

"是,她看着是风光,豪车、名牌、珠光宝气。可谁知道她这层皮里面裹着的是什么呢,别到时候被她给诓了。"

"不至于吧,大家都是同学嘛。哎,柏橙的烫伤好点没?"

安汶一愣:"你知道?"

"是我不小心……"

"你们干什么了,把她烫成那样?"

方致远尴尬:"瞎想什么呢,我就是到她房里喝了杯茶。"

"我自然不会瞎想,但我希望你别瞎想,她也别瞎想,你们俩要是瞎想了，就该轮到周宁静瞎想了。"

"跟我玩绕口令啊？"

"方致远，我说正经的，你现在已经和宁静结婚了，跟柏橙就应该保持点距离。柏橙这一路走来不容易，她跟她妈相依为命那几年，一定吃了不少苦头。"

见方致远惊讶，安汶摇头："你当然不知道，她有意瞒着你的，你怎么会知道……"

安汶便将柏橙说的那些话，一五一十告诉了方致远，还道："我问过疗养院的朋友，阿姨是精神出问题了。你听好了啊，这事你就当不知道，柏橙是个要强的，她既然没说，肯定是不想让我们知道阿姨的病。"

"怎么会这样……"

"是啊，怎么会这样，"安汶叹气，"我就知道她的失联是有原因的，只是，你也好，我也好，我们俩都没去探究过。"

方致远仰头，一时语塞。

安汶继续道："你别自责，你有你的幸福，她也早晚会有的。不管你信不信，有些事，可能真的是命中注定吧。"

北京。晚间的培训课程刚结束，周宁静正往房间走。

她一边滑动着手机，一边皱眉，同学群里有方致远他们在农家乐的合影，她一眼就看到了柏橙。人家正常的同学聚会，她能说什么呢？

也许是自己多心了，希望……是自己多心了。

就这样，她一路走到房间门口，迈克杵在那笑。

他晃着手里的餐盒："夜宵。"

她点点头，报以微笑："谢了。"

"客气什么，早点休息吧。"

这些天，他给予了诸多照顾，还引荐了不少总部高层给她，真不是一句"谢了"就能表达的。

回到房间，周宁静打开餐盒，竟是前几天她在朋友圈念叨着要吃的生煎包。生煎包还是温热的，一口咬下去，汤汁香浓。她从房间的小冰箱里，取了牛奶，想了想，又换成啤酒。紧绷着神经撑了这么多天，此时片刻的放松实属来之不易。她不知是感谢迈克的生煎包，还是感谢手里的这罐啤酒。

其实，她很想给方致远打个电话，拿起手机却又作罢。算了吧，生活已经够辛苦，这一刻，她什么都不愿去想。

方致远一夜未睡，他不能不自责，可是，除了自责，他偏又什么都做不了。

天已经蒙蒙亮，窗外是薄雾里的晨，他拎起外套，走出了房间。

在小花园里，透过雾气，他一眼就看到了正在做拉伸的柏橙，她应该是刚跑完步。高中时代，她就喜欢跑步，还是学校里的长跑冠军。

"起得够早的！"她笑看着他，朝他走来。

"烫伤怎么样了？"他问道。

"没事啦，"她挨着身后的长椅，坐下，"别说，周冲这儿真不错，要有时间，应该住个十天半个月的。"

"是的，挺好的。"

"你坐啊，站着干吗，怎么，非得离着八丈远以示咱俩的清白？"

方致远坐下："不至于。"

周冲也起得很早，他回想起昨晚的种种，季岚是如何不留情面，他又是如何掀翻饭桌，只觉得头脑发涨、懊悔不迭。本想在几位老同学面前显摆一番，反出了这么大的丑，当真是啪啪打脸，脸都被打肿了。

一楼服务台，一个女服务员在打盹，看到老板出现了，才强打起精神。

"老板娘呢？"周冲问她。

"走了，回城了。"

"我花钱雇你来这不是睡觉的！"

"哦……"女服务生有些漫不经心。

他强压着怒气，只说了一两句"以后注意点"之类的话，便双手背到身后，大踏步往外走去。长得周正的女服务员并不好找，况且这农家乐的生意一天不如一天，她们能留下，他就谢天谢地了。说白了，还是他这老板腰板不够硬。

从客房中心出来，周冲经过小花园，一眼就看到了方致远和柏橙。他们并肩坐着,看起来还挺亲密。

周冲不禁冷笑,这都什么事,我辛辛苦苦组的局,脸被打肿不说,你们俩倒卿卿我我起来了,这是要再续前缘?

那两人也瞧见周冲了,便跟他打招呼。

"我路过,当我是空气好了。"周冲坏笑,只拿眼看方致远。

柏橙也笑:"我先回房了。"

柏橙走了,方致远才问周冲:"酒醒了?"

"不好意思啊,昨天让你们看笑话了。"

"没有的事,家家有本难念的经。"

"是啊,家家有本难念的经。我都理解。"周冲拍拍方致远的肩膀。

"你说什么呢!"

"怎么,你们俩,你和柏橙……"

"碰巧遇上了,聊了几句。"

"老同学,说实话啊,你们到底是怎么回事,我还真没兴趣。真的要琢磨,我也得有这时间精力不是?你看啊,就这农家乐,这几栋房子,你现在看着还是我的,也许啊,你过几个月再来,就不定是谁的了。"

"你也别说这些话,还没到那一步。"

周冲摇头,无奈一笑,从裤兜里摸出皱巴巴的烟盒,抽了支给自己,看了方致远一眼,也抽了一支给他。

方致远犹豫了一下,接了过来。

烟雾里,两个男人就站在小花园里,自顾自抽着烟,相对无言。

直到抽完这烟,周冲才继续道:"致远,其实我刚辞职那年,真的可以用胸怀大志来形容,总觉得自己能变成第二个马云。那句话怎么说来着,理想很丰满,现实很骨感。看看我现在,事业事业不顺遂,家里呢……季岚什么样你也看到了,她是一点脸面都不给我留。"

"其实你就是多喝了两杯,怨不得人季岚。我们这些老同学,在你们这连吃带喝的,人没多说半句不是,反而热情接待。你老婆拿我们当上宾,就是因为她心里有你,她尊重你。我说句公道话,昨晚那些不太好听的话还是你先说的,事儿都是你挑的。你别不认!"

周冲只是"嘿嘿"一笑。

"两口子过日子嘛，相互理解一下。回头呢，你跟人认个错，以后凡事多和她商量商量。"

"听说你也打算自己干？"

"对，项目呢，是有了，打算做餐饮油烟净化设备。"

"你可得想好了，创业是一条不归路。这些年，不管生意好赖，我都没睡过一个安稳觉。不过，咱俩不一样，你有宁静支持，我呢，孤军奋战。"

这次，轮到方致远"嘿嘿"一笑了。

众人吃过早餐，便决定回城。

付丽丽非要邀请方致远去她公司，他呢，也真的有心向她求教，便答应了。

她的公司在景程大厦，算是冇城数一数二的高档办公楼。电梯上到8层，门口挂着硕大的亚克力牌：冇城深海文化传播有限公司。

几个年轻女孩见付丽丽带着方致远过来了，连忙上来迎，把他们领到了会客室。

装潢考究的会客室里，墙上挂着些字画，沙发旁是一张巨大的红木茶桌。

"丽丽，你这不错啊！"方致远由衷感叹，"现在有多少员工了？"

"二十几个吧，都是年轻人，干劲是有，就是经验不足，现在你知道我为什么急着请你来了吧？"

"咱俩那么多年同学，我也不拐弯抹角了。我辞职呢，就是不想再给别人打工。"

"我可以给你股份嘛……"付丽丽一边泡着茶，一边说着她和她的公司，滔滔不绝。

方致远听毕，仍有些云里雾里，但没好意思再细问。两人谈到中午，付丽丽一定要请他吃饭。推不过，便跟着去了。没想到，饭局上，坐着满满一桌子像付丽丽这样的成功人士，各行各业都有，据说这些人都是自由之旅的高级会员。难免推杯换盏，方致远很快就醉了。最后还是付丽丽的司机小米开着方致远的车，送他回的家。

回城后，童安安拉着老巴去买菜，说既然他要搬走了，就再给他做顿大餐。在超市里，老巴看到家家有洗衣液的展台，展台旁，站着一个和海莉年纪相仿的女人。女人见老巴在看自己，热情上前，介绍着自己的产品。他想了想，拿走了两瓶洗衣液。

待老巴和童安安拎着大包小包回到出租房，开了门进去，只见客厅沙发上坐着个男人。没认错的话，他就是把房子租给老巴的王明，童安安的前夫。

老巴还没上前理论，童安安先发飙了："你还有脸来这？给我滚！"

男人哭丧着脸，一看到童安安就跪下了："老婆，我错了，我真的错了！"

老巴蹙眉，这是唱的哪出呀？

"把钥匙交出来，然后麻溜滚蛋，不然我报警了！"童安安怒吼王明。

王明扑过去，抱住她的大腿："对不起，你就原谅我吧，我跟她分了，真的分了。"

"我说哥们，你先起来吧，你不嫌丢人啊？我都替你臊得慌……"老巴摇头，"你说你干的这些事，都和人离婚了，还没忘占她便宜，把半拉房子租给我。还有啊，这房子的钥匙你还真得交出来。你这叫什么呀，擅闯民宅……"

王明脸都绿了，人跪在地上，嘴还是硬："你管得着吗？"

老巴撸起袖子："看不惯我就得管。哎，今天这事我还就管定了。"

童安安感激地看着老巴。

王明见老巴人高马大，不是个好惹的，立刻就怂了，眼泪鼻涕流了一大把，哭诉着和童安安离婚后的种种，说自己根本不爱那个女人，他这回过来，就是想跟童安安复婚的。

从王明口中，老巴大致了解了他和童安安的那段婚姻。两人一起从老家来宥城打拼，本来是挣了些钱的，但王明迷上了赌球，输光准备买房的钱不说，还欠了笔外债。童安安前脚刚替他还完债务，他后脚跟一个叫小美的老乡好上了。童安安怎么能忍，主动提了离婚，把他从这赶了出去。身无分文的他，便动起了把房子租一半给老巴的念头。和小美同居后，王明的各种毛病暴露无遗，那女人也不是什么省油的灯，说什么都不愿再跟他，于是乎，他就想到和童安安破镜重圆。

这男人，无疑人渣一个，打残都不为过。

虽说这些天，合租生活并不太愉快，但此刻，老巴多少有些同情童安安。他连哄带吓弄走了王明，又叫了师傅来换锁。童安安知道王明不会善罢甘休，希望老巴能在这再住一段时间，他便也答应了。

明杭和柏橙是坐安汶的车子回来的，顺道去了安汶的旧时光咖啡馆。骨子里有那么点文艺气息的明杭，一下就喜欢上了这里。柏橙笑说，既然明杭喜欢，安汶还不如把咖啡馆直接盘给他。

"我当初开这咖啡馆，就是打发时间的，也没好好经营，你真想接手，可以重新定位，别弄得跟现在这么小众，生意应该能做起来的。"安汶对明杭说。

区一美那里，明杭肯定不会再呆了，便让安汶说个价格。没想到，她直接报了个让明杭感激涕零的低价，差不多是半买半送了，他心下一盘算，手里的存款将将够，两人约定过几天就签合同、办手续。

此时的西亚整形医院，人来人往。

陆泽西新策划的促销活动，吸引了一大波爱美的女人，前来咨询的人络绎不绝。他站在二楼往下看，一楼的接待大厅内，几个导医正卖力地宣传着他们的活动。

在农家乐这一天一夜，林子萱一直没跟陆泽西联系。他在医院磨蹭到晚上，想给她打个电话，到底还是没有拨出去。转念去了酒吧，那些五光十色很是炫目，也有姑娘借着酒劲要跟他回家，他突然觉着没意思起来，悻悻而归。

家里空荡荡的，显然，林子萱并没有回来。

陆泽西冲进卫生间，拧开了花洒。这套刚换的花洒是托朋友从德国带回来的，热水流经身体，有种小小的满足感。离婚后他住过一段时间的小招待所，对着公用卫生间里发黄的、满是污渍的瓷砖和锈迹斑斑的、半天不出水的花洒，他告诉自己，早晚有一天，他会有一个全天热水的家，卫生间要特别大，超级大。

他最向往的场景就是——妻子躺在浴缸里喝着红酒，泡着玫瑰浴，他对着大镜子，下巴上一圈白色泡沫，手里举着一把进口的刮胡刀。可惜，这场景在他和潘瑜短暂的婚姻生活里，从未出现过。当然，那时候，他们还没有房子。

算是读过几年医，陆泽西喜欢一切精细的东西。大而精细，是他对大多数事物的审美标准，包括女人。离婚后，他交过很多女朋友，基本都是如此，身材丰腴、五官精致。林子萱就很符合他的标准。林子萱曾是他整形医院的前台，成为他的女朋友后，就辞了职。他安排她到朋友的公司当文员，薪水不高，胜在清闲。

他裹着浴巾走进客厅，一眼就看到了潘瑜。

"你怎么在这！"潘瑜怎么会出现在自己家？他惊诧地往后退了一步。

"我不能来这？"潘瑜随手点了支烟。

她叼着烟，慢慢站起。虽说早晚有温差，但她穿得也太厚了些。身上是蓝灰色的风衣，脖子上是一条黑丝巾，看起来整个人包裹得严严实实。

"我在楼下遇到你那个前台小妹了，钥匙是她给我的，她说，反正这钥匙她以后也用不着了。"

"她不是什么前台小妹，她是我的女朋友。还有，这是我家，你没经过我同意就登堂入室，我随时都可以报警。"

"你不希望我来？"潘瑜看着陆泽西，目光里不无挑逗。

陆泽西避开她的目光，开了门："请你离开。"

她走到门边，随手又把门给关上了，她一转身，倚在了陆泽西胸口。

他一躲，她变本加厉，整个人都贴了上去。

他举起双手："请你自重。"

她笑出声来："得了吧，陆泽西，我还不知道你。这些年，什么样的女人你都往家里带。"

"我有我的原则，比如你这样的已婚妇女，我就不会往家里带。"

"你在乎这个？"

"我们已经离婚了。"他扭身开了客厅内的大灯，接着一把推开她。

他的手带到她脖子上的丝巾，随着她的倒地，丝巾也瞬间扯落。

她脖子上满是黑青色的伤痕。

不顾他的惊恐，她捡起丝巾，试图重新戴上。

他走过去，夺下丝巾："到底出什么事了！"

第八章 自知世情甘苦

人和人之间是有差距的。这种差距，如果是放在自己和陌生人身上，倒也无碍。难以接受的无非是：明明曾和自己站在同一起跑线、甚至还不如自己的人，突然飞黄腾达了。

潘瑜已经脱掉了厚重的风衣，里面是一件白色吊带裙，大大小小的黑青，布满了她的身体，脖子、胳膊、大腿，还有陆泽西看不到的地方。

陆泽西打开药箱，取出酒精棉，一点点擦拭着那些伤口。

酒精刺激着伤口，潘瑜疼得直往后躲。

"忍着点，"陆泽西轻声说着，"先简单处理一下，还是得去医院。"

"不能去医院，这种事……我不想张扬。"

"是田凯打的？"

潘瑜无奈点头。

陆泽西叹气："这个浑蛋。你别怕，该验伤验伤，然后去法院……"

"离婚？"

"不离婚你留着他过清明？"

"我今天来，不是让你看笑话的，当然，你也不用可怜我。"

"那你来这干吗？"

"十分钟前，我来这，是为了和你发生点什么……现在想来，觉得自己有些可笑。"

陆泽西摇头："你把我当什么了？"

"什么都不是。"

"什么都不是？"他冷笑，"你走吧，现在就走。"

"我承认我刚才来这，就是想和你睡一觉。他田凯能在外面搞七搞八，我为什么不能！"她伸手去脱吊带裙。

他按住她的手："够了！我现在知道你把我当什么了。是，我不是什么正人君子，但我也有自己的原则。"

她抿抿嘴唇，才慢慢说道："如果田凯只是逢场作戏，我根本就不在乎。可是，他这次是玩真的，那个女人已经怀孕……八个月了，马上就快生了……我知道，田家想让我生二胎，可是我的身体状况不允许！他们想要儿子，我已经给他们生了儿子，为什么还不够！陆泽西，我现在把什么都告诉你了，你满意了吧？是啊，这就是我的下场，我当年抛弃你，给你戴绿帽的下场，你满意了吧？"

"走！"陆泽西给潘瑜盖上外套。

"去哪儿……"

"找田凯！"

"你陪我去找他？你以什么身份？我的前夫？"

"你的朋友！"

"我哪儿都不去！你放开我……"潘瑜挣扎着，狠狠咬了陆泽西一口。

"我从没打过你，他凭什么打你！"

"不作不死，你就当是我作的吧。"

"为什么不跟他离婚？"

"他说了，离婚可以，但我必须放弃儿子的抚养权，我做不到……"潘瑜转身去拿了包，"对不住了，我不该来找你的。刚才我把你那个前台小妹气走了，你赶紧去找她吧。"

"我说了，她是我的女朋友，人家有名字，叫林子萱！"

陆泽西挡在她前面："我送你去医院。"

潘瑜摇头："不了，不用。老陆你知道吗，我后悔了，我后悔当初和你离婚，更后悔嫁给田凯。可是我不想承认，也不能承认。我的人生是我自己搞砸的，这个烂摊子也只有我自己能收拾……每个人都应该为自己的选择承担后果，不是吗？前面这小半辈子，我没能做个好女人，但接下来的后半辈子，我想做个好妈妈……"

她打开房门,头也不回地走了。

这样的潘瑜,让陆泽西心如刀绞,而他,却比六年前更加无能为力。是啊,就算他要管这事,应该以什么样的身份去管呢?也许,这事还会因为他变得更加复杂,更加不可收拾。

他一扭头,发现潘瑜的丝巾还在沙发上。他把柔软的丝巾拿在手里,一时间,百感交集。有那么一段时间,他确实希望潘瑜不得善终,可是,当伤痕累累的她站在他面前时,他才发现那个念头有多可笑。

手机响起,是林子萱。他刚准备接起来,电话却又挂断了。

这就是林子萱,她现在说不定正猫在哪个地方,拿着手机,犹豫着拨通了陆泽西的手机,就响三声。这三声,是她在给他台阶下。

陆泽西回拨过去,头两个无人接听,直到第三个,她才接起。

这也是林子萱,她的任性和胡闹都是有尺度的。

她的声音懒懒的,透着老大的不愿意:"干吗!"

陆泽西是在一家网咖找到林子萱的。

两人一路无话,进到家门,林子萱突然紧紧抱住了陆泽西。

没等他反应过来,她便踮起脚尖,吻上了他的唇。

很快,两人便像每次吵完架那样,纠缠到了一起。

陆泽西横抱起林子萱,把她按在沙发上,她也激烈地回应着。他解开了她的衬衣,褪去了她的牛仔裙,她撩起长发,露出那张精巧的脸蛋,一双大眼正迷离地望着他。

当林子萱翻身坐到陆泽西身上的时候,发现了那条丝巾。

她把丝巾从方致远屁股下抽出来,似笑非笑看着他:"我在你眼里,真的只是个傻瓜?"

"这是潘瑜落下的。"

"怎么落下的,你们是不是也在这张沙发上……"

"不是你想的那样。"

"我本来不想过问,我本来真的想当个傻瓜的,但我坚持不下去了!她就跟钉子似的戳在你心里,拔都拔不掉!但是我呢,你从来没有真正在乎过我的感受!别骗我了,也别骗你自己了。什么恐婚,什么不婚,全都是骗人的。"

"子萱,我不是不在乎你,而是……"

"而是你更在乎她!"林子萱的嘴唇在微微颤抖,"我们分手吧。"

"好。"陆泽西站了起来。

北京发往冇城的航班,周宁静心事重重地坐在靠过道的位置。她低头看表,再有半小时,就该降落了。提前回来的事,她没跟任何人打招呼,包括方致远。

她确实是想给他一个惊喜。

这份惊喜在她脑子里已经演练过许多次,她推门而入,扑进他的怀里。夫妻俩温存,小别胜新婚。然后,她再慢慢问他辞职的事。

"他不告诉你,也许是担心你不理解。"迈克送机的时候,这样告诉周宁静。

周宁静笑着:"我提前回家,也不是因为他,我想女儿了。"

"无所谓啦,希望你能尽早摆平家里的事。这边接下来的课程基本都是考察,意义也不大。你早点回冇城,不但能顾到家里,还能回公司处理那些杂务,也算是为我分忧了。"

"谢谢你,迈克,真的。"

迈克突然从包里掏出一个盒子,递给了周宁静。

"这是?"周宁静问道。

"酒店楼下买的糖果,送你。上次我们聊天,你不是说你和方致远的结婚纪念日快到了吗?美国有个说法,结婚六年是'Iron Wedding',铁婚,不过,我更喜欢另一个说法,叫它'Candy Wedding'……"

"糖婚?"

"是的,甜甜蜜蜜的糖婚。是个美好的祝愿,希望你能收下。"

周宁静到冇城的时候,已经晚上十点。

迎接她的,是"葛优瘫"的方致远。茶几上,有酒、有烟,还有他吃剩的半盒肠粉。

"宁静！你怎么回来了？"惊喜他是没收到，看起来还有几分惊恐。

她也实在没办法扑向满身烟酒味的方致远。

他一边收拾着茶几，一边慌乱地说着："我先给你弄点吃的。"

"我不饿。"她的声音有些冰冷。

方致远伸手揽她的肩，她轻轻一躲，随手拿起遥控器，关了电视。

"老婆辛苦了，来，我给你揉揉肩。你说你回来也不早点告诉我，我好去机场接你……"

"是不是觉得特别突然？"

"我去给你热杯牛奶。"

周宁静推开方致远，顾自坐下："不用了。你先跟我说说你的事。你要做自己，你要为自己选一次，好，可以，我不反对，但不一定非要用这种方式吧？"

方致远到底还是端来了牛奶，毕恭毕敬放在她面前："我想过和你商量的，不是怕你不同意……"

"方致远，你已经三十好几了，有很多事情，不能够根据你的个人喜好去做决定。"

"正因为这样，我才发现，自己要是再不改变就来不及了。辞职虽然冲动，但创业的事，我确实是想过的，也有初步的计划。"

"好，那你说说看，你都有什么样的计划。"

"我的项目是餐饮业油烟净化设备，我已经做了前期的市场调查。"

"你不觉得你这跨度有点大吗？你在通信行业积累的经验、人脉，还能用上吗？"

"既然是改变，从头再来又怎么样？宁静，为什么你不愿意相信我？"

"要是现在我们有几百万上千万的存款，你做这个项目我不会拦着，可是我们家没有任何承担风险的能力，我们才刚刚站稳脚跟。"

"可是，咱们大学刚毕业的时候，一穷二白，不也熬过来了吗？"

"那时候能一样吗？那时候我们还没有周子！"

方致远低声："你别激动，真不是不想跟你商量，我就怕你这样。"

周宁静深呼吸："好，我不激动，今天，我就是想跟你聊聊，心平气和的那种。我问你，要创业得有启动资金吧，钱呢？钱在哪儿？"

他没吱声。

她继续道："家里的钱得买房，你别想了。"

"那我就去贷款，我去借。宁静，只要你相信我，我会拼尽全力的。"

"你都活到这岁数了，不知道有些事就算拼尽全力也不一定会成功吗？"

"在你眼里，我就注定是个失败者，对吗？"

"我不是这个意思！致远，你听我说……"周宁静冷静了一些，"我这是在给你分析利弊。你已经辞职了，我说别的也没意义了，可接下来应该做什么、怎么做，你总应该听听我的想法了吧？"

"你的想法……"方致远突然笑起来，"这些年，我哪件事没有听你的……是，我承认，在很多问题上，你比我有先见之明，可这次，我就是想自己做决定。我不想再跟以前一样活着了。"

"看来，你这些年活得很憋屈啊，行，你那么喜欢放飞自我，干脆咱俩别过了！现在柏橙不是回来了吗，你们俩……"

"周宁静，你够了！"方致远再也控制不了自己的情绪，"大学毕业那会儿，我想考公务员，你说不行，你说像咱们这种没有背景的人，就算考上了，一辈子也很难出头，没意思。我说那行吧，我都听你的，所以，我才进了启明做销售，在启明这些年，我确实很憋屈。"

"你在怪我？是不是你和柏橙没能在一起，这事也得怪我？好啊，咱俩离婚！"

方致远一下站起，等周宁静回过神来，他已经夺门而出。

陆泽西发了微信过来，说方致远在他那，让周宁静放心。这时候，她才觉得有些后悔。

她和方致远结婚之初，两人口头约定了不少夫妻相处的原则。比如，吵架可以，但不要离家出走。再比如，如果两人有矛盾，最好关起门来解决，不要让外人看笑话。又比如，吵得再激烈，也不能提离婚。

周宁静读过的那些情感鸡汤，无一例外地告诉她，她今晚情绪化的言行非常愚蠢，等于在把丈夫往外推。她想给他打个电话，却又不想让步。在他们的婚姻里，她一直都是那个能够掌控局面的人。

可是，这次她有些拿不准了。

方致远跟受了气的小媳妇似的，坐在陆泽西面前。

难怪周宁静会动怒，陆泽西也觉得方致远最近确实有些放飞自我。这哥们离家出走，还跑到自己家来，倒是头一回。

"你这算什么呀，不就是小两口闹点别扭吗？告诉你吧，我这刚才更热闹。林子萱走了，潘瑜来了，潘瑜走了，林子萱来了，跟看戏似的。"陆泽西苦笑。

"什么意思？"

"一言难尽，总之，我和林子萱，这回算是彻底掰了。是好事，真的。她想要的，我给不了。"

方致远抬抬眼："潘瑜要跟你离婚那会儿，你也这么说，说她想要的，你给不了。"

"还真是……潘瑜要钱，我当年没钱，一穷二白。你说啊，我现在有钱了，人林子萱要的又不是钱。"

"这么看着，你确实比我惨，"方致远说着，看到了墙上的画，"你这美式风格的装修，搞一幅国画，自己看着不别扭啊？"

沙发正对面，是一幅国画，画的小桥流水、亭台楼阁。

"刚拍的，附庸风雅。"

"花不少钱吧？"

"小十万。"

方致远皱眉："嚯，我收回刚才的话。有钱人的惨确实跟我们普通人不一样。"

陆泽西站起来，指着画："你看这构图、这留白……"

陆泽西怎么会懂画，只是信口胡诌。他拍下它，不过是因为画里的景致像极了一个地方。一个他和潘瑜曾描绘过的，他们打算在那里颐养天年的地方。

"等挣够钱了,我们想去哪儿就去哪儿!"瑟瑟寒风中,叫卖着毛线袜和围巾的陆泽西扭头对潘瑜说。

潘瑜的小脸冻得通红,搓着陆泽西的手:"我要回苏州。"

苏州是潘瑜的家乡。

上有天堂下有苏杭,认识潘瑜后,苏州便成了陆泽西心里真正的天堂。

他们俩是大学同学。像一些狗血青春片里一样,陆泽西狠揍了骚扰潘瑜的几个男同学,惨遭学校劝退。离开学校后,陆泽西很快就意识到社会是更残酷的所在。没有文凭、没有金钱、没有背景的他,屡屡碰壁,无奈之下,最后选择了在夜市摆摊。一年后,公共卫生专业毕业的潘瑜也一脚踏入了社会的洪流,毕业对她来说,几乎意味着失业。如果想从事本专业的工作,除非考公务员,然后进入疾控中心、卫生监督所这样的地方。

一开始,潘瑜在一家小公司做文员,工资虽然不高,但还算清闲,只有这样,她才可以把更多的时间花在考公上。有时候,她还和陆泽西一起到夜市摆摊。那段吹着冷风在夜市兜售杂货的日子,如今想来,差不多是他们最甜蜜的时候了。

婚后不久,潘瑜考公失败。她告诉陆泽西,她决定放弃考公。之后她摇身一变,成为了一家金融公司的理财顾问。而田凯,正是那家公司的股东……

门铃响了。

"谁呀?不会是周宁静找你来了吧?"陆泽西微微诧异。

"不可能,我了解她。"

陆泽西一开门,一个穿着黑衣黑裤,脚踩高跟鞋,戴着黑框眼镜的短发女人走了进来。

"哟,陆泽西,可以啊,我才走了半年,你连性取向都变了。你们俩是什么时候发展成这种不可描述的关系的?"女人的声音略带沙哑,语速很快。

"墨墨!你什么时候回来的?"方致远站了起来。

女人叫陈墨,是陆泽西的合伙人,半年前去韩国进修了。

方致远他们几个没少调侃陆泽西,问他怎么不直接把陈墨发展成女朋友。无奈在他眼里,陈墨是中性的。她似乎永远穿一身黑,还有些毒舌,确实没什么女人味。

陈墨冲方致远点点头，并不打算多寒暄，而是转对陆泽西："你跟林子萱怎么了？她可是在朋友圈控诉你了。"

"不是，你回来，就是问我这个？"陆泽西道。

"刚看到的，顺嘴一问。"

"我们俩分手了。"

"那她干吗要控诉你，我要是她，一准谢谢你。和你分了，才能免遭祸害。"

"损够了就说正事，我没心情跟你耍嘴。"

"HL收购盛美的事，你听说了吧？"

陆泽西点点头。

HL是韩国一家健康医疗集团，它的主营业务包括医美、医院渠道化妆品、干细胞、健康检测、培训等。而盛美，则是国内知名整形机构。

陈墨继续道："他们要在冇城开分公司，摆明了就是想跟我们唱对台戏。陆泽西，西亚整形一家独大的时代就快过去了。你说，我能不提早回来吗？你一个人搞得定吗？"

六年前，潘瑜离去，一无所有的陆泽西用手里仅剩的存款，开了家微整形工作室。说是工作室，其实并无相关证照，就是一个黑作坊。靠着半吊子医学知识和那张巧舌如簧的嘴，他的工作室很快就小有名气。随之而来的除了他渴求已久的金钱，还有卫生局的封条。

当时出手替陆泽西解决这些麻烦的，正是陈墨。她看中了陆泽西的才干，跟他合伙，才有了现在的西亚整形医院。

"我来你这之前，和吴院长聊过，这半年，西亚只退不进。我走之前，你怎么答应我的，让我专心进修，医院的事全都交给你。结果呢？营业额没提升也就罢了，还多了几起医疗纠纷……"陈墨是一点面子都不给陆泽西留。

方致远见状，有些忍俊不禁。要说这陆泽西，在谁面前都跟大爷似的，但是在陈墨这里，他绝对不敢造次。

陆泽西白了方致远一眼："你还在这待着干吗？哪儿来的回哪儿去！"

"我不回去，今天我还就住你这了。"方致远笑着走进卧室。

陆泽西双手合拳："女神，有什么事明天再说，行么？我也长了脸，我也要面子的。"

"医院都快没了,面子还有个屁用!我跟你说,你三天打鱼两天晒网的好日子算是到头了。还有啊,以后你要找女人,胖的瘦的高的矮的我都不管,但你别再动西亚这些女员工了。"

"话可别乱说,林子萱早就不是西亚的人了。"

"曾经是!她微信里有不少你的熟人,还有西亚的客户,她公然在朋友圈控诉你,影响不好。还有上次那个叫小美的,跑西亚来大闹,你跟耗子似的东躲西藏,要不是我出手,人家早就把你生吞活剥了……"

"差不多了啊,没完了还。"

陈墨看了看表:"今天就到这吧。对了,明天准时上班。"

周宁静曾看过一篇调查报告,说离婚这事会传染。报告上说得有理有据,若好友遭遇婚变,本人婚姻触礁的可能性将增加75%。的确,如今方致远他们那个小圈子里,陆泽西离了、老巴也离了。

研究人员还发现,不仅朋友的离婚具有传染性,家庭成员和同事的离婚事件也会增加人们结束婚姻关系的几率。因为,朋友群中离婚事件会促使一对夫妇重视双方关系,可能滋生不满情绪,此外,虽然离婚往往被贴上不光彩的社会标签,但朋友的离婚能够淡化这种不光彩,让人产生离婚也无所谓的感觉。甚至,研究人员还将这种效应称为"离婚聚类"。

周宁静从没产生过要和方致远离婚的念头,嘴上说的无非是气话。如今,方致远离家出走,她得想办法给自己一个台阶下。

次日一早,方致远就接到了周宁海的电话,说是很久没聚了,听说周子回城,他这个做堂舅的要请周子吃顿大餐。周宁海还说,一起吃晚饭的事就不另外通知周宁静了,让方致远带着周宁静娘俩直接过去。

周宁海极少主动联系方致远,如果断然拒绝,两人的关系怕是会更僵。方致远心想,既然已用离家出走表明态度,事后便应该向周宁静求和,周宁海的邀约倒不失为一个好机会。于是,他便赶到丈母娘家,打算接了孩子再回自己家的。不曾想周宁静也在那儿。一看到她,他全明白了。他之前还纳闷呢,周宁海怎么会突然给自己打电话!

周子一边拉着方致远,一边拉着周宁静,高兴极了,嚷嚷着要去游乐园。

恰逢周日,熙熙攘攘的游乐园内挤满了人。方致远负责排队买票,汗流浃背。周宁静则背着硕大的妈咪包,两手还抱着怎么都不肯下地的周子,她也不轻松。

午饭是在游乐园吃的,味道不怎么样,价格却死贵,周宁静好一通抱怨。

方致远搂着昏昏欲睡的女儿,不免数落起周宁静:"以后当着孩子的面,不要那么情绪化。你忘了?这个还是你看了育儿书之后告诉我的,什么父母的情绪对孩子的影响特别巨大,拿破仑说过,能控制好自己情绪的人,比能拿下一座城池的将军更伟大……父母要学会的是如何管理好自己的情绪,做情绪的主人……"

"好了好了,我知道了。要不是昨天晚上你闹那一出,我会睡不好吗?"

"我错了,行了么?"

周宁静这才露出笑意:"这还差不多。"

方致远见她情绪稳定点了,再道:"宁静,孩子不在身边,咱俩怎么着都成,现在孩子回来了,往后说话做事都得注点意……"

"你没完了?"

"如果你没准备好,就不应该把孩子接回来。"

"你这话什么意思?"

"没意思……"方致远指指怀里的周子,"注意点情绪。"

一家三口在游乐园熬了一天,好不容易到了晚饭时间,便急匆匆赶往周宁海订的餐厅。方周子小脸晒得通红,路上,两口子又为忘记给孩子抹防晒霜小声吵了几句。

待堂妹一家入座,周宁海从怀里掏出早就准备好的红包,塞给周子。红包挺厚,少说也有三五千,周子的手太小,险些拿不稳。

"快谢谢舅舅!"周宁静对周子说道。

周子嘴也甜:"谢谢舅舅的大大大红包。"

大家都笑了。

"哥，你也是的，不过年不过节的，给孩子塞什么红包。"周宁静转对周宁海。

"孩子不是快上幼儿园了嘛，这是大事，我这个当舅舅不得表示表示？"

方致远和周宁海喝着酒，很自然地，周宁海问起他工作的事。

没等方致远说话呢，周宁静开口了："哥，致远说了，他想自己创业，我们俩正商量着呢。"

接着，方致远把自己的项目略说了说，周宁海沉吟片刻，才道："现在嘛，经济不太景气，创业的话，也要考虑风险。依我看，你再给别人干几年，多积累点经验也无妨。"

"倒是有人想请他呢，我们一个同学，叫付丽丽，生意做得很大……"周宁静又接嘴。

方致远一愣："付丽丽找我的事，你怎么知道？"

"人付丽丽怕你不同意，微信上千叮咛万嘱咐，让我做你思想工作来着。"

"我说了，我不想再给别人打工。"

周宁海笑道："哎，致远，话别说死，你可以先去看看嘛。"

"是啊，我说了你不听，哥说的话，你总要听吧？"

方致远没吱声，只听这兄妹俩有来有往，好不热闹。听到后面，他全明白了，他们俩这是在演戏给他看。

果然，回家路上，周宁静一边开车，一边提起周宁海来，意思是，哥哥的话嘛，听起来其实也有几分道理。又加了一堆软话，只捡好听的说。她越这样，方致远便越觉不快，没喝多少酒的他，一路只是装醉，心下暗想，这次不论周宁静怎么说怎么做，哪怕她搬出天王老子来，这个项目他都做定了。

到家，两人哄女儿睡下。周宁静洗了澡，换了件方致远没见过的睡裙，徐徐走到他身边。睡裙是黑色的，胸前的薄纱里是若隐若现的汹涌。她拉过他的手，放到她紧实的腰肢上。他的手，不由自主地顺着她的腰肢往下滑。他看着她的脸，发现她化了妆，红唇轻启，更添了几分妩媚。

周宁静的反常让方致远疑惑，她的手正不安分地在他身上游走着。

她一笑，咬着他的耳朵："老公，我想你了……"

这份灼热，让方致远不知所措，也让他有些惶恐。他看着坐在自己身上的妻子，她已经拢起长发，拨开睡裙的细肩带。他微微翻身想起来，却意识到了自己的力不从心。

她颓颓从他身上下来，说了些鼓励的话。

他拉过她的手："睡吧。"

"我还是想跟你说说工作的事，付丽丽那边……"

"我累了。"

方致远做过简单的市场调查，这两年，随着国家和地方相继出台了一系列治理饮食业油烟污染的排放标准和法规，刺激了市场需求，已经形成了一个很有潜力的饮食业油烟净化设备市场。可是，这个项目启动资金至少要五十万。周宁静的态度非常明确，她不支持，想从她这里拿钱，怕是不能够了。倒是可以问几个朋友借，但方致远有些抹不开脸，况且朋友之间最忌讳金钱来往。

至于周宁静，她已回商场上班。同事们显得很热络，还带了点殷勤。听说她要负责线上运营，俨然是运营部的得力干将，少不了来打探虚实的，她只觉得疲于应对。

及至中午，付丽丽发来微信，说她和几个朋友就在新百嘉，要邀周宁静吃饭。

方致远去不去付丽丽那上班是一回事，同学一场，人家付丽丽还念旧日情分，还想着他们，很是让周宁静感怀。她换下制服，匆匆下楼见付丽丽。

付丽丽和她的几个朋友正在一楼某奢侈品专柜，那架势，差不多就是"这个这个不要，其他全都包起来"。

周宁静就在新百嘉上班，这些奢侈品，一样样的，全都踩在她的脚下，可是，她买不起。她有些后悔下楼了，更后悔换下了那套制服。她现在穿的是一件茶服，米白色麻布上印着一大朵含苞待放的荷花。茶服略有些修身，质地也不错，今天穿出门的时候，女儿还夸她呢，直说"妈妈漂亮"。此刻，她穿着同样一件衣服，站在一堆珠光宝气、名牌加身的女人里，却显得那么格格不入。

人和人之间是有差距的。这种差距，如果是放在自己和陌生人身上，倒也无碍。难以接受的无非是：明明曾和自己站在同一起跑线、甚至还不如自己的人，突然飞黄腾达了。而付丽丽之于周宁静，就是那个原本"不如自己"的人。

付丽丽拿着一条印满"LOGO"（名牌标志）的围巾，在周宁静身上比画着："哟，别说，这个颜色真衬你，送你啦。"

这家的围巾也不便宜，少说也要三五千。

"不用了，我有。"

"怎么可能，这是今年的新款。"

"无功不受禄，你要喜欢，就买了自己戴吧。"

"瞧你说的，我们同学一场，客气什么。同学之间的感情是最纯粹的，也是最值得怀念的。"

见周宁静不作声，付丽丽也没为难，又道："对了，我呢，订好包厢了，等会儿就去柏橙那吃饭，也算是照顾同学了。"

既然答应一起吃饭，此刻推托反而不好了。

周宁静便笑："不过说好了啊，今天我买单。"

"那怎么行呢？"

"走吧。"周宁静挽起了付丽丽的手臂。

老同学来吃饭，柏橙自然要出面，寒暄、敬酒不在话下。只是，她没想到周宁静也会来。

"柏橙，欢迎回冇城。"周宁静举杯，她没有站起来的意思，更不会走到柏橙身边，只静静坐着，端详着柏橙。

"大家一起吧。"柏橙也没有走过去跟她碰杯的意思。

"干吗要一起呀，我敬你的。"周宁静这才徐徐站起。

"几次同学会面，都没遇到你，咱俩确实应该喝一杯。"柏橙伸着修长的手臂，手里的杯子勉强碰到了周宁静的。

两人一饮而尽。

付丽丽让服务员拉了椅子，非要按柏橙坐下。

周宁静转对柏橙："你一个人回来的？"

柏橙一笑。

付丽丽忙道："柏橙跟我一样，都还单着呢。"

"哦，单着。单着挺好，自由。"周宁静也笑。

"可不是每个女人都有你这样的好福气的，能够有情人终成眷属。"付丽丽拍拍周宁静的背。

这时，周宁静的手机响了，她一看，是周宁海打来的。

她走出包厢，找了个僻静处，这才接起电话。

周宁海无非是告诉周宁静，凡事要有度，不能把方致远逼急了。他要真想创业，她身为妻子，最好能够给予支持。

性格使然，也和周宁海的年龄、职业有关，他说话喜欢留有余地。就像当初他得知周宁静要嫁给一无所有的方致远，干涉无用后，也只说了一句"路是你自己选的"。

堂哥的话，周宁静听明白了，可她有她的原则。

接完电话，一扭头，她看到了柏橙。

"饭菜还合胃口？"柏橙问道。

狭小的走廊内，两人挨得很近。

"挺好的，怎么了，不陪我们多坐会儿？"

"我有话跟你说。"

周宁静诧异："你想说什么？"

"付丽丽想让致远去他公司，这事我也知道。"

"你倒是什么都知道，怎么了？"

"我觉得，应该让致远自己选。"

"抱歉，我不认为你有资格对我们的生活指手画脚。"

柏橙也不生气，反而莞尔一笑："原以为你只是不了解付丽丽，看样子，你也不了解方致远。当然，我说这些，仅仅出于我们是朋友。"

"朋友？我没有、也不需要你这个朋友。"

"你听错了，我是说，我把方致远当朋友。"

"你……"周宁静噎得说不出话来。

"你忘了？当年你也是这么跟我说的，说你和方致远考上同一所大学了，你们是朋友，你会帮我好好照顾他的。怎么？现在我就不能跟他交朋友了？"

柏橙说完，转身离去。

周宁静正愤愤，付丽丽走了过来："你没事吧？"

"喝了酒，有点头晕。"

付丽丽笑道："刚才你们说的，我都听到了。你别往心里去，跟她计较什么？感情的事，谁说得清楚。再说了，当时他们俩只是男女朋友，这男女朋友分手了嘛，很正常的，和你有什么关系。你和致远就不一样了，现在你们俩可是夫妻。她要敢动什么歪念头，于情于理都说不过去……"

"不至于，你想多了。"周宁静竭力让自己冷静下来，她可不想被谁看笑话。

"不是我多嘴，你说她回冇城干吗？是不是和致远有关？要是没关系，干吗每次同学聚会都有她？"

"说什么呢，既然她回来了，少不了就会碰面，很正常。"

"咳，我就管不住自己这张嘴。本来嘛，这是你们的私事，我一个外人……就当我给你打了支预防针吧。话呢，我只能说到这里了，再说下去，可真有点像在挑拨你们夫妻关系了。"

"要是我和致远那么容易被挑拨，也就过不到现在了。"周宁静说完，只觉得喉咙里有东西往外冲，一阵干呕。

也许，她真的醉了。

第九章 连雨不知春去

有人曾告诉过她,"夫妻"二字的深意,无非是至亲至疏、若即若离。以前她不懂,但是现在,她有些明白了。

这天,周宁静早早回到了家,没见到方致远,倒是一眼就看到了坐在沙发上的王秀芬。

王秀芬戴着老花眼镜,正研究着一只智能手机。

"舍得换新手机了?"周宁静笑问。

"致远给我买的,说这个手机里有微信。你们不都用微信吗?这样方便。"

"他给你买什么都是应该的。怎么,他不在家呀?去哪儿了?"

"你看你啊,不是妈说你,你这是管老公还是管犯人?致远现在不比以前,这自己干听着是自由,可是压力也大……"

周宁静无奈:"不是吧,一只手机就把你给收买了?谁同意他自己干了?我可没同意。"

"男人的事,就让男人自己去摆平嘛。"

"他这一时半会儿可是没收入了,我才是压力最大的那个。"

"小点声,周子还睡着呢。压力是暂时的,我跟你爸,以前多苦,不照样熬过来了?"

"我跟你说不清楚。"周宁静扭头回房。

王秀芬忙问:"晚上你想吃什么?妈给你做。"

"什么都不想吃!"

周宁静独自在房间坐着,一时气恼。方致远现在可以啊,都有套路了,知道讨好丈母娘了。她胡乱翻着朋友圈,点着那些情感公众号的新文章。

这些年,在海莉和一些旁人眼里,周宁静俨然是半个婚恋专家。她也确实看过不少书,研究过不少资料,她的微信微博,平时关注的也都是一些心理专家、情感专栏作家。

此刻,她才发现"纸上得来终觉浅",她以前淡然、淡定,是因为这将近六年的婚姻里所发生的一切,她都有能力搞定。但是现在,她真的没有那份自信了。

联想到柏橙的嘴脸,一股怒气从周宁静的脚底板蹿上了头发丝,哪哪都不痛快。她想喊、想叫,更是想哭、想闹,但她仅剩的那点理智告诉她,越是这种时候就越该冷静。她必须冷静。如果不够冷静,就去冲个冷水澡,要还不行,就拿起纸笔,把"每临大事有静气"抄它个百八十遍。

周宁静喝下半杯水,深呼吸,情绪稍稍控制下来了。

方致远今天也不轻松。上午陪丈母娘去买了新手机,下午则去咨询了银行的创业贷款,还找了几家借贷公司。但不管是哪种途径,无一例外,都需要配偶签字。他在外胡乱吃了晚饭,游荡到很晚才回家。

回家路上,他隔着车窗看到一家卖肠粉的小馆子。找了半天停车位,又往回步行了十分钟,才兜兜转转到了这家馆子,趁着人家还没打烊,赶紧要了一份虾仁肠粉。

肠粉,曾经是他和周宁静很喜欢的一种广式小吃。肠粉的外皮是用米浆做的,里边包裹着肉片、鱼片、虾仁等等,蘸了特制的酱油,非常鲜美。当时他们还在广州上大学,两人的第一次正式约会,点的就是这个,还是周宁静带他去吃的。

出身于城郊县的方致远,对广州这座城市,既好奇又不敢靠近。且不说那些灯红酒绿、光怪陆离,单是大学校园里那些说着粤语的本地学生就先让方致远露了怯。大城市的同学,见过世面,懂的比他多,最重要的是,他们的脸上总写着满满的优越感。高中时代一直鹤立鸡群的方致远,第一次感到了自己的微不足道。

平日里,除了在校园附近溜达,他很少去市中心。和周宁静恋爱后,她倒是常常拉着他去。

"不能因为你没见过，你就本能抗拒呀。就是因为我们是从小地方来的，才更该出来逛逛。"周宁静这话，他至今还记得。

如果说，方致远和柏橙的交往让他更加了解了自己的内心世界，那周宁静则把方致远从他那个封闭的世界里拉了出来，带他去往更广阔的天地。

他很感激周宁静，这种感激，让他很难分辨自己对她的感情到底都掺杂了些什么。可他能够真切地感觉到，他是喜欢她的。那些来自身心的悸动、反应和喜不自禁是真的，后来他想和她结婚生子，也是真的。如今，他仍想跟她继续走下去，这当然也是真的。

方致远拎着肠粉回了家，发现周宁静半靠在床上睡着了。她没再穿什么蕾丝睡裙，身上是一套半旧不新的棉布家居服，上边是黄绿色的短袖T恤，下边是同花色的中裤。没记错的话，这套家居服，她至少已经穿了三年。

是啊，这就是周宁静，她舍得花好几千给他买一件名牌衬衫，却舍不得扔掉这套已经洗得脱了色的家居服。

方致远把肠粉放在床头柜上，不免靠近了周宁静，他似乎很久没这么细细打量过自己的妻子了。尽管她一直在锻炼、保养，但卸了妆的她，肤色早不是二十几岁的状态了，眼角处和脖颈上细细的纹路已显老态。

他轻轻捏住了她的手，她睁开眼睛，看到了他："什么时候回来的？"

"刚回，来，先把肠粉吃了，还是热的。"方致远说道。

周宁静一愣，看到了床头柜上装肠粉的快餐盒："给我买的？"

方致远夹了一块肠粉到她嘴边："我尝过了，今天的虾仁特别新鲜。"

"唔……唔……"她咀嚼着美味的肠粉，眼里噙了泪。

"我平时是有多不称职啊，买个肠粉给你吃，你就感动成这样了？"他揽过她。

周宁静抽出一张纸巾，擦了嘴，她在整理自己的思路。说实话，她没想到方致远会有这种贴心的举动，毕竟，这份毫不起眼的肠粉，是他们关于广州和热恋期的美好回忆之一。那时候，他们牵手去过的地方，吃过的食物，种种心绪，又都浮了上来。

"老婆，我……"

"我知道你想说什么,既然你都决定了,就按照你自己的意思来吧。但是,家里的钱不能动,学区房,该买还是得买,这关系到周子的未来。"

方致远重重点头:"好。我说过的,钱的事,我自己会想办法。"

柏橙正急匆匆往派出所里赶。

今晚的菲斯特并不安宁,有两个客人在餐厅大打出手,其中一个还被送进了医院,昏迷不醒。另一个客人则是陆泽西。

在派出所里,柏橙见到了陆泽西。

"怎么还惊动你了?砸坏你多少东西,说个数,我赔。"他的脸上虽有几处红肿,听声音倒没什么大事,中气十足。

柏橙无语,摊手道:"砸坏东西不要紧,可你把人打进了医院,我不能不过问吧?"

陆泽西笑:"那是他活该。"

他口中的"他"就是潘瑜的丈夫田凯。

晚上,陆泽西在菲斯特宴请几个外地来的客人。席间客人说起一种白酒,也不是什么好酒,就是冇城本地产的五谷烧。问了服务员,说酒是有,只是存货就剩一瓶了,而且隔壁包厢的客人已经预定。

陆泽西才不管是谁预定的,给了点小费,当即就让服务员把酒拿过来了。

酒还没喝完呢,就听到包厢门口有人吵起来了。陆泽西出去看,只见有人在为难刚才那个服务员。听起来,对方还喝了不少酒,正借着酒劲装疯卖傻呢。

"哥们,你这是干吗呢,为了一瓶五谷烧,至于吗?"陆泽西实在看不下去了。

那人转头,陆泽西一看,正是田凯。新仇添了旧恨,两人瞬间扭打在一起,根本分不出是谁先动手。很快,健壮的陆泽西就占了上风,将田凯打倒在地。

当时陈墨也在场,从她口中,柏橙才知道陆泽西、田凯和潘瑜之间的关系。

柏橙未再多问，她看着陆泽西，他平日那副不羁的面孔下，竟也藏了沮丧、萎靡和疼痛。人人都有未能痊愈的伤疤，何必去撕开呢？

高中时代，柏橙和陆泽西的交集是因为方致远。她也曾疑惑，性格几乎完全相反的陆泽西和方致远怎么会成为朋友？一个桀骜、狂妄，看着无所畏惧，另一个则内敛、低调，活得小心翼翼。哪怕过去了十几年，他们还是一样。

小心翼翼的方致远，正小心翼翼地抱着他的娇妻。

周宁静紧贴着方致远，声音里多了几分柔和："老公，不是我不支持你，只是学区房迫在眉睫，房价又一天一个样，这次要不是我哥，搞不好都摇不到这个号。"

"这事是我不对，辞职之前应该先跟你商量的。"

"没事，都过去了。"

刺耳的手机铃声，和此时的气氛极不相符。

"谁啊，那么晚还给你打电话……"周宁静略有些烦躁地拿过床头柜上方致远的手机。

她愣了一下，把手机甩给了方致远。

来电话的居然是柏橙。

"我接还是不接啊？"他看着妻子。

她笑了笑："干吗要问我，我怎么知道。"

"她打电话给我干吗……"

"那要问她呀。"

方致远到底接起了电话，柏橙只说陆泽西跟人打架，人在派出所。

"打给你有什么用，你又帮不上忙。"周宁静皱皱眉头。

方致远可不这么想，他决定过去看看。

周宁静虽然有些不高兴，但还是送丈夫到了楼道口。

"有事给我电话，早点回来。"她微笑着。

已经下楼梯的方致远回头，昏黄的感应灯下，周宁静披衣而立，身形显得有些清瘦。他竟生出几丝懊悔来，辞职的事应该早点告诉她的。

待他到了派出所，陆泽西、老巴、明杭和陈墨刚从里面走出来。

陆泽西振臂一呼："走，去我家喝两杯。"

"还没喝够啊！"陈墨的语气带着怒其不争，"我现在就怕他告你故意伤人。要是这事不能私了，又调解不成，这故意伤人罪可大可小，三到十年！真要是致人重伤了，还得另说！"

"那又怎么样？好歹我把这口恶气给出了。"

"那又怎么样？陆泽西，你说这话也太不负责任了。赶紧跟我去医院，向田凯道歉，没准人家看你态度诚恳，会放你一马。"

"老子不去！"

"你就是坐牢也不道歉，是这意思吧？"

"对啊，有问题吗？"

"没问题，当然没问题。不是，陆泽西，既然你那么喜欢坐牢，之前你开黑工作室犯了事，我就不该捞你出来啊，你在里面待着多好。"

"我也没求你。"

"你说什么？"

方致远等人只是拉着陆泽西，让他少说两句。

他在气头上，哪管得了许多，只是瞪着陈墨："我说，我也没求过你！"

陈墨笑着点点头："是啊，我差点忘了，现在的陆泽西出息了，和以前不一样了。行，这烂摊子你自己收拾，到时候别来求我！"

说完，她扭头便走。

"泽西，你这是何必呢，人家陈墨说的有道理，忍一时风平浪静……"方致远在一旁道。

"忍忍忍，你以为谁都像你？你能忍，我不能！"

"我招谁惹谁了！"

明杭摇头："这就够乱的了，你们俩掐个什么劲。对了，柏橙跑哪儿去了，刚还在呢！"

"说是去医院了。要我说，她比泽西还倒霉，田凯保不齐要讹她一笔。"老巴道。

方致远接嘴："人田凯不缺钱。"

话音刚落，就被陆泽西狠狠瞪了一眼。

冇城某私立医院，一间VIP病房门口站满了人，听说餐厅老板娘来了，柏橙一下就被好几个人围住。

这时，有个女人走出了病房。女人穿着灰色无袖连衣裙，除了手上的婚戒，再无别的首饰。尽管这样，看着仍是满身贵气。

"人又不是她打的，和她没关系，你们不要再生事了。"女人的声音，听起来满是疲惫，还带着一丝沙哑。

柏橙刚想说什么，有个保姆模样的中年女子扶着个年轻孕妇走了过来。孕妇的肚子高高隆起，看样子即将临盆。和那个穿灰色连衣裙的女人不同，孕妇的着装极尽华丽，且不说从头到脚的名牌，脖子上手上，能戴首饰的地方全都没落下。

孕妇昂着下巴，对女人说道："让我进去。"

女人笑笑："这就迫不及待了？"

"我只是担心他。"

"他刚用过药，已经睡下，"女人看了看围在病房门口的人，"你们都回去吧，真要为他好，就别在这影响他休息。"

女人说完，转身轻轻带上病房的门，半个身体挡住门，神情淡淡，却是不怒自威。

众人皆散去，孕妇冷哼一声，保姆扶了她离开。

见柏橙还站着，女人便道："我说了，和贵餐厅没关系，你可以走了。我保证不追究你的责任。哦，我是田凯的妻子。"

"抱歉，田太太……"

女人抬眼看了看柏橙："我有名字，潘瑜。"

"潘瑜是吧，你跟我来，我有话跟你说。"不知何时，陈墨走了过来。

医院附近的咖啡馆，潘瑜、陈墨和柏橙坐在一起。

陈墨还未开口，柏橙就知道，她们俩的目的是一致的，她们都希望潘瑜能劝劝田凯，放陆泽西一马。

潘瑜点了支烟，长卷发披洒在两肩，满脸憔悴，却也不失妩媚。要不是脖子上那道细纹出卖了她，还真的看不出她的实际年龄。

"陆泽西现在人在哪儿呢？"潘瑜开口了，她当然知道她们为什么会找自己。

陈墨深吸一口气："已经回家了，暂时的。"

"是他让你来找我的？"

"你觉得他会吗？"

潘瑜一笑："我知道你是谁，你就是陈墨，陆泽西的大恩人。"

"巧了，今天，他的恩人和仇人碰面了。"

"仇人？他是这么跟你形容我的？"

"不用他形容，你们的故事我都知道，当年要不是为你出头，他也不会半路被医学院劝退。要不是你给他披了一身绿，他也不会变成今天这样。他打田凯，也不只是为他自己出气，他都跟我说了，说田凯家暴。从始至终，都是因为你。你不是他的仇人，谁是？"

"是，和我相比，你高尚得多。都说你帮陆泽西，纯粹是欣赏他，可我不信。这世上从来没有天上掉馅饼的事。你看着那么精明，我倒是担心，你最后想要的，他给不起。"

气氛变得有些尴尬。

柏橙忙道："我想，我们谁都不希望陆泽西出事。田太太……"

"我说了，我有名字。"

"潘瑜，我过来，不但是代表餐厅向田先生致歉，更希望你能转告田先生，如果他愿意接受和解，任何条件我们都会答应。"

潘瑜看着柏橙："你和陆泽西也有关系？"

柏橙笑了："我们是同学。事情到底发生在我的餐厅，要是陆泽西真的出了什么事，我心里也过意不去。"

"哦，那我和他的故事，想必你也听过吧？我很好奇，他是怎么评价我的，嫌贫爱富、爱慕虚荣，还是薄情寡义、不知廉耻？"

柏橙觉得自己说什么都不合适，只是沉默着。

"刚才那个孕妇，你应该猜得出来她是谁吧？她就是田凯外面的女人，确切地说，是女人之一，和她们不同的是，她怀孕了……"潘瑜自说自话般，"看着她，我就想到年轻时候的自己……什么都想要，什么都想抓住，却忘记了得到什么就必须付出什么，凡事都有代价。突然想起微博上看到的一句话——她那时候还太年轻，不知道所有命运赠送的礼物，早已在暗中标好了价格。"

"这句话可不是出自什么段子手，而是出自茨威格的《断头王后》。"陈墨喝了口咖啡。

"是吗？听起来倒是个挺惨的故事……"潘瑜把烟头掐灭，"和解，田凯会答应的。"

从咖啡馆出来，陈墨驱车到了陆泽西的公寓。

她还是没能撂下他不管，要是不管，她也不会去找潘瑜了。

这一次，陈墨并没有上楼，只是站在远处，看着陆泽西公寓的窗户。窗户透出光亮，她知道他还没睡。对他来说，或许这又是一个不眠之夜。他常常失眠，有时候是因为工作，有时候因为恋爱，还有的时候，她猜不出原因。

这些年，陈墨看着陆泽西身边女人犹如走马灯来来去去。她想，也许他们是同类人，那种生性凉薄的人。可是，当陆泽西和田凯扭打在一起的时候，她明白了，他不是没有爱，只是他的爱，早已经在潘瑜身上耗尽。她从没想过要和陆泽西怎么样，连发生点什么的念头都没有。

就这样静静注视，对她来说，很美好，也很安全。她从不以为自己会是他的对手，不靠近，只是因为她不想输。在她看来，爱情本就是一场博弈，认真的那个总没什么好下场。

那年她来有城考察市场，略略打听，就知道了陆泽西的微整形工作室。她乔装打扮，来到他的工作室。他穿着白大褂，一双修长的手在她的脸上比画着，带着温热，手指滑过她的皮肤。

并不宽敞的两居室里，挤满了各种各样的女人，她们翘首以盼，等待着陆泽西对她们进行改造。能把一家小小的工作室经营到这种程度，陈墨不无好奇。没过多久，陆泽西的工作室被查封，就有了后来的故事，她和他的。

可以说，西亚整形医院是陆泽西和陈墨联手创立起来的，包括"西亚"这个名字。"西"取自陆泽西的名字，至于"亚"，是因为陈墨的亡母叫陈亚。

西亚不能被收购，陆泽西不能出事。

这是陈墨现在急需解决的两大问题。

周宁静结婚前，有人曾告诉过她，"夫妻"二字的深意，无非是至亲至疏、若即若离。以前她不懂，但是现在，她有些明白了。

立志创业的方致远变得很忙，他忙着找钱、找办公楼，忙着联系厂家、联系潜在客户，除了这些，他还操心着陆泽西的事。周宁静并不同情陆泽西，当然，多年的同学，倒不希望他真的被抓进去关个三年五载。只是，这个年纪，虽未到中年，危机却是人人都有了。既是泥菩萨过河自身难保，又何苦再往自己身上揽事？

不过，他们这帮人，也不是全无好事。

明杭拿下安汶的咖啡馆，收拾了一番，准备重新开张。咖啡馆开业这天是好日子，周宁静想买的学区房也开盘了。她手里的号，是周宁海托关系搞来的，对方拍着胸脯保证过的，自是无虞。

周宁静不但备好了钱，还给方致远准备了一套新衣。至于她自己，则穿上了最贵的连衣裙，拎上了最好的包。夫妻二人先是在人满为患的开盘现场走过场，随后便拿着号牌到售楼大厅去选房。说是选房，其实他们可选择的范围很有限。

方致远认为13层就很好，采光、空气都不错，窗户看出去，还能瞧见冇江。周宁静可不这么想，13，总归是个不吉利的数字，比如西方人忌讳13，达·芬奇《最后的晚餐》里，基督耶稣和弟子们一起吃饭，参加晚餐的第13个人就是犹大。

"我们又不是西方人，你别是被你那个海归上司洗脑了吧？"方致远打趣。

周宁静刚要和方致远争论，售楼处突然冲进来百十号人，嚷嚷着摇号不公平，有内幕等等。人挤人、脚踩脚，方致远只管攥紧了周宁静的手，扒拉开人群往外走。

"合同还没签呢,不能走!"周宁静忙道。

"我看为了这套房子,你连命都可以不要!跟我走!"这次,方致远没再听妻子的。

夫妻俩好不容易挤到门口,"啪"的一声,卷闸门重重砸了下来。方致远眼尖,抱着周宁静往边上一闪。周宁静是没事,但方致远的新衬衫被刮拉开一个大口子,胳膊也被擦伤,登时红肿。

待两人回家,周宁静便接到了售楼处的电话,说本次选房认购已紧急中止,择日再开盘。经不住她问,那人又道,这次对外宣称发售的是380套房源,但中签的却有500多人,没中签的自然不悦,质疑暗箱操作。之前来闹事的,就是这拨人。

"那我问你,择日是哪天啊?你总得说个具体时间吧?"周宁静火烧火燎。

"周女士,这个……我还真不能确定。"

"我的号呢,我的号总还是作数的吧?"

"可能要重新摇。"

周宁静又气又急,方致远只得好言相劝。

"哪有这种事……不行,我要给我哥打电话,我要……"

"这个楼盘又不是宁海哥的,他说了也不算,你就别给他添麻烦了。再说了,他托的那人是售楼处的经理,刚才我们跑出来的时候也看到了,这位李经理好像被人打了,伤得不轻,人也一肚子火呢。这会儿你让宁海哥找李经理,不是给人添堵吗?"

"行行行,就你明事理,就我胡闹!我就说13不吉利,这还没选呢,就出事了。"

"是我的错,我向你道歉。"

周宁静红着眼:"你道歉有什么用……"

"房子多了去了,你要是急,我们可以看看二手房。"方致远揽住妻子的肩膀。

周宁静一低头,这才发现丈夫的伤口愈发红肿了。她默默站起,取来药箱。

方致远把衬衫脱了,摆在一边。

周宁静一边给他消毒上药，一边嘟囔："小两千的衬衫，就这么破了。"

"从头到尾，也没见你心疼心疼我，"方致远叹气，"房子比我重要也就算了，我竟连一件衬衫都比不上了。"

"我倒想心疼你呢，谁来心疼我啊。到手的房子，说没就没了……"

"什么都会有的。"

她抬头。

他笃定地点点头："什么都会有的，这话还是你以前跟我说的呢。咱俩一穷二白过来的，光脚的时候都不怕走石子路，何况现在呢？"

"我就是不想让周子再走我们的老路……"她亦叹气，"我小时候，总看书上讲，人生而平等，我也信了。可现实却不是这样的。咱俩这辈子或许就这样了，平庸、普通，头顶上是永远戳不破的天花板，想往上再走一个阶层，很难了。可周子还有机会，我们能够给她创造机会。学区房不仅仅是一套房子，它是女儿的未来。"

"我懂的。"他哽咽。

她吸吸鼻子："你不懂……这些年，你真的为我、为女儿，为这个家操过半点心吗？是，这也怪我，我大包大揽惯了，想得太简单，总觉得无条件支持你的工作，你就会安心。可是我呢？我的感受，你几乎从没在意过。还记得TW刚收购我们公司时，我被降职，我对你发脾气，你就跟现在一样，说你向我道歉。致远，你到底在跟我道哪门子歉？你总说你在原来的公司受气、被排挤，可我也不比你强，我也憋屈。我的委屈不比你小，但我没有辞职！不为自己，为了这个家！"

"辞职我没跟你商量，确实是我不对。老婆，咱能不能把这篇翻过去，以后日子还长，我保证，以后咱俩什么都商量着来……你刚才说的，我有则改之无则加勉，行吗？"方致远低着头。

"好，既然以后什么都商量着来，我也不愿再大包大揽，家里的情况，我要先给你备个案，你听好了。明年周子就该上幼儿园了。幼儿园我了解过，离咱们家近的，各方面条件都不错的，有那么一家私立的，主打蒙氏教育，一年学费两万多，这还不算孩子的其他开销。你也知道，周子的商业保险是每年都要买的，加上咱俩的，这一年又得两万。房贷一年四万，加上物业、水电、养车,一年下来,咱俩不吃不喝就得花出去近十万……"

当惯了甩手掌柜的方致远,还是第一次听到这份"财务报表"。

周宁静继续说着:"我一年到头,工资加奖金,满打满算十二万。你现在没收入了,接下来的生活我应该怎么安排?如果你来当这个家,你会怎么安排?如果你是我,这件小两千的衬衫破了,你会不会心疼……你是不是应该想想,为什么我舍得给你买这么贵的衬衫,再看看我自己,我有几件像样的衣服!那天付丽丽带着一帮富婆来逛商场,在她们面前,我连头都抬不起来!人和人之间,从来就不平等。这世上,只有极少数人能够做自己,而你我,我们并没有这样的资格……"

方致远沉默着,只觉得浑身燥热。

父亲明远做完第一期化疗后,病情还算稳定,这让明杭稍稍安心,得已专注自己新的事业。

于是乎,明杭的咖啡馆算是正式开业了,重新装修未免太兴师动众,还要考虑成本问题,明杭只在软装上下了些功夫。为了尊重安汶,咖啡馆的名字没变,还是叫旧时光。

没想到,开业第一天就遇到了棘手的事,这儿的两位店员双双辞职了,事先都没打个招呼,就撂下了一摊子事。老巴带着童安安来帮忙,陆泽西和陈墨也来了。然而,让明杭想不到的是,区一美竟不请自来。

既是开业,明杭是准备了酒食的,众人吃吃喝喝,好不热闹。

酒过三巡,区一美挨到明杭身边,仍是笑容妩媚,他下意识往边上挪了挪。

"好啦,姐又不会吃了你,你坐过来,姐跟你说几句掏心窝子的话。"她勾着他的肩膀。

他便也笑:"你喝多了。"

"我清醒着呢。是,我承认,我喜欢你。但陆泽西说你打算辞职,你又真的递交了辞职报告后,我算是彻底想清楚了,你呢,你跟我以前认识的那些男人不一样。那句话怎么说的，哦，你是一个有情怀的人，你的灵魂很有趣，是吧？姐我是粗人，走不进你的情怀，对你的灵魂也不感兴趣。所以，我都想通了。不强求，也强求不来嘛。往后，我还是你姐，行么？"

"行啊，太行了，"明杭举杯，"姐，你人真的挺好的。"

"别给我发什么好人卡。男女之间就是这么简单，喜欢就是喜欢，不喜欢就是不喜欢，什么人挺好啊，你是个好人，那都是废话……"

不远处，童安安正饶有兴味地泡着咖啡，老巴站在一旁看。

"哎，明杭到底想找个什么样的女朋友啊？"童安安突然问道。

老巴一笑："怎么，你要给他介绍对象？"

"我手里还真有合适的，短婚未育，是我老乡的小姑子。人我见过一面，也跟明杭似的，特文艺。对了，她刚从外面荡了一圈回来，背着包跑了好些地方呢。"

"离异的？"

"看不起谁呢？"

"我可没说你。"

"你不也离异吗？"

"我不是这意思，你想啊，明杭一个大小伙，就算他同意，他爹妈也未必会同意。这不合适……"

童安安抬抬眼："合不合适，我安排他们见一面就知道了。来，这杯咖啡给你，借花献佛。感谢你这段时间对我的照顾。"

"我就值一杯咖啡？"话虽这么说，老巴还是接过咖啡，美滋滋地抿了一口。

"长期合作嘛，你拍照，我管饭。别说，这次多亏了你的照片，我店里都出爆款了。"童安安说着，走到老巴面前，直视着他。

她的个子虽然挺高，但在一米八五的老巴面前，还是显得有些娇小。老巴低头，刚好看到她的领口，那呼之欲出的饱满让他有些走神。他不禁别过头去。

童安安直笑："想什么呢！哎，我刚才没跟你开玩笑，真的，咱俩就这么长期合作下去，挺好的。你呢，也别到处找房子了，且住着吧。"

"我这不是怕耽误你吗？你想啊，万一你找到男朋友了，人到你这一看，哟，怎么家里还有个男的，容易让人误会。"

她摇头："我的未来规划里没有什么男朋友。"

"就这么单着？"

"我就想在冇城买个房。我前夫总给我洗脑，说房子虽然是租的，但生活不是。我也信了，我居然信了……现在才知道，那只是他赌博的借口。老家呢，我是回不去了。倒是想过去一线城市，可我都这把年纪啦，哪还拼得动。老巴，我没什么退路，除了自己，一无所有。"

老巴微笑着："你太悲观了。"

"你呢，有什么打算？要是再找，想找什么样的？"

"找什么呀，这好不容易从坟墓里爬出来了，还不让我呼吸下新鲜空气？"

两人都乐了。

坐在吧台旁的是陈墨，正自斟自饮。

陆泽西走过去："还生我的气？"

"我要真生气，今天就不来了。"

"我不向田凯低头有我的道理。其实，我都想好了，他要是不同意调解，大不了我就进去待几年。除了西亚，别的，我真没什么放不下的。何况西亚有你。"

"这就是你，一个成年人，深思熟虑之后的结果？"

"人生不过是一场游戏嘛，墨墨啊，你有时候太认真了。"

陈墨嘴角露出一丝讥笑："如果你的人生真的是一场游戏，那潘瑜肯定是这个游戏里的"bug"（漏洞）。好了，告诉你吧，我去找过潘瑜。她说调解的事，她会帮忙。"

陆泽西盯着陈墨："她帮我？她拿什么帮我？田凯会听她的吗？他们俩都要离婚了。"

"据我所知，因为抚养权的问题，潘瑜一直没松口。只要潘瑜放弃孩子的抚养权，田凯应该就会答应跟你和解。"

"她为我放弃抚养权？说笑呢？"

"说实话，我也觉得不可能。所以，我只能劝你，做人都有低头的时候。

只要你态度诚恳，田凯也不会为难你。时间不多了，现在各方面证据对他都有利，要是他起诉，你的胜算并不大。"陈墨的嘴唇微微颤抖，撂下酒杯，转身离去。

"我觉得陈墨说得在理。"方致远来了有一会儿了，他绕到陆泽西面前，给自己倒了杯酒。

"你少管！对了，今天明杭开业，那么大的事，你怎么才来？"陆泽西略有些不满。

方致远苦笑："一言难尽。"

"又和宁静吵架了？"

"比吵架还难受，不说了。"

"对了，我们几个凑了点钱，算是入股吧。你可得好好干。"

"我……"

"什么都别说了。宁静不支持你，不还有我们嘛。总共三十万，给你当启动资金。有十五万是我的，另外的是老巴和明杭凑的。"

"老巴哪来的钱？"

"他出了十万，估摸着应该是他以前藏的私房钱吧。这就不容易了，他平时抠抠搜搜的，连顿好的都没请过。"

陆泽西并不知道，这十万其实是柏橙给老巴并以他的名义转借给方致远的。

第十章 只觉如鲠在喉

离了婚的女人，在很多人眼里，是要打折扣的。别人怎么想，我们管不着，也无所谓，但是，我希望你的下一段婚姻它不打折扣，就是你也喜欢他，他也喜欢你，简简单单、圆圆满满的那种。

田凯已经出院，如今正在近郊别墅的家中休养。

晨起，他在楼上看到了花园里的潘瑜，她在做瑜伽。

年过三十的潘瑜，身段虽已没有当年的紧致，却更见丰腴诱人。又因为保养有术，在这方面不惜重金，她的肤质和气色仍然不错。

她一个下腰，标致的蜜桃臀展露无遗。剪裁得当的连体式瑜伽服，让她的腰肢格外纤细。她直起腰，擦擦汗，抬脸冲他笑。

她已经很久没对他笑。

田凯不否认自己对潘瑜动过真情。这个有过婚史的女人，别有风韵，对当年的他来说，有着致命的吸引力。他力排众议，甚至不惜与父母闹翻，以为娶了她，便能成就王子邂逅灰姑娘的童话。

童话只能是童话。

随后，潘瑜因为身体原因，不能生二胎，两人的关系也因此发生了细微的变化。他遇见了刚满二十岁的小姿，起初不以为然，这种逢场作戏对他来说只是寻常。直到小姿怀孕。他给她买了一套公寓，半真半假地安抚她：待我和潘瑜离婚，便会和你结婚。

要不是潘瑜知道了，和他大闹，他也不至于对她动手。

那段时间，他们在外人面前夫唱妇随，哪怕同床异梦，看起来仍然像一对恩爱的夫妻。有天，潘瑜突然提出离婚，他开出条件，她可以走，但是儿子不能跟她走。她当然不同意，带着儿子搬离了这里。

田凯下楼，微笑："回来了？儿子呢？"

潘瑜点点头，指着身后的小圆桌，上面有两份文件："签字吧。"

冇城新百嘉运营部里，刚从北京回来的迈克马不停蹄地召集了会议，主要明确了两点：一是接下来运管人员的培训由周宁静负责，二是运营部副总监的位置空缺已久，公司决定在运营部内部提拔。

茶水间里，有爱嚼舌头的女同事已经开始八卦，说副总监的位置非周宁静莫属，还说她这一趟去北京，怕是已经搞定了迈克。这话传到周宁静耳朵里，她便只笑笑。

到了中午，迈克约她去楼上的一家餐厅吃饭，说是工作餐会。这种餐会以往迈克也常组织，但只约她一个人，倒是从没有过的。周宁静为了表明自己身正不怕影子斜，就答应了。

迈克选的是新百嘉的一家咖啡馆，点了两份商务套餐，两人对坐。

"家里的事都处理好了？"迈克问。

周宁静自嘲："怎么说呢，我这种普通人，烦恼总是细碎，像扫不完的玻璃渣。"

"好，那我们谈工作，"迈克一笑，"集团收购冇城百货时，因为人事上的疏忽，流失了不少原来的本土得力干将。现在总公司开始注重本土化的推进，你算是赶上机遇了。"

"你想说什么？"

"你这次负责运管人员培训，要拿出我们的本土特色来，不要拘泥于你在北京受训时学的那一套。副总监的人选，我是看好你的。"

"我行吗？"

"那你想吗？"

周宁静犹豫了一下，才道："谁不想高升。"

"只要你想，你就行。"

这天，方致远在找合适的办公楼，兜来转去，到了新百嘉。抬手看表，正是午餐时间，就想买点吃的给周宁静送去，缓解一下最近有些僵持的关系。经过那家咖啡馆，他看到了靠窗而坐的周宁静和迈克。

方致远虽然没有见过迈克，但周宁静没少在他面前抱怨她的上司。

"这个迈克啊，每天都把自己打扮得特别体面，梳着个大背头，有时候看着还有那么点娘。"周宁静曾经这么跟方致远说过。再结合她平日里的一些其他描述，坐在她对面的男人，论穿着、长相、年龄应该就是迈克无疑了。

这次去北京培训前，周宁静还跟他嘀咕过，说她是跟这个惹人嫌的上司一起去的。

惹人嫌？看两人说说笑笑的样子，不像吧？

方致远想进去打招呼，左思右想，还是作罢。

西亚整形医院里，陆泽西收到了田凯的调解协议书，他多少猜到这是怎么回事，拨了潘瑜的电话，那头却无人接听。

陈墨看着协议书："看来，潘瑜读懂了《断头王后》。其实，书里面还有一句话：她的幸福没有人分享，同样，她的不幸也只能独自承担。既然她做出了自己的选择，就让她去承担这一切吧。"

"我不知道你在说什么！"陆泽西瘫坐在大班椅上，"这份协议书，我不会签的。"

"这是她欠你的，你应该收下。今天上午，她已经跟田凯办理了离婚手续。钱、儿子，她全都没要。你要不信，我手机里有她发给我的离婚协议书。"

陆泽西一甩手，手机砸向墙壁，碎裂在地。

周宁静临下班时才给方致远电话，她的声音充满愉悦，要他过来接她，顺便买点菜回家。

方致远看着妻子兴致勃勃地挑选着各色菜蔬，她又是那个善解人意的女人了。

"走，去那边挑几块牛排！"她捏捏他的手，"饿死我了。"

香煎牛排是她的拿手菜，也是他爱吃的。

"你中午吃的什么呀？看把你饿的。"他问。

"没顾上吃饭，光说话了，部门的工作餐会。"

"和谁啊？"

"还能和谁，就我们部门那些人呗。"

待上了车，周宁静忍不住跟丈夫说起她可能升任运营部副总监，这也是她今天心情大好，要给全家人改善伙食的原因。

方致远笑问："真要升职，这背后少不了有人提携吧？"

"是，多亏了迈克。"

"你以前还老埋怨他不重视你呢，现在想来，你应该是误会他了。"

"误会谈不上，只不过，我们之前对彼此都不太了解。"

"那现在，你们彼此又都了解了？"

周宁静这才觉出味来："方致远，你什么意思？"

"我什么也没说。"

"靠边停车。你要不把话说清楚，咱俩谁都别回家。"

方致远的车停靠在路边，他想质问妻子，为什么要骗他。

而他的妻子，却反问他——你什么意思？

对面来的车打着大灯，照在两人的脸上，光晕里，看不清对方的表情。

而陆泽西的公寓里，正举行着一场同样看不清表情的派对。

陈墨坐在一旁，看着形形色色的男女穿行在大客厅里，陆泽西被围在最中央，他又变成了那个没心没肺的男人了。

要不是邻居砸门，说音乐太吵，派对应该会开上个三天三夜。

那群男女陆续离去，陆泽西扭头，偌大的客厅里，便只剩陈墨一人。

她永远那么冷静："如果你真的放不下，你可以去找她。她回江苏老家了。"

他大笑："所有人都走了，她也走了，你怎么还不走？"

"我走不了，西亚需要你。"

"你说，潘瑜这么做，是不是真的就不欠我了？"

"我不知道。"

"我和她离婚那天，我送了她一枚钻戒，成色虽然不怎么样，但足足有一克拉。那个时候，我哪有钱买钻戒啊，于是，我到处借钱，还刷爆了信用卡。为了还债，我住过五块钱一晚的小招待所，高低铺，一个房间住七八个人，公用浴室里的喷头，出的水都是黄色的，又冷又脏。我图什么？我就是要让她羞愧，让她每次一看到这个戒指，就能想起她欠我的！可她现在居然把欠我的还给我了！"陆泽西说着，转身往卧室走去，"我累了，现在啊，我就想睡他个天昏地暗，要是西亚真的还需要我，行，等我醒了再说。"

"好，我等你。"

方致远车内，夫妻俩对视着。

此刻，他们本来应该围着餐桌，跟王秀芬、方周子一起享用大餐，庆祝着周宁静即将到来的升职。

"今天中午，我打算给你送吃的，结果看到你们了，你和迈克。"话一说完，方致远就后悔了。

周宁静愣了一下，才道："是，我中午确实和他吃饭来着，但也真的是谈工作。你问我，我就随口一说，说部门同事开工作餐会。我也没必要特意强调是跟他单独吃饭吧？致远，你想太多了。"

同事们嚼舌根，也就罢了，可要是连方致远都觉得周宁静和迈克有什么不清不楚，她这冤枉可就大了。

方致远笑了："你不用跟我解释，全是我的错，我不该那么小心眼。咱俩这段时间，因为我创业，你一直有些不高兴。你这样，我压力也很大。今天看到你这么开心，我就不该说那些有的没的……"

"什么有的没的，你不会以为我跟迈克有什么吧？我告诉你，没有'有的'，全是'没的'，没影的事！"

"是，我最近太累了，人一累，难免就会东想西想。我总觉得，辞职这事你还没翻过去，在你眼里，我方致远现在一无是处，没有收入，家里全都要靠你……再看人家迈克，海归、多金，人家长得还比我帅，完全不是你之前形容的那样，关键是，他真的能帮到你。"

"你紧张我了？"她"扑哧"笑出声来。

"我什么时候不紧张你了？还记得咱们刚毕业回冇城，你家里的那些人，七大姑八大姨，还有你堂哥，他们给你介绍了多少对象。每回你都说，去相亲只是敷衍他们，可我还是急啊。"

"咱俩能结婚，真的挺不容易的。"

"马上就六年了。"方致远摸摸周宁静的脸。

周宁静抓住他的手:"哎,你说那会儿我认真去相亲,跟别人成了,会怎么样?"

"相亲?"海莉霍地站起,瞪大眼看着张兰和余微。

海莉辞职后,在外面荡了一圈,才回有城不久。

今晚,张兰说是家庭聚会,非要让海莉回娘家一趟。

"莉莉,对方年纪是比你大几岁,但有一点,他没有婚史。我那老乡说了,说小伙子性格好,跟你很般配的。"余微柔声道。

海莉撇撇嘴:"是,上回你们给我介绍巴有根,也是这么说的嘛。说他跟我很般配。结果呢,还不是离了?"

张兰作势要打海莉:"怎么跟你嫂子说话呢!"

"嚯,你们婆媳倒同仇敌忾起来了,挺和谐啊。"海莉笑。

余微也笑:"我跟妈一向都有商有量的。"

海莉本想讥讽她几句,又不愿弄得家里鸡飞狗跳让张兰为难,只说:"既然对方像你说的那么好,又没婚史,人家未必看得上我的。再说了,我现在一个人过,挺好的。"

"对方急着结婚,他父亲得了病,最大的心愿就是看到他早日成家。你们俩要真能成,也算是瞎猫撞上死耗子了。"余微道。

海莉不能忍:"谁是瞎猫,谁是死耗子?"

正玩斗地主的海平把手机往边上一扔:"余微你怎么说话呢!要不会说就闭嘴!本来蛮好的事情,从你嘴里说出来,怎么就变味了?"

余微不乐意了,翻着大白眼:"我也是好心!"

"是,你们当年催莉莉结婚也是好心,好心办坏事!"

"怎么就好心办坏事了?是,莉莉是离了,可她还得了套房、得了辆车呢!我嫁到你们海家,当牛做马的,为这个家、为你们,心都操碎了,现在开放二胎了,你们又催我生孩子……到现在,房产证上还没加我的名字!我看,我还不如莉莉这个离了婚的!"

海平走过去,一把抓住余微的衣领。

张兰吓得忙劝,连在厨房洗碗的海国庆也跑出来了:"海平你要死啊,家里还不够乱?"

海莉投降了:"不就是相亲吗?我去还不行吗?"

好一番折腾,风波总算平息,海平送海莉下楼。

这对同父异母的兄妹很久没这么亲近了。

"莉莉,再婚的事你不用急,还有,你要是不想上班,那就不上。我跟爸妈商量过了,咱们家不是有两间店面吗,一间过户给你!还有我们现在住的这套房子,也过户给你!等明年,我就把空着的那套房装修好,跟你嫂子搬过去住,爸妈呢,愿意在这住也行,跟着我们也行。"海平为人就是这么实在,简单明了,不会说好听的,但此刻,他说的每一句话都让海莉动容。

"我又不是寄生虫。"海莉嘟囔着。

"我就是想告诉你,你别着急忙慌去成家,你现在也有家,不但有家,你还有家底呢。"

"店面和房子我都不要。"

"本来就是你的。还有啊,你嫂子呢,毁就毁在一张嘴上,她是真没坏心。这给你张罗对象吧,她也是好意。"

"我知道。倒是你,别对人那么刻薄,嫂子这些年也不容易,那套房加上她的名字也是应该的。回头我劝劝妈,这不加嫂子的名字,没准是她的意思。哥,跟你过日子的不是爸妈,是嫂子。"

"哟,我们莉莉真的不一样了,还是头一回听你帮她说话。"

海莉笑笑:"女人都不容易,我也是女人。"

售楼处那边还没有新消息,只说开盘要延后。

周宁静自是着急,便琢磨起了那块区域周边的二手房。加之要负责公司的培训项目,还有手里的线上运营方案,一时间,竟觉出心有余而力不足来。好在方致远那边还算顺利,与广州的厂家初步达成了合作意向,办公楼也租好了,选在新百嘉附近的一处住宅楼。

新百嘉的大会议室,周宁静正给运管人员上课。她看起来十分干练,长发挽在脑后,上着白色短袖衬衣,下着深蓝色包裙,全身上下唯一的亮色是她的红丝巾。待她抬头,才看到不知何时,迈克走了进来,他坐到一个不显眼的地方,注视着她。迎着她的目光,他的嘴角不自觉上扬,溢出微笑。她忙扭头看向别处。

这段时间,迈克确实对周宁静照顾有加,让她不得不敏感,也不得不多想。所以,课后他提出一起吃晚饭,顺便聊聊方案的事时,她不免无措起来。好在付丽丽来电,周宁静便如蒙大赦般,马上答应了她的邀约。

付丽丽安排的晚餐在一家星级酒店,可不是她电话里说的"吃顿便饭"。

装修极尽富丽堂皇的大包厢内,一应菜色,皆是鲍鱼、鱼翅之类的珍馐美味,除了高档白酒,还有付丽丽自带的原装进口红酒。

席间,付丽丽逐一介绍在座的客人,无不是某某局长、科长、老板,还有不少知识分子,什么某某教授之类,除了这几类人,剩下的也都有着体面工作,看上去无不仪表堂堂。

觥筹交错间,包厢的氛围渐渐热闹了起来。周宁静没喝酒,推说身体不适,只是小口吃菜,喝着鲜榨果汁。她带着微笑,不时观察着付丽丽和桌上的各色人等。

付丽丽左右逢源,大家似乎也十分尊重她,她是这个局的中心。而周宁静呢,是付丽丽口中"感情深厚的同学",立时被奉为上宾。

"周女士,您随意,我干了!"

"付总的同学,就是我的同学,来,我敬您!"

"周女士您的气质真好,有时间我要跟您学学怎么保养。"

周宁静虽没喝酒,却被灌下一肚子果汁。

饭后,付丽丽一定要带周宁静去散散心,两人来到一间美容养生会所。

等到地方了,周宁静才发现,除了她,付丽丽还约了好几个女的。一番寒暄,互相认识了,虽然她们都穿着会所的浴衣,但言谈之中,能够听出来,这拨女人都是些有头有脸的主。

周宁静也喜欢做美容,但这么高大上的会所,她还是头一次来。和她光顾的那家小工作室相比,这家古色古香的会所,环境和服务都让她很是欣喜。疲于为生活奔波的她,确实需要好好放松一下,一时间,她不免感怀付丽丽的贴心。

单人隔间里,周宁静正享受着芳香"SPA"(水疗)。技师的手法温和又不失力度，所经之处，都如暖流灌穿而过，好不惬意。她尽力不去想那些烦心事，闭上双眼，在芳香中沉沉睡去。也不知过了多久，她才醒来，发现技师已经离开，而她身上披了条干净柔软的毯子。她整理了一下自己，在墙上的圆镜里，看到一张红润的脸。这种红润，已经很久没在她脸上出现过了。

走出隔间，才发现有个女服务员立在门口，像是专门在等周宁静。

"周女士，这边请。付总她们在茶艺室等您。"

"付总经常来这吗？"

"嗯，她是我们的VIP。"

"会费肯定便宜不了，"周宁静自嘲般，"反正我是消费不起。"

服务员一笑："周女士，和钱没关系，我们这边不对外的。"

"不对外？"

"这是一家私人会所，入会是有条件的。"

服务员语气柔和，但周宁静还是从她眼里看到了一丝轻蔑。

周宁静不好发作，便只能跟着服务员往前走。穿过回廊，到了一个房间，推开门，付丽丽正领着那几个朋友在品茶，满屋子的笑声。

见周宁静来了，一个黄姓大姐站起来："宁静你快来，我带了好茶，你也尝尝！"

接着，付丽丽和黄大姐她们说了一堆周宁静半懂不懂的话，什么离岸金融、避险基金、套期保值等等。

喝了几道茶，众人又被服务员领到另一间包厢，圆桌上已摆了夜宵。

黄大姐拍手："丽丽就是会安排，知道我最近吃素，你们看，是素斋。"

付丽丽拉着黄大姐的手："金针菇拌粉丝、芥菜豆腐、酸菜辣炒蒟蒻、照烧杏鲍菇、香菇炒杂蔬，都是你喜欢的。"

这些菜，往常周宁静也吃，却不知还能做得这么好，色香味俱全，竟比晚饭的鲍鱼、鱼翅更可口。

吃得差不多了，服务员又给每人上了甜品，是蜜酿花粉银耳莲子盅。

坐周宁静身边的黄大姐，悄声问她："哎，丽丽的项目，你投了吗？"

"我没有。"周宁静答道。

"那赶紧的啊，你和丽丽关系那么好，有什么可担心的。我原来一直在炒房,这几年看看嘛,花头也不大了。我呢,就拿了笔钱,投到丽丽这,也是抱着试试的态度,不多,也就二十来万吧,没想到啊,这才两个月,我就挣了这个数……"黄大姐伸出五个手指,"五万!比我打麻将有意思多了。"

周宁静点点头,低头用小勺子搅动莲子盅:"我哪有闲钱啊。"

付丽丽看着黄大姐:"你以为她跟我们似的钻钱眼里出不来啊。再说了,投资有风险,你也不能光看收益。要是赔钱了,你可别哭鼻子。"

黄大姐瞧了周宁静一眼,笑道:"不就是二十万吗?去欧洲玩一趟都不够嘛。"

大家都笑了,只有周宁静,低着头,把一盅甜品搅得冰凉。

这晚,老巴和方致远实在不放心宅在家发霉的陆泽西,就把他拉到了明杭的咖啡馆。

明杭有个远房表妹,叫小楠,职校毕业后一直在甜品店打工,他便说动了小楠,让她来咖啡馆帮忙。只是,要想把咖啡馆经营好,光靠他和小楠还不够,还得招兵买马。再者,明远的病情这些天不太稳定,明杭分身乏术,很是焦虑。

回甬城后,他才发现,不知不觉中,他这个不靠谱的儿子已经成为了家里的主心骨。要想当好主心骨,头一件事就不能免俗了,那就是钱。或许,到了这个年纪,光有情怀是远远不够的。既然接手了咖啡馆,有流水才是正经事。

几个男人碰面,玩笑间,开始大吐苦水。

方致远叹气:"这些天,宁静又开始看房子了。学区房就像是她的一个结,这个结一天不解开,她就一天不会松懈。"

"我倒是开始理解宁静了……"明杭说道,"都说知足才能常乐,但如今这世道,知足就会落后,落后就要挨打。我最近在医院,可以说是看尽了人生百态,我爸隔壁床的老头,昨天办了出院,就是因为没钱,彻底放弃治疗了。"

"你爸现在的情况好点了吧?"老巴问明杭。

明杭的眼神有些黯淡下来:"我爸现在都有心病了。他原来那老领导就是因为癌症走的，走得有些，怎么说呢，有些惨不忍睹。反正到了最后阶段，差不多是全身都插满了管子，靠仪器维持生命了。我爸说，要真让他这么活着，多活一分钟都是痛苦。我以为他只是感慨几句，没想到，老头都开始研究安乐死的资料了。他这是不想活了。我跟我妈就骗他，说我交了个女朋友，约了几次会，等感情稳定下来就带给他过目。"

"他要跟你较真，非要见，怎么办？"方致远问道。

"不怕你们笑我，我还真去相亲了。"

"怎么样？成没成？"

"对方没看上我，巧了，我也没上对方。"

"你要真有心相亲，童安安那里倒有个人选，你要有时间，让她帮你约出来见见。"老巴乐了。

"她跟我提过，我已经让她帮我安排了。"

"你口口声声不婚主义，现在一下变成这样，我还真不适应。童安安都是怎么跟你说的啊，话我先讲在前边，对方是离异的，你要是……"

明杭开始八卦："要是谈得来，我还真不介意这个。对了，我看你童安安长童安安短的，你们俩是不是……"

"怎么可能！我跟她想的一样，就打算这么单着了。再说了，她那脾气，火爆起来跟海莉有的一拼。我总不能刚逃出狼窝，又掉进火坑吧？"

方致远瞄了一眼不远处正跟小楠说笑的陆泽西，说道："看起来，泽西应该没什么大碍了。"

小楠被陆泽西逗得"咯咯"笑，两人掏出手机，都开始扫码加好友了。

明杭放下手里的啤酒："陆泽西这个人渣，那可是我表妹！"

方致远回到家已是晚上十点多，周宁静还没有到家。她给他发过微信，说她跟付丽丽在一起，要晚点回来。孩子呢，被王秀芬带到自己那边去了，家里显得空落落的。他洗完澡，便自顾自睡下了，半夜听到响动，应该是周宁静回来了。她轻手轻脚洗漱了才躺上床，见丈夫闭着眼睛，也不知是真睡还是假睡。不过，她现在对这些也不关心，满脑子想的是付丽丽她们说的话。学区房或许没那么急，过半年再购置也行。手里这点钱，如果投到付丽丽那边，真要能有点收益，总比放在银行吃利息要好。

方致远一个翻身，抱住了周宁静，喃喃："怎么才回来？"

"丽丽请我吃了顿饭，又带我去做SPA，盛情难却。"

"我跟你说啊，付丽丽这人你要小心，虚头巴脑的。"

"你少酸她。"

"吃吃饭可以，但是……"

"管那么多干吗，睡你的觉。"

次日，周宁静找了个借口，说是路过付丽丽的公司，顺路去看看她。付丽丽很是欣喜，亲自到楼下迎接。在那里，周宁静还看到了周冲。

"他刚投了一百万，今天就是过来办手续的。"付丽丽眨眨眼。

周宁静笑："他倒是有钱。"

"也不是他自己的钱，他的农家乐一直在亏，老婆都要跟他闹离婚了。钱是他从银行贷的！投资有风险，我劝了，没劝住，他一定要投，说借鸡生蛋，让钱生钱。"

"你这到底是什么项目啊，他借钱都要投？"

"你不会真的感兴趣吧？"

周宁静没说话。

付丽丽揽过周宁静的肩膀："走，先到我办公室喝杯茶。既然你想了解，我就简单说说这个项目，说白了，这是一种新型理财模式，非常新颖，目前呢，刚刚开放了中国大陆市场，前景巨大，随着市场的启动公司也会陆续推出一些新的资讯，一句话，敢为人先才能创造财富。这个项目呢，是国际在线汇款对冲基金的众筹理财……"

回到新百嘉后，周宁静打开付丽丽公司的官网，里面还有一篇付丽丽的个人专访，详尽描绘了她的创业历程。

"你真的要试水，就先投个几万块玩玩。投资这种事，我也不敢保证什么的。"付丽丽的话在周宁静耳边回响。

有人敲门："周总监，有位女士找您。"

周宁静愣了一下，才道："进来。"

来人是运营部新来的实习生，叫王玲。

"什么周总监，瞎喊什么呢！"

"静姐,我刚从人事部得到消息,您升任为副总监的事已经定下来了。你就准备好银子请我们大家吃饭吧。"

"别到处嚷嚷,得发了文件才算。再说了,就算是公示了,还有考察期。那个位置到底是谁的,都还不一定。"

"嗯,我记住了,要低调。"

"你刚才说有人找我?"

"对,一位姓海的女士,说是您的朋友,人在会客室呢。"

周宁静一步并做两步,走向会客室,果然是海莉。

海莉比以前黑了,也瘦了,头发剪得很短,穿着简单的衬衫和牛仔裤,看起来倒是清爽、干练了许多。

"我就知道是你!什么时候回来的?"

"静姐,我有事跟你商量,大事,急事。"

"怎么?"

"我怀孕了。"

明杭开始了他的第二次相亲。

上一回,跟那个女孩单独见面,因为理念不同,两人闹得不欢而散,搞得很僵,着实让介绍人为难了一把。也是吸取了教训,明杭提议,这回别弄得太像相亲,以朋友聚餐的名义,两人先见个面。要是合眼缘,可以进一步发展。如果不合呢,彼此也都下得了台面。

既然是朋友聚餐,老巴和童安安自然是"朋友",对方的介绍人亦心领神会,说她会陪着女孩一起过来。

这回倒是没搞僵,而是直接原地爆炸了。

因为,介绍人是余微,而她带来的女孩就是海莉。

场面无法用"尴尬"来形容,明杭惊得下巴都掉了。

余微骂了童安安一顿,拉着海莉就走。

童安安一头雾水,还没醒过味来,却又被老巴给骂了一顿。骂完童安安,老巴也走了。

"这到底是怎么回事啊？他们都有病吧？"童安安气得捶桌。

明杭从桌子底下钻出来："你知道你给我介绍的是谁吗？"

"你们认识？"

"何止认识，海莉是老巴的前妻！"

余微拉着海莉上了车，一个劲赔不是："莉莉，这事是嫂子办得不地道，你就是扇我一耳光，我都不带还手的。"

海莉却笑了，笑得止不住。

"不是，你别吓我，你笑什么啊。"

"相亲遇到前夫，相亲对象还是前夫的朋友。这还不好笑吗？"

"要让你哥知道，他非得掐死我不可。"

"多大点事啊，不至于。我们不告诉他不就行了。就说不合适，我没看上人家。"

"莉莉，你真的不生我气？"

海莉好容易止了笑："嫂子，说心里话，我今天过来，就没想过是相亲。我就想，你一番好意，我不能辜负，就当蹭饭来了。"

"你这么说，我就更那什么……更不好意思了。"

"我不怪你。"

"我保证，下回再给你介绍对象，一定要了解清楚，我……"

"没下回了，真的，谢谢你，嫂子。"

余微低头："是，前几年我急着让你结婚，就是不想你在家里待着。我小心眼，也处理不好跟你的关系。你想啊，我在家也是独生女、掌上明珠，半点委屈都没受过的，这嫁给你哥，还没来得及跟他好好过二人世界呢，这就又是要跟婆婆搞好关系，又是要跟你相处的……我挺害怕的。你和老巴离婚后，我也想了很多，也自责过，你不说我也知道，要不是我，你不会那么早就结婚的。兴许等个几年，就能等到更合适的……"

"你说什么呢……"海莉红了眼眶。

"话都说到这一步了，就让我说完呗。这回吧，我就想给你找一个合适的。我一听说对方没结过婚，长得也不赖，我就……咳，莉莉，我一直觉得离婚没啥，可别人不一定这么想。离了婚的女人，在很多人眼里，那就是要打折扣的。别人怎么想，我们管不着，也无所谓，但是，我希望你的下一段婚姻它不打折扣，就是你也喜欢他，他也喜欢你，简简单单、圆圆满满的那种。"

海莉拭泪："你什么时候变得这么会说话了？"

余微也哭了："咱俩蛮可以交个朋友的，都是我的错，弄成这样。"

"谁要跟你交朋友了，你是我嫂子，我们是家人嘛。"

"对。"

"话说回来，你别给我张罗对象了。我不想再婚，我现在过得挺好。"

"行吧。"

"嫂子，我跟你说个事。这事，你们早晚都得知道。我怀孕三个多月了。"

余微倒抽一口冷气："老巴的？"

"当然是他的。"

原来，海莉是在色达旅行的时候发现自己怀孕的。

色达是四川省甘孜藏族自治州下辖的一个县，而对很多向往色达的旅行者来说，"色达"指的却并不是这个小县城，而是县城南边的"色达喇荣寺五明佛学院"。余微只在网上看过色达的照片，这座位于山沟的佛学院，大片大片的红色小屋，非常壮观，让人震撼。据说，佛学院的僧众数以万计。

海莉摸摸自己的肚子："在色达的时候，我就觉得我应该留下这个孩子。回来后，我跟静姐商量过，更坚定了决心。"

"你现在一个人，还要生孩子……你想过以后的路该怎么走吗？"

"能有多难呢？我可以工作，可以养活孩子的。"

"那你怎么跟爸妈交代？"

"我知道你有办法帮我。"

余微无奈："我试试看吧。"

明杭本来想给老巴打个电话的，又不知道该说什么，只好让童安安找老巴。

童安安左思右想，回到出租房，门边散落着老巴的球鞋，一只还被踢飞到了墙角。

童安安敲着老巴的房门："开门！我知道你在家。"

老巴的声音闷闷的："别烦我！"

"今天别说相亲没成，就算他们俩真的成了，跟你也没关系。哦，你有本事跟人离婚，现在人家走出来了，想重新开始生活，你就这怂样？"

"谁怂了？"老巴开门，探出个大脑袋，"明天我也去相亲！"

童安安笑着："你这不还是没放下吗？那你跟她离的哪门子婚？"

第十一章　心上一团乱麻

我不要什么道歉，弱者才需要道歉。

盘山公路上，一辆黑色SUV爬得慢吞吞。

已是春末夏初，有些燥热，方致远一面开着车窗，一面对驾驶座上的陆泽西说着："你倒是开快点啊。"

陆泽西撇撇嘴，满脸的不乐意。

今天，方致远是陪陆泽西来看心理医生的。

这是陈墨的意思，她差不多是以命令的口吻，扔给陆泽西一张名片："有病治病，治好了再回西亚。"

心理诊室开在冇山半山腰的疗养院内，陈墨说，诊室的主人王医生是个博士，对治疗情感障碍很有研究。

西亚的股份，陈墨比陆泽西多占了百分之一，论起来，她是他的老板。别小看这百分之一，要是没有它，陆泽西早已是脱缰的野马。

想到这，方致远不免慨叹起陈墨的聪慧，她把陆泽西这滩烂泥扶上了墙，委实了不起。因此，方致远这帮人对陈墨很是尊重，没有她，就没有现在的陆泽西。

谁料潘瑜离开冇城后，陆泽西的老毛病又犯了。不思进取、拈花惹草，劝他几句，他就用"游戏人生"来说事。又讲什么"万事皆空""人本就是虚无的存在"，浪荡得就快没底线了。

王医生一看就是个知性女子，肤色白皙，戴一副金丝边框眼镜。简单寒暄后，便把陆泽西带进了诊疗室。

"陈墨大概跟我说了一下你的情况。"王医生微笑。

陆泽西坐在佛洛伊德躺椅上，摆弄着茶几上的沙漏，带着不屑："那是她大惊小怪。"

"你这个反应很正常，你从内心，就本能排斥别人的关爱。"

"我没病。"

"人体像个复杂的机器，有着它独特的运行系统，情感是其中重要的一环。咱俩随便聊聊吧。"

"我没什么可聊的。"

"我们的内心其实是一个能量载体，看起来，我们把情感投注到了某个人身上，但说白了，这种情感最终会打到内心这个载体。情感越汹涌，载体的承重也就越大。你确实没病，只是你的内心不堪重负。"

陆泽西缓缓看向王医生。

王医生继续道："在正常情况下，我们内心的能量是能够随着我们的主观意识收放自如的。吃进去的食物，我们一般人呢，用日常活动和适量运动来消耗，可是还有一部分人，比如那些想减肥的人，他们会有另外一些极端的方式，什么催吐、剧烈运动……可想而知，这既不科学也伤身体。而你呢，就是那个情感上的肥胖症患者，和剧烈运动不同的是，你呢，你则把内心这种积蓄的情感能量，换成了和不同的女人恋爱，不停猎艳……"

"猎艳？这也是墨墨告诉你的？"

"简单来说，你是一个感情强迫症患者。"

"别急着给我定性啊……"陆泽西道，"这才五分钟不到呢。"

"你急着去释放你的情感，却始终找不到那个依托。"

陆泽西只是笑。

王医生直视着陆泽西："这些年，我帮助过不少离异的朋友。说来也怪，离婚这事，不管是男方先提出来还是女方先提出来，男女的反应几乎都差不多。那就是，先知先觉、先感受到伤痛的都是女方。男方呢，往往在离婚后期才会有那种深切的痛楚。"

"有这种说法？"

"男人的社会角色不一样，这个社会，男人的形象多是坚强、坚忍，简直无坚不摧。比如离婚吧，这事一般男人都不会轻易往外说，在整个亲友告知过程中，他是被动的。不但这样，他面上还得装作无所谓，再多的痛苦呢，也只有独自面对。相比之下，女人就会主动和亲友去分享自己的痛苦……"

"那个……王医生，我插句嘴啊。"

"你说。"

"谁给男人定的这社会角色啊？"

"生理决定的，社会的价值取向决定的。陆先生，痛苦本身就是情绪的一部分，谁也不能保证每天都万里无云，有时候下点雨，不也挺浪漫？"

陆泽西不言语了。

方致远独自行走在疗养院内。那次从安汶口中得知柏橙的母亲住在疗养院，他便一直想来探望。对柏橙，他自是有愧。这份愧，在她回冇城后，与日俱增。他未能给她任何补偿，任何补偿也都没有意义。探望她的母亲，不过是让他略略心安。

他在院内的小超市买了几样保健品，又到咨询台打听到了柏橙母亲的住所。在一栋小楼二楼的某个房间内，他看到了久违的杨阿姨。

杨阿姨就是柏橙的母亲。在方致远的印象里，杨阿姨年轻、漂亮，柏橙亦遗传了她的神韵。要不是杨阿姨那双眼睛，他实在没办法把眼前这个身体臃肿、满头白发的老太太跟那个长相标致的杨阿姨联系在一起。这才十来年，她的变化也太大了。

"你是？"杨阿姨放下手里的十字绣，看着方致远。

"阿姨好，我是柏橙的朋友，今天路过这，来看看你。"

"哪个朋友？我怎么没见过？"

"我是……"

"致远！你怎么在这！"身后传来柏橙的声音。

方致远转头，瞧见柏橙提着些吃的用的，正错愕地看着他。

"致远？你就是方致远？"杨阿姨急急走了过来。

还没等方致远反应过来，杨阿姨抬手就扇了他一巴掌："我知道你的！就是你，在我橙橙复读的时候，你跟她分手了，因为你，橙橙没考上好学校！我知道你的！"

"妈……"柏橙扔了手里的东西,抱住了母亲。

"该打,他该打!男人都不是好东西,全都该死!"杨阿姨涨红脸,还想冲过去打方致远。

柏橙急切地对方致远说道:"还不快走!"

新百嘉的春末购物节已经启动,为了鼓舞士气,公司按照职级给员工们发了些抵扣券。周宁静已经升任运营部副总监,拿到了总额一万块的抵扣券。听起来数额不算小,可她知道,新百嘉的这些品牌,高端的活动力度都很小,几乎用不了抵扣券。

方致远的公文包该换了,周子需要一双好点的运动鞋,王秀芬一直想要件真丝衬衫,周长和的皮带都快秃噜了……既然给父母买了,就得考虑公婆。挑来拣去的,她还往里贴了三千,给家里人买了一堆东西。至于她自己,只选了条小黑裙。黑色是经典,款式也不易过时,小心着穿,撑个三五年没问题。

"周总监,还是你会过日子。"人事部的琳达拧着腰,拎着大包小包走来。

周宁静笑,晃晃手里给方致远买的包:"我哪比得了你。现在看来,还是单身好,没有家累。"

"好不好的,谁过谁知道。哎,我这还有两千抵扣券,你要么?"

"怎么,花不完?"

"能抵扣的东西我都不太想买,给你了,算是我的贺礼,你升职了嘛。"

周宁静看了看琳达手里的各色包装袋,一水的一线大牌,基本都是不参加活动的。

"自己不要的,就送我,算哪门子贺礼?"周宁静半开玩笑。

琳达便笑:"难怪迈克说你像林妹妹,我看不光长得像,你这心眼也像。好啦,我刚买了一套口红,'all in'(同系列的口红全色购入),送你一支吧。"

"好意我心领啦,我还有事,回头请大家吃火锅。"

"都副总监了,就一顿火锅打发我们?"

周宁静摇摇头,转身走了。

人和人之间的差距有很多种，未婚和已婚也是一种。只是，在周宁静的记忆里，她没结婚前，也没有像琳达这么潇洒过。那个牌子的口红她也有两支，润泽、不掉色，三五百一支，真不算贵。可"all in"，却不是谁都能"all"得起的。她怀疑琳达买回整套色号，常用的仍旧是那几款，剩下的大部分都不会往嘴上涂。但是，这就是人家的生活态度、消费态度。更有意思的是，这态度还是现在大多数女人推崇的。

"女人要对自己好点。再说了，你们也算是中产了，不要缩手缩脚。"付丽丽小口抿着咖啡。

她和周宁静在喝下午茶，周宁静说起琳达的"all in"。

"我要算中产，那中产的门槛也太低了吧？"

付丽丽加了块方糖："过几天我和黄姐她们去西藏，净化心灵之旅，你也一起去呗。"

"我可没时间，最近在看房子呢。"

"有合适的了？"

"什么算合适？我觉得合适的，我都买不起。这套房子能解决孩子的学区问题就行。不过嘛，倒也不急，慢慢看吧。"

"刚才还跟我这哭穷，看吧，学区房你随时都能买。你是真没过过苦日子，跟你说啊，我刚出来打拼的时候，没少吃方便面。到后来，连方便面都买不起了，就煮挂面。十斤挂面加一瓶老干妈，愣是对付了半个月。"

"我知道，我这日子不算太差，可人总不能往下比吧。"

"这话倒是真的。但是，话说回来，你的状态我是最羡慕的。真的，咱们班那么多同学，就你和致远的日子过得最稳当。看起来呢，我现在确实像个人生赢家，不说前呼后拥，也应该是高朋满座了。可是，我觉得自己特别失败，因为我活得不像个女人！女人就应该有家庭，要是身边连个知冷知热的人都没有，活着有什么意思？就说那黄姐，离婚很多年了，一直没遇到喜欢的人，钱她是不缺，家里堆满了名牌，可她快乐吗？"

"钱总归能解决很多问题的。"

"不有句话吗，千金难买有情郎。别说千金了，万金也难。方致远对你的好，我们全看在眼里。柏橙想勾搭他，门都没有。"

"别乱说啊，柏橙现在什么样，方致远现在什么样，她还能对致远感兴趣？"

"哟，我说着说着就急了，真不该多嘴。都怪周冲，在我这里嚼舌头。"

"他都说什么了？"周宁静抬眼。

付丽丽笑："没什么。"

"丽丽，咱俩也算是朋友了，我可什么都跟你说，你这样，不厚道了吧。"

"真没什么，还是上次在周冲的农家乐，说是有服务员看到致远进了柏橙的房间。也不是致远主动去的，是柏橙招的他。"

"多大点事……"周宁静抿抿嘴唇，"在一个房间待着又怎么了？周冲这人心里龌龊，才会看什么都不干净。"

"对对对。我呢，就是闻不惯柏橙那股子绿茶味。是，她现在是高档餐厅老板，光鲜靓丽，可这餐厅是谁的？是她爸的。还有那个安汶，没结婚前啃老，结婚了吃的用的哪样不是徐子文的，就算是徐子文没了，人还有个将来要继承徐家家业的儿子。再看我，背后空无一人啊。我又能怎么办呢？除了拼命挣钱、拼命提升自己，挤破脑袋往上冲，还有更好的选择吗？"

周宁静往嘴里塞了口提拉米苏，慢慢嚼完，才道："读书那会儿，老师让你回答问题，你哆哆嗦嗦，连句整话都没有。再看你现在，脱胎换骨，长篇大论说来就来。"

"人还是要历练的，我出社会后别的没学会，只学会了大胆往前走。"

周宁静笑着："对了，你上次说的项目，我也想投点钱玩玩。"

"这你可得想好了。"

"知道，投资有风险嘛。我这多的也没有，就十万。"

"行啊。"

疗养院的图书室里，方致远和柏橙对坐。

"这里不错，我每次来看妈妈，都会过来翻翻书。最近在读珍妮特的《时间之间》，她说，时间抚平一切伤痛，我们终将被它捕获。"

"人是一夜之间变老的。好比你一往无前游向大海,但在某个时刻突然意识到,你要游向的海岸并不是你出发时的海岸。"

柏橙低头一笑:"你也读过?"

"我已经不大看书了。这句话还是在微博上看到的,知道了出处,一直想读读这本书,一直没时间……"方致远道,"柏橙,抱歉,我没跟你打招呼就过来了。"

"我妈的病,我一直挺忌讳的。不过,你能来看她,我还是表示感谢。"

"阿姨到底是……"

"说开了其实也没什么,就是躁郁症。我自己照料不好她,又舍不得送她去精神病院,最终选了这里。也是我爸的意思。"

"对不起。"

"她的病和你有什么关系?"

"阿姨刚才说的那些话……我觉得她说得没错。我确实该打。我一直想找个机会跟你说这句'对不起'的,虽然,说了也没用。"

"感情的事,没有什么对得起或对不起。不喜欢了,或者遇到更喜欢的了,你有自己的选择权。"

"我没想到你这么豁达。"

"一开始也不豁达。但不豁达又能怎么样呢?你提分手时,我的处境确实比较艰难……我爸不给钱,我妈病重无法工作,要不是几个亲戚帮衬了一把,我恐怕连参加高考的勇气都没有。安汶问我当时为什么不告诉你,我说,同情是同情,喜欢是喜欢,这是两码事。我不弱,也不需要对谁示弱。"

"那你现在……"方致远后面这句话在喉咙里打了个转,到底还是吐了出来,"那你现在也应该找个稳妥的人了。"

"方致远,你还是老样子,温吞吞的,"柏橙笑了,"是不是我说原谅你了,你才会安心?是不是我结婚了,你才会安心?"

"我当然是希望你幸福。"

"结婚了,就能幸福?别的不说,就看我爸妈的婚姻,我爸出轨,硬是逼着我妈离婚,我妈性格要强,难以接受现实,才得了这病。结果,我爸回头看,发现身边这些女人都是图他的钱,他才心生愧疚,把我们母女接了回来。

家里人都讲我爸情深义重，我妈都这样了，他居然会跟她复婚。可在我看来，他就是想换个心安理得。所以……致远，我不要什么道歉，弱者才需要道歉。"

方致远轻轻翻着书页，一时噙了泪。

柏橙又道："别说这些陈年往事了，怪没意思的。对了，你不是开了家公司吗？听说是做油烟净化设备的？"

他点点头："还没正式开张呢。"

"我店里刚好要装，到时候就交给你了。"她郑重说道。

回去的时候，方致远和陆泽西一路无话。

已近黄昏，落日透过云层，散出胭色的光，照得盘山公路树影斑驳。

一曲又一曲电台情歌后，方致远突然问："要是人真的能够穿越到过去，你还会选择潘瑜吗？"

陆泽西犹豫了一会儿，才道："我没后悔过。"

进了城，方致远接到周宁静的电话，说今天安排了家庭聚餐，让他接上周长和，一家子到外面吃饭。

周长和的身体一直不太好，又是个不喜外出的，平时的活动范围就是小区附近的菜市场、老年活动中心。他一听说要出去吃饭，心下有几百个不愿意。方致远好说歹说，又打了电话给周宁静，让她亲自邀请，周长和才不情不愿拎起了外套。

两人上了车，周长和问道："办公司的事怎么样了？"

"都差不多了，过段时间就能开张。"

"宁静也不是不支持你，她呢，命里活该就是过过小日子的，四平八稳最好。你突然要自己干了，她有点不适应，过段时间就好了。我女儿嘛，我还是知道的。"

"宁静现在挺支持我的。"

"致远啊，你能有今天不容易，要知道感恩。"

"是啊，我这一路走来，多亏了二老，也多亏了宁静。"

周长和点点头，表示满意。

车子停进了新百嘉的地下车库，方致远才知道周宁静是在菲斯特订的包厢。

此刻,周宁静抱着方周子,带着王秀芬,正走进菲斯特。

三人坐定,周宁静翻着菜单,却不时四顾。

果然,在不远处一个靠窗的位置旁,她看到了柏橙。

柏橙穿一件修身的白色连衣裙,长发挽起,看起来十分温婉,又带着几分干练。

她正和用餐的客人在说着什么,不时发出轻笑。

周宁静抱起方周子,走了过去。

"柏橙!"周宁静笑着。

柏橙也慢慢走过来,站定,和周宁静保持着半米距离,笑得很克制,就好像周宁静只是她的一位普通客人。

"周子,快叫阿姨。"

方周子不认生,甜甜地叫了一声阿姨。

"乖,几岁了?"柏橙看着周子。

周子掰着自己的手指头,想了一会儿:"八岁!"

"三岁!"周宁静纠正。

"小丫头长得真好看。"

"柏橙……"周宁静压低了声音,"上次在这,我说话不太好听,你别往心里去。"

"不至于。今天这顿饭,记我账上。"

"不用。"周宁静推辞。

"同学一场,这都是应该的,我那边还有客人要招呼,那我就先……"

柏橙话还没说完,就看到方致远和周长和并肩走了进来。

方周子看到爸爸来了,兴奋地大叫:"爸爸,爸爸!"

方致远一眼就看到了柏橙。

柏橙也不说话,只是露齿一笑。

方致远和柏橙表现出来的正常,让周宁静觉得自己的行为有些刻意了。本来，她是带着家人、孩子，到柏橙面前示威的。

只是，这个球，周宁静打出去了，却不见柏橙打回来。

周宁静不禁为自己的冲动感到后悔，她怎么就能阵脚大乱到这种地步？

或许，周冲农家乐的那个服务员根本就没看到方致远和柏橙同处一室，又或许，他们的确同处一室了，但不是周冲想象的那样。

"你干吗要给我买包啊？你发了抵扣券，给自己买点喜欢的多好！"方致远走进卧室，手里端着杯热牛奶，"我看你晚饭没吃什么东西，饿了吧？趁热。"

"这条裙子就是买给自己的，好看吗？"周宁静把裙子放自己身上，上下比画着。

"你穿什么都好看。按理说，你升职了，我应该送件礼物给你的。这样吧，你选一个喜欢的，我买单。"

"你拿什么买单？你的钱都是陆泽西他们几个凑的，又不是不用还了。"

方致远笑："也不差给你买礼物这点钱吧？"

"等你挣大钱了，再给我买个好的。"

"对了，上次我们借了宁海哥的钱，房不是没买成吗，要不就先还给他？你放着也没用，还得算利息。"

"我知道！过几天就转给他……"周宁静沉吟片刻，"那个，老公，有个事跟你说。"

"先喝牛奶。"

周宁静端起来，象征性地喝了一口，唇上停了朵白色奶沫，方致远用手轻轻拭去："怎么还跟小孩似的。"

"我今天见着付丽丽了，她那个项目不错，我想先投十万试试水。"她柔声道。

方致远一怔："是想投，还是已经投了？"

周宁静吐吐舌头："已经投了。"

"宁静，这就是你说的'以后过日子有商有量'？"

"你先听我说嘛。这个项目我仔细研究过了，我们的投资可以做到随进随出。投资周期也不受平台控制，自己自由支配，相当于用闲散的资金创造财富。最重要的是，这个'互联网+金融'项目吸引了很多高端人士，是资源对接的大平台……"

方致远的脸色已经有些不好看，缓缓坐下："我要创业，家里的钱你一分都不给我。付丽丽的项目，你甩手就是十万……你让我怎么想？"

"你那个是实业，我这是'互联网+金融'。毕竟，在这个产能过剩、产品过剩、商品过剩的节点，做实业想大踏步前进几乎是不可能了。我们不能把鸡蛋放在一个篮子里，对吧？再说了，我手里的钱是留着买学区房的。拿出十万，只是试水。"

"你……"方致远整理着措辞，"金融业、互联网行业都是立足于实业的，实业要是死了，刚才你说的什么互联网啊，金融啊，大概都死两百回了。这是一个实业洗牌的阶段，或者说是升级换代的阶段，的确要有一大批传统商业模式的实业要被淘汰或者主动死亡。但换过来说，也是一个机遇。"

"我不想跟你吵架！"

"我没跟你吵架，只是在跟你讲道理。宁静，别的都不说了，就一点，十万不是小数目，我也应该有知情权吧？还有那个付丽丽，你知道她是什么人吗？你就真的那么信任她？"

"我只知道，付丽丽是真的想跟我周宁静交朋友！"

"好，好，我不跟你吵。反正任何时候、任何事情，道理都在你这边，你说的做的全都是对的。还有商有量呢！这个家里，大大小小的事，我什么时候有话语权了？我看再这么下去，我在这个家里，连站脚的地方都没了！你想过我的感受没有？"

"感受？你跟我谈感受？好，那我问你，你跟柏橙孤男寡女共处一室，你想过我的感受吗？"

方致远傻眼了。

周宁静笑看着他："看来，这是真的。"

"对，"方致远也笑，"我不但那天跟柏橙共处一室了，我今天下午还跟她见面了，你知道我们是在哪儿见的面吗？"

周宁静没想到丈夫会说这些，一时说不出话来，双眼却已溢出泪水。

方致远一脚踢飞放在地上的簇新的公文包："在疗养院！杨阿姨疯了，大概你还不知道吧？是啊，你又怎么会知道？你周宁静眼里从来就只有你自己，你什么时候想过别人？就在我们俩手拉着手轧操场，就在我们俩满广州城游玩的时候，柏橙她高考再次失利，她承担着她这个年纪不该承担着……我欠她一句对不起，我就是想告诉她，我方致远对不起她！我就是要去看看杨阿姨！不行吗？咱俩认识十六年，结婚六年，你连这点信任都不给我？时过境迁，都过去那么多年了，如今柏橙回来了，我就要避而不见？我就要跟躲瘟疫一样躲着她？我告诉你周宁静，我做不到！"

"方致远！"周宁静低吼，"你的意思是当年全是我的错，我不该喜欢上你？是不是啊？"

"不不不，你不会有错，你是周宁静，周宁静从不犯错。是我的错。"

"你从来没有这样过，这种语气，这种态度……"周宁静往后退着。

"那么，你以后可能要习惯了，这才是最真实的我。"方致远说完，拿了手机，准备离开卧室。

手机响了，老巴来电，方致远顺手接起。

接完电话，他转身对妻子："海莉怀孕了。"

周宁静没作声。

他又道："这事你早就知道了，对吧？"

"是。"她的声音很轻。

他长叹了口气，往外走去。

陆泽西公寓。

陆泽西、方致远、明杭和老巴，四个男人围坐着，桌上、地上，到处散乱着啤酒瓶。

数天前，余微婉转地把海莉有孕的消息告诉了张兰。很快，海国庆和海平也都知道了。海莉有心做个自强不息的单亲妈妈，但她的家人可不这么想。本来是海莉"自己人"的余微，在老公的劝说下，迅速倒戈。海家众人达成一致，既然海莉怀孕了，那老巴就必须跟她复婚。当然，他们并没有直接找老巴，慎之又慎、权衡再三后，通知了老巴的父母。

老巴是这些人里最后一个知道前妻怀孕的。前妻怀孕了，怀了他的孩子。他巴有根不但有根，现在还扎根了。于是，他带着诚意和双方父母的意思，去找海莉，要跟她复婚，没想到的是，海莉直接把他给打了出来。

"我帮你查过了，如果海莉决定要把孩子生下来，而且确定这个孩子是在你们两人婚姻关系存续中受胎的，你就有义务负担孩子的生产和教育等费用，也就是说，你对这孩子有责任……"陆泽西说道。

"这还用你说吗，我自己的孩子，我能没有责任吗！"老巴低头，"可问题是，她不同意跟我复婚，还说什么，孩子虽然是我的，但和我没任何关系。我都想好了，如果她真的不复婚，我就把孩子的抚养权争取过来。"

方致远苦笑："老巴的心情我理解，要是我跟周宁静离婚了，说什么我都得把周子带在身边。"

"你和周宁静又要离婚？"老巴看向方致远。

"什么叫又要啊。别听他瞎说，这两人就是吵了一架。"陆泽西笑道。

明杭摇头："要是连他们俩都离了，我可真就不相信婚姻了……"

这一晚，方致远没有回家。这是他第二次夜不归宿，上一次，还是周宁静从北京回来那晚。

夜里，难以入眠的周宁静到客厅倒茶，王秀芬轻手轻脚走了过来："致远出去了？"

"哦，我们一个同学出了点事，他过去帮忙了。"

"你们俩吵架了？"

"哪有。"

王秀芬开了大灯，看到女儿双眼通红，神情颓然。

"日子是两个人过的，可不能由着你自己性子来。要长久，就得学会忍耐。再者，这夫妻之间，床头打架床尾和。你哭一晚上，到了明天，你们俩又都好了，这不白哭了吗？"王秀芬劝道。

"真没事。"

"你们俩能走到一起不容易，要珍惜。"

"我知道的，你快去睡吧。"

"宁静，你小时候，我跟你爸没少吵架。还记得你上大学后，有一年春节，我跟你爸为一点小事吵起来了，你当时还拍桌子来着，说什么父母的感情会影响孩子的成长，只有父母感情好了，孩子才能健康成长。如今你也为人母了，这些话，你忘了？周子一天天大了，你看她还是小小人，可她半懂不懂的，什么都知道呢。晚上你跟致远吵架，动静还是她听到的。"

周宁静努力笑着："真的就是一点小事，妈，你放宽心。"

"能宽心吗？这当了妈，有一天是宽心的吗？"王秀芬碎碎念着，转身回了房。

次日一早，方致远就陪老巴到了周宁海的律所。

看到一脸菜色的老巴，周宁海便猜了个十之八九。这些年，他的律所接过不少离婚官司，而他也成了冇城出名的离婚律师。他的那些客户，年龄层从50后一直到90后，不过，最近80后是越来越多了。他看过一份调查，自2003年以来，冇城的离婚率连续十三年递增，而80后正在成为离婚大潮中的"主力军"。

见到方致远，周宁海想起了上次安汶的事，便问道："你和宁静的同学，那个叫安汶的，到底是怎么想的？她的抚养权官司稳赢的，怎么说撤诉就撤诉了？"

"说是孩子离不开徐家，更是离不开程虹。"

"程虹？哦，记起来了，孩子后妈。"

"虽然是后妈，不过人对孩子不错，这孩子是她一手带大的。"

周宁海喝了口茶，说道："我这么跟你说吧，抚养权的事要是不弄明白，以后早晚还会有麻烦。"

"周律师，我这也是抚养权的事……"老巴站起来。

"你别急，坐下再说。"

老巴坐下，把自己和海莉的情况和盘托出。

周宁海皱皱眉："你想要这孩子？"

"对！"

"你们可以协商解决孩子的抚养权和抚养费问题，如果协商不成的话，可以起诉到法院，法院一般会根据你们双方的经济条件和对小孩成长最有利的情况进行判决。"

"现在的问题是,我前妻,她也想要这个孩子。"

"一般情况下,两岁以内的孩子归女方抚养。"

听完周宁海这话,老巴倒吸了一口凉气。

周宁海叩击着桌子,凝神:"你这情况,比较特殊,怀孕是离婚后才发现的,就算你要起诉,也得等你前妻生下孩子之后。听我句劝,能协商尽量协商。刚我也说了,一般情况下,两岁以内的孩子归女方抚养,两岁以上的孩子呢,就需要结合各方的经济条件、成长环境等因素,不过,一般也都会判给对孩子成长更有利的一方……"

第十二章　岂止同床异梦

她退了一大步，不过是想和她心爱的人成就一段婚姻，长长久久，哪怕庸常、平淡。即便如此，她仍不能如愿。

从律所出来，老巴就收到了海莉的微信，她发了个定位过来，说要跟他聊聊。

海莉不是一个人来的，她叫了周宁静陪同。

老巴这边，自然也不是单枪匹马，他带着方致远。

茶楼包间外，方致远和周宁静一个短促对视，两人都有些尴尬。这一次，他们俩又成"消防员"了。

海莉拿出了一份协议，要老巴放弃抚养权。老巴这边也拿出了一份，刚才在律所，周宁海给拟的，内容和海莉那份正好相反。

四人对坐，跟以往很多次一样。只是，海莉和老巴的身份已经变了，而周宁静和方致远，他们俩之间也有了一道不能言说的屏障。

包间本就很小，加之凝重的气氛，方致远只觉得透不过气来。他走出包间，想去抽支烟。周宁静找了个借口，也走了出去。

在洗手间门口，周宁静看到了方致远。

方致远下意识掐灭手里的烟，抬眼看了看周宁静。

抽烟是他刚做销售那会儿学会的，在那个圈子里，烟酒不沾确实很难。后来周宁静备孕，要求他把烟戒了。这还是从那之后，他第一次当着她的面抽烟。

周宁静很想发火，但还是忍住了。她看着那个被掐灭的烟头，心如刀绞。她难受并不是因为他抽了这支烟，而是他抽猛烟的样子像极了一个叛逆的孩子。她越不想让他做的事，他偏要做，他偷偷做，仿佛这样，就能给他带来极大的快感。

原来，这些年，看似平静美满的婚姻生活，早就暗潮汹涌。只是，疲于为生活奔忙的周宁静没有发现。

"我昨晚在老陆家住的。"方致远先说话了。

"我知道。"周宁静淡淡的。

"昨天晚上，我说话有点冲，你别往心里去。"

"我也有不对的地方。"

"走吧。"

方致远往包间走去，他甚至没有回头看她有没有跟上来。

周宁静刚刚有些温热的心又变冷了，她木然地跟在他身后。她想起他们刚谈恋爱的时候，每次过马路，他总是站在车来的方向，挡在她的身侧。

"海莉，你太过分了，这个孩子不是你一个人的！"

"巴有根，我们俩已经离婚了！我不想再和你有任何关系！"

"呼呼"两声，像是有什么东西摔碎了。

方致远急忙推门而入，周宁静匆匆跟了进去。

茶楼包间里，海莉和老巴僵持不下。这边海莉已经上手了，一干茶壶、茶海被她摔落，满地狼藉。

要不是方致远眼疾手快，拉开老巴，估计海莉能一口气抽他十个八个大嘴巴。

方致远拥着老巴往外走，周宁静很有默契地抱住海莉，一场大战这才得以避免。

"老巴你这是干吗呢，不知道海莉现在怀孕了啊？"方致远边走边说。

老巴红着眼："她是故意的！她知道我这些年一直想要孩子，她全知道！"

海莉和周宁静还在包间，看样子，海莉已经平静下来了，只是小声啜泣着。

"巴有根之所以和我结婚，没别的，就是想找个人给他们老巴家传宗接代。你看，现在我们都离婚了，他还打孩子的主意呢！"

"海莉，你也别把老巴想得这么不堪。他想要这个孩子，也是人之常情。

你要独自抚养孩子,我支持,这是你的选择。但从长远来看,你把孩子给他,你以后的路会好走很多。"

海莉看向周宁静:"如果你是我呢?"

周宁静沉默着。

"如果你和方致远离婚了,你会把女儿给他吗?"

"我不会。"

"那我也不会。"

方致远把老巴送回家后,一时间觉得无处可去。回家,势必要面对周宁静,免不了又是一通大吵。

车子开到冇江边,他一眼看到明杭的咖啡馆。没想到,他走进咖啡馆,发现柏橙也在。她在靠窗的位置坐着,一个人,拿本书在看。

明杭轻声招呼方致远,指指柏橙:"她约的人不会是你吧?"

"怎么可能!我路过你这,顺道过来喝杯咖啡的。"

"柏橙说她约了人,我还以为是你呢。"

"致远!"柏橙欠身,挥挥手。

"你一个人?"方致远问道。

柏橙有些无奈:"也不是什么大事,就是我爸的朋友给我安排了相亲,这里面关系挺复杂,不见,就是不给介绍人面子。"

"你也老大不小的了,确实应该……"

"什么就老大不小了,谁规定到年龄了就一定得结婚?"

明杭接嘴:"这话我爱听。"

说话间,一个男人推门而入。

方致远从光线昏暗的咖啡馆出来,有些眼晕。夕照极好,他面前是泛着水波的冇江。江边的景观大道,人来人往。他立在路边,想起咖啡馆内,柏橙和那个男人之间的对话。

方致远很想告诉柏橙,那些书、那些电影他也看过,她想去旅行的地方,也是他想去的。隔了这么多年,周遭种种,物是人非,可是他们,她和他,都没变。

手机响起,是周宁静。接起电话,那头传来女儿甜甜的嗓音,问他何时回家。

回家吧，回到家，一切就都好了。

他发动车子，涌入车流。

周宁静已经做好了丰盛的饭菜，她静静坐在饭桌旁等她的丈夫。如果他是个叛逆的孩子，她只能做个包容的母亲。路是她自己选的。当她的高考志愿和他填同一所学校时，她倒追他时，为了他背叛友情时，她想过自己替代不了他心里的那个人。她退了一大步，不过是想和她心爱的人成就一段婚姻，长长久久，哪怕庸常、平淡。

即便如此，她仍不能如愿。

很遗憾对吧？再遗憾，生活也得继续。

海莉问的那句话，像绵密的针扎在周宁静身上。

"如果你和方致远离婚了，你会把女儿给他吗？"

除非方致远先要了她的命。

餐桌上，周子伸长勺子，想够一块红烧肉。王秀芬要帮她，小人儿嘴巴一撇，老大的不愿意。

好不容易够到了，周子却把肉放到了周宁静碗里："妈妈吃肉。吃肉，长高。"

"我家周子真乖。"王秀芬笑了。

周子又往方致远碗里放了块肉："爸爸吃，爸爸吃肉，挣钱。"

方致远乐了："好，爸爸一定挣很多很多的钱。"

"爸爸挣钱干吗呀？"王秀芬问。

周子好像还思考了一会儿，才歪着脑袋道："给妈妈买漂亮衣服。"

大家都笑起来。

周宁静道："妈，你少教孩子这些啊。"

"哪是我教她的，我可教不了。"

周宁静揽过周子，亲了她一口："妈妈不要什么漂亮衣服，只希望周子健康、快乐，以后能上个好学校。"

"周子一定能上好学校，周子妈妈也要有漂亮衣服，周子爸爸保证完成任务。"方致远说着，看了周宁静一眼。

"油嘴滑舌。"周宁静带着笑意。

王秀芬用筷子打了下女儿的手："怎么油嘴滑舌了？我看人致远这话说得很实在。"

"我是不是你亲生的啊？你怎么胳膊肘往外拐！"

"记住啊，在这个小家里，你们俩才是自己人……"王秀芬说完，给方致远夹了块鱼，"宁静就是这样，说话夹枪带棒的，生怕谁不知道她厉害。我跟你们爸爸结婚前，我妈跟我说，夫妻相处呀，要做硬事、说软话，我听进去了，所以，我跟你们爸爸呢，偶尔也吵架，但禁不住我嘴甜，禁不住他好哄，就这么磕磕碰碰过了大半辈子。再看宁静，她反着来嘛，净是说狠话、做软事。"

"妈，是我不对，我惹宁静生气了。"

"夫妻又不是阶级敌人，有什么对啊错啊的。吃饭吃饭，妈来这是给你们看孩子的，其他的事，我可没闲工夫管。我要管多了，你们就该嫌我喽。"

夫妻俩沉默着。

饭毕，周宁静瑜伽、洗漱、给周子讲睡前故事。待方致远改完他和厂家的合作协议，回卧室时，发现周宁静坐在床边，腿上放了个带锁的小木盒。他认得，那是她放贵重物品的盒子，平常一般都藏在保险箱内。

周宁静笑笑，从盒子里拿出一枚纯银戒指，这戒指是方致远在大学毕业晚会那天送她的。银戒本是光面的，因为被氧化，表面已有了灰黑的斑驳。

周宁静把玩着戒指："那会儿你怎么说来着，哦，你说一定要戴在右手中指上，这代表我已经名花有主。可惜，这戒指买小了。"

"没想到你还留着它。"

"这是你送我的第一件礼物。"

方致远挨着妻子坐下："我和柏橙真的没什么。还有，那十万块，你既然已经投了，我往后也不会说什么。我就是希望，要是再有下次，你能先跟我打个招呼。"

周宁静点头:"柏橙的事,是我太紧张了。我也不知道她经历了那么多……你做的没错,确实应该去看看杨阿姨。你欠柏橙一个道歉,我也一样。那时候我总以为,爱情是自私的,却不知自私会这么伤人。"

"我已经向她道歉。你们俩都没错,是我的问题。"方致远搂住了妻子。

免不了一番温存,只是,周宁静似乎没法进入状态。尽管丈夫刚才那番话,满是真诚,她也相信他的真诚,可是,当和他肌肤相亲的时候,她没来由地觉得一阵厌恶。这厌恶,很轻微很短暂,却像她那双破了个小洞的连裤丝袜,洞眼再小,都不容忽视。

这具熟悉的身体,一度让她脸红心跳,一度让她痴迷心醉。大四那年,他们回宥城实习,在方致远临时租住的小公寓里,她终于把自己交给了对方。最初的生涩过后,对方变成了一座有着无穷宝藏可以探寻的迷宫。

那种对彼此身体的眷恋,直到她怀孕的后期还在。后来孩子出生,她跟很多当妈的一样,精力和注意力都放到了孩子身上,难免就忽视了丈夫的感受和需要。

孩子送到齐镇半年后,小两口在这方面的趣味才慢慢找了回来。因为生育过,她的身体有了些许变化,有不太好的,自然也有好的,至少,她比婚前丰韵了不少,这让丈夫很是欣喜了一阵的。接下来的几年,也说不清是谁先失去了热情,开始觉得闺房中的这种乐趣不过尔尔。一周一次,就成了他们之间的规矩,如同例行公事。

方致远亦有志忑,他的感觉和妻子的不一样,他的,是疲累。他表现出了很久没有过的狂热,竭尽全力想讨好自己的妻子,想看到她脸上放松和愉悦的表情,试图通过她的声音来判断她是否抵达。

也许,他现在的行为,就是酒桌上男人们经常开玩笑说的"回家交作业"吧。他不但要交作业,还想把这作业写好,他希望她能满意,给他打个五分好评,期盼着通过这份作业,博取她的信任。

他从她身上下来,翻身到一侧。两人背对着背,被子中间有了条缝隙,凉风窜了进来。

"要不,我再去拿条被子吧?"她忽然道。

"好。"

3

海莉不同意复婚，被巴家老两口围堵在家，可谓不堪其扰。这就算了，她自家爹妈、哥嫂也和巴家统一了战线。

余微便劝海莉，说什么和老巴复婚也是不错的选择。海莉想掐死余微的心都有了，余微无奈，说自己好心办坏事，也是为了海莉好。

老巴也犯愁。

他是巴家四代单传，他的名字"有根"，早就象征了他的使命。

童安安便打趣："你们家是有亿万财产要找人继承，还是说有皇位要往下传？你一个搞IT的，按理说人生观、价值观都应该与时俱进些嘛，脑子里怎么还藏着封建毒瘤？我要是海莉，我也不会跟你复婚。对我们这样的女人来说，在一块，那出发点得是感情。我问你，你心里还有她吗？"

老巴又是摇头又是点头，慢慢说道："我们俩刚结婚那会儿，确实好过，那个词怎么说的，如胶似漆，对，如胶似漆。可日子过着过着，不知道怎么回事，一切就都变了。到了后来，我们俩是怎么过怎么不顺心，几乎每天都在吵架，一件看起来特别小的事，到了我们这，都得小题大做一番。人说小吵怡情，可要天天这么吵，谁受得了？这么跟你说吧，那段时间，我恨不得公司天天安排我加班，加班太好了，加班就不用那么早回家了……"

"你们俩其实也没有什么原则问题。你问问自己，你真的想跟她复婚吗？"

老巴顿了顿："想。"

"这样，我给你支个招。我不了解海莉，你不总说她也是暴脾气吗？我们这种暴脾气，遇强则强，可真要遇到柔情似水的，我们能比水还柔。你跟你爸妈说，让他们继续在海莉那闹腾，只是别过了，掌握个度。你呢，找个恰当的时机，去找海莉，把她给你的放弃抚养权的协议给签了。"

"啊？"

"先听我说完啊。签协议的时候，你告诉她，你也不愿意复婚，可双方父母给的压力实在太大了，你想让她配合你演一出戏，那就是，你们俩假复婚。"

老巴不可思议地看着童安安。

童安安继续道："你们假复婚了，顺理成章，就得住一块吧。她怀孕，生活上总有不方便的地方，这个时候你挺身而出，照顾她、关心她。日久天长的，她能不感动？到时候，假复婚不就变成真复婚了？"

"能行吗？"老巴表示怀疑。

"行不行的，你总得试试呀。"

海莉正头大，听了老巴的提议，又亲眼看他签了协议，终于同意跟他"复婚"，两人还制定了一系列"作战方案"。两人分别斡旋，搞定了双方父母，几个老人答应给他们缓冲期，先搬到一起住，结婚证可以缓缓再领。

海莉告诉老巴，搬回来可以，但必须约法三章。结果，她拟了个像模像样的合住协议，上面列的条条框框哪止三章，少说也有三十章。权衡之下，老巴选择了无条件"签署"。

老巴从出租房搬走这天，童安安给做了顿饭。这一次不再是四菜一汤，菜肴丰盛至极，别说两个人，就是十个人也未必能吃完。

"来，这杯酒给你壮行。"童安安笑着。

老巴也笑："什么就壮行了，我又不是上战场。"

"喝吧，也不知道什么时候还能有机会一起喝酒。"

"不至于，我这房子租期还没满呢。"

童安安拿出一沓钱："剩下的租金，我退给你。"

老巴哪肯收："租金又不是你收的。你最近生意很好？钱多烧的吧。"

"我还可以租出去嘛。再说了，我现在手头没那么紧张了，就算整租，我也能负担得起。"

"别呀，我想好了，这个房间呢，还是给我留着，也算是留条后路。"

童安安点点头，没再说什么。

老巴离婚的时候本来就是净身出户，衣服又都被海莉给剪了，搬到童安安这边后，也只是简单添置了一些东西。用童安安的话说，要是哪天冇城地震了，身无长物的老巴绝对是第一个跑到安全区的。

老巴搬到海莉那边后，海莉对他提了第一个要求，那就是先把房子彻彻底底打扫一遍。老巴因为是四代单传,自幼备受父母宠溺,说"衣来伸手、饭来张口"那是一点都不夸张。每天能把自己收拾干净就算谢天谢地了,家务什么的,除了偶尔洗洗衣服,他基本没干过。

海莉在沙发上躺着,手里还拿着个苹果,对正在拖地的老巴指指点点:"你会不会拖啊,你看你这拖布湿嗒嗒的,干吗,想在客厅养鱼啊?"

老巴咬咬牙,没吭声,看起来就像受了气的小媳妇。

"拖完地就该擦窗户了啊。"海莉继续发号施令。

"窗户不是挺干净的吗?"

"哦,你不想擦……"海莉叉腰,站到椅子上,"行,我自己来,你拧块抹布给我吧。"

"别啊,你千万别动……"老巴赶紧做央求的手势,"你现在是孕妇,不能爬高,赶紧下来。"

海莉笑着坐下。

"要不这样,我们请个钟点工。"老巴建议。

"不请。"

"我这上班也挺忙的,哪能一天到晚做这些啊。"

"你还没有个下班的时候啊?"海莉不无嘲讽,"咱俩没离婚之前,我也上班,家务我不也照做吗?那会儿,我跟你提过要请钟点工了?你这才哪到哪啊,拖了十分钟的地,就叫苦不迭了?我可是给你当了好几年的免费保姆。赶紧干活啊,干完活就该给我准备下午茶了。"

老巴叹气:"怎么还有下午茶……什么时候添的臭毛病?"

"刚添的!"海莉躺下,拉了拉毯子。

新百嘉的西餐厅内,海莉正眉飞色舞说着老巴的窘态。

她对面,是心事重重的周宁静。

方致远去广州签合同了,这合同一签,他的创业之路就再难回头。

"静姐,你也别太操心了。"海莉劝道。

周宁静蹙眉:"操心也没用,事情到了这一步,也只能随他去了。对了,有件事我觉得挺好奇的,听说致远开公司,老巴还投了十万。他当初不是净身出户的吗?哪来的钱?"

海莉低头:"你是不是发现什么了?"

"这钱不是老巴的,对吧?"

"这个……"海莉深呼一口气,"我要是告诉你了,你可千万别动气。钱是柏橙的,她说不方便交给方致远,这才让老巴出面。昨晚我们还为这事吵一架呢。我发现了方致远给老巴打的收条,质问他,以为这是他没离婚前藏的私房钱。"

周宁静苦笑:"果然是这样,女人的直觉是很灵的,我就猜到是她。"

"方致远应该不知道钱是柏橙的吧?"

"就是他不知道才可怕。"

西亚整形医院,陆泽西办公室。

这是潘瑜离开冇城后,陆泽西第一次回医院。

他推开门,只见办公桌上摆了鲜花,边上还放了几盆绿植。陈墨踩着高跟鞋,抱着一堆文件,冲了进来。

"够喜庆的,这是欢迎我啊?再拉个横幅就更热闹了。"陆泽西道。

陈墨把文件放桌上:"这是你之前没做完的方案,半小时后我让人来拿。"

"半个小时?"

"嫌慢?那就二十分钟?"

"别,墨墨,我这刚回来上班,你就不能让我喘口气?"

"不能,闲着更容易得病。对了,晚上有个饭局,准时参加。"

柏橙这天很晚才离开菲斯特,在空荡荡的地下停车场,她看到了周宁静。

周宁静站在柏橙的白色甲壳虫前,笑看着她,手里还拎着一个纸袋。

"我替致远谢谢你,"周宁静把纸袋挂在后视镜上,"连本带利,都在这了。"

"何必呢?"

"我知道我对不起你,也知道这句对不起在你看来很多余。柏橙,这十来年,从里到外,你什么都没变。可是我们,我和方致远已经变了。你大爱、无私，因为致远和我，你放弃了很多，也承受了很多。我感激你，真的。我心怀愧疚地活着，小心翼翼地活着，生怕一个闪失，就把本来四平八稳的生活弄得乱七八糟。可它还是毁了……"

"和我无关。我只是想帮他。"

"如果他知道这钱是你的，只会对你更愧疚，我也是。柏橙，当年我和致远在一起，你站出来反对也好，你和我争和我抢也好，哪怕你羞辱我一顿，都比你现在突然冒出来，像个圣母一样，高高在上，施舍方致远要好！"

"我还是那句话，记得我跟你说过的。"

"你说，不属于你的，你不要。"

"是。"

"那好，那就请你远离我们的生活，远离方致远。"

"你怕了？"

"没什么好怕的。"

"也对，要是你们真的像他们说的那么幸福，你确实没什么好怕的。当然，你就更没必要来找我了。"

柏橙说完，拿起纸袋，拉开了车门。

"你到底想干什么！"周宁静低吼。

柏橙一笑："宁静，你信吗？你要是和方致远离婚了，一定不是因为我。"

周宁静回家时，方致远已经连夜从广州飞回来了。

"你说老巴这算不算自讨苦吃啊？听说这回他们俩假复婚，海莉没少折腾他。一晚上叫醒他三回，喝杯水都要往里面插温度计，凉了热了，相差一度人都不喝。"方致远挨着妻子躺下。

他身侧的周宁静玩着一款无聊的手机游戏，眼皮都没抬。

他又道："你也劝劝海莉，别玩过火了，冤冤相报何时了……"

"你管那么多闲事干吗？"她终于开口，"对了，海莉怀孕了，各种花销少不了，老巴那十万块，我还给他了。"

方致远半天才反应过来："他没跟我提这事啊？"

"这还用他自己提吗？你是他朋友，他什么情况你不了解？横竖我哥那边的钱，我先缓缓呗。"

"老婆,还是你想得周到。"

方致远说着,一手架到周宁静腰间。

她拿开他的手:"我累了。"

此刻,陆泽西公寓内,落地窗前,站着一个女人。

女人穿着陆泽西的衬衣,光着腿,身材姣好,凹凸有致。她不知道适才和陆泽西的缠绵,是真是假,是醒是梦。

穿着睡袍的陆泽西走到她身后,声音略带着沙哑:"今天晚上……"

女人回头,竟是陈墨。

今天晚上,陆泽西和陈墨约见了风投公司的白总。

西亚要和即将来沣城分一杯羹的韩国HL集团抗衡,就必须发展壮大。西亚开设分院本是五年后的规划,但陈墨想提前实现。

也就是这晚,两人得到确切消息,HL中方代表是齐丰。齐丰,业界人称齐老,是国内医美界数得着的人物。他的名声,不仅在于医术高超,还在于他培养了大批后辈。数年前,HL进军国内市场,做的第一件事就是收编齐丰。

很显然,风投公司并不看好西亚的扩张计划,白总对陈墨说:"按理,以你和齐老的关系,HL真的要收购西亚,他肯定不会亏待你的。"

陆泽西错愕。

白总便笑问陈墨:"怎么,他不知道?"

待白总离开后,陆泽西追问,陈墨才道:"也不是有意瞒你,但要刻意告诉你,好像也没必要。"

"你和齐老?你不会是他的……"

"我是他女儿,生物学意义上的女儿。我妈本是他的同事,认识他的时候,他就已经结婚了。人家家里有儿有女的,不缺我一个。所以,我跟他算不上什么家人。"

陆泽西愣了半晌:"就这样?"

"怎么,我还得跟你详细汇报?"

"我不是这个意思。"

"我妈走得早,生前一直想有家自己的医院,我替她做到了。陆泽西,我不管你是怎么想的,也不管西亚对你来说意味着什么,但在我这,它就是我的全部。"

陆泽西笑着:"当年要不是你伸出援手,我指不定在哪捡肥皂呢。既然西亚对你来说那么重要,我会陪你坚守到底的。"

陈墨也笑了:"喝两杯?"

"必须的。"

两人到了陆泽西的公寓,借着点酒意,也不知是谁先捅破的窗户纸,发生了早该发生却又不该发生的一切。

"对不起,墨墨。"陆泽西像个做错事的孩子。

"别想太多。最好,把它忘了。"

她说完,径直走进他的卧室,带上房门。不多时,她便已穿戴好,拎包离去。

他身上还留有她的气息,带着点柑橘的香甜和苦涩,利落爽脆,清新里有着另一种动人。原来,她还有这一面。

"兔子不吃窝边草",这些年,陆泽西尽量秉持这一原则。就像林子萱,本是他的员工,后来两人关系变了,他便想办法让她离开了西亚。但是陈墨不一样。陈墨是他严格意义上的老板,他的朋友,还是他最可靠的伙伴。她不可能离开,当然,他也不会让她离开。

次日是星期天,陆泽西本想暂时先躲躲陈墨,避免尴尬。没想到,陈墨直接带着西亚的几个中高层,人手一个笔记本电脑,跑陆泽西家开会来了。看她那神情,就跟他们之间什么都没发生过似的。

如果说陈墨对于一夜惊情那副无所谓的样子让陆泽西诧异、无措的话,那么,她拿出方案迎战HL的勇气则让他叹服。陈墨简直是另一个他,不对,确切地说,她是一个升级版的他。他不得不重新审视这个女人,甚至觉着自己从未真正了解过她。

这天,老巴也没闲着,陪海莉去逛商场了。海莉嚷嚷着要采购母婴用品,自然不会放过老巴这个能提能扛的壮劳力。她这段时间可算是扬眉吐气了,仗着怀孕和假复婚，把老巴着实收拾了一番。

老巴心里苦，除了跟几个哥们吐槽，再没别的倾诉对象。他父母每天一个电话，时时督促，丈母娘呢，更是每隔一天就来一次海莉这里，美其名曰帮小两口做做家务，其实就是盯着他们俩。老巴这日子简直是水深火热，全靠着快当爹的喜悦支撑着了，双方父母又催着他们去领结婚证。

在商场，老巴看到了久违的童安安。

童安安穿着一袭白色鱼尾婚纱，和一排差不多装扮的女孩站在一起。她们身后，是一家婚纱摄影工作室的展台。

"安安，你这是……"老巴走了过去。

童安安拽着婚纱想跑，无奈鞋跟太高，差点没摔倒。

"咳，最近店里生意不太好，我出来挣点外快。你在这瞎逛什么呢？"

老巴指指不远处的海莉，她站在一家母婴店门口，左顾右盼。

童安安点点头："你们俩……有新进展没？"

"她虐得我脾气都没了，哪有什么新进展。"

"女人都心软，你好好对她，她能感觉到的。你看我这挺忙的，就不跟她打招呼了，我……"

"你忙你的，我们逛逛就走。对了，你要是需要拍照片什么的，记得给我打电话。"

"拍照片能有你当爹重要？放心吧，我自己能搞定。"

音乐响起，有女孩过来叫童安安。她转身，跟着她们上了商场中央临时搭建的小舞台。舞台上，她看到了老巴，他正朝着海莉的方向小跑而去，笨拙而坚定。

童安安略略失神，脚底下的高跟鞋一拧，摔了个狗啃泥。

第十三章　唯有孤注一掷

她觉得丈夫其实离自己很远，或者，他从没给过她真正靠近的机会。

这天，周宁静起得特别早。

她拿出熨烫好的衬衫，给方致远换上，又叮嘱他忙完了早点回家。

"晚上我给你做好吃的。"她轻轻展平他衬衫上些微的褶皱。

"又有什么好事？"他问道。

她笑："你不会连今天是什么日子都忘了吧？"

他拍脑袋："那么快？我把日子都记岔了，还以为是下周呢。本还想着忙完这周，再带上周子和爸妈，我们到周边转转。"

今天不但是方致远的生日，还是他们正式确定恋爱关系的纪念日。那天周宁静约出方致远，给他安排了一个简单但是隆重的生日派对，到场的都是两人的同学。在KTV里，她用一首练习了很久的《很爱很爱你》打动了方致远，在同学们的起哄下，方致远终于接受了她的告白。

从KTV出来，两人沿着学校操场，走了一圈又一圈。最后，周宁静主动拉住了方致远的手。他的手掌很宽大，带着点粗糙的质感，让她觉得很安心。她像很多沉醉在爱河里的女孩一样，畅想着他们的未来。

"晚上……"方致远拉住周宁静的手，"老婆，我今天要去见几个客户，挺重要的。"

"非要今晚去见？"

"是陆泽西给我安排的，我要不去，会让他为难的。况且，我这公司刚起步，有很多事都由不得我。"

"生日不过了？纪念日也不过了？"

"下周，咱带上全家，自驾游也好，怎么都好，全听你的，行不行啊？"

周宁静递过公文包："我能说不行么？"

方致远亲了亲妻子的脸颊："走吧，我先送你去上班。"

上午九点，方致远来到公司。公司设在居民楼内，一应设施从简。除了方致远，还有两位员工。其中一个是小于，小伙子刚刚大学毕业，白纸一张。还有一个是叶枫，方致远原来的助理。话说这叶枫听说方致远自立门户，便自告奋勇要来他的公司。来找方致远之前，她直接就从原公司辞职了。这么一来，方致远就是想拒绝都不好意思了。

此刻，周宁静正在办公室处理文件，迈克推门而入，两人相视微笑。这段时间，周宁静的培训项目开展得不错，让提拔她的迈克也颇感得意，觉得自己没有看错人。

"晚上有安排吗？"迈克倚在门边，笑问。

"要加班啊？"

"算是加班吧。商会那边给我发了邀请函，有个晚宴。"

"晚宴？"周宁静站起，指指自己的装束，"我可什么准备都没有。"

迈克一笑，从背后拿出纸袋，轻轻放到办公桌上，转身就走。

他一边走，一边说道："下班后在停车场等我，不见不散。"

周宁静还想说什么，迈克已经带上门走了。她打开纸袋，是一件藕色的短款小礼服。待她到更衣室忐忑换上，礼服如为她量身定做般，一字肩，高腰，裙长在膝盖上方，款式有些保守，却优雅大方，还带着点婉约。

周宁静正对镜自顾，琳达走进来，眼里有惊诧，更带着欣羡："周总监，你这是要艳压谁呢！"

琳达说着，伸手就去够小礼服上的吊牌："不便宜啊，老公送的？"

周宁静一愣："哦。"

晚宴在冇城最高端的酒店，一进场，端庄大方的周宁静和打扮得体的迈克便吸引了不少目光。周宁静四下张望，身边这个男上司，和那些大腹便便的所谓冇城本土成功人士相比，确实有种不一样的气质。

迈克正和人寒暄，周宁静只是站在他身侧，保持着恰到好处的微笑。她一扭脸，捕捉到两张熟悉的面孔，彻底傻眼了。不远处，穿着黑色露背长礼服的柏橙端着酒杯，巧笑倩兮，而她的身边的男伴，正是方致远。

周宁静怔怔的，一旁的迈克发现端倪，朝她的视线望去："认识？"

"那是我丈夫。"

她想走过去跟他打招呼，却觉得寸步难移，双腿跟灌了铅似的。

方致远喝了口酒，一回头，也看到了周宁静。

夫妻俩隔着衣冠楚楚的男人女人，隔着精致的酒食和华丽的装饰，就这么站立着。怎么看，都像是一个美轮美奂的噩梦。

其实，方致远根本没想到会在这儿遇到柏橙，更别说遇到周宁静了。他的邀请函是陆泽西给的，说是商会的晚宴，他可以趁机多认识些人，晚宴上，应该有不少餐饮行业的，那些家伙，可全都是他的潜在客户。他是一个人来的，刚到不久，就看到了同样独自一人的柏橙，两人很自然地就成为了男女伴，柏橙还给他介绍了不少餐饮业的她的同仁。只是，这些话，此时此刻他没法跟妻子解释，即便解释，她也断然不会相信。

倒是迈克，先走过去跟方致远打招呼："方先生久仰，我是迈克，我总是听宁静提起你。"

"你好。"方致远跟迈克说着话，眼睛却还是看着周宁静。

"你身边这位是？"迈克问道。

"我是柏橙，菲斯特的。"

"早就听说菲斯特有位漂亮的女老板，幸会幸会。"

周宁静慢慢走来，一把挽住方致远的手臂："不好意思啊，我来晚了。"

方致远没想到妻子会是这个反应，忙道："不晚不晚，你来得正好。快跟我过来，我给你介绍一下新麦连锁餐饮的王总，王总对我的设备很感兴趣……"

两人离去。

迈克摊手，转对柏橙："你的男伴带走了我的女伴。"

柏橙一笑："他可不是我的男伴。"

方致远拉着周宁静的手，却反被她带着，穿过各式各样衣冠楚楚的男女。

宴厅明亮炫目的灯光让方致远头晕，一片辉煌里，他的视线只是模糊。不知走了多久，妻子站定，他定睛看，两人已身处宴厅外的大露台。

周宁静反手把露台的门关上，看着丈夫。他们俩对视，似乎都在整理思绪，又似乎在等对方先开口。

"柏橙就是客户？"周宁静到底沉不住气了。

方致远无奈："我要是说，我跟柏橙是在这偶遇的，你信吗？"

"你自己信吗？"

"宁静，我以为柏橙的事，我们已经谈得够多、谈得够清楚了。你要是不信我说的，你现在就可以打电话给泽西，今天宴会的邀请函就是他给我的。"

周宁静露出一丝讥笑："陆泽西自然是替你打掩护的。"

"打掩护？"方致远摇头，"你就是这么想我的？在你心里，我就那么不坚定，我就不配得到你的信任？"

"我只是希望你跟我说实话。"

"你发微信给我，说晚上要加班，也是实话？"

"晚宴是工作需要。"

"你打扮成这样，也是工作需要？你和迈克像一对情侣似的站在那里，也是工作需要？"

"方致远，你有病吧？"

"我稍微一质疑，我就有病。你呢，你就可以抓着莫须有的事情不依不饶！"

"空穴不来风……"周宁静沉凝了一会儿，"就算你没想法，柏橙呢，你能保证她对你也没想法吗？你知道老巴入股的十万块是谁的吗？"

方致远愣住了。

周宁静继续道："她处心积虑……"

"够了！"他呵斥。

他压制着情绪，深呼一口气："她帮我，是处心积虑。那我问你，家里的钱，你一分都不愿意拿出来支持我，付丽丽说她的项目好，你扭头就给了她十万……那你这算是什么？"

"闭嘴！方致远你闭嘴！"

"你自己和迈克不清不楚的，现在，你反而说起我来了！到底是谁恶人先告状！之前你是怎么评价迈克的，说他虚伪、说他娘炮，北京回来之后，就全变了！我不知道在北京，你和他之间到底发生了什么，我也不想知道！"

"你……"周宁静哽咽着，甩手给了方致远一耳光。

然后，她拉开门，穿过宴厅，一路疾走。

柏橙突然努努下巴，对迈克："你的女伴像是要走了，还不快去追？"

迈克把酒杯顺手往柏橙手里一放，转身就跑向周宁静。

柏橙把自己和迈克的酒杯递给服务生，问他拿了一瓶龙舌兰，重新取了两只干净的杯子，不紧不慢地朝露台走去。

露台的门开了，方致远扭头，看到了柏橙。

"吵架了？"柏橙笑盈盈的，坐到放置在一边的沙发上，轻轻把酒瓶和酒杯摆在茶几上。

方致远颊着脸坐下，没等柏橙说什么，就自顾自倒了两杯酒，递了一杯给柏橙，剩下那杯一饮而尽。

"一言难尽。"他苦笑。

她还是笑着："既然一言难尽，那就什么都别说了。"

"我都知道了。"

"哦，我给老巴那十万，是吧？"

他点点头。

她继续道："我想得很简单，我就希望，方致远还是那个方致远。他不是被生活压迫得喘不过气来的男人，他应该做他自己。所以，我得帮帮你。"

柏橙俯身拿酒瓶，背部紧实的曲线流畅婀娜，加之身穿大露背的礼服，背后白皙的皮肤一览无余。她站起来，走到方致远面前，微微弯曲身体，往他的杯子里倒酒。龙舌兰的香气和她的香水味夹杂在一起，让他透不过气来。他一抬头，看到了她胸前的汹涌，背后的大露背还不够，胸前的领口开得也不小，满溢着诱人的气息。

"喝完这杯,就回家找她吧。看得出来,她真的很在乎你。"她笑道。

"我……"他觉得自己喉咙一紧,再也说不出多余的话来。

迈克并没有送周宁静回家,尽管他提出过,但她看起来好像还不想回家。

他脱下自己的西装外套,披在她肩上,默默陪着她,在大街上游走。

"对不起,迈克……"

"干吗要跟我说对不起。"

"这个晚宴,对你来说应该挺重要的,要不是因为我,你也不会跑出来。"

"当然重要!不过,我们俩对'重要'的理解不一样。工作、交际、应酬这些是生活的一部分,说起来是挺重要的。但是,生活里还应该有更值得珍视的东西。"

"是么?"

迈克站定,看着周宁静,眼睛里透着一股从没有过的清亮:"宁静,我之所以会接受商会的邀请,就是想和你一起做点什么,比如,以你男伴的身份,站在你身边,共同出席一个晚宴。我就是想在工作之外,有机会和你独处。所以,我给你准备了礼服,挑选了适合你的款式、颜色。我不止一次想着,你穿着这件礼服,站在我身边的模样。"

"我不懂你在说什么。"

"话都已经说到这了,我也没必要遮遮掩掩的,倒显得我更猥琐了。宁静,我想,我是喜欢你的。"

迈克说:"宁静,我想,我是喜欢你的。"

周宁静脱下迈克披在她身上的外套,塞到他手里:"你喝多了。"

然后,她伸手拦车。

迈克挡在她身前:"你先听我说完,好吗?"

她的身体微微发抖。

"你别害怕。其实,今天晚上,我有的是机会。你和你丈夫吵架了,我可以乘虚而入、可以借机安慰你,可以陪你喝酒、可以带你去酒店。一个男人真的想和一个女人发生点什么,他总是无所不用其极的。但很奇怪,和你这样走在街上,我居然安静得像是进入了贤者模式。我满脑子都在想,你为什么不快乐,我怎么样才能让你快乐。我担心你的情绪、担心你的婚姻状况。除了喜欢你,还有更合理的解释吗?"

"迈克,这么多年,我的心里、我的身边都只有方致远。"

"别,你千万别因为听了我说的这些话,你就有压力。我只是在表达我的感受和想法。现在,我希望你能听我一句劝。"

"你说吧。"

"让我送你回家。"

周宁静犹豫了一下,点点头。

待她回到家中,只见家中无人,王秀芬和周子都不在。

已经过了十点,老妈带着孩子,能去哪儿呢?就算是出去散步,也早该回来了吧。她拿出手机,发现手机没电了,赶紧充上,给王秀芬打电话。

电话那头,一片嘈杂,只听到王秀芬的哽咽:"我们在医院!你爸出事了!我给你和致远打了那么多电话,你们都不接,你们到底是去哪儿了!"

"嗡"的一声,周宁静觉着头顶上有什么正炸开。她像个疯子,抓起包,冲出房门。

酒店顶楼的套房,方致远正迷迷瞪瞪醒来。

床边的单人沙发上,是一个坐在昏暗灯光下的女人。

方致远挣扎着爬起,拧开了床头的台灯,看到了柏橙。

"醒了?"她柔声道,"要再不醒,我都要打120了。"

"今天实在喝得有点多……"

他说完,仓促下床,发现自己穿着酒店的睡袍,而睡袍内只穿了一条内裤。他拼命回忆着,回忆着有可能发生的一切。晚宴、遇到周宁静和迈克、夫妻争执、周宁静跑出酒店、柏橙陪他喝酒……再往后,只是一片空白,大段大段的空白。

"我们……"

柏橙大笑起来:"我们什么都没发生!你吐了自己一身,我只好让客房服务员给你洗澡。你的衣服送去洗了,明天才能取。我看你还是在这住一晚吧,我先走了。"

"柏橙。"他叫住她。

她回头，注视着他，她那双黑褐色的眸子几乎要将他吞噬。

此刻的她，比宴会上慵懒、松懈，却又因此多了几分风情。让他想起了温庭筠的"鬓如蝉，寒玉簪秋水，轻纱卷碧烟。雪胸鸾镜里，琪树凤楼前"，更让他想起了他们年少时的一切。

"怎么了？"她缓缓问道。

"我……"

突然，一阵急促的手机铃声响起，是柏橙的手机在响。

手机那头，是周宁静沙哑的声音："你和方致远在一起，是吗？"

柏橙也不回应，开了免提。

周宁静继续问着："你和方致远在一起，是吗？"

方致远无措地盯着手机，一句话都说不出来。

"你告诉他，我现在在医院，我爸出事了！你听到没有！"周宁静在怒吼。

医院下达病危通知单的瞬间，周宁静觉得天都快塌了。她和周宁海一直在给方致远打电话，他的手机却始终处于关机状态。

也就是这个时候，周宁静的直觉告诉她，方致远可能是跟柏橙在一起。

果然，他们俩出现了。

方致远穿了件簇新的衬衣，连裤子都是新的，更搞笑的是，他脚上穿的却是酒店的拖鞋。柏橙则站在他身后，头发松散，一双高跟鞋拎在手里。

"啊！"周宁静像个疯子，冲向了柏橙。

方致远一把抱住她："爸呢？爸在哪儿！"

周宁静的身体慢慢往下滑，瘫坐在地。

一旁的周宁海走过来，不由分说，一拳头砸向了方致远的鼻子。

"爸没了！我爸已经没了！"周宁静抓着头发，终于哭了出来。

十分钟前，周长和撒手人寰，而王秀芬，也因悲痛过度休克。

方致远的鼻子在流血，可他已经顾不上了，他再次紧紧地抱住了妻子。

周宁静身体一沉，晕倒在方致远怀里。

凌晨,方致远家楼下。

陆泽西、老巴、明杭陪着方致远,四个男人就这么站着。

周宁海从楼里出来,看了方致远一眼。

"你不用假惺惺地站在这,宁静不想见你,"周宁海说道,"还有,她让我告诉你,她父亲的葬礼,一应事宜交由我来安排,她不希望你参与这事。"

"事情不是她想的那样,我可以跟她解释的。"方致远拉住周宁海。

周宁海摇摇头:"你们俩结婚这么多年,她是怎么对你的,我叔叔我婶婶又是怎么对你的,你就一点感激之情都没有?都说女婿半子,可是我叔叔,他是把你当自己亲生儿子来对待的!你呢?你忙着在外面乱搞,连我叔叔最后一面都没见!"

"我担心宁静,宁海哥,我想跟她谈谈!"

"别再给她添堵了!"周宁海甩开方致远的手。

这一番,方致远算是彻底伤了周宁静的心。

陆泽西等人好说歹说,才说动方致远,让他冷静下来,暂时先按周宁静的意思办。

眼见哥们无家可归,陆泽西把方致远接到了他的公寓。又担心方致远乱想,几个人便都陪着,寸步不离。

朋友圈里的模范夫妻,这么多年,一路相互扶持,如果连他们俩都散了,旁边这些人谁还敢相信爱情、相信婚姻。然而,冰冻三尺非一日之寒。或许,在方致远和周宁静的婚姻生活里,有很多别人无法了解和感知的微妙。这些微妙堆叠在一起,萌了芽,不知最终会结出什么果来……

这些天,葬礼的各项事宜以及家中琐碎,或大或小,要不是周宁海在处理,周宁静早就垮了。迈克代表公司来过一次,告诉她,公司无甚大事,要她安心。海莉虽然有孕在身,却不顾什么忌讳,只是陪在周宁静身边,左右不离。付丽丽也来了,言语中不止一次提到柏橙,海莉只拼命使眼色。

亲家公周长和病逝,方富和于大敏正从齐镇赶来。儿子虽然在电话里一再强调，让他们安心待在齐镇，老丈人的葬礼，他们可以不参加。两老口却想这事可不能听儿子的。况且，周长和这一走，王秀芬有没有心力带孩子还另说呢。实在不行，就跟儿媳妇商量，把孩子再接回齐镇。没想到，到了冇城车站，儿子直接把他们送进了一家宾馆，说暂时先在这里住着。周长和的追悼会安排在三天后。这期间，在殡仪馆设了灵堂，周宁静和王秀芬守着，周宁海以及他的寡母在旁帮衬，王秀芬那边的娘家人陆陆续续也来了好些。

王秀芬尚不知女儿女婿之间究竟发生了什么，她想过问，却无暇过问，亦不忍过问。只猜是女婿没能赶上见周长和最后一面，才让女儿跟他有了芥蒂。然而，周长和病逝，已经是既成事实。悲痛是自然，但活着的人，她，还有女儿一家，他们的日子还得过下去。

按说，女儿素来是识大体的，周长和后事为大，且不说有各项杂事要办，皆需方致远出力，单说各路亲朋都会到场，他们又会如何看待方致远的缺席呢？她正要跟女儿谈谈，方致远来了。当着王秀芬、一干亲戚的面，周宁静什么也没说。方致远戴了孝，只是长跪。王秀芬略宽了心，便找了个借口，让方致远送周宁静回家取周长和的一件旧物，说要让周长和带走。周宁静不好发作，只得依言。

夫妻俩上了车，还没等方致远说什么，周宁静就示意他闭嘴。

她半闭着眼睛，窝在后座，一声不吭。

后视镜里，方致远看到妻子的眼角有泪滑落。只是短短数天，她就瘦得脱了形。

这几天，周宁静就像坐了一次过山车，但她根本不知道什么时候才能下车。

她无措、纠结，丧父之痛和丈夫的出轨，给了她无比沉重的双重打击。这种打击，是她过往的人生中从未有过的。

也许，她失去的不过是些自以为是的自尊，这些年，她努力地，一点点把自尊捡回，垒起了还算安全的城堡，可一夜之间，城堡坍塌了。说走就走、突然离世的父亲，以及背叛自己的丈夫，像两声枪响，在枪声中，她紧捂着伤口，继续往前走。悲痛之余，她更是被巨大的不安全感笼罩。

她觉得丈夫其实离自己很远，或者，他从没给过她真正靠近的机会。对她的主动追求，他只是水到渠成地接受，怕是感动多过喜欢。她以为婚姻会让他明白，她才是他生命中的不可或缺。

可她终究还是错了。

周宁静娘家的房子位于旧城区，是老公房。一进单元楼，就有股子酸腐气扑面而来。扶手很脏，楼梯一侧的栏杆亦锈迹斑斑。父亲下岗后，一度经商，家中也曾风生水起过。只是后来，父亲的公司破产了，几经辗转，便搬到了这里。那时候，周宁静极其厌恶这房子。如今再看这儿，更多了一层心酸。当时她尚且年少，就体会到了人情冷暖，何况父母？尤其是父亲，后面这些年，一多半是在悔恨和病痛中度过，个中况味，怕是她永远都无法感同身受的。想到这里，她又落泪了。

方致远跟在妻子身后，进了房门。第一次进门的场景，忽然跃入他的脑海。比起丈母娘的黑脸，老丈人显得温和而淡然。那种淡然，是经受过大风大浪的男人特有的。他跟方致远说，他没有别的太多要求，只希望未来的女婿好好对周宁静。

"平平淡淡过日子，好好对宁静。既然能够走到一起，就必须到白头。致远啊，男人要有担当的……"老丈人的话在方致远耳边回荡。

周宁静去卧室的床头柜里，找王秀芬说的那个老物件。也不是什么好东西，只是一块手表。

"宁静，"是方致远的声音，"你能听我说几句吗？"

周宁静抬头，只见丈夫泪流满面。

"那天晚上我确实在酒店住过，她确实也在……"

"我不想听！"她想象着丈夫和柏橙翻云覆雨的场景，连牙齿都在打战。

她一手捏着父亲的手表，一手攥成了拳头，尖细的指甲抠进肉里，只是生疼。

"我喝得不省人事，她才替我开了间房。我和她真的什么都没发生。"

"抱歉，你的话，我连半个字都不信，"她看着他，牙齿仍在打战，"我们离婚吧。"

"我不会同意的。我保证，我保证以后不会再和柏橙来往。我什么都可以保证。"

"我累了，你走吧。"

"不,我不走。"

"那我走。"

她说着,走出门去。

陆泽西踉跄着走进家门。

他和陈墨刚结束一个饭局,她开车将醉醺醺的他送到楼下,并没有像以往那样陪他上楼。两人有了那一晚后,她看起来虽如常,却始终和他保持着恰当的距离。刚才在车上,醉眼迷离里,他看着她的侧脸,内心涌起了让他自己都诧异的感觉,有一丝甜,还有一丝乱。

"泽西。"一个有些沙哑的男声。

陆泽西转头,看到了神情枯槁的方致远。

"你杵在这干吗!当门神?"陆泽西酒醒了大半。

"周宁静要跟我离婚。"

陆泽西叹了口气,拍拍方致远的肩膀:"你和柏橙……"

"我们真的什么事都没有,连你都不信我吗?"

"我信你没用,得人周宁静信你!你跟她认识那么多年,结婚都快六年了,你还不知道她吗?她好强,要面子,自尊心本来就比一般人要强。我不知道你对柏橙是什么想法,什么态度,可是柏橙,她回有城也好,她处处接近你、帮你也好,你就真的没想过为什么?"

"她给老巴钱的事你都知道了?"

"是。这世上,最难还的就是人情债。而你这是情债加上人情债。我就问你,要是柏橙以后想从你这里要点什么,你给是不给?"

"她不是你想的那样。"

"那她做这些,图什么?"

"我不知道,我真的不知道。"

"最可怕的就在这,你连她图什么都不知道。不是我内心邪恶,只是我比你们更现实,也看得更清楚。"

"那我现在应该怎么办?"

"做你该做的。"

周长和出殡这天,方富和于大敏跟着方致远到了殡仪馆。看到憔悴的王秀芬和瘦了一圈的周宁静,于大敏老泪纵横。王秀芬还好,客套寒暄,跟往常见面差不多。只是儿媳妇周宁静,神情淡淡,连"爸、妈"都没叫。于大敏有些不高兴,方富便劝,儿媳妇心情悲痛,应该体谅。

主持告别仪式的是周宁海,当他说着那句"子欲养而亲不待"时,周宁静失声痛哭,见女儿泣不成声,本来表现得坚强、豁达的王秀芬也忍不住了。

就在方致远紧紧抱着妻子,为她拭去眼泪时,他看到了站在不远处的迈克。迈克和周宁静的几个同事站在一起,他穿着一套黑西装,神情肃穆,目光却始终追随着周宁静。

仪式结束,众人到周宁海安排的酒店用饭。

吃饭的时候,于大敏凑到周宁静跟前,说了一堆安慰的话。没曾想热脸贴了冷屁股,儿媳妇连头都没朝她点一下。本想和儿媳妇谈谈把孙女接回齐镇的事,如此一来,便再开不了口。

吃到一半,于大敏气没处撒,跟方富拌了几句嘴,一个人离开餐厅,想出去透透气。穿过酒店大堂,看到了方致远和周宁静。小两口坐在大堂的咖啡厅内,正激烈谈论着什么。

于大敏留了个心眼,慢慢走过去,躲在一根圆柱子后面,想听听这俩人到底在说什么。才听了几句,她就傻眼了,立刻奔回餐厅,拉起方富就往外走。

方富不明就里,等出了酒店,上了出租车,于大敏才告诉他,儿媳妇要和儿子离婚。

"你不会听错了吧?"

"不可能!我亲耳听到宁静说什么协议离婚,什么越快越好。幸好我带了他们家的钥匙,我们这就过去,把他们的户口本、结婚证,对了,还有房产证,都收起来!"

"你收这些有什么用?"

"当然有用,没有户口本和结婚证,他们就是想离那也离不成。还有房产证,这是他们夫妻共有财产吧,真要离婚,得分割财产吧……那都是用得上的东西！我全都给他们收了！带回齐镇，看他们怎么离！"

偷拿了儿子儿媳结婚证、户口本和房产证的老两口，一直待到周长和头七结束还没走。

私下问了儿子方致远一次，旁敲侧击的。方致远当然不会承认，只说他和周宁静感情甚好，一定是于大敏听错了。于大敏看出儿子在撒谎，却没点破。既然儿子不认，周宁静那边也不宜打草惊蛇。一切见机行事。

这期间，老两口住在宾馆，除了商量计策，基本没啥别的事。他们了解儿子，方致远的性格不够刚强，和周宁静在一起后，更是没了他自己的主张。当初儿子带周宁静回家，于大敏和这个准儿媳相处了几天，就得出结论，周宁静有些强势，而且是个控制欲很强的女人。无奈儿子喜欢，而婚后呢，又实在挑不出她的理来。和齐镇有些人家的泼辣、尖酸、懒惰的儿媳相比，她强的不是一点半点。但时间一久，于大敏竟羡慕起那些婆婆来了。这些婆婆，至少有机会和儿媳吵架，生活嘛，不就是你来我往，东风西风的吗？吵吵闹闹才有意思。可是周宁静呢，几乎从没和她起过正面争执。

"你那儿媳妇啊，就跟从电视里走出来似的，好看、斯文、特别懂事。"方致远的姑姑是这么评价周宁静的。

电视里走出来的……是啊是啊，这个儿媳妇确实有点不太真实。

第十四章　难敌似水流年

他整天戴着面具生活,还像一只永远被你拽在手里的风筝,恐怕他连自己是谁都快忘记了。

尽管不太喜欢周宁静,但于大敏也不想看到儿子离婚。离婚,在齐镇,是要被人戳脊梁骨的。去年,方致远表叔家的儿子闹离婚,听说一场官司打下来,弄得人仰马翻、两手空空。

何况,她于大敏还有个孙女。虽然是孙女,可于大敏没有那些个重男轻女的思想,当然,要是周宁静愿意怀二胎,给她添个孙子,是再好不过的,妥妥的锦上添花。儿子一旦离婚,别说二胎泡了汤,眼前这个孙女还少不得受委屈。再有啊,他们在洧城的房子、车子、存款,怎么分?以儿子那个软脾气,别说占便宜,不吃亏就得烧高香了。

总之,这婚不能离!

于大敏给远嫁东北的女儿方清云打电话。方清云是方致远的妹妹,当年在哈尔滨读的大学。大学毕业后不久,就在那边成家了。这方清云是89年生人,颇有些90后年轻人的爽利。只跟老妈说,哥哥和嫂子如果真的要离婚,那就离呗,离婚不算啥,有什么好稀奇的,分分钟都有人去民政局办离婚,要没什么事就挂电话吧,大家都挺忙的。

这方清云刚刚因为二胎的事,和婆家闹矛盾,一堆麻烦事要处理,确实没工夫管娘家的事。她呢,又是报喜不报忧的性格,知道她的问题父母和哥哥都解决不了,与其让他们担心,倒不如什么都别说,自己扛着。远嫁嘛,就得坚强、独立、认死理。既然路是自己选的,跪着也要走完。

于大敏被女儿挂电话，血压直往上升。方富也急了，倒不仅仅是为儿子，而是为了老伴。这事要不早点解决，老伴非憋出病来不可。

"我想了个办法，你要听不？"方富道。

"你倒是快说啊。"

"咱俩现在赶紧想办法，把周子给带回齐镇。要我说，房啊车啊都是次要的，孙女才是最重要的。要真像你说的，他们俩要离了，这周子跟谁？跟着宁静，再让咱孩子管别人叫爸，在人家家里受委屈，咱俩这后半辈子能安生吗？"

"房和车也重要！"

方富摊手，看着于大敏。

于大敏这才嘟囔："周子最重要。"

"哎，这就对了。"

周宁静的丧假还没满，在家休息，同时也是为了照顾王秀芬。方致远刚从临时保姆那抱了周子回来，一进门就看到了方富和于大敏。茶几上放着一堆保健品，人参、鹿茸、燕窝、花胶什么的，说是给王秀芬和周宁静补身体的。

此刻，于大敏正拉着王秀芬的手，嘘寒问暖，好不殷勤。

方致远生怕老妈话多了会生事，忙道："爸、妈，我送你们回宾馆吧。顺便啊，把你们回齐镇的票给买了。"

"致远，你爸妈这刚坐下呢，怎么就让他们走？没这个道理。"王秀芬道。

于大敏摸摸周子的小脑袋，笑盈盈看着王秀芬："亲家母，我想把周子带回去住一段。你呢，就安心养身体。什么时候你身体养好了，我再把周子送回来。"

周宁静只拿眼看方致远。

"妈，周子才回有城不久，好不容易才适应这边的生活，你又要把她带走，这不合适。"方致远说道。

一直没怎么说话的方富开口了："你妈这是为周子外婆考虑，亲家公刚走，亲家母这心里能痛快吗？周子说是跟你和宁静在一块住，你们俩不得忙工作啊？带孩子这事，还不是靠亲家母？"

于大敏有些意外地看了看方富，没想到啊，平时木讷的老头，说起话来一套一套的。再看看王秀芬，已经感动得热泪盈眶了。

王秀芬感激地看着方富老两口："只要致远他们小两口商量好了，我都没意见。"

周宁静笑了笑："妈，我谢谢你和爸，谢谢你们为她着想，为我和致远着想，但咱们更应该为孩子想想。是，周子是明年才能上幼儿园，但是呢，我打算下半年先送她去早托班，提前适应集体生活。这也没几个月了，就别来来回回折腾孩子了。"

"宁静，你这话我可不爱听了，周子是我亲孙女，我能不为她想吗？"于大敏道。

"你和爸年纪也大了，平时我和致远忙，没什么时间回家照顾你们，按我说，你们只要把自己照顾好了，就算是为我们、为周子着想了。你要觉得闲了，可以去哈尔滨玩玩，清云不是一直让你们过去看看吗？"

看来，儿媳妇这是嫌自己多管闲事了。

于大敏冷冷道："周子是我孙女，我就是想把她带回老家住几天，这都不行？"

"不是不行，是不合适。妈，实在不好意思，我们这挺忙的，真没工夫陪你和爸。致远，你也别买票了，这样吧，你今天就送爸妈回齐镇。"

见周宁静这态度，于大敏更笃定了自己的判断，儿媳妇这是铁了心要和儿子离婚，然后带着孙女改嫁啊。以往她们婆媳也有不愉快的时候，可那些不愉快互相都憋在心里，正面交锋还是第一次呢。

"妈，你先坐下。"方致远对于大敏道。

"致远，你去把宾馆的房间给退了，我和你爸啊……"于大敏一笑，"我们打算在你这住两天。"

"妈，你开什么玩笑呢？我这，我这哪有地方给你们俩住！"

"怎么没地方住，我都想好了，我和亲家母、周子挤一挤，你爸嘛，我看这沙发就挺软，让他睡沙发。"

周宁静没搭腔，只道："周子，跟外婆回房间。"

"哦，周子该睡午觉了，走吧，外婆给你讲故事……"王秀芬抱着孩子往房间走，"致远，宁静，什么事都得好好商量，一家人不要伤了和气。"

"妈，宁静这些天心里已经够难过的了，你这是要干吗啊？"方致远看着于大敏。

"你们俩给我坐下！"于大敏怒道。

周宁静不免诧异，婆婆从不敢这么跟自己说话。刚才夹枪带棒不说，这回直接就带吼的了。

方致远拉着周宁静坐下，她轻轻甩开他的手。

于大敏也坐下，缓缓道："致远，我就问你一句话，我和你爸，我们俩想在你这住几天，可以吗？"

方致远瞧了周宁静一眼。

"妈，如果只是在和我斗气，行，你赢了，你住吧，你爱住多久住多久，想怎么住怎么住，我带着周子，我们住我妈那边去。"周宁静的语气很平静。

"可以啊，不过，周子必须留下。"

"妈，你这可有点不讲道理了。"

"那你要跟致远离婚，这事讲理吗？"

"妈！"方致远急了。

这时，王秀芬突然冲进客厅，看着于大敏："你说什么？"

于大敏苦笑："亲家母，你也被蒙在鼓里呢吧？"

"你婆婆说的是真的吗？"王秀芬走到女儿身边。

"是真的，千真万确。至于为什么，你们问方致远吧，我实在说不出口。"

几个人看向方致远。

"致远，这到底怎么回事！"方富急了，站起来推了儿子一把。

"爸，你应该这么问，问他我爸出事那天晚上，他人在哪儿？和谁在一起！"周宁静道。

"我儿子做什么了，你要这样对他！"于大敏大声质问。

"那天晚上，他在酒店！他跟一个女人在一起！行了吗？满意了？"

于大敏、方富和王秀芬都傻眼了。

于大敏迅速反应过来："不可能！我儿子绝对不可能干出这种事！"

"你不信可以问他自己!"

"致远,是真的吗?"于大敏看着儿子。

方致远只是盯着周宁静:"无论我说什么,你就是不愿意相信我,对吗?"

方富二话不说,上前就给了儿子两巴掌。

方致远已经不记得自己怎么出这个门的,只觉得周遭一片嘈杂。方富和于大敏在争执、王秀芬和于大敏在争执、于大敏又和周宁静在争执。被吵醒的周子蹒跚着出来,看着乱做一团的大人,吓得直哭。

两耳嗡嗡的方致远,跟个疯子似的,挣脱重围,冲出门去。

柏橙正准备去餐厅,绕城高架的车流中,她看到一辆熟悉的车。那辆车开得很快,打了右转向灯,马上就要驶入下一个出口。她犹豫了一下,跟上了那辆车。等跟近了一看车牌号,车子果然是方致远的。

自从那天之后,他们就再没见过面。

柏橙不是没想过去参加周长和的追悼会,只是一想到医院那晚周宁静的愤怒与冲动,她便担心自己的出现反会让事态更严重。

方致远的车在旧时光咖啡馆门口停下,只见他步履慌乱、神情无措。柏橙也跟了上去。

明杭看到方致远和柏橙一前一后进店,略有些诧异。

方致远扭头,这才看到柏橙。

柏橙穿着简单的T恤和牛仔裤,长发随意扎在脑后,脸上微带着笑意:"在高架上就看到你的车了,开得莽莽撞撞的。"

"我给你们弄点喝的,坐吧。"明杭道。

旧时光内没什么客人,方致远和柏橙找了个靠窗的位置坐定。

见方致远只是沉默,柏橙便道:"致远,抱歉,没想到事情会闹成这样。"

"和你没关系。"方致远一边说着,一边往咖啡里倒牛奶,手一抖,牛奶全都倒在了小圆桌上。

柏橙拿纸巾擦拭着桌子:"你和宁静吵架了?"

方致远捧着咖啡:"她要跟我离婚。"

"就因为那个误会?"

"在她看来,那不是误会。我跟她解释了,但是没用。"

柏橙沉吟片刻："我找她谈谈。"

"你？"方致远摇头，"柏橙，你不了解宁静，她钻到牛角尖里就出不来，谁的话都不会听的。"

"你不想离婚，不是吗？"

"我当然不想离婚。是，有时候我是觉得挺憋屈的，里里外外的事她全要管，大大小小的事她全要定规矩。我开公司，她不支持我，一分钱都不愿意拿出来……可再怎么样，我们结婚这么多年，如今孩子都快上幼儿园了，怎么能说离就离呢？"

柏橙一笑："说到底，还是因为你心里有她。"

方致远看向柏橙。

她继续道："其实，我能感觉到，你和宁静的婚姻生活并不像他们说的那么幸福。我甚至有一丝得意，还有一丝快感。大概就是那种'你看，你方致远选的也不是最好的，最合适的''你看，他们过得并不好'……可笑的是，当我发现你有困难，还是忍不住想出手帮你。不管是你开公司的时候，还是现在宁静要跟你离婚。现在你说，你舍不得她，不能和她离婚，我难过，可是，我不失望。这说明你方致远还是个重情义的人，还是个有责任感的人。所以，我不能看着你被宁静误会，看着你经营多年的婚姻就这么给毁了。我从来都不恨你，想恨，但是没法恨。"

"柏橙……"

"我会跟宁静说清楚的。"

接到柏橙的电话，周宁静很是诧异。

正值晚饭时间，两人约在水木春城附近的一家私房菜馆。

周宁静赶到的时候，小包厢的餐桌上已经堆着简单的四菜一汤。

看似简单，但这几样菜多半都是周宁静少时爱吃的，特别是那道炸肉丸子。只是自从生了周子，周宁静对自己的身材管理更严苛了，几乎不沾任何油炸食品。

"坐吧。"柏橙笑道。

周宁静没吱声，拉开椅子坐下，她想看看柏橙到底要干什么。

柏橙看着金灿灿的炸肉丸："那年我生日，你非要请我吃饭，当时也点了这道菜。你说你爱吃的，我一定也爱吃。那顿饭花了你一个月的零花钱，也是那次之后，我才听说你父亲已经下岗了……我感动了好一阵子，真的。那时候就觉得，这辈子有你这样的朋友，值了。吃吧，这家的丸子炸得不错，我尝过了，还是十几年前的老味道，没变。"

"你叫我过来，是打算请我吃饭？"

"那你觉得呢？"

"你知道我这几天经历了什么吗？我失去了我的父亲，也马上要失去我的丈夫！你请我吃饭……"周宁静突然大笑，"你是想看我笑话吧？好，你睁大眼随便看，我，还有我的生活，变成了这副鬼样子，你满意了吗？大仇得报，爽了吗？"

柏橙把手机往桌上一放："这里面有我向酒店要的监控。你要是有兴趣，可以打开看看，它会告诉你，我和方致远是怎么进房间，又是怎么出来的。"

"你这是在羞辱我？"

"眼见为实，我说什么都没用。要是你点开，你会看到，致远是被几个服务员架着进房间的，你还能看到，我和他出来之后，我们到酒店的服装店给他买了套衣服。因为他喝醉了，吐了自己一身！哦，对了，我这还有几个电话，是当时给他换衣服、洗澡的两个服务员的。你要是不信，可以马上联系他们。事情就是这么简单，他喝多了，我给他开了间房，等他醒了，我打算离开，你来电话了。他担心你，更担心你父亲，所以我送他到的医院。听清楚了吗？"

周宁静愣在一旁。

柏橙站起，看着她："宁静，我要是想复仇，好，你不是要和致远离婚吗？那我的目的在找你出来之前就已经达到了。麻烦你冷静下来，用你的脑子好好想想，我为什么要跟你说这些，为什么要给你看这些！"

"你是说，你们真的没有……"

"现在你信了？"

周宁静微微颤抖着："我……我要去找致远。"

"等一下！我的话还没有说完。"

"你说啊！"

柏橙沉默着，似乎在组织语言，似乎是欲言又止。

"你倒是说啊！"周宁静大声道。

柏橙拢了拢长发，慢慢坐下："那年，我高四，快要高考了。记得也是这个季节，春末，夏初。我和妈妈的出租房里，却早早就有了蚊子。方致远给我发了条短信，说他要和我分手。我看着那条短信，一动不动坐到了天亮，我的腿上、身上，全是蚊子咬的包。用手指甲一抓，通红一片。我的厄运好像是从那条短信开始的，好像又不是……我只知道，我很难挨，马上就要挨不住似的。大早上的，我妈醒了，她看到我这样，她也崩溃了。她拼命地找着我藏的菜刀……哦，你不知道，我妈犯病时动辄就要自杀，我不得不藏起家里所有的刀具，菜刀、剪刀、水果刀……"

周宁静捂着嘴巴，泪水止不住地往下流。

"宁静，致远说他要跟你在一起。我想不通，他是我最爱的人，你是我最好的朋友，我真的想不通。可是，现状就摆在我的面前，我已经无暇去计较你们的背叛，我当时就想一件事，那就是我得好好活下去，我要是活不下去了，我妈就真的完了……"柏橙也落泪了，"我的第二次高考，不出意外地考砸了。我选了护理专业，没别的，就想着学出来能好好照顾我妈。我也恋爱过，可是我变得不再相信任何人。我自问从没做过任何对不起你的事，可是你……因为你和致远，我差点就死在那个早上。那个早上，我妈最终找到了菜刀，她追着我，说一了百了，不如一起去死。"

"柏橙，对不起，对不起……"

"那晚在医院，看到你悲痛欲绝，我能理解你，可我还是不能原谅你。方致远不是这盘炸肉丸，我们都喜欢，我们都可以让给对方。方致远是我的一个梦，是我生命里最美好的一部分。只是，看到你这样，我并不快乐。你说要跟他离婚，我，我也不快乐……没别的，就是因为我还喜欢他，而你才是他现在最在乎的人。你们俩要是随随便便就离了婚，那我这些年遭受的痛苦算是怎么回事？"

周宁静恸哭着："我太爱他了，我只是太爱他了……"

"你真的爱他吗?他大学毕业后想当老师,想考公,你不支持,自以为是给他规划了一条路,这条路走不通了,他觉醒了,想自己干,想创业,你呢,你又是怎么对他的?你宁可去相信付丽丽,把钱投到她的公司,也不愿意拿出来支持你的丈夫创业……周宁静,这就是你对他的爱吗?如果这是爱,我怎么没有看到一点点信任呢?"

"他首先是丈夫、是父亲,才是他自己!他的一切行为,必须对家庭负责!对我负责!对孩子负责!"

"你错了,他首先是他自己!他整天戴着面具生活,还像一只永远被你拽在手里的风筝,恐怕他连自己是谁都快忘记了。"

柏橙说完,扔下几张纸币,夺门而去。

方致远回家了。

他回家这天,是他和周宁静结婚六周年纪念日。

他们俩谁也没提这事,倒是王秀芬还记着,她请了周宁海来家里吃饭。很意外的,周宁海带上了他的儿子安灿。安灿即将上初中,却没有一点少年的朝气,只是埋头玩手机。

看到安灿,周宁静内心一阵酸楚。她想起父亲去世前,有一次玩笑说起周家的字辈,"家兴长宁安",还说,如果她再生一个,那个孩子的名字里得带个"安"字,跟安灿一样。可惜,父亲看不到她生二胎了。更可惜的是,她那个生二胎的念头也一天天淡了。

饭毕,王秀芬在厨房洗碗,方致远到阳台接电话,小周子非要拖着安灿哥哥去她房间玩乐高,客厅里便只剩宁海、宁静兄妹俩。

"你和致远,都还好吧?"周宁海问道。

周宁静给他添了茶,只回:"就这样。嫂子……安灿他妈妈怎么舍得把孩子交给你了?"

"她怀孕了,安灿有点不是滋味,在家里,没少跟他妈妈,还有他那个叔叔闹。"

"不是说他跟那位叔叔处得还可以？"

"那是以前。我这些天话里话外没少开导孩子。其实人家孩子什么都没做错，错就错在有我这样的父亲，还有那样的妈。都是大人的错。"

"你多带他过来玩玩，你看周子，看到哥哥，喜欢得不得了。"

"是啊，你说我们这种独生子女，小时候多盼望自己有兄弟姐妹，怎么到了安灿这，他就这么难以接受呢？"

"好在我有你。"周宁静笑。

周宁海也笑了："你啊，你要是能让我省点心就好了。"

"我现在挺好的，真的。"

周宁海叩了叩茶碗，没再吭声。

等周宁海和安灿离去，王秀芬和周子睡下，周宁静夫妻俩才回房躺下。

方致远拿出了给妻子准备的礼物，中规中矩的一条白金项链，底下是个带碎钻的水滴样的吊坠。只是这个水滴，怎么看怎么像一滴眼泪。周宁静准备的礼物是上次在北京就买了的，一直没拿出来。方致远接过盒子，是一对精美的袖扣。

两人闲话了点家常，也不知谁先发出了轻微的鼾声，一夜再无他话。

老巴这边，海莉已经显怀，他和童安安也渐渐没了来往。之前还偶尔回出租屋，有一次撞见童安安带一个年轻男孩回来。男孩和老巴一样，也是一米八几的大高个，只不过，人家比老巴年轻，充满活力。紧身T恤下，隐隐可见六块腹肌。见童安安和男孩亲密无间的样子，老巴自知不该打扰，找了个借口就离开。没几天，他就把仅剩的几样东西搬了出来，算是和童安安彻底告别了。搬走那天，童安安倚在门边看着他，似笑非笑，眼里带了一点失望，还有些不能言说的情愫。当然，这些，老巴是感觉不到的，在感情这件事上，他向来木讷。

和海莉的"复婚"生活，老巴备受压迫，却又无比期待新生命的诞生。他小心翼翼伺候着海莉，忍受着她的情绪化、无理取闹和随心所欲。如果他们俩这回真的是复婚，那老巴无疑是一位"二十四孝"老公。反正朋友圈各种文章里转发的那种别人家老公的特质，此时的他，都一一具备了。

海莉冷眼看着，看着因为自己腹中胎儿而脱胎换骨的前夫。原先萌发出的和老巴复婚的想法渐渐淡去，她坚定了自己的判断，他从未真的在乎过她，现在他的改变，仅仅是为了孩子。

巴父、巴母来冇城，要照顾怀孕的儿媳，才来不到半天，就发现端倪，原来儿子和海莉根本没有复婚，都是假的！这下好了，两边的父母又掐了起来，互相指责，比离婚那会儿还要激烈。海莉的哥哥海平，最近正和妻子余微冷战，憋着一肚子气没地方撒，才和巴父说了三两句话就推搡起来，推搡间，误伤了海莉。到底是谁推的海莉，便又成了一桩悬案。

孩子没了，老巴自是悲痛，看着躺在病床上的憔悴的海莉，他第一次感觉到悔意——也许，他不该和她离婚的。他怒气冲冲赶走了还在争执的双方家人，独自留下照顾海莉。海莉却不买账，一脸冷漠。

余微拎着一堆营养品来看海莉。见到老巴也在，她没少冷嘲热讽，最后更是连吼带骂轰走了他。

"海莉，你安心养着，万事有我们娘家给你撑腰，有爸妈，有你哥和我。"余微拉着海莉的手。

"我没事。"海莉仍旧冷漠脸，她实在没有力气说话。

余微坐在病床边，自说自话般，历数了海平一堆罪状。

说到动情处，余微不免落泪，海莉看着平时跟人精似的嫂子，此刻哭得像个怨妇，想起自己这段时间的经历，也是泪珠翻滚。

"你听嫂子句劝，既然离了，就别再回头。可惜啊，这世上没有后悔药……我最后悔的就是嫁给你哥。我没怀二胎之前，说得都好好的，我只管生，家里大大小小的事不用我操心……等我真的怀上了，全都变了……"

"嫂子，你怀孕了？"海莉吃了一惊。

余微点点头："就我和你哥知道，准备等满三个月之后，再告诉家里人。其实我心里在打鼓，二胎……我原本是不打算要的。海莉，你暂时先别告诉爸妈……"

"你不会是想把孩子给……嫂子，这事你得先跟我哥商量，千万不要自作主张。"

"我还没想好。你说我这才刚怀上，他就成天不着家，今天朋友聚餐、明天老同学见面、后天请客户吃饭。要是我真的生下这个孩子，那往后，两个孩子，一大一小，我可怎么办啊？"

"不是还有爸妈吗？"

"海莉，我说了不怕你生气，爸妈年纪也大了，生第一个孩子的时候，我和咱妈没少为孩子吵架，我让她照着育儿书来带孩子，可她呢，非要搞他们的老一套。唉，再生一个，还得吵……"

"没那么严重，妈那边，我去跟她沟通。"

余微摇摇头："不用啦，你好好照顾自己就行了。这二胎，该不该生，我啊，还要再想想。他们总说，生孩子，就要对孩子负责。可谁想过，生孩子，也要为孩子他妈负责呢？我们一天到晚为这个负责，为那个负责，我们是不是也应该为自己负点责呢？"

得知海莉小产时，周宁静正跟付丽丽在喝下午茶，两人匆匆赶往医院。

病房内，海莉看到周宁静，免不了又是落泪。周宁静心有戚戚，也跟着抹眼泪。她本想劝海莉，孩子没了，跟老巴没什么直接关系，两人要是觉得还能走下去，不如复婚等等。可话到嘴边，终究还是咽了下去。看海莉这样，多半是不会原谅老巴的了。

从医院出来，周宁静叹气道："本来以为他们假复婚，是个契机，磨合磨合，就能破镜重圆的。况且这中间还有个孩子，就算是为了孩子，互相忍忍，也就过去了。可谁能想到，孩子就这么没了。"

"家家有本难念的经，你操心也没用，要有用，他们俩当初就不会离婚了嘛。"付丽丽说。

"巴有根我不担心，就是海莉……"

"说一千道一万，这女人还是得靠自己。要是海莉也跟你似的，有份好工作，巴有根能说离就离？只要女人有本事，会挣钱，男人就不敢瞧不起我们。对了，你上回投的那十万块，已经产生收益了，到月底，收益就能到账。"

"那么快？"

"什么叫那么快啊，这只是第一笔收益。往后啊，每个月都会有。当然，这都是小钱，不过嘛，总比放在银行好。"

周宁静点点头："丽丽，谢谢你。"

"你跟我还客气？"

"这个项目我还能继续投吗？"

付丽丽显得有些为难："这个月恐怕不成，要不你再等等？"

"怎么？"

"我说了你可能不懂，咱们的购买份额呢，都是有限的。总部那边不给我开放，我也没办法……下个月吧，下个月我多争取一些份额。唉，你不知道，王姐，就是胖得没腰那个，她最近老缠着我，说她手里有一百万，让我给她安排。哎，你手里有多少？"

"不多，也就二三十万吧……"周宁静有些不好意思，"跟王姐比起来，是小钱。"

"咳，她那一百万，也不全是自己的，一多半是问亲戚朋友借的，她也给人一点利息，不过那点利息和我的收益比起来嘛，自然也不算什么了。这叫借鸡生蛋。"

周宁静凝神。

是夜，陆泽西公寓。

餐桌上，摆着一摊子油腻腻的外卖，多是烤串之类。

老巴一气喝完杯子里的酒，说道："我决定跟海莉复婚。"

陆泽西、方致远和明杭互相看看，一时不知该如何接嘴。

老巴又道："如果不是我执意要跟她离婚，就没有后面这些事，我和她的孩子，也不会说没就没了……一句话，我对不起她。所以，我要和她复婚。"

"你要跟她复婚，我们没什么可说的，不过，这事得海莉自己愿意吧？"陆泽西皱眉。

"不管她同不同意，反正，我必须跟她复婚。"老巴一根筋的老毛病又犯了。

老巴自从下定决心和海莉复婚后，没少费心思。知道她不想见自己，他倒是一次都没在她面前出现过，只是在医院边上的餐馆订了鸡汤、鸽子汤，差人送去。病房里的鲜花，更是每日一换。

海莉知道这些都是老巴做的，汤汤水水的她也喝，鲜花呢，她瞧着好看便也摆着。只是，她心里很清楚，她和他再也回不去了。

待海莉出院这日，周宁静赶到医院，海家几个人都在，人多却并不见得热闹。海平说着蹩脚的玩笑话，想缓和下气氛，却更加冷场了。

在这个节骨眼上，老巴出现了。他什么话都不说，将一把车钥匙塞到海莉手里。

最近老巴得了笔奖金，他拿这钱给海莉按揭了辆新车，奥迪A3，是她一直想要的红色。他都想好了，等还完按揭，再过户给她，好让她安心。

车钥匙仔仔细细用红丝带包好了，看着，确实是一份很有诚意的礼物。

"什么意思？"海莉皱眉。

周宁静凑过头："老巴，你不会是给海莉买了辆新车吧？"

老巴点点头。

"拿走！"海莉把车钥匙顺手一扔。

"莉莉，你这是干吗呢？老巴也是一片诚意。"海平忙劝。

"我是来接你出院的。"老巴抬头看海莉，"咱们回去之后就复婚，好好过日子，我都想好了，以后，我们……"

"你把我当什么了？"

老巴往后退着："海莉，你冷静一下，你先听我说……"

"你滚，马上给我滚，我什么都不想听！这天下的男人就算是死光了，也不会和你复婚！"

"还不快滚！"海平已经撸高了袖子。

老巴捡起车钥匙，往海平手里一塞，转身就跑。

"把钥匙还给他！"海莉大声说着。

海平追了出去。

"巴有根，你给我站住！"医院门口，海平总算逮到了老巴。

老巴耷拉着脑袋："哥，我都知道了……"

"你知道什么了？说啊！"

"上次医生跟你们说的话，我都听见了。"

海平一愣。

老巴继续道："医生说海莉以后怀孕的概率很低……我得对她负责，所以，我要跟她复婚。"

"你说的话还能信吗？啊，我问你，你说的话，我们还能信吗？当初我们家把海莉交给你的时候，你是怎么跟我们拍胸脯保证的！你说会对她好，一辈子不离不弃！不离不弃……说得跟唱的一样！"

"那我要怎么样，你们才肯相信？"

"怎么样……"海平笑笑，"让我想想。"

第十五章 相逢总在狭路

> 孩子是我十月怀胎生的，他倒好，逗逗孩子就以为自己尽了当爹的职责了，天下哪有这么便宜的事？

周宁静离开医院，顺道经过方致远的公司。

说起来，丈夫的公司，她还一次都没来过。这个公司的存在，就像一个疙瘩，他们俩谁都没想过去解。在家里，方致远也极少谈论工作上的事。他不说，她便也不问。

也许，她应该去丈夫的公司看看的，即便什么都不说，什么都不做，至少，表明了她的态度。让方致远明白，她还在关心他。

走进公司，周宁静一眼就看到了叶枫。

叶枫正一手接电话，一手敲键盘，很是忙碌，没注意到周宁静就站在她身后。

周宁静轻微咳嗽两声，叶枫回头，她赶紧挂断电话，匆忙站起。

"嫂子？"叶枫不可思议地看着周宁静。

周宁静笑笑，打量着面前这个姑娘。

一身卡其色职业装，腰线掐得很紧，凹凸有致。齐肩的中长发，只尾部烫了大卷，前额是时下流行的空气刘海，洋溢着年轻气息。眉眼都画了，虽然很淡，却看得出花了不少心思。唇瓣擦了姨妈色的口红，不张扬却足以显出她绝好的气质。香水很淡，有股子玫瑰花的味道。周宁静马上猜到了香水的品牌，似乎并不便宜。原来，叶枫是个这么精致美好的女孩。

方致远还在通信公司的时候，周宁静不是没见过叶枫，有时候是公司年会，有时候是他们同事聚会，她只觉得叶枫斯斯文文，不是个引人注意的女孩。

叶枫怎么会在方致远的公司？看起来，她在这里上班？

"是叶枫吧，我差点没认出来呢。"周宁静笑着。

"嫂子，你是大忙人，哪能记得我啊……"叶枫也笑，"快坐快坐，方总出去和客户谈事情了，一时半会儿还回不来。"

"你在这上班？"周宁静就近找了把椅子坐下。

"对啊，方总没告诉你吗？"叶枫赶紧拿了纸杯，去饮水机接水。

"哦，我想起了，他跟我提过的，瞧我这记性。"

"方总离开通信公司的时候，我就跟他说过，以后不管他到哪，我都愿意跟着他干。"叶枫还是堆着笑，把纸杯递给周宁静。

"没想到，他还有你这么仗义的同事。"

"其实嘛，职场和婚姻一样，跟对人最重要。我很信任方总的。嫂子，你别看我们现在办公条件简陋，但不出一年，我们公司肯定会好起来的！"

"那是当然。"周宁静喝下一口水，水温太高，一下烫到舌尖，她强忍着，又喝下了一大口，只觉如鲠在喉。

只见叶枫面若春桃，一脸的胶原蛋白和青春无畏，适才的紧张感早就没了，大大方方站在周宁静面前，一副她才是这里的"女主人"的模样。

"嫂子，要不你先在这坐着，我还有点工作上的事要处理，就不陪你聊天了。"叶枫道。

周宁静把纸杯随手一放，徐徐站起："我去致远办公室等他。"

说话间，方致远带着小于走了进来。

看到周宁静，方致远也很是诧异。

不明就里的小于以为是客户来访，露出练了很久的职业化笑容。

"宁静，你怎么来了？"方致远问道。

"这是方总的太太。"叶枫对小于道。

原来方总还有个太太啊，小于暗想，却忙低头，微微鞠躬："您好。"

"这是小于，跟我跑业务的。还有叶枫，你应该认识的。"方致远对周宁静道。

"认识，当然认识，"周宁静一下挽住丈夫的手臂，"走吧，我订了餐厅了，吃饭去。"

等方致远和周宁静挽着手离开，小于才道："疯子姐，方总从哪冒出来一个太太的？"

"疯子"是小于给叶枫取的绰号，主要是叶枫这人，工作起来特别有干劲，跟拼命三郎似的。

"人方总孩子都快上幼儿园了。"叶枫笑笑。

"我还以为你们俩才是一对呢。"

"别乱说啊，让嫂子听了，还不定会怎么想呢。"

"真的真的。你想啊，方总公司开业不久我就在了，怎么从没见过他太太过来？"

"行了，你赶紧叫个外卖，吃完了帮着把明天应标的资料准备准备。"

小于挠头笑。

叶枫站在窗口看，楼下，方致远和周宁静走在一起，周宁静早就松开了挽着方致远的手，夫妻俩并肩，却保持着半米距离。

方致远拉开车门，周宁静钻进副驾驶。

"哪个餐厅？"方致远问道。

周宁静一笑："什么餐厅？"

"你不说要去吃饭吗？"

"你送我回新百嘉吧。"

"也行，去新百嘉吃。"

"我不想吃。"

"你从来没来过我这，今天你能来，真的，我特别高兴。可是你现在……你现在怎么又……"

"高兴不假，恐怕也有点意外吧。"

"意外的高兴，简称惊喜。"

"嗯，怕是还带着惊吓。"

方致远的笑容凝固在脸上："你到底怎么了？"

"没怎么，我不想说。"

"行，你要不说就算了。"方致远发动了车子。

周宁静深呼一口气："去附近的西餐厅。"

"哎，这就对了，你今天大驾光临，说什么都要请你吃顿好的。"

快到餐厅时，周宁静才悠悠道："叶枫在公司上班，我怎么从没听你提过啊？"

车子在十字路口就这么停了下来，方致远扭脸，定定看着妻子。

"你倒是开车啊，怎么停在这了？"

"原来你不高兴，是因为这个。"

"我就是想到了，随口一问，你发什么神经，快开车！"

车后，传来急促的喇叭声。

方致远笑着："你不觉得你问这话很可笑吗？从头到尾，你过问过公司的事吗？你都不过问，我跟你说得着吗？从一开始，你就不支持我，要不是那帮朋友，我这公司能不能开起来都还另说。你现在反倒来问我，说什么叶枫在我公司上班怎么怎么了……这些事，你还真的问不着！"

周宁静强压着怒火，"我就问了一句，你这十几句等着我！我们还没离，还是夫妻，我过问一下你公司的事，你至于那么激动吗？开车！"

方致远摇摇头，一脚油门。

饭没吃成，夫妻俩回了家。

大中午的，王秀芬没想到女儿女婿会突然回来，忙不迭去给他们准备饭食。

那两人进了卧室，关上房门。

"我真的只是随口一问……"周宁静轻声说着，"我今天到你公司，就是想来看看你。"

"上午我带着小于出去跟人谈事，没谈成，快到手的单子就这么黄了，说实话，回公司路上，我心里特别难受。到公司看到你在，我一下就高兴了，真的。你从来都不知道你对我来说意味着什么。你跟周子是我的动力，我不求你多么支持我，只希望你能理解。公司你来过了，你也看到，现在不光是我一个人的事，我还得养活两个员工，还有泽西、明杭，他们都投了钱，这里面还有你帮我还的十万块钱呢，我不能让大家失望。至于叶枫，她为人忠厚，想有一番作为，也是真心实意在帮我，就这么简单。"

"你早这么说不就行了吗？"

方致远摇头："我还以为，我们俩再也不能好好说话了。"

听完这句话，周宁静莫名眼睛一酸，泪水涌出，憋都憋不回去。

"宁静，以前我总是按照你的想法去做，所以你觉得我哪哪都好。可那并不是真实的我，真实的方致远，他会犯错会发火会混账，可是，不管是哪个方致远，他都是你的丈夫，你应该相信我的。"

直到此刻，周宁静的情绪才慢慢冷却下来，她看着一脸疲惫的丈夫，说不心疼是假的。

"致远，你别这样。"周宁静哽咽道。

方致远看着妻子："这段时间，咱俩面上看起来是没事了，可我们心里都明白，有些坎儿还没过去，也没那么容易过去。白天还好，我忙着谈业务，忙着杂七杂八的琐事。可晚上回到家，咱俩要么不说话，要么说的都是些不痛不痒的……比冷战还痛苦。我真的不知道应该怎么办，宁静，你能告诉我，我到底要怎么做，我们才能回到从前吗？"

门把手转动的声音，小周子走了进来，小脸怯怯的："爸爸，你们吵架了？"

周宁静揽过孩子，赶紧关上房门，小声道："没有，我们俩在说话呢。"

"你哭了？妈妈不哭。"周子踮脚，想给周宁静擦眼泪。

周宁静抱起周子："妈妈没哭……"

方致远走过来，紧紧抱住了这娘俩。

叫老巴来吃饭，是海国庆和张兰商量好的。海莉实在没力气抗议了，换了角度，跟看戏似的看着一家人给她张罗着所谓复婚。因为老巴在，连和海平冷战的余微也屁颠屁颠回来了。一大桌人围坐着，像极了过年的大团圆。可这生活，还能不能圆下去，谁心里都没底。

趁着老巴洗碗的当口，海平掏出了老巴亲笔签名的保证书。

这份保证书，是海莉出院那天，海平拟好，让老巴签字画押的。

海莉看完，只是笑笑。

"别看你哥平时做事没个靠谱的，但今天这事啊，我觉得他做得对，还挺有先见之明的。"余微道。

海平没好气地看了看余微。

"我累了，先回房间，"海莉站了起来，"妈，你跟我进来。"

张兰连忙跟了进去。

"你们非要逼着我跟巴有根复婚？"海莉一进房间，就开门见山。

"咳，这还不得你自己拿主意吗？"

"你们这架势，是打算让我自己拿主意吗？你们收了人的车，我哥让人签了什么保证书，还有你，你就更有意思了，直接让他上家里来了。妈，我在这个家就那么不招人待见啊？你们就那么着急忙慌轰我走，逼着我复婚啊？实话跟你说吧，我就没想过要回你们这，我自己有房子！"

"看把你嘚瑟的！房子顶什么用，不就是个吃饭睡觉的地方吗？哦，你下半辈子抱着你那房子过？莉莉，这女人啊，总得成家，身边总得有个知冷知热的男人……"

"男人会有的，但不是巴有根。"

"可是你现在……"

"怎么，我就算真的不能生孩子了，就应该清仓大甩卖？是个人就嫁？"

"你知道妈妈不是这个意思，妈妈是想着，你们俩有感情基础……"

"有感情基础？要真的有感情基础，我和他会离婚？离了就是离了，要复婚，不可能！"

"我看着他这次挺真心实意的，态度也诚恳。你就不能服个软吗？"

海莉刚想说什么，海国庆冲了进来："外边又吵起来了。"

"他们俩又怎么了？"张兰翻着白眼。

"微微怀孕了。"

"啊！"张兰一下站起。

余微哭哭啼啼，海平黑着个脸，死死拽着她的包，不让她走。老巴受了海平的指使，正用身体挡着门。海莉跟着张兰出去看，只觉得好不热闹，好想抓把瓜子，边嗑边看。

原来，海平无意中看到余微手机里的聊天记录，从她和闺密的对话中，得知她不想要这个孩子。海平哪还沉得住气，夫妻俩这就吵了起来。

"孩子是我们俩的，只要我不同意，你别想拿掉！"海平怒气冲冲。

"好一句孩子是我们俩的！我先不说肚子里这个，就说我们大宝，我为什么把大宝放在娘家，就是因为你，还有你爹妈，你们从来就没真正关心过我们娘俩！"

"微微，你说这话我可不爱听！我们对大宝怎么了，在这个家里，谁不是拿他当宝贝！"张兰插嘴。

"妈，你和爸呢，确确实实是疼爱大宝，可你们的疼爱也太过了吧！大宝做错事，别说打了，就是我多说他两句，你们俩就拦着。我说科学育儿，你们俩还笑话我，说我矫情。大宝是我的孩子，我知道怎么管教！你们不帮我也就算了，还三不五时拖我后腿。还有海平，自从大宝出生后，他给孩子换过一次尿布吗？哪怕一次？孩子是我十月怀胎生的，他倒好，逗逗孩子就以为自己尽了当爹的职责了，天下哪有这么便宜的事？"

一席话，说得张兰、海国庆、海平都哑口无言。

老巴看了看海莉，海莉跟没事人似的，只是瞧着。

"嫂子，你消消气，有话好好说。"老巴劝余微。

"谁是你嫂子！"余微怒道。

"余微，你唯恐天下不乱是吧？"海平拍案而起。

"我说得不对吗？他巴有根算哪根葱啊，哦，和莉莉过得不开心了，说离就离，说不要她就不要她！海平，你的脑袋进水了啊，巴有根可是抛弃过莉莉的，这会儿，你们又要把莉莉塞给他，就因为莉莉不能生孩子？怎么了，女人就非得生孩子？合着女人在你们眼里，就是行走的子宫啊？不生孩子就没价值了，就不配得到爱情和婚姻了！"

"你少在这搬弄是非！"张兰喝道。

余微也不示弱："我问你们，莉莉的生活，和你们有关系吗？你们凭什么替她做主？你们以为这么做是为她好，可是你们有没有问过她，她想要的到底是什么吗？问过吗？"

海莉笑着，她在心里默默给余微鼓掌。

"你疯了吧？"海平抬手，作势要打余微。

海莉赶紧上前，一把拽住海平的手："你要干吗？你现在出息了，有本事了，连老婆都敢打了？嫂子说的话，句句在理。反而是你，你和爸妈，还有巴有根，你们才不正常！嫂子，我们走！"

海莉从海平手里夺过余微的包，拉着她就走。

"巴有根，把好门，今天，谁也不许走！"海平喝道。

海莉笑看着老巴："好啊，那我倒是想看看，今天我和嫂子能不能走出这个门！"

老巴犹豫着，一时不知所措。

"巴有根，你给我让开！"海莉道。

"海莉，有话好好说，都是一家人……"

"谁和你是一家人，你给我滚！"

姑嫂二人离开后，便到了海莉那边，二人说了不少体己话。

海莉告诉余微，自己其实一直想开家甜品店，还说这些天已经联系了一个师傅，师傅的店正招人，要真的能成，既能学东西，也不耽误挣钱养活自己。等学成了，再慢慢打算，到时再开店也不迟。

"等我有工作了，爸妈他们也不至于这么担心。"海莉道。

余微便笑："你知道就好。"

方致远下午没去上班，周宁静也请了假，夫妻俩带着周子去了趟游乐园。看着小火车上笑容满面的周子，他们也不自觉地依偎到了一起。

方致远拉起妻子的手，说道："咱们的日子一定会越过越好的。"

周宁静点点头："我希望你能成功，你成功了，我为你高兴。可是万一，你要是没成……家里的一切，还有我。夫妻本是同林鸟，但我从没想过大难临头要各自飞。该来的，我不会躲，我会和你一起承担。但是，对我来说，给周子规划一个美好的未来，是最最重要的事。"

"我不会让你失望的。"

"跟你商量个事，付丽丽那边的投资已经有收益了。学区房还可以再等等，所以，我想把钱先放到她那边……"

"可是……"

"致远，你总说我不相信你，那请你也相信我一回，好吗？付丽丽生意做得那么大，她没必要骗我们这点钱。"

方致远没说话。

周宁静又道："我都想好了，就投三个月。"

"好吧，我听你的。"

到了晚上，周宁静突然接到付丽丽电话，说有个临时安排的聚会，想邀请周宁静参加。方致远不好阻拦，只好由着妻子。

付丽丽的聚会在一家新开的高档KTV，到了地方，周宁静才知今天是付丽丽生日。超大包厢内，付丽丽正搂着一个高大帅气的男孩，两人对唱着情歌。再一看，黄姐周姐她们也都一样，身边皆坐着个男孩，他们喝着酒、玩着骰子，好不热闹。一个男孩朝周宁静走来，一口一个静姐，就要敬酒。周宁静哪见过这架势，当下脸就红了。

"静姐，付总今天难得高兴，你就赏个脸，喝一杯吧。"

"我不喝酒。"

男孩直往她跟前凑，她手一推，酒洒了她一身。

狼狈的周宁静在洗手间门口，居然遇到了迈克。

"你怎么在这？"周宁静尴尬。

"我还想问你呢。"在迈克眼里，周宁静可不像是沉迷夜生活的女人啊。

"一个朋友生日。"周宁静拼命用纸巾擦着湿嗒嗒的前襟。

迈克脱下自己的外套，不由分说，披到周宁静的身上。他按按她的双肩，最近，她好像又消瘦了不少。

付丽丽尾随而来，看到迈克，一定要邀请他参加自己的生日派对。待曲终人散，"不喝酒"的周宁静终究还是醉了。

已过十二点，妻子还未归，方致远打了电话，却一直无人接听。王秀芬担心女儿，便让女婿直接去KTV接她。方致远刚下楼，远远地，就看到了周宁静。只是，除了她，她的身边还有个男人，竟是迈克。

周宁静像是喝了不少酒，看到方致远，一头扑进他怀里。

迈克道："好了，我终于把她安全送到家。"

"谢谢。"方致远并不打算跟迈克多寒暄，揽紧妻子，转身就走。

待周宁静酒醒，已是后半夜。她后悔不迭，自己本就不胜酒力，不该喝这么多，更不该让迈克送自己回家。

"醒了？"方致远拧亮了床头的台灯。

"对不起，老公，我……"

"多亏了迈克，是他送你回来的。"

"今天丽丽生日，我就多喝了几杯。迈克是在KTV遇到的，你别误会。"

"我没那么小心眼，"方致远掀开被子，"妈给你煮了面条，我去热热。"

周宁静微笑着抓过手机，滑到微信朋友圈，看到付丽丽晒了生日派对的照片。其中一张的背景，是坐在沙发一角的她和迈克，两人靠得很近。而在下面点赞的人里，方致远的头像分外醒目。她再也笑不出来。

西亚整形医院，陈墨的大办公室内。

此时，她和陆泽西就在这里对峙，两人正为一个项目吵得硝烟弥漫。

整形行业不比早年，市场更完善、竞争更激烈，消费者也日趋理智。韩国HL在冇城的整形机构还未落地，就先打响了第一炮。他们和冇城当地旅行社合作，策划了"寻美之旅"活动，直接带着客户飞韩国整形，此举引起了极大反响，爱美人士趋之若鹜，其中不乏西亚的老客户。

陆泽西是真的急了，他想扳回一城，策划了寻找"美丽合伙人"的活动。说起来，不过是个噱头，目的是增加西亚曝光率。方案呢，也特别简单，就是通过线上线下的海选，找到一个外形欠佳的女人，免费给她做手术，并聘请她为医院代言人。陈墨觉得这事意义不大，没必要耍这种花枪，两人这才有了矛盾和争执。

"就是因为你以前做什么都太冒险，这次，我不想再听你的建议！"陈墨道。

一身黑西装的墨墨，涂着绛色唇膏，像被黑化的女主。

"你什么时候听过我的建议？"陆泽西苦笑。

"不管做什么，都不能急功近利，西亚现在需要的是一个平稳的过渡期。

你搞的这个活动,风险暂且不说,摊子弄得也太大了吧,我只是担心到时候不好收场。你没必要在这种事上和我斗气,你应该和我一样,多考虑一下西亚的未来!"

"行,我不跟你废话。"陆泽西站起来就往外走。

"你去哪儿!"

"我请假!"

陆泽西驱车离开西亚,驶出高架时,发现自己被人盯上了,有辆黑色商务车一直跟着他。他皱眉,这些年虽然得罪过不少人,但认识他的人都知道,他陆泽西喜欢把什么都摆到明面上解决。有仇也好,有冤也罢,何苦来跟踪这一套?

他带着那车绕了个大圈子,确定甩掉对方了,才驶入公寓的地下车库。才出电梯,就看到了两个穿着黑衣的大高个。很显然,他们已经在这里恭候多时了。

"陆先生,齐老要见你。"其中一个说话了,一边说,一边伸腿挡着电梯门。

陆泽西的眼前划过一行弹幕:姜还是老的辣。

他拢拢衣服,摊手道:"行啊,他老人家在哪儿呢?"

那两人也不跟他废话,带着他上了车,来到一家酒店。

穿着改良唐装、戴着佛珠的齐老倒也不落俗,皮肤状态和身形都不像已过六旬。

未等陆泽西说话,齐老便道:"像,陆泽西就应该是这样。"

"齐老,我不是像,我就是。"

齐老一抬手:"坐吧。"

"您不坐,我可不敢坐。"

齐老笑笑,坐下:"喝杯茶,随便聊聊。"

陆泽西一边坐一边道:"您派车跟踪我,还派人堵在我家门口,就是为了跟我聊天?"

齐老也不接陆泽西的话,自顾自说着:"陆泽西,医学院肄业,野路子出身,从不按常理出牌。"

"见笑见笑。"

"你应该知道我为什么要找你。"

"知道，也不知道。"

"怎么说？"

"如果是谈收购，不应该在酒店，在您的房间。可如果不是谈收购，我还真猜不出您要跟我谈什么。"

"陈墨。"

"哦。"

"哦？"

"那就算是私事。"

"公私都有，"齐老喝了口茶，"我想带她走。"

"这个……您好像应该找她谈吧。"

"虽说家丑不可外扬，但你跟她亲近，也算是半个自己人了。这么跟你说吧，我和她已经很久没有说过话了。来冇城，做西亚，和你合伙，这是她的选择。可我是她的父亲，对她，我有我的安排。你有你的小聪明，我承认，但是我认为小聪明是没法把西亚做大做好的。她就不一样了，这一行，她有天分，不应该困在你身边。"

"然后呢？"

"HL收购西亚，你还会是西亚的负责人，这一点，你放心。至于她，我另有安排。"

"齐老，您这么看重我，我受宠若惊。但是西亚，我说了还真不算。不怕您笑话，来这里前，我还跟她吵了一架。"

"陈墨这几年有很多机会，每一个都比留在冇城要好。可是，她为什么还要留在这？你想过吗？"

陆泽西一愣。

齐老又道："我欣赏你这样的年轻人，可是很抱歉，我不喜欢你。因打架斗殴退学，有婚史，曾无证经营，前段时间还差点进了局子，陆泽西，你的人生很精彩，但是这种精彩也正是我所担忧的。再不称职，我也是陈墨的父亲，她母亲临终前一再嘱托，希望她得遇良人、一生无虞。你可不是什么良人，你也无法确保她无虞。相反，这些年，你还给她添了不少麻烦……"

"等会……齐老,你的话,我听不明白。"

"不明白就回去好好琢磨,琢磨好了,再来找我。"

看着陆泽西的背影,齐老叹了口气。

一旦遭遇爱情,女人总会被冲昏头脑。哪怕平时再冷静、再理智,荷尔蒙都能推翻一切。女儿早晚都是要恋爱、要结婚的,但是,他不希望这个对象是陆泽西。以陆泽西的个性,他日要么可成大器,要么一败涂地。

齐老不能让女儿冒险,可以的话,他希望她能安安稳稳过一辈子。他不是没替女儿盘算过未来,等收购了西亚,他会带她出国。甚至,他还替她物色了几个可能的结婚对象,随便挑一个,都比陆泽西靠谱。只是,这些话,他从来就没有机会告诉她。

这天,海莉接到了一个面试通知。

地点在一家咖啡馆,她很快就见到了邀她来面试的师傅。只是,她没想到,师傅居然是个90后的漂亮姑娘。

"我叫小楠,这是我表哥的店。"姑娘倒是爽利。

海莉略有些拘束:"我是海莉。"

"我知道啊,我看过你的简历。"

小楠说完,冲着吧台喊了一嗓子:"哥,人到了。"

吧台后,走出来个白白净净的男人,正是明杭。

海莉站起来,忍不住想笑。上回这两人还阴差阳错地被安排相亲,这一回倒好,直接改面试了。

明杭也乐了,蹙眉对小楠道:"你怎么不早说呀?"

"你俩认识?"小楠问道。

海莉点点头。

小楠一拍大腿:"认识就更好办啦。哥,我就这么跟你说吧,这投简历的本来就不多,海莉姐姐是最有诚意的。关键是什么,她对薪水要求不高,就是奔着跟我学手艺来的。我保证,三个月之内教会她……"

小楠年底要回老家结婚，这也是明杭不得不物色新店员的原因。

可是，明杭哪敢随便收海莉啊，只说让她回去等消息。

待海莉走了，他便约了老巴见面。

"只要海莉自己愿意，你也觉得她没问题，我哪有什么意见。"老巴道。

"我听海莉说，她以后想开个甜品店。我都想好了，只要你没意见，以后我可以和海莉合伙。这咖啡馆的生意，我以前想得确实是简单了，没有合适的人手，我一个人哪忙得过来啊。"

"那是最好，谢了，兄弟。"

"我这也就是做个顺水人情。"明杭笑道。

到了第二天，明杭刚想给海莉打电话，她就来到了旧时光。

海莉看起来有些为难："明杭，这份工作我确实挺喜欢的，但是……我实说了吧，因为你和老巴是朋友，我觉得我在这待着不合适。要不，你再找找别人？"

"就因为老巴？"明杭问道，"至于吗？"

海莉不语。

明杭继续道："你看啊，我盘下这间咖啡馆，纯属冲动，对经营啊什么的，目前是一点头绪都没有。我不是没想过改变经营思路，不要搞得跟现在一样小众，但是，怎么说呢，我是心有余而力不足啊。本来嘛，这周边的商圈、写字楼，我们可以做简餐，还可以做外卖……但是目前来看，我们店里的品类、人力都大大不能满足。小楠呢，年底就得回老家了，你让我上哪去找合适的店员？我知道你有超市导购的经验……"

"推销洗衣液和经营咖啡馆，它们能一样吗？"

"怎么不一样，都是往外卖东西嘛。"

"让我再考虑考虑？"海莉犹豫着。

"姐，你还有什么可考虑的！"小楠端来一个小果盘，放到海莉面前，"我哥说了，说你们是朋友，他相信你的为人，更相信你的能力！你和那个老巴的事，我也听说了。姐，你这前半辈子已经让他给耽误了，这后半辈子不能再活在他的阴影里……"

"小楠！"明杭呵斥。

小楠一脸的不乐意："我又没说错。姐姐她在这干也好，不在这干也好，跟那个老巴都没关系，这取决于她自己嘛。要是想跟我学，就留下。要是不想，我也不强求。"

海莉笑了，她一抬头，触到明杭的眼神，他也在笑。

"那我试试看？"她终于松口。

"这就对了！"小楠揽住海莉的肩膀，"来，叫我一声师傅，让我过过瘾。"

方致远一进公司，小于就兴高采烈地冲了上来，撞了他个满怀。

"方总，美食城的整体油烟净化项目开标了，咱们啊，拿下这个项目了！"一旁的叶枫笑道。

美食城有近百户商家，这次的整体油烟净化设备的改造和升级是个大项目，不知道有多少人眼馋这块肥肉。对这个项目，方致远一开始就没抱什么希望，让叶枫和小于去应标，本意就是锻炼一下他们，试试水。

"方总，你要给我们加鸡腿！"小于道。

方致远笑："不但要加鸡腿，还要加工资！"

"太好了！"

"方总，祝贺你。"叶枫微笑着。

"都是自己人，好听的话留着以后说，小于呢，你负责联系美食城的商户，叶枫，你赶紧跟广州的厂家做衔接，这个单子，要确保万无一失！"方致远发号施令。

叶枫和小于各自忙碌起来，方致远走进自己办公室。关了门，比了个"V"（表示胜利的手势），其实，他比他们俩还激动。

他拨通了美食城胡总的电话，感谢他们的关照和支持。胡总寒暄客套后，竟提起了柏橙。

"柏橙没少在我面前夸你。当然啦，交情归交情，我们呢，都是按照规矩来办事的嘛……"胡总在电话那头说着。

原来，这次中标竟和柏橙有关。

第十六章　只缘身在此山

悲观时，他便想，婚姻是坟墓，他人即地狱，而他则天真地以为，在这坟墓与地狱里，还能轰轰烈烈地做一回自己。他是个傻子。

周宁静回家的时候已经过十点了。

白天临下班前，方致远告诉她，晚上有应酬，项目上的事。她正忙着，也没多问。等加完班，迈克提出请部门同事吃饭。众人到了停车场，她一眼就瞥见了方致远的车。给他发了微信，问他在哪儿吃饭，他说了个地方，和新百嘉风马牛不相及。

满满当当的商务车上，同事们正兴致勃勃说着网络上流行的各种小段子。周宁静只是望着车窗外，心神不安。紧挨着她的迈克原也跟着他们说笑，见她闷闷不乐，悄悄按了一下她的手。她一回眸，眼里蓄了泪，稍一动，泪水便会滚落。他用口型说着"怎么了"，她摇摇头，泪水已经滑落。

到了餐厅，迈克亲自点菜。等菜上齐，周宁静发现一桌子菜，多半都是她爱吃的。她和迈克视线相对，他只温柔一笑。她实在没什么胃口，跑到包厢门口透气，他也跟了出来。他瞧见大厅里有简单的茶座，就引她过去，两人坐下。

"不舒服？"迈克略有些不安。

"没什么，就是觉得有点累。"

"出什么事了？"

"一地鸡毛。你不会感兴趣的。"

"宁静，其实你没必要这么折磨自己。"

"你没结婚，没有家庭，不会懂的。"

"我不关心你的家事,我关心的是你。这段时间,你整个人都不在状态。下午开会的时候,走神了吧?有个数据你都报错了。"

"抱歉……"

"你应该对你自己说抱歉。要是因为家里那点事影响了工作,你这就叫得不偿失。我一直觉得你这人特别理智,应该能处理好这些问题的……"迈克说着,给周宁静倒了杯茶,"对了,下个月可能要去一趟香港。"

周宁静沉吟片刻:"还是把这个机会留给其他同事吧。"

"我本想趁着去香港考察,顺便给你放个假。家里那些事,如果不知道该怎么解决呢,不如先放下。"

"放下?"周宁静苦笑,"哎,迈克,我现在发现,这世界上最远的距离,是已婚者和未婚者。"

"是么,难怪你最近总躲着我。"

周宁静脸一红:"我的意思是,已婚和未婚,心态完全不一样。"

此时,周宁静正独坐在卧室,一面等方致远,一面回想着迈克的话。上次去香港,还是两年前的事了。方致远去出差,她自费跟着。人生地不熟,他也没工夫陪她,一多半时间她都窝在酒店里。这趟旅行相当于自讨没趣,为这个,她差点还和他吵起来。

这些年,她何尝不想出去走走,每回看到朋友圈里有人晒旅游的照片,她嘴上说人显摆,心下却暗暗较劲,等买了学区房,等周子上了好学校,等她和方致远再多攒点钱,到时候她也拖家带口,每年出去旅游个一两次。迈克说得没错,她确实需要放个假,也确实需要出去走走。

正想着,方致远回家了,他和她打了声招呼,脱下外套,就进了洗手间。

洗手间里,传来阵阵水声。

她打开衣柜,取出很久没穿过的蕾丝睡裙换上。等丈夫从浴室出来,她走过去,一把抱住了他。

方致远看起来有些疲惫,适才在洗手间唱歌的劲头是一点都没有了。

"抱抱我,致远。"

"我今天喝了酒,挺累的,现在还没缓过来,"他拍拍她的肩膀,"早点休息。"

她搂着他的脖子，紧紧地，不撒手："我们已经很久没有……"

他心领神会，却还是摇头："明天吧，今天我真的很累了。"

她松开他，挨着床边坐下，一言不发。

他揽过她的脑袋，想亲她，她却本能地推开了他："睡吧。"

她站起来，麻利地扒拉掉自己的睡裙，随手一扔，重新换上家居服，转身去了洗手间。

睡裙刚好扔在方致远脑袋上，他拿下睡裙，只是发怔。

洗手间里，周宁静挨着墙角徐徐坐下，抱住双臂，缩成一团。

今天，方致远确实骗了妻子。

晚上胡总约了他到菲斯特吃饭，他去了，不但去了，还见到了柏橙。

柏橙的好意，他本不想领，但公司的现状就摆在这，他不得不领。

他把这理解为善意的谎言。就好像，妻子明明在付丽丽的生日派对上和迈克亲密无间，她却说，他们只是偶遇。

有些事没法掰开了说。他们的婚姻已经失去了那种韧性，轻轻一掰就会碎。

人都说七年才会痒。如果结婚七年的感觉真的是痒，那结婚六年又该用什么字眼来形容呢？别人的，他方致远不知道，可是他的，却是痛。闷在心头，喊不出声的痛。跟任何人说了，他们都不会理解的痛。

悲观时，他便想，婚姻是坟墓，他人即地狱，而他则天真地以为，在这坟墓与地狱里，还能轰轰烈烈地做一回自己。他是个傻子。

但大多数时候，他告诉自己，一切都会好的，婚姻、事业、所有。周宁静能如愿买到心仪的学区房，他的公司能够蒸蒸日上，他们还会像以前那样，共同面对这并不太温情的世界。

接到林子萱的电话，陆泽西并不意外。她说自己在机场，马上要离开宥城了，希望他能送送她。其实，他早就从朋友的口中，得知她即将去上海发展。离开，并不代表不再关注。只是她要的，他给不了。不打扰她，是他唯一能做的。

两人见面，林子萱还是那个充盈着胶原蛋白的女孩。

"怎么想起去上海了？"陆泽西到底有些不放心。

"不是说了吗，工作。"

"你总得告诉我，你去的是什么公司吧？"

"干吗？咱俩早就分手了，你管我呢。"

"你看你，年轻、漂亮，对你这种姑娘来说，外面的诱惑是很大的。我不是怕你上当受骗吗？"

林子萱抿嘴笑。

陆泽西看着她："不会是交了什么新男朋友，赶着去上海投奔人家吧。你自己上点心，可别被什么渣男给骗了。"

"还能有你渣？"

"看你说的。"陆泽西笑。

林子萱正色道："好了好了，告诉你吧，我考了个注册会计师，去的是正经公司。"

陆泽西不敢相信："不是吧……"

"除了年轻、漂亮，我就不能聪明、能干啦？"

"子萱，你可以啊。"

"我本来就挺棒的，倒是你，一直拿我当小女生，觉着我胸大无脑好糊弄。"

"是，我这人是有点浑蛋。"

"我还以为你会为我改变呢。唉，这女人都一样，都想着改变男人。不过陈墨说得对，你要真的为谁改变了，那样的你也就没意思了。"

"哟，你们俩倒聊上了，我怎么不知道。"

"你知道什么呀，"林子萱深吸一口气，"她喜欢你那么多年，你却跟个傻子似的，我都替她抱屈。"

"谁啊？"

"装什么糊涂！你就真的一点都没感觉到？"

"别闹。"

"大叔，你没有那么不堪。我该登机了。"

"是该登基了……"陆泽西看看表，"万岁万岁万万岁。"

"来，抱一个吧。"林子萱张开双臂。

陆泽西顿了顿，上前抱住了她："好好的啊。"

"我挺好的，倒是你……"林子萱笑了笑，松开陆泽西，眼里含了泪，"有个说法，说人的细胞七年更新一次，其实，你已经不再是过去的陆泽西了。所以，把过去那些糟心事都卸下来吧。不管是潘瑜、王瑜、李瑜，统统都给我删干净了，听到没有？"

"快登机吧。"

"还有，陈墨是真的喜欢你。"林子萱说完，头也不回地走向安检。

陆泽西只是傻站着。也许，他应该去见见齐老了。

待他转回医院，发现季岚来了。季岚是他同学周冲的妻子，上回在周冲的农家乐见过。她今天来找陆泽西，就是为着丈夫的事。

原来，周冲在付丽丽公司投的钱近来一直无甚收益，季岚便让丈夫收回，但付丽丽那边，每次都有借口，就是摁着不放。这笔钱，之前本是说好的，随时都能取。于是，季岚对付丽丽起了疑，找了几个靠谱的朋友调查她。不查不要紧，这一查，才发现事情闹大了。

季岚手里有一张付丽丽在亽城的关系网，乍看还真让人大开眼界：凡是亽城叫得出名字的、有头有脸的人物，还都能和付丽丽扯上关系。她身后所谓的国际大公司根本就是个空壳，至于她的个人履历等等皆是伪造，五年前，她还只是一个小工厂的流水线操作员。

"我家周冲前后投了近两百万，还有你们的那个同学，周宁静，她投了六十万……"季岚叹气，"我把这些拿给老周看，他还不信，说我唯恐天下不乱。我想直接去找付丽丽，又怕打草惊蛇。你们同学里，你是最有主意的，你一定要帮我们想想办法。"

送走了季岚，陆泽西眉头紧锁，他想给方致远打个电话，又不知道该怎么开口。六十万，对方致远他们来说，不是小数目。

陈墨走进办公室，见陆泽西呆坐，便翻起了季岚拿过来的资料。

"陆总，忙着破案呢？"

"我早该提醒他们的。"

"要不是他们见钱眼开，以为天上真能掉馅饼，会着了付丽丽的道？要我说，这都是他们自找的，和你有什么关系？"

"你从小到大,都没为钱的事糟心过,你不会明白的。"

"怎么不糟心,要是找不到风投,咱们就没钱开分院。"

陆泽西沉默了一会儿:"不开了。"

"你说什么?"

"我说,咱们不开分院了。你的未来,不在这儿。不在有城,也不在西亚。你应该有更好的发展。"

陈墨讥笑:"你脑子进水了?"

"我很清醒,真的,现在的我特别特别清醒。我见过齐老了。"

"什么时候?他都跟你说什么了?"

"西亚要是被HL收购了,背靠大树好乘凉,我呢,也就可以进入半退休状态了。我这种人,也成不了什么大器,最喜欢见好就收。"

"陆泽西,西亚是咱俩的!你给我听清楚了,西亚是咱俩的!"

"我累了,也受够你了。"

"你再说一遍!"

"还要我说什么?我是什么样的人,你不知道吗?我有多无耻,你没见过吗?"

"你给我滚!"

"遵命。"

离开西亚后,陆泽西来到旧时光,约了方致远。

陆泽西把付丽丽的情况一说,方致远马上就急了,要去找付丽丽摊牌。陆泽西怕方致远冲动,把明杭和老巴都叫了过来。

海莉一见老巴来了,找了个借口,扭脸就走。来的路上,老巴还想着到了旧时光,找机会和海莉沟通沟通。海莉这么一走,搞得他特别尴尬。

几个人一商量,由方致远出面,先约付丽丽谈谈。付丽丽本就是个聪明人,这方致远都多久没联系了,这里面肯定有事,保不准就和周宁静那笔投资款有关。

此时，付丽丽瘫坐大班椅上，头痛欲裂。因为上家资金链断裂，项目收益的发放出了问题。最近几天，她接到过很多电话，都是质问她的。香港总部那边到底出了什么状况，她不敢多问。什么资金链出了问题，这几年，她在宥城弄的钱，少说也有五千万了，他们这是在糊弄她。她心下暗想，要是他们不为她打算，那万事便只能靠自己了。

付丽丽知道自己只是个小人物，她也从没想过要轰轰烈烈。

她的愿望很简单，就是有一天丈夫能出狱，两人能过一些正常人的正常生活。

是的，她确实有个丈夫，而不是对外声称的单身。三年前，丈夫牛耳因诈骗罪入狱，从此，她再也没有见过他。也就是那个时候，她回到了家乡宥城。

三年来，付丽丽一直在努力，把自己变成了另一个牛耳，甚至，她做得比他更好。原来跟牛耳合作的公司看上了她的敢做敢拼，觉得此人可用，授权给她，帮她在宥城开出了一片天地。

只是，摊子铺开了，总有收的那一天，想真正全身而退，哪有那么容易？如今，看出问题来的已不只方致远他们，付丽丽早有些疲于应对。公司本就是一本空账，大头都往香港那边走了。国际众筹基金，也就是周冲和周宁静投资的那个项目，它就是座海市蜃楼，连付丽丽都不知道它最终会滑向何方。而另外一个自由之旅项目在全国的几个大城市屡屡受挫，已经被定义为网络传销。

付丽丽最害怕的是跟牛耳一样，最终成为香港那家公司的替罪羊。眼下，她唯一能做的就是撤退。为此，她没少做准备。只希望这段时间不要出任何纰漏，稳住那些起疑的客户，稳住周宁静、周冲等人。

听付丽丽在电话里支支吾吾，很不痛快，方致远更觉可气。他憋着气回了家，见周宁静早就回来了，正忙活着做晚饭。吃完饭，方致远找了个借口，拉着周宁静就到了西亚。

陆泽西在办公室等他们，他们一进门，他就把付丽丽的资料全数拿给周宁静看了。她自是不信，觉得方致远他们不过是疑人偷斧。直到陆泽西拿出自由之旅项目在全国各地被查、已被定性为网络传销的新闻，又逐一指出了那个众筹基金的疑点，每一样都是实锤，她这才彻底懵了。

"我要去找她，我不信，我现在就去找她！"周宁静往外跑去。

方致远追出去，见拦不住妻子，便只好跟着她一起过去。

付丽丽家大门敞开，有几个人在搬东西。方致远一问，才知道这房子是付丽丽租的，今天刚退房，房东正带人收拾房间。

两人又赶到付丽丽公司，公司里挤满了人，为首的黄姐正带着人搬东西："所有东西都拿走，一件也别留！这个杀千刀的骗子，骗了老娘一百多万！"

黄姐看到周宁静来了，上来就张牙舞爪："付丽丽呢，她去哪儿了！"

方致远挡在妻子身前："我们也在找她。"

"你是她的朋友，你怎么会不知道她的下落？"黄姐指着周宁静的鼻子，气势汹汹。

"我也被她骗了！"周宁静全身都在颤抖。

黄姐一愣，才道："那正好，我们已经报警了，警察等会儿就到。"

从付丽丽公司出来，方致远和周宁静一路无话，走到小区花园，周宁静却再不愿意往前迈步了。

"别想太多了，我们回家再说。"方致远看着妻子。

"致远，我没想到会是这样……"周宁静突然瘫坐在地，泣不成声。

"付丽丽跑不了的，钱早晚都能追回来的。"事已至此，除了安慰妻子，方致远也不知该说些什么了。

"要是追不回来呢？"她整个人缩成一团，把脸埋在膝盖上。

"要是追不回来，"方致远抽出一张纸巾，递给她，"我们还可以再挣。"

"周子的学区房怎么办！难道要让她去读菜场小学么？"

"宁静，"方致远摸摸妻子的头发，"钱我会慢慢想办法挣的。再说了，就算让周子读普通一点的学校，又能怎么样呢？"

周宁静一下站起："能一样吗？到时候，周子的同龄人，不是985就是211，她呢？总不能让她去读野鸡大学吧？"

"你想那么远干吗？我们小时候也没受过什么太好的教育，现在不也一样过吗？"

"我们现在过得好吗？"她直视着他。

"我们俩靠自己的能力在冇城立足，我不觉得我们比谁差！"

"那要看跟谁比了！你就不能往上看看？就不能看看那些有钱人是怎么生

活的？我们俩结婚之后，我跟你过过一天好日子吗？"

"就是因为你有这种心理，才让付丽丽得逞，才……"方致远话到嘴边，还是生生咽下了。

"你怪我？"

"我怎么会怪你呢？钱已经没了，能追回来是最好的，你看，公安局要立案，要调查，这都需要时间。"

"你不怪我？"

"我不怪你。"

"你为什么不怪我？你应该怪我的……"

"你……"方致远垂着手，再也说不出话来。

方致远以为自己家这就够凄风苦雨的了，不曾想，周冲那边却出了更大的事。

第二天一早，陆泽西打来电话，说周冲跳楼了，如今人在医院，正抢救着。

季岚一时气急，和周冲大吵，闹着要离婚。钱的事，周冲心里已是悔恨难当，要再因为这个离了婚，那他这辈子不是完了吗？周冲当然不愿意。

"这日子我真的受够了，一天都不想过了！"季岚又哭又闹。

"只要不离婚，你让我干什么都行，以后我全都听你的……"周冲也哭了。

"全都听我的？你什么时候听过我的？周冲，你当时在单位上班，人人羡慕的铁饭碗，你非说那是坐吃等死，那样的人生没有追求。你要辞职，我劝你，你听了吗？后来，你要创业，开农家乐，我说开就开吧，但一口吃不成胖子，什么事情都得慢慢来，不要急。你听了吗？你不但不听，你扭脸就扩建了农家乐，结果呢？你用农家乐的房子抵押贷款，我不签字，你非逼着我签字，你还用离婚威胁我！两百万啊，周冲，你知道两百万是个什么概念吗？"

"季岚，你听我说，钱我一定会想办法追回来的……"

"别废话了，今天这婚，我是离定了！"

"我不离！"

季岚拽着周冲的衣服："走啊！"

"反正我不离！我从没想过要跟你离婚……再说，我们还有孩子呢。"

"你这样的人，根本不配当父亲！你太自私了！"

"我自私？我拼死拼活，还不是为了这个家，为了你们？"

"为了我们……说得真好听啊，你要真的为了我们，就不会拿着两百万去冒险了。"

"反正，这婚我是不会离了，除非我死！"

"别，你别死，你好好活着，我去死！"季岚说着就要出门。

周冲一下跃上窗台："我死还不行吗？我现在就死！"

"周冲！"季岚慌了。

"你不是要和我离婚吗？别麻烦了，我直接一跳，咱俩连手续都不用办了！"

季岚提离婚，其实也就是想吓吓周冲。别说夫妻之间多年的感情，就是看在孩子面上，她也断不会跟他离婚的。况且在这个节骨眼，他又遭了难，她要是真的跟他离了，他还怎么活？她是生气，不但生气，她还很失望。她的哭闹，只是想借着这事给他一个教训，好让他往后踏踏实实生活。

"你先下来，我刚才说的都是气话……"季岚靠近周冲。

"你别过来！"周冲往下看了一眼，十楼的视角，下面的一切都显得渺小而不真实，"照顾好我们的孩子。"

他说完，一转头，纵身跃下。

急救室内，周冲昏迷不醒。

急救室外，方致远他们这帮同学又聚到了一起。周宁静本想来医院的，被方致远给劝住了。妻子要是看到这样的周冲，只能更糟心。

季岚的眼泪早就哭干，只是盯着急救室的门。

不知道过了多久，门开了。几个护士推着担架车走了出来，躺在上面的周冲一脸平和，似在沉睡。

"老公！"季岚扑上去，疾呼着。

"你是病人家属吧？冷静点，病人暂时已经脱离危险了。"一个医生说道。

众人一听，都松了口气。

"只是目前还不能判断病人何时会苏醒。通俗点说，气垫的冲击力，震荡了他的大脑，造成了很严重的脑损伤。你要做好思想准备，病人极有可能会变成植物人。"

季岚眼前一黑，晕了过去。

不管怎么样，周冲这条命算是暂时保住了。

周宁静多少也意识到她必须从这件事里尽快走出来，可是，她的情绪根本不由自己控制。她的心里，甚至还有些微的希望，希望付丽丽不是他们口中的骗子，希望付丽丽马上出现，告诉她，"宁静，我没有骗你"、"我们是最好的朋友，我不会骗你"。

"你请几天假，好好在家休息吧。"方致远洗好澡，从卫生间走出来。

"不了，公司还有很多事要处理，我不能请假。"

"这样吧，我把手头事情交给叶枫他们，然后陪你出去散散心，你想去哪儿？"

"我没有心情散心！六十万就这么没了，我怎么有心情散心！"

"别想那么多，钱的事，我会想办法解决的。一切都跟以前一样，什么都没变，不会因为没了这笔钱，我们就得露宿街头、吃糠咽菜。至于学区房，你要还是想买，我也支持，不过，你得给我点时间。"

"真的没变吗？我们俩真的还能跟以前一样吗？"

方致远伸手，触碰妻子的身体，妻子却往后一躲。她看起来，就像一只受惊的小猫，瑟瑟发抖。

他用力揽过她，抱紧她的身体："别怕，万事有我。"

"对不起，致远……对不起……"她"哇"的一声，哭了出来。

周冲跳楼事件的系列报道上了冇城电视台的一档新闻节目，还分成了上、中、下三集，更是在微博、微信朋友圈里传得沸沸扬扬。脸上打了马赛克的季岚，在电视上说着付丽丽和她的深海公司是如何骗取周冲的两百万，如何把他逼上绝路……

王秀芬看了，直说作孽，却不知女儿也被骗走了巨款。当着她的面，周宁静只是隐忍。

"连我这个老太太都知道天上不会掉馅饼，这些人都疯魔了吧？"王秀芬摇头。

"大概吧。"周宁静扶着头进屋。

一石激起千层浪，深海公司涉嫌诈骗的事便这样传开了，公安局和工商局则迅速成立了专案组。周宁静一回到公司，就被迈克叫到一边，原来，专案组的人已经在等她。

专案组的人一走，迈克就来到了周宁静办公室。

"特别好笑，是么？"她抬头，眼里蓄着泪。

她本来还想瞒着这事，不愿意被公司里的人知道，如今看来，是再也瞒不住了。

迈克坐下："没人会笑你。哪有那么多人关注你、关心你？每个人都有自己的生活，大家自扫门前雪都来不及，谁有工夫管你。"

"那你也别管我，让我一个人待着。"

"我不能不管你。"

"为什么？"

他笑了："不由自主。"

此刻，周宁静觉得自己在迈克面前已经无处躲藏，她的虚荣、她的面子，包括她的尊严，都在付丽丽的这场骗局里荡然无存。

她搓着手："我能熬过去的。"

"如果仅仅是因为钱，我可以帮忙。"迈克像在说一件稀松平常的事。

"不，不用了！"她连忙站起来，摆手道，"我真的不需要。"

"好、好，既然你觉得不需要我帮忙，我也不强求。这样吧，你可以打个申请，预支三个月的薪水，聊胜于无。"

"好……谢谢你，迈克。"

"你干吗老是跟我说谢谢？"

"那是因为你总是在帮我。"

"对了，香港之行你再考虑考虑吧，机会难得。"

周宁静摇摇头："我这种情况，就是去了，恐怕也没心情。"

"好。"

迈克看着面前这个女人。她对他的示好总是故作不知，甚至还有那么点不识好歹。但不知为何，他对她的感觉却变得更加浓烈。他总能想起在她父亲追悼会上，一身缟素的她显得凄楚动人，当时，他暗暗告诉自己，他要让她快乐起来。可是，另一面，因为她的已婚身份，他竟觉得自己面目可憎。

周宁静从财务那里支取了三个月工资，先是去了周宁海那里。

周宁海早就得知堂妹受骗的事，除了责备她无知，少不了几句宽慰。

"致远的公司最近接了个大单子，好像是美食城的项目。哥，你放心，钱我们一定会一分不少还给你的。这是利息，你先收着。"周宁静递过一叠钱。

周宁海一笑："我在你眼里竟是这样的？"

"没有……"

"收起来！"

周宁静满脸通红，羞愧难当。

周宁海叹息："是，这次你确确实实是犯傻了，付丽丽这骗局一点都不高明。可人这一辈子，谁还没个犯傻犯错的时候？你记住了，你不欠我什么，更不欠方致远的，就冲你为他付出的这些年，现在他为你做任何事，那都是应该的，记住没？"

见周宁静不说话，周宁海又道："听哥一句劝，买学区房固然没错，但也要量力而行。对孩子来说，最好的教育并非来自学校，而是家庭。家庭稳固的基础和前提没有别的，就一点，夫妻的感情一定要好。当初我跟你嫂子离婚，也想过孩子的问题，也纠结过。可是我后来一想，孩子要是成长在父母不睦的家庭里反而更糟。你要真的为孩子想，当务之急不是买学区房，而是修复你和方致远的关系。"

"哥，我明白了。"周宁静欲言又止。

"唉，你真的能明白吗？"

离开律所，周宁静顺路来到旧时光。

她一进门，就看到了海莉。

海莉看起来精神状态不错，她和明杭似乎正说着话，见周宁静来了，连忙迎了上去。

"宁静！"海莉一把抱住了周宁静，"你还好吧？"

想来，海莉也知道自己被骗的事了。

周宁静拍拍她的背："我没事。"

不多时，海莉便端了一壶咖啡过来，明杭又给她们加了一个果盘、几碟干果。

"你们俩聊，我还要去趟医院，看看我爸。"明杭道。

海莉忙道："对了，你别忘记设计新菜单，把新出的简餐做上去。"

"我知道，"明杭无奈一笑，"这事你今天都提醒我八回了。"

等明杭走了，海莉对周宁静道："我发现这附近有不少写字楼，就想到推几样简餐，搞点什么促销活动，或者和外卖APP合作，能卖多少是多少吧。就靠卖咖啡，一天到晚能有几个客人？不怕你笑话，十个手指头都数得过来。再这么下去，明杭怕是连我的薪水都发不出来了。"

"海莉，我发现这段时间你跟变了个人似的。"

"大概是我终于找到自己喜欢做的事了吧。"

海莉说着，从口袋里掏出一张银行卡："这个你收着。里面没多少钱，你先拿着用。"

"我怎么能要你的钱！"

"是我借你的。"

"不用。我很感动，但是，真不用。"

"这么说，你还是没把我当朋友？"海莉脸上略有些失落。

说真的，这些年，周宁静几乎没交过什么朋友，她的那些女同事似乎人人都有自己的闺密圈，可是她没有。以前，她也从不以为海莉是自己的朋友，她们俩无论在性格、爱好，各个方面都不够投契。说得难听点，周宁静觉得海莉和自己不是一个层次的人。

"海莉，我不是这个意思。你现在也挺难的，钱的事，我和致远会想办法解决的。"

海莉见周宁静执意推辞，也不好再说什么了，只道："那好，等你需要的时候随时问我拿。"

"好。"周宁静红着眼眶。

"一切都会过去的。"

"嗯……"

第十七章　云何降伏其心

《金刚经》里有句话,"云应何住,云何降伏其心",我很喜欢。人终其一生,总是在寻找答案。却不知……无所住,是福分,有所住,是痛苦。

1

离开旧时光咖啡馆,周宁静去了家附近的菜市场,选了几块牛腩,打算给方致远炖汤喝。可她还没走出菜市场,就接到了他的电话,说公司有事,晚上他得加班。

方致远正为美食城的单子头疼。他们和厂家在对接上出了问题,整个生产、安装的流程都要延后了。而和厂家对接的工作正是叶枫负责的,方致远本想数落她,到底没狠下心。叶枫摸透了方致远的脾性,更是一味说软话。此刻,他们正在公司开会,得想办法加快进度,有必要的话,方致远还想直接去一趟厂家。

炖好牛腩汤,周宁静心里愈想愈不是滋味,耳畔不免回荡起了周宁海跟自己说的那些话。也许,堂哥说得有道理,当下对她,对这个家而言,如何修复夫妻关系才是最重要的。方周子眼见着一天天长大,孩子懂事了,况且又遗传了他们俩的敏感,父母的感情好不好,孩子是能够察觉到的。

周宁静如是想着,便装了些牛腩汤,打算送给方致远。她到那边的时候,小于已经走了,就剩方致远和叶枫。

方致远蓬着头,还叼着烟。叶枫呢,穿着紧窄的长袖呢子连衣裙,墨绿色的,衬得她的肤色愈加白皙,一头长发拢到左侧胸前,风情万种。两人盯着电脑屏幕,靠得很近。

见妻子来了，方致远顺手掐了烟："你怎么来了？"

周宁静晃晃手里的保温罐："给你送点吃的。"

"嫂子，你对方总真好。"叶枫抚了下裙摆，一脸微笑。

电话铃声从方致远办公室传来，他招呼周宁静坐下，转身去了办公室，外间便只剩周宁静和叶枫。

"嫂子，听说你这几天身体不舒服，怎么样，好点了？"叶枫问道。

方致远倒是什么都跟叶枫说。

周宁静略有不快，却也只是笑着："好多了。"

"钱财都是身外之物，身体才是最重要的，你要多保重。"

周宁静缓缓坐下，脸色已经不太好。

叶枫端了杯水过来："嫂子，喝水。"

"不用了。你们挺忙啊？"

"是啊，还不是美食城那个单子。不过，这事怨我，我和厂家沟通的时候，出了点问题，现在，我和方总正在想补救措施呢。拿下这个单子不容易，中间还有方总的人情，要是搞砸了，他跟老同学也没法交代。"

"什么老同学？"

"菲斯特的老板娘，她跟美食城的胡总关系不错。"

周宁静抓过水杯，紧攥在手里，一言不发。

方致远从办公室出来，一脸兴奋，对叶枫道："好消息，厂家那边答应在安装环节加快进度！"

"太好了，这样一来，我们就能赶上工期了！"叶枫也很高兴。

周宁静沉默着，她正咀嚼着刚才叶枫说的那些话。

"方总，既然问题解决了，那要没别的事的话，我就先回家了？"叶枫看了看周宁静，对方致远道。

"你赶紧回家吧。"

等叶枫走了，方致远才想起周宁静的汤，便问："你给我煮什么好吃的了？"

周宁静淡淡道："打开不就知道了吗？"

"不高兴了？我刚才一直在忙公司的事，没顾上你。老婆，我明白，付丽丽那事对你打击很大，可咱们总得继续生活，你不能老是这样。我也想早点回去陪你，但公司这边实在走不开，请你理解一下，好吗？"

"我能理解你。我理解不了的是，为什么公司的业务，要她柏橙出面帮忙？"

方致远舔舔干涩的嘴唇："她确实帮了大忙。我不告诉你，是怕你多心。"

"还有什么是我不知道的吗？"

"你还想知道什么？接下来你是不是又要说离婚了？"

"是你想跟我离吧。"

方致远点了支烟："宁静，你以为世界非黑即白，非爱即恨，但很多事情，是说不清楚也不需要说清楚的。"

"比如呢？"周宁静站起来，看着丈夫。

"我不想说，说了太伤感情。"

"要是不说，会更伤感情。"

方致远吐了个圆圆的大烟圈："迈克帮你，就是上司对你的赏识。柏橙帮我，就是我和她之间有什么。这就是你的逻辑，对吗？"

"你……"

"我不说，不代表我不知道。我装傻，只是为了我们彼此都过得去。"

"你太过分了！"

"我再过分，没有带着上司去参加同学的生日派对，没有当着人卿卿我我。"

周宁静抬手，伸向方致远的脸。

方致远没躲，扔了烟头，凑了过去："来！"

"太可笑了！方致远，你怎么会变成这样！"

"是你变了！你也变了！"

"我没有！"

"我都装糊涂了，我都睁只眼闭只眼了，你还想怎么样？你被付丽丽骗了，我非但没怪你，还在想办法给你擦屁股，你到底还想怎么样！"

"啊！"周宁静操起桌上的保温罐，狠狠砸向方致远。

等两人反应过来，方致远的头脸上全是热汤。

方致远捂着脸，蹲在地上："周宁静你疯了！"

②

陆泽西公寓,方致远匆匆进门。

陆泽西正和老巴喝闷酒,见方致远脸上有烫伤的水泡,两人都惊着了。

"怎么会弄成这样?"陆泽西忙问。

"你问周宁静去,她疯了!给我倒点酒!"

"还喝什么酒,走,现在就去医院。"老巴拉扯着方致远。

"我不去!我都想好了,离吧,离了对彼此都是个解脱……"

陆泽西叹气:"还没到那一步。"

这些天,陆泽西心里也不好受。

两天前,陈墨离开了冇城,给他留下一个又一个僵局。

没有陈墨首肯,HL的收购难有进展。

没有陈墨坐镇,西亚陷入新的混乱。

没有陈墨陪伴,浑蛋会变得更浑蛋。

陈墨终究是像潘瑜、林子萱那样,离开了他。

他欣慰,却又辛酸。

如此种种,竟不能道,亦不知跟谁道。

"喝吧!"陆泽西从酒柜里搬出好几瓶酒,放到方致远面前,"谁不喝趴谁是孙子!喝啊。"

周宁静跟跟跄跄从出租车上下来。

直到手机响起,耳畔传来周子奶声奶气的说话声,周宁静才强打起精神,慢慢走回家。

"致远呢?怎么没和你一起回来?"王秀芬问道。

"哦……"周宁静拢拢头发,"他出差了。"

周子抱住妈妈的腿,"我想爸爸了,我要爸爸回家。"

周宁静无奈,蹲下身子,摸摸女儿的头:"乖。"

周子嘴巴一扁,就要哭。

"来,周子今天跟妈妈睡,妈妈给你讲故事好不好?"周宁静安抚着孩子。

"妈妈也累一天了，应该让她多休息。"王秀芬道。

"妈，你早点睡吧，晚上周子跟我。"周宁静抱起了孩子。

父亲去世后，母亲日渐苍老，她实在不忍让她替自己操心。

身侧，女儿睡得香甜，床头还摊着故事书，书里，是王子和公主的童话。

很多很多年前，当方致远答应和自己交往，接受她告白的那晚，她也以为自己是那样一个公主。玛丽苏的情怀，却早已随着不算漫长的婚姻生活消亡殆尽。

难道，他们真的要走到那一步吗？

她打开了抽屉，拿出存放结婚证的盒子，却发现，里面空空如也。

方致远一夜未归。

次日，周宁静刚到新百嘉，就被迈克拉上了车。原来，总部来了个分管运营的刘总，由迈克和周宁静出面接待。行程满满当当，两人带着刘总，把有城的几个景点都逛了一遍，最后到了净水寺。

晚餐安排在寺内的餐厅。看着满满当当的素斋，周宁静惶惶难挨，想起不久前，在那个私人会所，付丽丽曾带她吃过这样的素斋。也就是那次，她听黄姐说起付丽丽的项目，这才动了心。六十万，对有钱人来说，不过是个数字。但对她而言，是一套学区房的首付，是周子的未来，是她和丈夫爬到上一阶层的梯子。

周宁静借故走出餐厅，夜色如水，白天看来巍峨的庙宇，此刻更是肃穆异常。她立在一个香炉旁，仰头望天。

"宁静，你有信仰吗？"是迈克的声音。

她并未回头，只道："没有。"

"《金刚经》里有句话，'云应何住，云何降伏其心'，我很喜欢。人终其一生，总是在寻找答案。却不知……无所住，是福分，有所住，是痛苦。"

烟尘循着月光飞扬，她伸手去掬："有时候我会想，我就是这样一颗微尘。"

"谁又不是呢？"

"可我不懂，既然都是微尘，为什么还要分三六九等。难道，一颗微尘还能比另一颗更高贵些吗？迈克，我不过是想过更好一些的生活，我到底做错什么了?"

"有些事,你不能去分对错。"

"方致远也这么说。迈克,我该怎么办?"她转头,注视着他。

他微笑:"听从你的内心。"

菲斯特餐厅,包厢内,方致远的对面坐着柏树林和胡总。

这柏树林便是柏橙的父亲,说起来,美食城这条线,还是他给牵的。

"叔叔,我再敬您一杯。"方致远道。

柏树林并未举杯,只道:"客气了。听柏橙说,你们是老同学、老朋友。"

"是。"

"你应该成家了吧?"

方致远点头。

柏树林皱眉:"柏橙的个人问题一直都没解决,你们既然是那么好的朋友,你也应该上上心。"

"那是当然。"

"小方,你有勇气白手起家,我很佩服。可是人生呢,除了勇气,还需要机遇。一辈子,说短不短,说长也不长,但机遇这东西吧,它可遇不可求,转瞬即逝。事业也好,感情也好,以前选错不要紧,现在机会来了,你得……"

柏橙推门而入:"爸,你又在说醉话了?"

柏树林讪讪:"小方是聪明人,知道我在说什么。"

"叔叔说得没错。"方致远笑道。

饭后,柏树林支使柏橙,非要让她送方致远回家。

车内,柏橙道:"不管我爸说什么,你都别放在心上。"

方致远已有几分醉意:"我觉得叔叔说得很好,我以前选错了,真的选错了……你这是要去哪儿?"

"送你回家。"

"我不回家!"

已是深秋,方致远和柏橙立在舟江边的码头,有风刮过,微微刺骨。

酒精让他迷乱,却也让他清醒。

"你的脸?"柏橙早就看到了方致远脸上的烫伤。

"我和她又吵架了。"

"是她弄的？"

"这不重要。"

良久的沉默后，他才道："大二那年，我找过你，只是，杭州比我想象得要大。"

她愣住了。

他又道："其实，如果我真的想要找到你，再大都能找到。我害怕了，动摇了，更不知道该怎么面对你。柏橙，大学生活跟我想象得完全不一样，我真的太孤独了。我试着融入，却因为各种原因，被排挤，被看不起，那个时候，陪在我身边的只有宁静。"

"我懂。"

"我们错过了。"

"是，我们错过了。"

"还记得咱俩在街上遇到那次吗？你陪安汶去找周宁海那次。"

"记得。"

"那天，公司发生变数，我正不知是去是留，走到街头，就看到了你。你就像现在这样，安安静静站着，站在一棵三角枫下。枫叶新绿，一切看起来都充满了希望。有那么一瞬间，我觉得你的回来是我庸常生活中的惊喜，也是一份礼物，一份我不会去打开，也没资格打开的礼物。"

"致远，别再往下说了。"

"我也骄傲过的。十几岁的时候，总以为自己无所不能，甚至可以改变这个世界。到头来，却发现我连自己都改变不了。哎，你知道冇城为什么叫'冇城'吗？冇城的'冇'字，它是虚无、是荒唐，是原本就不存在的所在。而我方致远，不过就是游走在虚无里的皮囊，没有人会在意我的存在。"

"我在意。"柏橙仰头，看着方致远。

不远处，一辆车内，车窗半敞，副驾驶座上，有个女人正看向这边。

"要下车吗？"开车的是迈克。

周宁静扭头："不用了。"

她和迈克从净水寺出来，经过江边，看到了方致远和柏橙。

"宁静……"

"我没事。以后，我都会没事。走吧。"

"好。"

深夜，柏橙车内。

落起一场雨。

可方致远明白，困住他们的并不是这场雨，而是车外的一切。

他看着她娇俏明媚的侧脸，伸手，轻轻扣住了她的下巴。

她扭脸，看着他，像一只眼里藏着秋水的小鹿。

他靠近她，闻到稀薄却足够吸引他的玫瑰花香，来自她的身体。

"柏橙。"他叫她，声音又轻又软。

"我在。"

他抱住她，狠狠地："我想你，柏橙。"

"致远……"她低头。

他伏身向前吻她，她松松软软地瘫在了驾驶座上。他扶住她，一手抱定她的脑袋，一手将她的身体拽过去。是的，拽过去。之前的粗暴变得有些温柔，却恰到好处。她的嘴唇比他所想象的更为柔软，羊脂般凝滑，带着一丝甜一分香。唇瓣辗转缠绵之时，她变得如此笨拙，只是紧紧抓住他的双臂。紧紧地，又怕自己的指甲弄疼他。她无计可施了。而他，早已经血管扩张，血液奔涌。

他能听到她低低的试图克制了的喘息，他把她拉到自己身上，再度吻她。两个人交叠在一起，像是她主动跨坐在了他的大腿上，浑圆的胸部正对着他的脸庞。他腾出手来把座位后移了一些，她闭着眼睛，知道会有什么降临。他摸索着她的身体，她像温顺的小羊任他摆布。黄色短风衣被扯开了，黑裙子的领口被拉开了，他的胡茬滑过她的皮肤，像有一枚枚细小的针在她的皮肤上刺绣。如果有些疼，也是这般的心花怒放。

"对不起，柏橙，我们不能……"他止了动作，静静抱着她。

他已经不记得自己是怎么从柏橙的车上下来的，他感念她未变的情分，可是，也只能停留在感念。他不顾她的啜泣，到底还是先撒开了手。

万般不舍，终究只能到此为止。

雨停了，天空光洁如黑镜。方致远提着一瓶酒，走在昏黄路灯下，偶有行人路过，他们和他一样，像是这座城市的主人，却又只是过客。

他往后仰倒，沉沉睡去……

恍惚中，他看到了高中时代的周宁静和柏橙，又看到了大学时代的周宁静和他自己。他和周宁静牵着手，一直往前跑着。跑着跑着，他一回头，却发现两手空空，周宁静早已不见踪迹。

他呼喊着周宁静的名字，远远地，听到她虚弱的回应。他往回跑着，依稀，在一片枫树林里看到了她。他努力靠近，两人近在咫尺，却始终无法触碰。她的身下，是大片大片红透了的三角枫，每一片，都倒映着她的眼神。那眼神，迷离、绝望，却又空洞无比。

"宁静！"方致远发出一声怒吼，苏醒过来，却发现自己已经在公司，躺在他的小隔间里。

"方总，你醒了？"叶枫笑着，递过来一杯水。

"我这是怎么了？"

"你喝多了。"

原来，方致远醉倒街头，清晨被路人发现，翻了他的口袋，发现了他的名片盒，这才拨通了公司的座机。好在叶枫来得早，第一时间接到了电话。

"没冻着吧？怎么喝那么多酒啊？"叶枫的语气里有那么一丝嗔怪。

方致远嘟囔："几点了？"

"还早，九点不到。"

他迅速抓过自己的外套。

"方总，你这是要去哪儿？"叶枫追问道。

周宁静正在给王秀芬和方周子收拾行李。

王秀芬很是不解："今天就去？你这孩子怎么说风就是雨的，我这一点准备都没有。"

"我不是早就跟你说过吗，最近淡季，跟团特别划算，差不多是半价。"

王秀芬半信半疑："是半价，又不是免费。要不你跟旅行社说说，把钱退回来吧。"

"退不了！"

把王秀芬和方周子送到机场，周宁静折返回家，一眼就看到了坐在沙发上的丈夫。

"回来了？"她问。

他点点头："不回来我能去哪儿。妈和周子呢，怎么不在家？"

"给他们报了个团。"

"也好。"

"你是怎么打算的？"

"什么？"

她笑笑，在他对面坐下："你要是没打算，就听听我的打算。离婚协议书我已经拟好了，妈她们一周后回来，在她们回来之前，我们把事给办了。来，我给你念念协议。"

她滑开手机："现因感情不和等原因，双方自愿离婚，经协商一致，对有关事项，依《婚姻法》的规定达成如下协议……"

"别念了！"

"行，那我就简单说一下吧，孩子抚养权归我，你每月支付抚养费两千五，两千五不多吧？当然，你要有异议，我们可以再商榷。另外，房子属于婚后财产，咱俩对半分。那一半，我折现给你，房子过户给我。没别的，就是我们母女几个得有个合适的住处，总不能去挤我妈那套老公房吧。至于车子，明年周子就上幼儿园了，我得接送，它归我。还有债务，我承担我的，你承担你的。"

"一定要这样吗？"

"你要有想法，也可以提。"

"我不想离婚。"

"离婚，没得商量。协议，可以讨论。"

陆泽西和老巴来到医院，代表那帮同学来看周冲。

周冲还未苏醒，一应治疗和护理费用怕是个无底洞。陆泽西在同学群里搞了个爱心募捐，用当下时髦的词，就是"众筹"，群里很快就有人响应。

见陆泽西拍了周冲的照片，说是要发给付丽丽，老巴苦笑："人都跑了，你发这给她有什么用？"

"我总觉得，她还没坏到十恶不赦的地步。"

周冲的新闻，付丽丽也看到了。此刻，她在东北某小县城，窝在旅社里不敢出门。本想去香港的，如今这情况，怕是去不成了。上边的意思是让她先避避风头，到时候自然会有安排。可她很清楚，他们只是敷衍，只是想拿她当替罪羊，她的命运也许跟她在狱中服刑的丈夫无异。如果只是孤家寡人，便也罢了，但她不能进去。她这些年的努力，是期盼着有天丈夫刑满，和他共度余生的。收到陆泽西发来的照片，她心头一颤，赶紧把手机给关了。

看到陆泽西发起众筹，明杭立刻转了两千过去。

见明杭在滑手机，坐在他对面的女人略有些不耐烦："你挺忙的？"

这女人是家里给明杭介绍的相亲对象，比他小两岁。

小楠送了柠檬水过来。

"给我倒一杯。"女人瞥了小楠一眼。

小楠递过去一个杯子，自顾自走了。

"哎，她这什么服务态度！"女人叫嚣。

咖啡馆平时客人不多，常来的又都是老客，这些人对服务都没什么要求，只是想找个清净的地方待着。明杭呢，也确实没抓过服务质量这一块。

明杭只是陪笑："我给你倒吧。"

"不用！你把她给我叫过来！"

"算了吧，多大点事。"

女人更来劲了："她以为自己是谁呢，不就是一个小服务员吗？"

"我给你倒不是一样吗？"

"不一样！"

吧台内，海莉听到女人的说话声，推了小楠一把："去吧，服个软，今天你哥相亲呢，给他个面子。"

小楠冷笑："她配得上我哥吗？"

海莉无奈，朝明杭他们走去。

"女士，抱歉，我这就给您倒水。"

女人抬头："你又是谁？刚才那小姑娘呢？"

"小姑娘脸皮薄，我代她向您道歉。"海莉一边说，一边给女人倒水。

女人一下站起，手一挥，杯子掉落在地。

明杭再也坐不住了，立刻站起身："招待不周，这边请，慢走不送。"

"明杭，你别这样。"海莉试图打圆场。

女人拎起包，气呼呼走到门口："不用送！"

待女人走出门去，海莉对明杭道："你这是干什么？有什么不能好好说的？"

"就这样的，别说结婚了，就是交朋友，我都不乐意！"

"她说得也没错，咱们这的服务确实有待改进。"

"那也不能得理不饶人吧？"

"你们这才第一次见面，不能就这么下定论。"

"你别劝我了。相亲这事，对我来说，本来就是赶鸭子上架。我爸的情况你也知道，要不是他，我真的不会跟这种乱七八糟的女人见面。我就不信，找个自己喜欢的人就那么难。"

"总能遇到的。"

"也许吧。"他抬眼，刚好对到她的视线。

两人都迅速转头。

"那什么，明杭，我今天要早点下班，回趟家。"

他蹲到地上捡玻璃碎片："哦，你去吧。"

自从上回和余微大闹海家后，海莉就没回过家。但是今天不一样，娘家这边急得火烧眉毛，好说歹说让她回去帮忙解决问题。说起来，还是余微怀二胎的事。因为这事，余微搬回娘家已经有段时间了。

久未回家的海莉刚进家门，就看到餐桌上全是她爱吃的。海平扭扭捏捏让妹妹坐，海国庆又是泡茶又是削水果，张兰端了最后一个菜出来，张罗着让大家入席。

既然来了，有些话还是说开比较好，再说了，亲人之间，打断骨头还连着筋，也没什么不好意思的。那天呢，海莉自己确实也是冲动了，家人的本意总是为她好，只是方式方法不对。

海莉便道："那天呢，我说话比较冲，先向你们赔个不是……"

海莉话没说完，张兰就哭了。

海国庆推了张兰一把："女儿好不容易回家，你哭什么！"

"莉莉啊，这事是妈不好，妈不该给你瞎张罗。你要真的不想复婚，妈也没意见。只要你过得好，妈怎么都成。"

看到老妈哭，海莉心里也不是滋味。

"嫂子那边，我们再想想办法吧。"海莉道。

海国庆叹气："唉，我跟你妈是急得没主意了。"

"这解铃还须系铃人，嫂子之所以这样，我哥要负很大的责任，这个事呢，也只有他能解决。"海莉看着海平。

海平挠头："只要她能回来，只要她答应生下这个孩子，我怎么都行。"

"你看，一听这话，你就还是没反省。"

"我有什么可反省的？"

"你要真想让我帮忙，就先把你这脾气改改。嫂子说你不够关心她，人没说错。"

"那我不是忙嘛。"

"白天你在店里忙，嫂子能理解，可到了晚上，你天天跟你那群狐朋狗友喝酒、打牌，那也叫忙？"

海平低头。

张兰插嘴道："男人哪能没个应酬……"

海莉摇头："妈，我哥这样，一多半就是你惯的！"

"莉莉，我可是你妈，你这胳膊肘怎么老往外拐！"

"看，问题就出在这，什么叫胳膊肘往外拐，你这就是没把嫂子当自家人。这都解放多少年了，还老封建老思想，觉得儿媳妇是外人呢！要按这说法，你也是海家的媳妇，那你也是外人啊？"

"莉莉！"海国庆咳嗽。

海莉笑："妈，你要还是跟原来一样，嫂子就算是回来了，家里照样鸡犬不宁！哥，你往后也少装糊涂，老妈和老婆一吵架你就往外躲，算怎么回事啊。"

海国庆板着脸，对海平："还是你妹明事理。"

海莉看了海国庆一眼："还有你！"

"和我有什么关系？"

5

海莉笑看着海国庆："和你关系大了。你一直把我哥当小孩，撒不开手！你说你也这把年纪了，种种花遛遛狗，爬爬山跳跳舞不好吗？这五金店的生意能不能放手交给我哥管？我哥之所以没担当，就是因为他知道他头上还有你呢！难不成你还能管他一辈子？"

"就是，上回我说要扩充店面，爸非不同意！"海平接嘴。

海国庆为难："那我不是不放心嘛。"

"有什么不放心的！"海莉道，"他已经成家了，有了自己的小家庭，事业上，也应该独立。我再多句嘴，等那边的新房装修好，就让哥嫂他们自己去过吧。"

"行！"海国庆举杯，"莉莉真的长大了，不一样了，爸全都听你的。"

海平讪讪，对海莉："这些道理，你干吗不早说啊？"

"早我也没离婚呀。"

余微本不肯见海平，碍于海莉的面子，到底还是见了。

海莉进到余微的卧室，看到床头柜上放着叶酸和孕妇钙片，一下就乐了。

换了以前，海莉未必能理解嫂子的无理取闹，可是现在的她，却很能体会到嫂子的心境。如果说嫂子是海莉，海平不就是老巴吗？在那段失败的婚姻里，海莉苦苦追求的不就是老巴的体恤和理解吗？

"你们俩聊吧，我先出去了。"海莉要走。

余微一把拉住她："你在这，我安心。"

"也行。今天咱们是奔着解决问题来了，你们俩都控制一下情绪。"

海平点点头，便开口道："微微，刚才在家，我妹已经说过我了，我身上确实有很多毛病。"

"你哪有毛病啊，你好着呢。"余微讥讽道。

海平垂着脑袋："这个孩子要不要,由你来定。咱还年轻,以后再要也不迟。"

余微诧异。

海平继续说着："只要咱俩好好过日子,比什么都强。我和爸妈商量过了,明年初,就开始装修新房,等装好了就搬过去住,就咱俩。"

"真的?"余微不敢相信。

"我知道,结婚前你就想着婚后能过二人世界,那套房子早就该装了。爸说了,房子过两天就过户给咱俩。"

"我也不是为了那套房子,就是心里堵着一口气……"

海莉悄悄离开卧室,顺手带上了房门。

半小时后,哥嫂前后脚走了出来,海平手里还提溜着余微的行李箱。

余微撇嘴:"算了,日子还是得过嘛。"

海平红着眼,却是一脸兴奋:"你嫂子说,这孩子我们要。"

"我早知道了。"海莉小声嘟囔。

看着哥嫂重归于好,海莉不无感触。待她独自回到空荡荡的住处,头一回感到了深切的寂寞。

也许,接下来的几十年,她剩余的人生,寂寞会是一种常态。

复婚?孩子还在肚子里的时候,她确实有过这念头。但不知为什么,失去孩子后,她整个人突然通透了。老巴又是道歉,又是送车,希望和她复婚,她却一点都不为所动。因为她知道,老巴仅仅是因为愧疚。她要的不是他的愧疚。

好好工作吧,现在,工作便是她唯一的寄托了。如果可以,她希望通过自己的努力,协助明杭经营好旧时光。

这时,她的手机响了,是周宁静。

周宁静说,她要和方致远离婚了。

以前,海莉总觉得周宁静无所不能,一直拿她当偶像。

还记得海莉刚和老巴结婚那会儿,要不是周宁静暗示她女人要有自己的工作,此时的海莉大概早就和社会脱节了。

"静姐,你在哪,我来找你。"海莉有些不安。

手机那头,周宁静的声音听起来有些疲惫:"我累了,想休息几天,你别担心。"

周宁静确实累了，六年的婚姻生活，每一天她都不敢放松。

现在，她终于可以好好睡一觉。

她和方致远已经说好了，等他到齐镇，从于大敏手里拿回他们的房产证、结婚证和户口本，他们就去办手续。

其实，发现这些证件凭空消失的那一刻，她就知道是于大敏干的。

婆媳一场，她对于大敏谈不上喜欢，也始终亲近不起来。

但她仍然记得，她和方致远结婚那天，于大敏拉过她的手，说儿子是个有福的，说会把她当成亲闺女。

"往后有什么委屈，尽管告诉妈。"于大敏笑着。

她还记得坐月子时，于大敏执意要她用晾温的沸水洗脸、擦身，说月子做好了，才不会落下病根。她别别扭扭地背过身体，喊着王秀芬，她不习惯被有些陌生的于大敏触碰身体。

于大敏端着碗，像哄小孩似的："快喝吧，知道你不喜欢油腻，这鸡汤里的油我全都撇干净了。"

于大敏是真的想过要把周宁静当闺女的，可是她呢，她周宁静又做了些什么？她害怕自己和方致远的生活被毁坏，一丝丝都不行，她担心自己处理不好婆媳问题，亦不想徒增烦恼，便只是远着于大敏。这一远，就是六年。要是告诉于大敏，我远着你，是因为太爱你儿子，她一定觉得很费解吧。

周宁静以为，爱是所向披靡，爱能抵挡入侵。可她不知，这样的爱，竟是一把双刃剑。

她沉沉睡去，又遇到了少年时代的方致远。

他挂着充满感染力的笑容，特别阳光。他的身边，站着同样在笑的柏橙。

他们俩总是靠得很近，也总是旁若无人，就好像他们身边所有人都只是背景，包括周宁静。

我不要再当谁的背景了。

她在梦里，这样告诉自己。

第十八章 无不散之筵席

这世上哪,好多职业都需要持证上岗,可是好奇怪,偏偏"父母"这职业,它既没有门槛,也无须培训。

陈墨一手扶着窗台,一手拿着水杯,看着夜色里的冇城。

陆泽西站在她身后。

她穿着薄薄的贴身针织裙,裙子勾勒出姣好的曲线。

有着麦色皮肤和紧实腹肌,果敢、毒舌的陈墨,她和一脸魅惑的潘瑜不一样,她和一脸青春的林子萱也不一样。这一点,是陆泽西此刻才发现,早该发现,却又不该发现的。

那个晚上,他切切实实拥有过这具身体,以及身体里并不失趣味的灵魂。

只是,拥有,或许也意味着失去。

"知道我为什么一直喜欢住酒店吗?"陈墨突然道,"酒店就是酒店,没有家的感觉。没有家,就不会留恋。再好,也不会。"

陈墨在冇城并未购房,也不租房,她常住的正是这家酒店。

陆泽西走到她身边,也看向窗外。

远方,目及之处,冇江把城市分成两半,无数高楼林立在江边,星光、灯光、水光连成片,是一幅华彩的油画。

"像不像海市蜃楼?有时候吧,我晚上睡不着,就站在这一直看。到了早上,江上传来汽笛声,天蒙蒙亮,又是另一番景象。"她道。

"这些天,你都去哪儿了?"

"这不重要。重要的是,我回来了。"

"你当然得回来,一堆事等着你来处理。"

"有什么规划?HL收购西亚后,你拿到你那份,怎么安排你的半退休生活?"

"还没想好,不过,我很期待。"

"让我猜猜。换一套更大更好的房子,再装一套最贵的卫浴,然后,躺在你的按摩大浴缸里,把自己泡成一个活死人?"

陆泽西笑出了声:"可以考虑。"

"到底哪个才是你?"

"这就是我。浑蛋、无耻、莫名其妙、浑浑噩噩。"

"你说,那些来我们西亚整容的女人,她们为什么不惜在自己脸上动刀?"

"为了漂亮。"

"不对,是厌恶。她们厌恶自己,然后用这种办法,给自己戴上了一张面具。她们总以为,改头换面后,销毁所有以前的照片,就能获得新生。可是,和过去诀别,真的靠销毁几张照片就可以?我们俩,其实和她们一样。"

"我听不懂你在说什么,"陆泽西转身,"是否接受收购,我尊重你的意见。如果你同意,我们就尽快跟齐老谈判。如果你不同意,我可以选择离开西亚。"

"哦……"陈墨笑着,凑近陆泽西,"我就想问,你凭什么认为我的人生姓齐的能为我做主?"

"你都知道了?"

"是,我都知道了。"

"他说得没错,你有更好的未来。"

"我的未来,不需要他给,更不需要你给。今天我想告诉你,陆泽西,你不用躲躲闪闪,你决定不了我的幸或不幸。我已经摘下面具,接纳自己,你也应该这样。如果你摘不了,我帮你。"

说完,陈墨踮脚,揽住陆泽西的脖颈,仰头,覆上他的唇。

新百嘉,周宁静办公室内。

她揉了一下有些酸涩的眼睛,看了眼桌上的台历。

再过两天,就是她给方致远的最后期限。

这些天，他一直没回家，她也一直没过问。放下，并没有她想象得那么难，离婚这个决定也是。至于离婚后的生活，她还来不及想太多。从周宁海那里，她听说过各种版本的离婚故事，似乎每一种都比她的要奇葩。普通，在有些时候，也不失为幸运。不然，她真的很难想象自己和方致远对簿公堂、撕破脸皮的情景。

周宁静本想多请几天假，无奈迈克去香港了，运营部大小诸事都需要她来协调、处理。这个副总监的位置，爬上去不算难，要想坐稳当了却也不易。平日里，只看迈克一脸无畏、一身轻松，如今才知那是他的举重若轻。

这个地方，早已不是故步自封的有城百货公司，它是野心勃勃的TW集团的新百嘉。周宁静在有城百货学到的那一套，已不再适用。所以，她必须比别人付出更多，比如迈克。

敲门声响起，周宁静微微诧异，只道："进来。"

是迈克。

"你不是在香港吗？"

"公司这边临时有事，我就赶回来了。这几天虽然我人不在这，可没少听人说，说周总监跟打了鸡血似的，天天埋在办公室里加班。"

"购物节快到了，我想尽快拿出线上活动方案。"

迈克拉开椅子，在周宁静对面坐下，从随身的包里掏出个盒子："给你。"

"这是？"

"一块表。"

"我不能要。"

"这块表，没别的意思，你也别有任何压力，只是为了提醒你过好当下每一天。"

周宁静犹豫着。

迈克又道："我刚回国那年，独自背着包去了不少地方，有次我到了一个叫龙泉的小城，那里盛产青瓷。我对一只造型流畅、釉色如玉的纯手工茶壶很感兴趣。制瓷的匠人告诉我，火和泥的融合其实并不可控。也许，青瓷最大的魅力就是这种不可测。宁静，这何尝不是我们的生活，什么都可能会变，什么都可能在变，不变的就只有流逝的时间。"

"一块表,你都能说出这么些大道理来?"

"如果不讲道理的话,我就是单纯觉得你戴上它会很好看。"

待回家,周宁静才打开包装盒。

表盘小巧、表带纤细,她听到了走针轻微的嗒嗒声。这声音一下下敲击着她的耳膜,是的,这是块好表。和她的处境极不相称的一只表。

她细瘦的手腕上也有块表的,这块表,还是她怀孕后,方致远托朋友从国外带回来的。表盘磕破过,又因过了保修期,咨询了换表盘的费用,她一阵肉疼,且把这事搁置下来了。那个细小的瑕疵,其实只有她自己能看见,却又不能忽略。

方致远确实回齐镇了。

他没想到,远嫁东北的妹妹方清云也在齐镇。

话说这方清云,因二胎问题,和婆家闹了别扭,本想回娘家散散心的。她一踏进家门,连口热茶都没喝,就被爹妈连番"审讯",大有不说实话就撵她出门的意思。

于大敏看着粗糙,却是个心思敏锐的。不过年不过节的,女儿回娘家了,而且还是一个人来的,这里面肯定有事。小夫妻嘛,除了吵架,还能有别的?加上早前和亲家沟通过,双方达成一致,是要方清云抓紧时间生二胎的。

亲家有着东北人的爽直,在电话里跟于大敏拍板,只要方清云愿意生二胎,他们家会为她创造一切条件。有困难,克服困难也要上;没困难,创造困难也要克服。

看方清云垂头丧气回家来的模样,于大敏的第六感告诉她,这怕是有困难了。

果不其然,跟亲家通了电话,那边扭扭捏捏,没了一贯的爽直。于大敏再三盘问,才知道女儿这是离家出走投奔娘家来了。

真相大白,于是,审讯变成了教训,方清云不堪忍受。这个节骨眼,方致远回来了,一进门就问齐大敏要结婚证什么的,说是要离婚。

此时的方清云,可谓唯恐天下不乱,对于大敏嚷嚷:"妈你还愣着干吗?赶紧地呀,我们去有城,表明咱家的立场——不能离!"

不顾方致远阻拦,于大敏一面给王秀芬打电话,一面收拾东西准备进城。

等周宁静下班回家,发现一大家子人齐齐整整在等她,于大敏和方富来了,王秀芬和周子也回来了,连方清云都在。到后面,连周宁海都来了,不消说,肯定是王秀芬给他打的电话。看着他们一会儿怼她,一会儿互怼,周宁静竟生出几丝好笑来。

众人唇枪舌剑,却不知方富早就抱着周子,脚底抹油开溜了。

这个小老头,平时话不多,有主意也都放在心里。看到大家吵来吵去,也没吵出个所以然,不免心生一计:事情到了这地步,婚是非离不可了。于大敏不说了吗,房、车什么的也重要,但最重要的是孩子!只要把孩子给带走了,不就万事大吉啦?

本想和于大敏商量,但哪有这时间?方富抱着熟睡的方周子,悄无声息溜了出去。他脑子里有个还未成形的计划,不过,他初步打算先找家宾馆住下,到地方了再跟于大敏联系。

南方的秋夜,一到街上,就有股子钻透骨髓的冷。方富出来得仓促,根本没给周子穿外套,周子马上就被风吹醒了,哇哇大哭起来。就在这时,方富发现自己身上没带钱包,这就意味着他没钱也没身份证,哪住得了宾馆啊!孩子哭成那样,方富又穿得有些不修边幅,行人纷纷侧目。他赶紧拿出手机,想给于大敏打电话,这种时候,手机居然没电了!

"喂,这孩子是你家的吗?"有几个年轻人走了过来。

方富忙道:"当然是,她是我孙女!"

"小朋友,这是你爷爷吗?"

方周子不说话,只是哭。

方富急得跳脚:"你倒是说话啊!"

"别是人贩子吧……"年轻人们嘀咕着,有人掏出手机就要报警。

方富吓得不轻,连忙往前跑。

他这么一跑,显得更可疑了,那几个人也紧跟着追了过去。

孩子不见了,方富也不见了。周宁静笃定这是丈夫的阴谋,方致远百口莫辩，又觉得憋屈，便和周宁静吵了起来。

周宁静这就要报警，于大敏夺了她的手机，便倒地撒起泼来。

方清云觉得很丢人，劝了几句，于大敏一看方清云这样，就更加悲痛了，指天骂地，一会儿说方致远兄妹俩不孝，一会儿求周宁静，要她别报警，要她别离婚。

王秀芬头都裂了，和周宁海两人大眼瞪小眼。

方清云把周宁静拉到一边。

"嫂子，都是我不好，我不该怂恿我妈来这的……"方清云自责，"不过我敢保证，我爸只是一时糊涂。我爸说什么都是周子的爷爷，不管他们现在人在哪，他一定会照顾好周子的。"

周宁静看了方清云一眼："我看你们家，也就你明事理。那我问你，你觉得你爸会把孩子带去哪儿？"周宁静问道。

"这么晚了，早就没有去齐镇的班车了，他肯定会先找个地方住下来……"

"住什么住！"方致远拿着方富的外套走过来，从外套里掏出钱包，"钱、身份证都在这，他怎么住？"

"那……那怎么办啊？"方清云傻眼了。

"怎么办！找！我今天就是把冇城翻个底朝天，也要把周子给找到！"周宁海说完，拉着周宁静就往外跑。

方清云推了方致远一把："还不快去！"

孩子是柏橙找到的。

陆泽西等人在微信群里发了消息，贴了方富和周子的照片，柏橙转发到朋友圈，刚好被她店里的几个服务员看到。

这几个服务员就是之前方富在街上遇到的那些年轻人，他们已经抓住了方富，正准备扭送他去派出所。还说孩子哭个不停，像是在发烧。柏橙一听，这种情况，到了派出所还了得，忙让他们先稳住方富，把这爷俩先送到医院。她本想直接给方致远电话的，又恐再生是非，便通知了陆泽西，让他转告。

柏橙到医院急诊室的时候，方致远他们还没赶到。她在医院跑前跑后，又是交费，又是带孩子化验什么的。

"伯父,医生说了,周子是肺炎,要住院,手续我都办好了,过一会儿,致远他们就会到……"柏橙安慰着方富。

"唉,谢谢你了姑娘,你叫什么名字,给我留个电话,回头我好让我儿子来谢你。"方富很是感激。

"她叫柏橙,是我们的同学。"说话的是周宁静。

柏橙一抬头,只见方致远、周宁静和周宁海正站在自己面前。

"既然你们到了,那我就先走了,"柏橙说着,把手里的病历、化验报告之类的交给了周宁静,"这些你拿好。"

周宁静顿了顿,追了上去:"你等等!"

"怎么?"柏橙止步。

"我得把钱给你。"

"没事。"

"不,一码归一码,今天这事,你帮了我,我很感激。但是,我不想欠你的。"

"钱,收费单上都有数,你回头微信转给我就行。"柏橙说完,抬腿就走。

周宁静回转身,看到了方致远。

方致远点点头,给了周宁静一个赞许的目光。

周宁静别过头去。

医院急诊室内,周子在打点滴。

方致远和周宁静陪在周子身侧,两人一步都不敢离开。

"要不,你先回去吧,我留在这里就行。"方致远小声道。

周宁静唯恐惊醒孩子,也压低了声音:"我回去?孩子这样,我能回去吗?"

"我说了,这里有我就行。"

"要回你回,我守在这。"

"你怎么老是……"方致远话到嘴边,又咽了下去。

"还不是你爸你妈,你妈藏了我们的结婚证不说,你爸还直接抢孩子来了。你要是不同意协议离婚,可以,那咱们就起诉离婚。"

方致远沉吟片刻,突然道:"宁静,其实我去齐镇前就全都想好了,我答应,协议上的每一条,我都答应。就抚养费这一块,两千五太少,孩子大了,各种花销也会越来越大,这样,你改一下,暂时先改成五千,等我这边条件好了,再添。"

周宁静一愣。

"另外,我会想办法给孩子存一笔钱,你不一直想送她出国念书吗?这笔钱,也应该由我来承担。"方致远继续说着。

"那我先替周子谢谢你。"

"我是她爸爸,不管什么时候,我都是。这一点,不会改变。离婚,我心里确实不愿意,但现在说这些也没意义了。我们俩的日子,自己折腾不够,还让父母们跟着受罪,孩子也受了不少委屈……如果离婚是更好的选择,那就离吧。"

周宁静握着周子的手,沉默着。

"你们还有别的选择。"背后,传来周宁海的声音。

这个晚上,陆泽西在公寓里给陈墨办了个欢迎派对。要不是周子"失踪",公寓里现在应该还在闹腾。他想了很多,但陈墨不许他再想。他实在无法抗拒这样的女人,一直以来,她对他似乎无任何所求,哪怕,他们现在像一对男女朋友,或者,他们已经是一对男女朋友。他让她搬离酒店,和他一起住,被她果断拒绝。

陈墨刚准备离开,方致远来了。

他说,周宁海给他和周宁静提了个建议,一个叫作"试离婚"的建议。

"离婚就离婚,这还能试?"陈墨好奇。

陆泽西滑着手机:"你看,这百度百科上有解释,说这'试离婚'就是啊,在两个人都同意离婚的情况下,不急于从法律上履行离婚手续,在生活上先真正'离'一段时间,给婚姻一个缓冲区,使双方在远离婚姻生活各种内容的环境下,品尝没有'另一半'的滋味,同时也使双方能够冷静地对婚姻进行反思，对他或她进行再认识……"

陈墨拿过手机，看了几眼："要真这样，倒也不错，省得你们俩到时后悔。"

"我同意了，但宁静没同意，"方致远道，"泽西，你这人主意最多，帮我想想办法。"

陆泽西犹豫着："我？周宁静平时最反感的就是我，我说的话，她能听？"

陈墨看了看方致远："这婚，你是真不想离？"

方致远点点头。

陈墨转对陆泽西："试试呗？"

陆泽西挠头。

次日，周子从急诊转到了普通病房后，情况也有了好转。她不哭不闹，一手拉着方致远，一手拉着周宁静，片刻也不松开。就好像一松开，爸爸妈妈就会消失不见。

"你们大人怎么老吵架呀？我不喜欢你们吵架。"周子说着。

周宁静一时被泪水迷了眼："以后再也不吵了。"

周子的眼睛都红了："我不信，你们是大人，我是小小人，你们总不听我的。"

"爸爸听周子的，妈妈也是。"方致远摸摸女儿的脑袋。

"那你怎么老不回家呀，你回家，妈妈就不生气了。"

"周子！"陆泽西抱着一个硕大的玩具熊，走了进来，边上还跟着陈墨。

"大熊！"周子到底还是个孩子，看到玩具，眼里有了光。

看着周子，陈墨想起了儿时的自己。她的母亲是齐老的外室，她也曾像周子，不止一次问过母亲，她的爸爸为什么总是不回家。因为这样，她对婚姻并没有什么期待的。她跟在陆泽西身边，像个观众，看着他这些朋友。如今，从她的视角，聚光灯已经打到方致远和周宁静身上，他们正面临着婚姻危机。而面前这个小女孩，他们的女儿，对此半懂不懂，只是用她的天真揣度。这像极了年幼时的陈墨。

"宁静，我想去趟洗手间，你能带我过去吗？"陈墨问道。

周宁静点头，两个女人走出病房。

陈墨笑着:"周子真可爱。"

"看不出来,你还挺喜欢孩子的。"周宁静道。

"是,只可惜我没有结婚的打算。"

"为什么啊?"

"怎么说呢,我对婚姻这事没什么期待。每个人都有选择的权利。有的人追求现世安稳,有的人只愿享受当下,你就当我是后者好了。"

"也是,不过,你就不怕你爸妈着急呀?"周宁静略有些尴尬,随口接了个话茬。

"我从小就没有爸爸,还有,我妈已经不在人世。"

"抱歉。"

"我小时候总问我妈,爸爸去哪儿了呀。我妈说不出个一二三来,总把我当小孩糊弄。其实,孩子虽然小,可有些事情,她比大人还明白。这世上哪,好多职业都需要持证上岗,可是好奇怪,偏偏'父母'这职业,它既没有门槛,也无须培训。就好像是个有繁殖能力的人,就可以为人父母。"

周宁静不笨,自能听出陈墨话中有话,便问:"你想说什么?"

"你别多心,我只是有感而发,"陈墨又道,"每个人成长环境不一样,对事物的看法也不一样。我是那种自扫门前雪的家伙,除了自己,全世界都不关心。只是,不知怎么,今天看到小周子,想到了小时候的我,话就多了。当然,周子比我幸运,她有爸爸。宁静,这世上每天都有人离婚,不缺你们这一对。想和相爱的人在一起,也许很难,想分开,那不是分分钟的事么?"

"是方致远让你们来的?"

陈墨一笑,不再说话。

不多时,于大敏、方富和方清云来到医院。

方富自知理亏,只默不作声。至于于大敏,看到孙女憔悴的小脸蛋,心里对周宁静再有不满也强压了下来。方清云替父母向周宁静道歉,拍胸脯保证,一定劝说父母,让他们不要再管哥嫂的事。

方致远果断提出马上送二老和妹妹回齐镇，这倒让周宁静有些意外。于大敏自然不情愿，但儿子态度坚决，女儿又敲着边鼓，只望息事宁人。平素极少发脾气、有些"面"的方致远，一旦爆发，还是蛮有威慑力的，于大敏这才答应。

周宁静按照惯常，给二老备了些礼物，让他们带走。反正，他们每次来冇城，她都不会让他们空着手回家。她以往这样，于大敏和方富觉不出什么，儿媳妇嘛，孝敬公婆，怎么都是应该的。可在这个当口，儿子儿媳离婚在即，儿媳的行为，还是颇让他们不是滋味的，半是意外半是感动。于大敏本想了一堆连哄带吓的话要说给周宁静的，周宁静这堆礼物，结结实实堵住了她的口。

方致远开车，方清云在副驾，于大敏和方富在后座，一家子正往齐镇赶。

于大敏一边叹气，一边斥责方富，说他不按常理出牌、不听她的指挥，本来他们是有理的，这么一闹，反变得没理了。

"你们几个，包括你啊，老方，没一个让我省心的。都给我听好了，致远，你这婚呢，咬死也不能离。周宁静爱怎么折腾，随便她！要真的离，也可以，孩子得留下。还有清云，你明天就回哈尔滨，该生二胎生二胎，别给我作！作什么呀，你还真以为你离了婚，还能找到更好的？"于大敏念叨着。

方清云刚想张口，方致远便道："妈，以后你少管我们的事。离不离的，你说了不算。"

"我是你妈，我不管谁管，你这是要气死我啊！停车！你给我停车！"于大敏伸手就要去开车门。

"你在这发什么疯啊，这可是在高速上，要有个好歹，咱这一家子，全都得送命！"方富急了。

方清云再也忍不住，大吼："别吵啦！"

车厢内瞬时安静下来。

方清云哽咽着："回回回，我明天就回哈尔滨，这辈子再也不回娘家了，你们满意了？"

"啊……"于大敏哭了，"老方，你听听这孩子，说的都是什么话啊！造孽啊！"

"妈，你就歇歇心吧，算我求你了……"方清云咬咬嘴唇，"儿大不由娘，我们的事，你就算是要操心，那也操心不过来！趁着你还身康体健，享享清福不好吗？我这一年到头，也见不到你一两回，我不想跟你闹不愉快。我回家，就是因为心里不痛快，想着见到你们，能高兴一点。你这样，我能高兴吗？我回哈尔滨了，能放心吗？"

于大敏啜泣着："妈没让你明天就回，那都是气话，是被你哥给气的。"

"我哥气不着你，你受的气，一多半是自找的，怪不了谁。你要冷静不下来了，那我就多说几句。哥嫂要真的离婚了，孩子给嫂子，这也是应该的。周子是嫂子十月怀胎生的，她身上掉下来的肉，要她放下，就等于要她的命！嫂子这人心眼不坏，都这样了，人还给你们买这买那的往家里带，往后你们要看孩子，她哪有不肯的？再者，哥哥还年轻，肯定是要再娶的，等哥哥重新组建家庭，孩子还会有的。这些道理，你怎么就想不明白呢？"

于大敏愣了半晌，醍醐灌顶："对，对，致远还年轻。"

"是啊。"方富在一旁点头。

"不对，不对，就算是再生一百个，那也不是周子啊……"于大敏痛哭起来，"要是宁静给周子找个后爹，人对周子不好，怎么办哪？要真那样，我也不活了……"

方清云还想说什么，一直沉默的方致远道："别劝了。周子断奶后就跟着妈了，妈的心情咱得理解。她想哭，就哭吧。"

方致远从齐镇带回了被于大敏拿走的结婚证、户口本和房产证。他回家时，在楼梯口遇到了王秀芬和周子。

"周子，你去那边和小朋友玩，外婆等会儿就来找你。"

"我要跟爸爸玩。"

"外婆有话跟你爸说。"

"是悄悄话吗？"

"是悄悄话。"

"好吧。"周子笑嘻嘻地跑开了。

等外孙女跑远，王秀芬才道："妈也劝了，没劝住，你别怪宁静，要怪就怪我。"

"妈，我怎么会怪你呢？"

王秀芬看着方致远手上的文件袋:"都取回来了?"

"嗯。"

"你是个好孩子。你们没结婚前,我确实不太放心把宁静交给你。可这些年,妈都想明白了,日子是你们俩过的。但是现在呢,房、车、孩子,你们可以说是什么都有了,怎么一开始的那些情分反而没了呢?妈实在不懂,也懒得去弄懂……"

"妈,错都在我,宁静对我失望了。"

"我说了,你是好孩子,宁静也是好孩子。只是,缘分有时候就是这样,谁也说不清楚。妈希望你往后,不管在哪,都好好的。你们都得好好的。"

"嗯……"方致远抬头,控制着,不让眼泪掉下来。

周宁静正在整理衣柜。

方致远进门时,发现床上堆了一大摞他的衣服。

"我自己会收,"他说着,把文件袋放到床头柜上,"都在这了。"

床头柜上,放着一个表盒。他顺手打开,如果没看错的话,这块表至少要十万。还在通信公司的时候,他陪刘总给刘太太选结婚纪念日礼物时,见过同款。

"这表不错。"他笑了笑。

周宁静撂下手里的衣服:"迈克送我的。"

"我一直不理解你为什么要急着离婚,现在,我懂了。"

"你怎么想是你的事,我不解释。"

"合适吗?我们俩还没离婚,你就这么迫不及待。"

"那我是不是也应该问问你,你和柏橙那么迫不及待,合适吗?"

"我和她怎么了?"

周宁静苦笑:"好了,致远,那天晚上,你们在江边,我全都看到了。你们到底发生过什么,接下来还会发生什么,都和我无关。我不想跟你吵,这段时间,我们吵得已经够多了。"

她说完，拿过那块表："你看这一圈小碎钻，很闪很亮，我很喜欢。我的生活一地鸡毛，这表确实是某种惊喜，它告诉我，我还有现在、还有未来，一切还有美好的可能性。"

"但他是你的上司！"

"我说了，我不解释，也不跟你吵。"

方致远要走，到了门口，却又转身，从怀里掏出一张银行卡："美食城那边给的首期款，都在这了，刚好三十万，先把欠宁海哥的还上。"

"不需要。"

"不只为你，我这是为了我女儿。"

他注视着她，这个从大学时代就陪着自己一路走来的女人，即将成为他前妻的女人。大学毕业两人同回冇城那一天的情景，忽然浮现眼前。那时候，他们是如何踌躇满志，如何意气风发，畅想着未来种种，恨不能一夜白头，却又舍不得细水长流。

他靠近她，把银行卡塞到她手里。

"我以前总觉得钱能解决很多问题，现在，我不这么想了。致远，这钱我不能要。"

"你需要钱。"

"是，我需要钱。当我穿行在新百嘉，看着各种琳琅满目的奢侈品时，我确实很渴望我们能一夜暴富。当我一想到，周子的未来，有一多半是由我们的经济条件来决定时，我恨不得马上去抢银行。致远，钱很重要，可我不能只为钱活着。钱，努力了也许会有，但有些东西，得不到就是得不到，再努力也不行。这些年，我假装你心里只有我，假装你很在意我，假装我们这样很好，我们非常恩爱……我再也装不下去了。"

"不是的，我心里有你，我也在意你。"

"可你也在意她。你还记得吗？你送过一块表给我，我前几天还带着它。表盘被我不小心磕破了一丁点儿，只有我自己能看见，但它毕竟是瑕疵。不管你承不承认，柏橙对于我们来说，就是这样一个瑕疵，也是一个结，我们解不开的结。"

"那块表……"

"是，迈克送的表我很喜欢，可是再喜欢，我也不能收。还放在这，是因为我一直没找到合适的机会归还给他。"周宁静的泪水翻滚而出。

"那块表……你的表在我这。"

"什么？"

方致远从怀里掏出一块表："前几天我偷偷回了一趟家，取了这块表，找师傅换了表盘，原厂的。我想过重新给你买一块，不是舍不得钱，我总想着，重新买了，虽然长得一样，但总归不再是它，不再有它的意义。刚才看到你有新表了，我这块，显然有些寒碜，也显然有些不合时宜了……无论怎样，收着吧，留个纪念。"

他说完，把手表轻轻放到周宁静手心。

很简洁的一块表，戴了太久，钢制表带磨出了特有的光泽，新表盘则熠熠生辉。手表被方致远拿捏过，还残存着他的体温。

"你又何必这样？"她看着他。

"我知道你后悔嫁给我了，我在你眼里，怕是已经一无是处。没别的，就想着，我们应该善始善终。"

"婚姻跟我想象的不一样。这条路，我一开始就走错了，走偏了。但是，我并不后悔。"

方致远伸手，扣住周宁静的双肩，才察觉她已瘦到脱骨，他脸上滑过两道滚烫的热泪："宁静……"

"走吧，"她轻轻推开他，"带上你的东西，我都帮你收拾好了。"

"再给我一个机会，"他再次扣住她的双肩，注视着她，"半年，就半年。这半年，我们暂时分开，按照宁海哥说的那样，试离婚。我不会干涉你的生活，也请你给我一个缓冲期。为了我们，也为了周子。"

"为了周子……"

第十九章 宛如持灯觅火

在过去数段无疾而终的恋情里,他都是占主动权的。可是,这一次,彻底反过来了。

周宁静和海莉相携走出旧时光,已近黄昏。

海莉拉开车门:"静姐,走,我请你吃饭。"

"还是我请吧,"周宁静顿了顿,"明天我就要和他离婚了,这顿饭,就当是提前庆祝,庆祝我恢复单身。"

年初,海莉和老巴离婚时,周宁静和方致远在民政局"灭火"的场景,仿佛就在昨天。谁能想到,现在,他们也要离婚了。

"你们俩……真的都谈好了?"海莉问道。

周宁静点点头:"该谈的不该谈的,都谈了。"

"我不知道该说什么。"

"那就什么也别说,走吧,去净水寺。"

到了净水寺,只见里头热闹非凡,一问才知今天是其中一位菩萨生日,寺内有法事,更有无数善男信女顶礼膜拜。人流把海莉和周宁静挤进了大殿,又不知谁往她们手上塞了燃着的香。佛音渺渺里,海莉看到周宁静的表情变得肃穆而宁和。

"小时候,我妈每年正月初一总带我来拜拜。"海莉道。

"你信吗?"

"我不知道,不过,我妈和他们一样,只是想求个心安吧。"

再往前走几步,有人在求签。

海莉推推周宁静:"来都来了,要不求支签?"

"算了吧。"

海莉不管,拿过签筒,虔诚跪拜,竟求了一支上签。周宁静经不住怂恿,依样照做,求的是中签。

两人同去换了签文。海莉的是:梧桐叶落秋将暮,行客归程去似云。谢得天公高着力,顺风船载宝珍归。周宁静的则是:石藏无价玉和珍,只管他乡外客寻。宛如持灯更觅火,不如收拾枉劳心。

跟着人群,两人又到了解签处。

解签的老和尚看看签文,又看看周宁静,才徐徐道来:"无非四字,即'眼前是真'。"

"眼前是真?"周宁静不解。

"施主,你手里既然提了一盏灯,又何必到处找蜡烛?你要求的,你已经有了。"

周宁静还想问什么,老和尚只是闭目,不再理会她。

"你求签的时候都说什么了,菩萨要给你这么一支签。"海莉笑道。

"你还真信啊?"

"怎么不信?既然求了,就应该信嘛。说啊,你到底求什么了?"

"我什么都没求,我只是问了一个问题……"

"都问什么了?"

周宁静似乎并不想回答,只说:"该你解签了。"

海莉将签文递给老和尚,老和尚看了,便道:"梧桐叶落秋将暮,行客归程去似云。谢得天公高着力,顺风船载宝珍归……这是上签,施主,凡事大可宽心,前途无限宽广。"

旁边有人笑道:"求到了上签,是要给寺庙添香油钱的。"

海莉笑笑,拉了周宁静就跑。

"干吗呢,不是让你给添香油钱吗?"周宁静不解。

"菩萨不差我这点香油钱,还是先吃饭要紧。"

嘻嘻哈哈一阵笑闹,两人这才绕到殿后,拾级而上,进了寺庙对外的餐厅。餐厅各包厢早就满了,只剩后院那张露天的餐桌。大概是外边冷,一般人都不愿意坐。

"别等位置了,就坐那。"海莉一指后院。

入座后,点了几样清口的素斋,又要了一壶普洱。服务生怕冻着客人,不知从哪里搬出一台小太阳取暖器,一拧开,小小的后院瞬时亮堂温暖起来。

待上了菜,两人却没怎么动筷子,只是喝茶。

海莉将双手放到小太阳上烘烤。

红光映着海莉的脸,周宁静这才发现,海莉的额前已有了两道浅浅的纹路。这个原本一无所长的女人,不知何时,脸上有了坚毅和淡定。

"海莉,你真的变了。"

"也许吧。至少我现在每天一睁开眼睛,就知道自己还有盼头。以前呢,上班的心情真的就像去上坟,到了大卖场,苦着个脸:太太你看我们的洗衣液很好用的,今天搞活动,买一送一。如今呢,就想着把旧时光经营好。对了,我还没来得及跟你说,我打算跟明杭合伙。他说我有经营天分,其实我哪有什么天分,不过就是尽心尽力了。"

"祝贺你。"

"静姐,谢谢你,你总说女人要独立,以前我觉着那些东西离我特别特别远。直到今天,我才明白。要是我一开始就像你这么洒脱,像你这么勇敢……"

周宁静绷了很久,此刻再也忍不住,泪水翻滚而下:"不,海莉,你错了。"

海莉看向周宁静。

周宁静双手捂脸,无力地瘫坐在椅子上:"我不洒脱,我也不勇敢。你不是想知道我刚才求签的时候,求的是什么吗?其实,我求的是一个答案。"

"答案?"

海莉小产后,老巴更觉复婚渺茫,前路漫漫。一开始,海家几个人都还算支持他,到了后面,海平居然把保证书还给了老巴,说什么既然海莉决定了,他这个当哥的就得尊重。于是,老巴再次从海莉那搬了出来,开始了居无定所的生活。

他不是没想过搬回童安安那，毕竟还有几个月房租嘛。可上回在那遇到个男的，想来应该是她的男友。如此一来，他就不方便再跟她合租了。接着，他在陆泽西这边住了一段时间，但没过多久，陈墨回来了，还跟陆泽西谈起了恋爱。虽然他们俩并没有同居的打算，可老巴还是不愿当电灯泡。于是，他找了个小单间，凑合着先住下了。

离婚前，他和海莉吵吵闹闹，很是心烦。刚离婚的时候吧，乍冲出围城，头一个感触就是自由真好，他要拥抱自由，留住自由。可不知怎么，到了现在，他倒像只无头苍蝇了。好在CC科技很忙，没日没夜的加班也很适合没头没脑的老巴。不然，他那点过剩的精力还真的没处挥发。

这晚，陆泽西突然在微信群里发语音，说想约大家去喝一杯。方致远忙他公司的事，明杭得张罗咖啡馆，只有老巴，刚苦哈哈地加完班。

看陆泽西那样，状态也不太好。老巴一问，才知道他和陈墨吵架了，为西亚的事。工作上，陆泽西一直退让、隐忍，这都多少年了。现在两人成男女朋友，她仍压着他一头。

到了酒吧，陆泽西才发现自己的心境已经不比从前。从前，他的人生信条就是"万花丛中过，片叶不沾身"。可是现在呢，什么花花草草的，他都无甚兴趣。他坐在吧台边，瞧起来，更像是看客。

老巴呢，他本身对酒吧之类的地方兴趣不大，当然，没离婚之前，他也总爱"勾搭"个把妹子，但仅限于微信、陌陌等社交APP，有时候还扔扔漂流瓶什么的，但是吧，他的"勾搭"，永远只停留在线上。

酒吧里女孩很多，环肥燕瘦。不少女孩用余光扫视着陆泽西和老巴，这两人，尤其是陆泽西，五官深刻、棱角分明，乍一看，颇有点霍建华的神韵。老巴嘛，胜在个高，加之天仓饱满，方形额面，耳贴后脑，这面相，一看就是传说中的"老实人"。也有女孩结伴来搭讪的，陆泽西便请她们喝酒，来来回回聊那么几句。

酒吧中间还搭了个小舞台，有几个驻唱歌手轮番上台。老巴似乎无心跟女孩们聊天，便安安静静听着歌。一首闹哄哄的歌结束后，斑斓的灯光熄灭，转而亮起一束暖黄色的聚光灯。一个女人抱着吉他，走到聚光灯底下，往高脚凳上一坐，拨动琴弦，弹唱着一首轻柔的歌。

女人的长发遮住脸庞两侧，加上灯光昏黄，老巴并未看清她的长相。只是她的歌声，似乎有些熟悉。

这时，舞台上方的大灯亮了，女人帅气地将长发甩到了背后，竟是童安安。

童安安也发现老巴了，微微一笑，继续弹唱。

待她一曲唱毕，陆泽西上前邀她过来，她便大大方方来了。

老巴挠头："挺巧的啊。"

"老巴你可以啊，你老婆还没生吧，这就出来玩了。"童安安笑。

"不生了……"

"怎么？"

那个失去的孩子是老巴心内的隐痛，陆泽西便拼命朝童安安挤眼睛，让她就此打住。

等老巴去洗手间了，陆泽西才将事情的原委告诉童安安。

"还真是没想到，我以为他们俩现在已经复婚了。"

"人算不如天算。"

"那他现在住哪儿？"

"租了个小单间。"

待老巴回吧台，陆泽西出去接电话，便只剩老巴和童安安，两人大眼瞪小眼。

"没想到你还会唱歌。"老巴打破了沉默。

童安安撇撇嘴："我年轻的时候还参加过选秀，差点去演女二号。要不是结婚太早，搞不好你现在只能在电视上看到我了。"

"那个网店不开了？"

"开啊。开网店、做模特、酒吧驻唱，这又不矛盾。对了，我最近还开了直播。"

"干吗那么拼？"

童安安笑着："我买房了，明年这时候应该就能交房啦。我童安安，在亍城，也算是有自己的家了。"

"准备再婚?"

"什么再婚?"

"我上回看到那男的,挺好的。"

"嗯,我倒是想找我弟这样的,阳光、帅气,还是个大暖男。"

"你弟?"

"他是我表弟,怎么了?"

老巴咧嘴乐:"我还以为他是你男朋友。"

"所以,你后来就一直避着我,不联系我?"

"那你不也没联系我吗?"

"我倒是想找你拍照,可你忙着跟海莉复合,哪有工夫管我啊。"

"别提复合这事了,不可能了。"

"这就放弃了?"童安安给老巴递了一杯酒。

老巴接过一口喝净:"她现在根本就不理我。她不是在明杭的咖啡馆上班吗,每次我到了那,她都拿我当空气。"

"每次?你常去?"

"有段时间没去了,我不想自讨没趣。"

"我觉得吧,你得重新认识一下海莉。"

"还要怎么认识?"老巴苦笑,"她可是我前妻。"

"你看,你这个想法就不对。你要让她放下过去,你自己首先得放下,就当你刚认识一个姑娘,她叫海莉,你打算追她。"

老巴拍拍脑瓜:"重新开始!"

童安安微笑着:"对,重新开始。"

民政局门口,方致远时而看表,时而看向街面。

周宁静还没到。

这种心境,让他想起多年前,他和周宁静领结婚证时的情形。穿着白衬衣和蓝裙子的她,还未脱去稚气。虽早已毕业,却还像个十足的大学生。她撒着娇，依偎着他，他亦紧紧握着她的手。

"领了证，可就不能反悔了啊！"他笑着。

"那让我再想想吧。"她开着玩笑。

他不由分说，拉着她，大踏步走进民政局。

就好像一切都发生在昨天，不能再回头的昨天。

迈克在办公桌上发现了一个表盒，里面装着他送给周宁静的手表。

隔着落地窗，他发现她就在不远处注视着他。

两人相视，她微笑着点点头，指指他桌上的盒。

他拿起，发现盒底下压着一张小卡片。卡片上，写着一行娟秀的字：谢谢你。

迈克抬头，却已不见她的身影。

方致远没能等到周宁静。手机响起，是一条微信，来自她，她发来了一个定位。

冇城一中门口，站着方致远和周宁静，两人看着进进出出的少男少女们。

翻新后的学校，比以前气派，却也失去了那份怀旧感。

"一切都变了，对吗？"周宁静笑笑。

"是啊，我记得学校门口有个小卖铺的，现在也没了。"

"早就没了！你大概不知道吧，我经常会来这看看，也不干吗，就是想回来看看。有时候，我会想，要是我那个时候没有遇到你，没有喜欢上你，现在我会怎么样，会过着什么样的生活……"

"我知道，你后悔了。"

"没什么好后悔的。要不是你，我不一定能考上那么好的大学。那时候，你和柏橙，就跟这些孩子一样，"周宁静看着那些学生，"你们俩总是并肩走着，我多希望站在你身边的人是我。"

"宁静……"

"让我说完吧。今天，我就是想带你来这，来我们最初相识的地方，再给我们彼此一个机会，一个重新开始的机会。"

"你同意了？"方致远有些激动。

"嗯，我要和你试离婚。今天早上出门的时候，我跟周子沟通过了，别看孩子小，可她什么都知道。我告诉她，爸爸妈妈闹了点别扭，就好像她跟幼儿园的小朋友闹了别扭一样，这里面有误会，这些误会都需要时间去解决，但是，和她没关系，我们仍旧爱她，只会更爱她。爸爸妈妈会分开一段时间，但是，每个周末还是会带她出去玩。"

"周子怎么说？"

"孩子比我们想象得懂事，她表示接受。签了这份协议，虽然法律未生效，但我们在生活形态上就已经离婚了。"周宁静说完，从包里掏出两份协议，又取出了笔。

两人蹲在学校门口的花坛边，郑重其事签了字。

待签完字，周宁静缓缓站起："我先走了。"

"我送你。"

"不用，我们俩已经'离婚'了。"

冇城机场，咖啡厅。

方清云和方致远对坐。

方清云决定回哈尔滨了，不管怎么样，她的问题应该由自己来解决，她不想再逃避。

她正低头看着哥嫂的这份试离婚协议书："夫妻试离婚期间，可互不为对方尽夫妻生活义务，也不得干涉各自生活的自由。各自所得的所有收益，归各自所有，互不为夫妻共同财产。双方各自的父母，应由各自抚养，所产生的费用，由各自承担。现夫妻共有住房，可由女方居住。没有住房的男方，要自行解决……"

"看就看，念那么大声干吗！"方致远四下看看。

方清云压低声音："夫妻双方均不得干涉对方的工作与社交的自由……哥，要按这么说，假如嫂子在这期间不小心交了个男朋友，你也不能干涉？"

"嗯，是这意思。"

"那反过来说，如果你交了个女朋友，她也不能干涉？"

"用你嫂子的话来说，我和她已经是离婚状态。"

"是，这协议上确实写着'夫妻双方均不得干涉对方的工作与社交的自由'，可是，在法律上，你们还是夫妻。再说了，你们试离婚的目的是为了挽救这段婚姻，你可不能背道而驰。自由可以，但不能过火。"

"干吗老说我啊，倒是你，回哈尔滨之后，你也给我注点意，你要是不想生二胎，就好好跟人沟通，别闹什么离家出走。"

"知道啦，"方清云放下协议，看看表，"爸妈那边，就拜托给你了。"

"说得好像你什么时候管过他们似的。"

方清云红着眼："我这不也是身不由己吗？如果可以重新选择，打死我也不会嫁那么远。"

"好啦，"方致远苦笑，"路是你自己选的，你当初是怎么说的？说你跪着也要走完。况且，妹夫对你还算不错，你们俩的感情也没问题。我一直没告诉你，这些天，他给我打过不少电话，这说明什么，说明他很关心你。还有你那公公婆婆，性格直爽，其实也不难相处。这样，春节你把全家都带回来，咱们热热闹闹过个年！"

"行，"方清云站起来，傲娇地甩甩头，"我走啦！"

一架飞机从上空划过，方致远抬头看了很久，这才转身，离开候机厅。

有个戴墨镜的女人经过他身边，他扭头，觉得女人有些面熟。

女人摘下墨镜，露出一张妩媚娇俏的脸，是潘瑜。

童安安的话，老巴听进去了，他打算重整旗鼓。

可是，他回忆着和海莉的过去，好像自己从没正儿八经追求过她。两人从相亲到结婚，一开始就是很自然的一件事，水到渠成。海莉这人比较简单，对穿着打扮无甚追求，更别说是首饰、包包什么的了，他就是连件像样的衣服都没送过她。第一次见面，他只请她吃了碗牛肉面。

在后来的婚姻生活中，他们有几次吵架，海莉还提过这茬，说自己不值钱，被他一碗牛肉面就骗到手了。当时不觉怎么，老巴还振振有词，说这都是你情我愿的，你要是不愿意，当初干吗嫁给我啊。现在想来，才觉出自己的粗陋。

海莉连着收了好几天的花，花也不是送到咖啡馆内，而是每天上午搁在门口。她狐疑，有天早早来到旧时光附近，看到了正忙着摆花的老巴。

海莉也不说什么，从此只把花束放在门口的垃圾桶。

老巴这天路过，看到垃圾桶里的花束，是又心疼又难堪，硬着头皮走进了旧时光。

明杭跟海莉正讨论新菜式，两人都很专注，谁都没发现老巴。

只看到海莉脸上挂着老巴很久未见的笑容，对新菜式提着她的建议。

"外卖APP上，对这几样简餐普遍好评，但也有客人反映，说搭配有些单调，他们希望有更多选择。"海莉道。

明杭点头："这样，过几天，咱俩还是得去做市场调查。"

"也行。上回我们去的那家……"海莉一个抬眼，看到了老巴。

"你什么时候来的！"明杭走过去，一拍他的肩膀。

老巴讪讪："来半天了，这不你们俩正忙着吗？"

海莉扭脸走开。

"坐吧，喝点什么？我去给你拿。"明杭问老巴。

"随便。"

老巴坐下，鼓捣着桌上的菜单："你们怎么还用纸质菜单啊？好多店现在都可以直接扫描二维码，在手机上点单了。"

明杭端着杯果汁，走过来："海莉说，我们的咖啡馆，名字叫'旧时光'，用这种牛皮纸印的菜单，是为了怀旧。你都不知道，自从她来到我这，我不但省心了，店里的营业额也上去了。她脑子比我好用，总有很多好点子。哎，我都跟她说好了，这咖啡馆，算她一份，以后我和她就是合伙人了。"

"谢了。"

"谢我干吗，我是看中她的能力。"

"看中能力可以，看中别的，可不行。"

"说什么呢！"明杭把果汁放到老巴面前，"我以前是真不知道海莉这么能干。"

"那个，过几天就是她生日了，我琢磨着，应该给她个惊喜。"

"行，这事交给我了。"

"怎么就交给你了，她是我前妻。"

"我的意思是,就在这里办,我帮你安排。"

老巴看了看明杭,犹豫着:"你来安排,不合适吧?"

听了这话,明杭这才醒过味来:"也对,这是你们俩之间的事,我瞎凑什么热闹。"

"咳,我不是这个意思。行吧,交给你了。主题就是,温馨、大气,还有,不用替我省钱。关键是要让她感动、震撼、惊喜。"

到了海莉生日那天,她一进咖啡馆,惊喜没有,反而惊吓了一把。只见咖啡馆内,不知道谁请了个拉小提琴的,正咿咿呀呀拉着一首她很熟悉却又一时叫不上名来的曲子。小楠和明杭拉着横幅,上面写着"生日快乐"。

海莉正不知所措,老巴拿着手捧花出现了。

"海莉,生日快乐!"老巴笑着。

她迟疑着,并未接过手捧花:"你们在干吗?"

"今天不是你生日吗?"

海莉摇摇头:"我谢谢你,以后别再这样了。"

"我是希望你能给我一个机会,我们可以重新开始的!"

"我说得已经够清楚的了。"

"这花……"

"放那吧。"海莉说完,转身就跑。

老巴撒丫子就追,明杭也跟着追了出去。

咖啡馆不远,有个公园,明杭是在那找到海莉的。

海莉正坐在一张长椅上,看着一群跳广场舞的老太太,目不转睛。

"海莉!"明杭走了过去。

"你怎么知道我在这?"

"你不是经常来这看跳舞吗,小楠说,你还打算交钱跟这帮老太太学跳舞呢。"

"十五块一个月,比去健身房便宜多了!"

明杭笑着坐下:"老巴也是一片真心,为了你的生日,他没少花心思。其实吧,你和他真没必要弄这么僵。"

"复婚,我不是没想过,但我说服不了自己。"

"也没说你们就非得复婚，不复婚，也可以当朋友啊。"

"你和你前女友是朋友？"

"那倒不是。"

"复婚的事，我家里人都不提了，你和小楠倒好，还挺配合他的。"

"看他这样，我不落忍。我是你们俩的朋友，希望你们都能好好的。"

海莉顿了顿，才道："明杭，我现在真的挺好的，前所未有的好。在旧时光，跟小楠学做甜品，跟你学做生意，每天生活得特别充实。以前呢，我浑浑噩噩的，都不知道自己想要什么。"

"你也教了我不少东西。"

海莉笑笑："那个拉小提琴的，是你叫的吧？"

"这都被你看出来了？"

"我小时候学过小提琴的事，只跟你和小楠提过。对了，刚才那首曲子怪好听的，叫什么？"

"《天方夜谭》，我也特别喜欢。"

"你会拉小提琴？"

"以前学过一点，现在早就手生了。"

"我还想着，等有时间了，把它再捡起来。"

"行啊，到时候咱俩一起去。"

海莉听了这话，只低头不语。

明杭不禁看向海莉。其实，她只是个普通女人，是那种掉在人堆里，眨眼就会被淹没的普通女人。可说来也怪，自从她到了旧时光，每每看到她，他就会变得很安心。

两人默默看着广场上舞动着的大妈们，各怀心事，有许多话想说，又都不知道该从哪儿说起，该怎么说。

老巴一路找来，到了这个公园。他远远站着，看到了并肩坐着的海莉和明杭。

他想往前迈步，双腿却变得有些沉重。

5

方致远和周宁静试离婚后,他便正式搬走,住进了公司的一个小隔间。

王秀芬见周宁静上班、下班,两点一线,除了给予周子更多的关爱,似乎并无异常。可她知道,女儿的表现,是想让她放心。不管她怎么循循善诱、百般劝解,一触及方致远,女儿只是打着太极,小心翼翼避开。

这天吃过晚饭,周宁静又要去加班。国庆节将至,新百嘉的周年庆也要开幕了。孩子还小,爸爸老是不在家,眼见妈妈又要出门,哪能乐意,嘴巴一扁,就哇哇大哭起来。

周宁静和王秀芬柔声哄着,哪料周子不买账,哭得嗓子都哑了。

"周子你能不能懂事点!要是妈妈不工作,谁给你买好吃的,谁给你买玩具!"周宁静觉得有些疲惫,语气里便多了焦躁。

小小的周子顿时止了哭声。

"你这是怎么了,工作再忙,再不顺心,也不能朝孩子撒气啊!"王秀芬责备着周宁静。

周宁静蹲下了,抱住周子:"对不起对不起,周子,是妈妈不好,妈妈不该发脾气的……"

周子紧紧搂住妈妈的脖子:"妈妈不要生气,我再也不惹妈妈生气了。"

自责和愧疚涌上心头,看着周子噤若寒蝉,周宁静紧紧抱住她。

直到把周子哄入睡,周宁静才出门。

一到办公室,几家专柜的负责人就找上门来了。新百嘉要搞线上线下联合的周年庆大促,他们几个为了折扣点的事,已经不止一次和周宁静发生争执。迈克在开会,发微信给她,说有本工作笔记就在抽屉里,里头有他事先想好的应对方案,可以供她参考。

周宁静急急翻看笔记本,才看了几页,就愣住了。有一页上,用水笔画了一个女人的侧脸,长发卷曲,五官清秀,画的可不就是她吗?

陆泽西公寓里,方致远和老巴两人搂在一起,正叽里咕噜说个没完。

"她把家里的钱全给了付丽丽,我怨过她吗?没有!我创业,她不支持,我怨过她吗？没有！"

"女人这种动物啊，咱一辈子都搞不明白。我是个男人，我也要面子的。为了求她复婚，我什么事没干，送车，她不要，写保证书，她不理，送花，扔垃圾桶，给她过个生日，她还不领情。"老巴激动地拍起了桌子。

厨房里，陆泽西正炒着菜，陈墨立在一边，饶有兴味地看着他。

"还像那么回事。"她笑。

陆泽西皱眉："我以前很少做饭，那是因为不想。现在不一样了。哎，墨墨，每次你来我这，我都有种错觉，觉得你是这个家的女主人。只要你在，别说做饭，做牛做马我都乐意。"

"这种话，你至少跟八百个姑娘说过。一点新意都没有。"

"你怎么老怼我啊？"

"我高兴。"

"那我跟你商量个事，以后，你在这，怎么怼我都可以，哪怕当着我那几个哥们的面，花式怼，360度无死角旋转着怼，我都配合。可是在西亚，你能不能给我点脸呀？"

"哦，原来你也要脸。"

"要啊，你给我的，我什么都要。"

陈墨脸一红，抓过锅铲作势要打他。

这段时间，陆泽西做了无数蠢事，比如在微博、朋友圈各种秀恩爱，还买了情侣装，强迫陈墨穿上。两人穿着画了爱心的卫衣自拍，蠢萌蠢萌，怎么看怎么好笑。这还不够，他更是带着她把冇城游了个遍，城里城外，漫山遍野，驱车到十几公里外看星星。他想象中，夜空下，无人的山野里，唯一车、两人，她肯定会害怕，一害怕就往他怀里钻，然后……

当然，现实和他想象中完全不一样。她根本不怕，看着星星，还一本正经跟他谈起了天马星座，什么宇宙啊、外太空啊、黑洞啊。陆泽西忘记了两点：一，陈墨是个女汉子；二，陈墨是个博学的女汉子。

不过，最蠢的大概就是陆泽西把他们的恋情告诉了齐老。齐老就差提刀来冇城了，要不是陈墨一副"关你屁事"的态度，这老头能直接把女儿给捆走。他没忘警告陆泽西善待陈墨，绝不可负她。陆泽西嘴上没说什么，心想，她这样的姑娘，怕也只有他被负的命吧。要知道，在过去数段无疾而终的恋情里，他都是占主动权的。可是，这一次，彻底反过来了。

等陆泽西准备好饭菜，方致远和老巴已经喝得差不多了。

方致远揽着陆泽西："我要跟你说件事，大事！那天我在机场，遇到一个人了，你猜是谁？"

"谁啊？"

方致远刚想张口，见陈墨拉开椅子坐了下来。

"那个……你猜不到，我也……我也不会告诉你。"

"你这不是有病吗？"

明杭是后来才到的，他一来，没顾上吃饭，就劝方致远和老巴，让他们少喝点。

老巴一甩手，打到明杭身上："不用你管！我告诉你，明杭，海莉是我的前妻，我的！"

"我知道啊，大家都知道。"

"前妻也是妻，你为什么要夺人之妻！"

众人看向明杭。

明杭一愣，才道："你真的醉了。"

"我没醉，我……"老巴话还没说完，"哇"地一下就吐了出来。

第二十章 尽寒霜色流丹

幸福它从来就不是一种常态,总是来去匆匆,看不见也摸不着。

早已入夜,旧时光有些忙碌。明杭和小楠一边招呼着客人,一边制作着各式饮品和甜点。海莉总说,既然明杭打算经营好咖啡馆,就什么都得懂点。于是,他最近跟着小楠学了不少东西。

靠窗的位置,海莉正和一个本土自媒体人谈业务,打算在对方的平台投放广告。大概是谈得差不多了,她和那人同时站起。明杭走过去,跟着她把人送到门口。

门口就是江滨大道,隔着咖啡馆和冇江。

自从入秋,夜晚的江滨大道,行人便少了许多。但奇怪的是,旧时光的生意反而越来越好了。连带着咖啡馆边上的花店也热闹了很多。

花店老板正理货呢,见明杭和海莉站门口,拿了束白玫瑰过去,顺手递给了明杭:"刚到的,给你们了。"

明杭很自然地把花递到海莉怀里。

海莉愣了一下。

明杭笑:"这花挺好看的。"

海莉的脸微微红着,有些局促不安。

自那次老巴醉酒后,嚷嚷过"前妻也是妻""你不要夺人之妻"这样的话后,明杭和老巴之间,似乎多了点什么,又少点什么,总之,弄得彼此都挺尴尬。

恰好,明杭的大学同学到冇城创业多年,干得还不错,前几天两人遇上了。这个同学呢，是做副食品的，一直在找靠谱的销售人员，让明杭帮着留意。他一想，不如推荐海莉过去。既是避嫌，她也能有更好的发展。不过，这事怎么跟她说，他还没想好。

"谢谢你的花。"海莉笑。

明杭不敢直视海莉，只看着路上三三两两的行人："咳，你跟我客气什么。"

接着，他努力组织着语言，尽量用平和的语气说了他大学同学在招聘销售经理的事。

海莉不傻。如今咖啡馆正风生水起，也正是用人的时候，无缘无故的，明杭怎么可能会把她往外推。

"是你的意思？"海莉问道。

"旧时光毕竟庙小。我同学那边，挺有发展前景的。而且他也说了，会重用你。怎么说呢，他那边薪水高，福利待遇也不错。"

"哦。"

"你放心，你去那边了，咱俩合伙的事还算数的。到时候，你可以把主要精力放在那边。旧时光这里，有我。"

她的眼里隐隐有泪光："是因为巴有根，对吗？"

江边的风吹动着她的短发，露出光洁的额头。这张本有些寻常的脸，此刻在明杭眼里，却有着说不出的动人。

"其实我……"

"好，我明天就去面试。"

新百嘉的周年庆员工动员会就安排在这晚，今年的主题是合家欢。也就意味着，所有员工都必须携带家人出席。

周宁静本想带上王秀芬和周子的，不想王秀芬自作主张，跟方致远说了这事，让他务必参加。今晚，王秀芬又找借口，说那种场合太吵闹，怕周子坐不住。

"你们俩去吧，我在家带孩子。"

这个理由，周宁静实在无法反驳。

除了丰盛的自助餐，公司还安排了各部门的文艺表演。周宁静也有个小节目,是和运营部的同事们排的小合唱。

此刻,她化着浓妆,穿着一件夸张的演出服,安安静静坐在方致远身侧。

方致远发现不时有人打量他,他心里犯嘀咕,准备去洗手间检查自己的衣着,生怕在这上面出什么洋相。他穿过大厅,走过一段门廊,前面拐角处传来两个女人的说话声,他清晰地听到她们谈论的正是周宁静。

只听到一个尖嗓子,带着讥讽的语气说着:"周宁静可真行啊,听说这次动员会,要评优秀员工,她是头一个。"

"要不人家能当运营部副总监呢!这就是她的手段。今天她带老公过来,就是为了证明她是一朵白莲花,她的大后方很稳定,说白了,就是做给我们看的。"说话的是个粗嗓子。

"哎,要这么说,我可有点替迈克不值了。"

"小点声。"

"迈克前前后后给她搭了多少梯子,她倒省事,顺着往上爬就行。"

方致远折回头,走到周宁静身边:"公司临时有事要处理,我先走了。"

"现在?"

"对,我不想陪你演戏。"

"什么?"

他再没说话,转身就走。

周宁静顿了顿,提着大裙摆,跟着他走到酒店门口。

"方致远,你给我站住。"

他回头道:"你要是想证明家庭和睦、夫妻关系和谐,你可以提前告诉我,我也好做做准备不是?"

"今天不是我让你来的,是我妈。要是你没来也就算了,可是你来了,现在又要走,这算怎么回事?"

方致远看着周宁静,似笑非笑:"我一直认为你同意试离婚,是因为你心里还有我,还有我们这个家,但我万没想到,你做这一切只是为了给外人看,让人家觉得你婚姻幸福美满。为了所谓的脸面,这种事你做得还少吗?"

"你就是这么想我的?行,明天我们俩就去办手续。"

就在这时,迈克疾步走来,一边走一边说着:"宁静,你该上台了。"

方致远笑看着迈克:"来得正好。你也特别希望我今天能来吧?"

"当然,方先生能参加,是我们运营部、我们新百嘉的荣幸。"

方致远转对周宁静:"听到没有,他也希望我参加呢。我参加了,好证明你们俩清白。"

迈克刚想说什么,便听得周宁静说道:"让他走吧,我们进去。"

偌大的城,方致远开着车,却不知道该往哪儿去。

他和周宁静之间的那点信任,如今已经所剩无几,或者说,早就所剩无几了。

他们互相猜忌、互相折磨,已经完完全全和他们的初衷背道而驰。

舞台上,周宁静正和她的同事们合唱着一首《稳稳的幸福》。

可是,幸福它从来就不是一种常态,总是来去匆匆,看不见也摸不着。

沙发上是凌乱的衣物,小茶几上还有半桶没吃完的泡面。

这是老巴临时租住的小公寓。

老巴蓬着头坐在一旁,看着拎着酒和熟食的明杭:"有事?"

"一股怪味,你怎么不收拾收拾?"

"习惯了,坐吧。"

"我往哪儿坐啊。"

老巴提溜了几件衣服,随手往边上一扔。

"刚好路过你这,想着你可能还没吃饭,就上来了。"明杭笑着把一应酒食放到茶几上。

"哦,闻着还挺香。"

明杭坐下,才道:"我有事要跟你商量。"

"说吧。"老巴笑笑。

"我那小破咖啡馆,你也知道,没什么前途。反正,这年头,有情怀的东西都没前途……"

"要多少?"

"你以为我要问你借钱？"

"不是借钱？噢，不是借钱，那我就放心了。"

"我一个大学同学，小捷，你见过的，他不是有家副食品公司嘛，做得挺大的，他那公司正招人，我陪海莉过去面试了，小捷挺欣赏她的。"

"你跟我说这些干吗？"

"海莉来旧时光，多少跟你有些关系。现在她要走了，我怎么着都得跟你打声招呼吧。"

老巴喝了口酒，沉吟着："对不住了。哥们之间，有些能让，但还有些……不能让。"

"我听不懂。"

"该说的，全在刚才那句话里了。陪我喝点？"

"好，陪你喝点。"

在江边的码头，方致远看到了柏橙。

她微笑着，就像是他们事先约好，而她则一直站在那里等他。

"你怎么会在这？"

"不知道。上次咱们在这分别后，我总觉得，你还会来。有时间的时候，我便会站在这里等。"

"柏橙，你太傻了。"

"等得到，我高兴；等不到，我也已经习以为常。不过，好在你还是出现了。"

柏橙说完，伸手："致远，我要让你知道，我一直都在。"

方致远犹豫着，往后退了两步："不行，我还没有离婚。"

"那我就继续等你。"

"你不要这样。柏橙，我们之间的一切，早就过去了。如果是因为那天在你车里，我的举动有冒犯到你的地方，我向你道歉。确实是我太冲动了，是我的错。"

"所以，就算是你和周宁静闹到这种地步，你也从没想过要跟她离婚，是吗？"

方致远双手抱头："她是我的妻子，是周子的妈妈。"

柏橙走近方致远，伸手摸着他的脸："她一直觉得，她是你的退而求其次，她一直忌惮我，一直害怕我把你从她身边抢走。可是她，居然比我还傻。她不知道，我在你心里早就没有任何位置了，她也不知道，她对你来说，到底有多重要。从头到尾，输得最惨的人还是我。我不该回来的。"

她说完，将冰凉的手从他脸上拿开，拂袖离去。

次日，旧时光咖啡馆，海莉正交接着手头的工作。

小楠各种不乐意，这段时间，她可没少教海莉，简直倾囊相授。这倒好，徒弟还未见得出师呢，居然一拍屁股就要走人。再者，虽然技术上，小楠是海莉的师傅，可工作之外，她却是把海莉当朋友的，虽还没到无话不说的地步，但感情一直不错。

为了这事，小楠还和明杭吵了一架。明杭不好实说，只道人往高处走，海莉应该有更好的发展。小楠是个聪明人，明杭心里是怎么想的，她早猜到了。不就是因为海莉是他那个朋友老巴的前妻吗？可这又怎么样呢？明杭还嘴硬，一副打死不认的样子。小楠直纳闷，不都说80后是叛逆的一代吗？叛逆倒是一点没从明杭身上看到，只看到他一脸水逆。

明杭想了一堆道别的话，当着海莉的面，那些话只堵在喉咙里，半个字也吐不出来。海莉也没有要和明杭寒暄的意思，只和小楠交接。咖啡馆一应饮品、甜点都是小楠负责，但经营上是海莉在把关。小楠骂骂咧咧的，掩饰着自己对海莉的不舍，脸上写着千般万般的不愿意。本来嘛，小楠自己年底就要回老家结婚了，异地恋多年，未婚夫正翘首以盼。海莉这一走，咖啡馆就要重新招人，要是能找到有基础的还好，要是不能，那小楠不又得教一遍吗？多耽误事啊。

离开旧时光后，海莉到了新百嘉。周宁静跟她约好的，要陪她买衣服。

这还是海莉头一次穿正装。以往在超市做导购，倒是有制服，红红绿绿的，印满了LOGO，尺码也总是不合身，领到哪套就穿哪套，毫无美感可言。后来到了旧时光，穿着又较为随意，T恤和牛仔裤是日常。像今天这样，穿着衬衫和包裙，还是头一次。

衣服是周宁静给海莉选的。海莉肤色偏黑，这件裸粉色的衬衫让她增色不少。及膝包裙则是深灰色的。衬衫塞进包裙，紧实的腰部，盈盈一握，上围却很是傲人。合体的包裙，又极巧妙地勾勒出了她的臀部曲线。周宁静问导购要了件米色风衣，让海莉换上，又给搭了条丝巾。

要不是这套衣服，周宁静竟不知海莉还有这般身段和气质。

海莉看着镜子里的自己，也呆住了。

"就这么穿着吧，别换了，好看。"周宁静道。

买完衣服，海莉准备回家看看海国庆他们，还未及上车，就接到了小楠的电话。

"江湖救急，你赶紧回来一趟吧！"

原来，旧时光接了个生日派对的单子。

明杭之前说要回趟家，然后就一直没出现，小楠也没能联系到他。她急得没了主意，恨不得生出无数双手来，这才给海莉打的电话。

海莉赶到旧时光，见小楠忙得脚不沾地，临时请的几个学生工愣头愣脑，只是添乱。

"你可算是来了！"小楠都快哭了。

"明杭呢？"

"联系不上啊，不管他了，你来了就行！这个派对，我们这边只负责饮品和甜品，其他餐食是另外一家餐厅订的，还有花束，本来是隔壁花店负责的，客户要求的郁金香，花店这边偏偏缺货……"

"好了，你先去准备别的，这些事交给我了。"

海莉脱了风衣，随手一扔，小楠睁大眼睛，不可思议地看着她。

"看我干吗，赶紧去忙啊！"

"哎！"小楠笑着跑开。

明杭家空无一人，看起来一片狼藉，明杭的手机静静躺在地上。

手机仍然在响，屏幕显示海莉来电。

街道上，一辆救护车疾驶而过。

车内，坐着慌乱的明杭和他的母亲刘素织，躺着的是他的父亲明远。

❸

明远病情恶化，明杭一步都不敢离开医院。

海莉担心小楠一个人忙不过来，别的没多想，只觉得旧时光的事，自己义不容辞，一下班就过去帮忙。

新公司这边，海莉还在熟悉。公司倒是不错，也挺有前景，但办公室政治那一套她委实不习惯。一到公司，就有人逼着她站队。她本想大展拳脚，却发现大多数人的心思都不在工作上，分分钟都在上演宫斗剧。但工作是明杭介绍的，总不能撂挑子，只好硬着头皮强撑。她想起自己在净水寺求的签，上边写着的"梧桐叶落秋将暮，行客归程去似云。谢得天公高着力，顺风船载宝珍归"，就愈发好笑，哪来的顺风啊，她这一路，全赶上逆风了。

这日下班，路过医院，想着应该去看看明远的，便买了些水果，到了病房。

明远在昏睡。刘素织看到海莉，只拉着她的手，嘘寒问暖。

刘素织早就听小楠提过海莉，说她帮了明杭不少忙。

中途明杭被医生叫走，刘素织拉着海莉坐下："你的事阿姨都听说了，没什么的，人这辈子，总有些坎儿，也总会过去。只要活着，就全都有盼头。"

"已经过去了。"

"这都什么年代了，离婚跟分手有什么区别。只是这接下来，你得擦亮眼睛，找个合适自己的了。"

"我没想找。"

"别啊，这不管男人女人，身边都需要个伴，相互照应。你看，你叔叔这大半年来，吃了多大的苦，要不是有我，说不定早就……"刘素织说着，眼圈又红了，"你需要这么个伴，我家明杭也一样。小楠跟我说了好多，说你明事理，说你对明杭好，说明杭对你……"

"阿姨，你误会了，我和明杭只是普通朋友。"

明杭走了进来："你们在说什么呢？"

海莉笑着站起："没什么，我还有事，也该走了，阿姨，您保重身体，我下次再来看伯父。"

刘素织指指躺在病床上的明远:"他要是知道还有这一天,怎么也会撑下去的……"

"妈!"明杭低头,也是戚戚然。

"叔叔一定会好起来的!"海莉道。

"好不好的,还得看你们。你们哪,抓紧时间把事办了……"

"妈,你说的这都是什么呀!"明杭拉起海莉就往外走。

医院小花园,海莉和明杭并排站着。

两人走出病房的时候,一直拉着手,走到这里,明杭才发觉,他赶紧松开。

海莉看着自己的鞋尖,脸颊微微发红。

"我妈的话,你可千万别放在心上。"明杭道。

"没事,伯母的心情,我能理解。"

"新工作还适应吗?"

"还行吧,"海莉顿了顿,"小楠年底就要回老家了,旧时光这边,你是怎么打算的?"

"唉,你不说还好,你一说我倒犯愁了。我爸这边,现在也离不开人。要是小楠回家前还没找到合适的员工,旧时光就暂时停业吧。只是,这咖啡馆是我从安汶手里接过来的,要是停业了,总觉得对不住她。我正为难呢。"

海莉犹豫了一会儿,才道:"明杭,我有个想法,要不,你把旧时光交给我吧。我也就是个建议,想着你反正没时间打理咖啡馆,不如我先接手过来。等叔叔病好了,你再回来,到时候我再去找工作也不迟。我知道你给我找新工作,有你的原因。是因为老巴,是为了避那莫须有的嫌……"

"我要是跟你说,那并不是莫须有呢?"明杭这句话说得很轻。

海莉低头,当没听到。

西亚整形医院里,陆泽西正翻看着旅行社的宣传资料,抬眼对方致远:"你来得正好,帮我参谋一下。"

"参谋什么呀?"方致远坐下。

"蜜月旅行。"

第二十章 尽寒霜色流丹

方致远大笑:"说得跟真的似的。"

"本来就是真的。"

"蜜月旅行?结婚?和陈墨?"

陆泽西点点头:"哎,你觉得欧洲十国怎么样?先去法国……"

"不是,你怎么想一出是一出啊?结婚不是小事,这也太急了吧?你胡闹,陈墨也跟着你胡闹?"

"她还不知道。"

"泽西,你这是看心理医生看出毛病了?"

"你才有病。我都想好了,先求婚,给陈墨一个惊喜。"

"先不说陈墨,你之前是怎么讲的,你这辈子都不会再结婚,这话是你说的吧?"

"人是会变的。"

"你们俩确实认识好些年了,也有感情基础,但我还是觉得你有点冲动,考虑得不是很全面。"

陆泽西沉吟片刻,才缓缓道:"我离不开她,我怕她会走。就这么简单。除了娶她,我真的想不出更好的办法了。"

方致远愣住了,他没想到,陆泽西对陈墨已经用情这么深。

"你干吗这么看着我?"陆泽西问道。

"我还以为,在你眼里,陈墨跟林子萱她们一样。"

"我也希望她们一样。"

"那你再好好想想吧,我还是那句话,结婚是大事。"方致远站起。

"这就走啊?对了,你来找我,是有事?"

"本来有。现在,没了。"

"莫名其妙。"

"你才莫名其妙。"

方致远来找陆泽西,确实是有事。他路过西亚的时候,想起那天在机场遇到潘瑜,本打算告诉陆泽西的。可要真像陆泽西说的那样,他要和陈墨结婚了,现在告诉他,似乎又有些不合适了。

④

潘瑜回冇城，是为了儿子叮当。田凯的现任生了，还是对双胞胎儿子。田家一位保姆之前受过潘瑜的恩惠，和她一直有联系。说是自从田凯有了这对儿子，对叮当就冷落了，让她赶紧想办法把孩子带走。想拿回儿子的抚养权，她就得有份稳定的工作。巧的是，以前一个做日化的朋友无意当中告诉她，说自己代理的化妆品品牌马上要入驻新百嘉了，正缺人手。她便自告奋勇，主动提出帮忙。

陆泽西这边，已经准备好钻戒，还策划了盛大的求婚仪式。他都想好了，仪式就安排在冇城派对门口的大广场。巨型LED显示屏、鲜花、蜡烛、气球……什么费钱来什么。

陈墨虽察觉到陆泽西有些异样，可她怎会想到他憋着大招，正准备"杀"她个措手不及呢！她回冇城，和陆泽西恋爱，其实也没想太多，也没想太远。大概也正是因为这样，她才有勇气放飞自己，豁出去潇洒一次。她甚至能想见，她会跟陆泽西的历任女友一样，到了一定的时候，就一拍两散，然后消失在他的生活里。只求曾经拥有，不求天长地久。这就是她对这段感情的期许，当然，它无限约等于没有期许。

自从上次新百嘉员工动员会后，周宁静和方致远一直没见面。这天，两人因为孩子，终究还是没能避开。

游乐园里，方周子一手拉着爸爸，一手拉着妈妈，嚷嚷着要去玩淘气堡，高兴极了。

护着方周子进了淘气堡，两人便站在外面等。

方致远不想冷场，跑去买了瓶水，拧开瓶盖，递给了周宁静。

周宁静看起来有些心不在焉，没接住瓶子，水便洒了一地。

"还在因为那天的事情生气吗？"方致远问道。

她笑了笑。

"我知道你还在生气。"

"说不生气是假的，但仔细想想，我也没必要生气。我不是没考虑过，找个机会跟你解释，告诉你，我和迈克是清白的，告诉你，其实那晚我本就不想带你去，更别说是让你陪我演戏了。只是，我们之间的这种解释，实在已经够多了。"

"你也不用跟我解释，我们在试离婚，你有你的自由。"

"你觉得，我要的是你想象中的自由吗？我要的是一段缓冲期，是我们重新开始的机会。"

"我那天听到些话，一时失控。"

"你认为我们还有必要试下去吗？"

"有，当然有。为期半年，一天都不能少。"

"其实，我知道你听到的是什么。这些话，我最近没少听。你说女人在职场上，怎么就那么难呢？稍有起色，就会被编排，说靠的不是真本事，靠的是别的。致远，我要是想靠别的，何必等到年老色衰？"

迈克突然离开了新百嘉，周宁静的工作量比之前翻了好几倍。迈克不是休假，也不是出差，有传闻说他要调走了，而她并没有看到调令。她联系过他，但他的手机一直关机，微信也未回复。

最后，还是周宁静的助理把自己在茶水间听来的、关于迈克的八卦，拼拼凑凑地传给了她，说是迈克要停职了。

"谁说的？"

"人事部的琳达说的，停职调查。"

"为什么要调查迈克？"

小王不敢往下说了，躲躲闪闪。

"有什么就说什么。"

"说迈克滥用职权，好像和他提拔你的事有关，另外，还牵扯了什么受贿的事。"

"宁静，我相信你。"是方致远的声音。

周宁静抬头，冬日午后，刺眼的阳光让她有些头晕目眩。

"你真的相信我？"她有气无力。

"真的。你要是遇到什么事了，可以直接跟我说的，要是我能帮……"

"谁也帮不了我。"

"对了,跟你说个事,我最近签了几个大单子,还算顺利。公司那边,我想搬个地方,总在居民楼办公,好像不太合适。"

"这是好事,你的努力终于有了回报。"

"不过,公司做大了,也有做大的压力。我看叶枫和小于都忙不过来了,打算招兵买马,扩充下人员,你觉得怎么样?我想听听你的建议。"

"致远,公司是你的,你自己决定就行。以前,就是因为我管得太多了,才让你觉得束手束脚。"

"谢谢你的理解。"

"说谢就生分了……"

小周子钻出淘气堡:"爸爸,我饿了,我要去吃披萨!"

方致远上前,抱过周子:"咱们问问妈妈想吃什么,好不好?"

周宁静捏捏周子的小脸蛋:"只要周子高兴,妈妈吃什么都行。"

国庆节前夕,方致远的公司乔迁。

新的办公楼离冇城派对不远,租金本来挺高的,绝不是方致远现阶段可以承受的,不过,凭着叶枫一张巧嘴,愣是把房租压下来一成,还和房东签了五年内不涨价的租约。方致远确实喜欢这套房子,朝南,空间大,办公室、会议室、会客室一应俱全,而且是精装修,连办公家具都是现成的,便咬咬牙租下了。

乔迁这天,周宁静虽未出席,却送了花篮来。叶枫看到"周宁静"的名字,一时觉得有些扎眼。

自从知道方致远和周宁静只是试离婚后,叶枫心里就不太痛快。她有心接近,却发现方致远的业余时间,不是和陆泽西他们几个混在一处,就是陪孩子,连条小缝隙都没给她留。

"叶枫,怎么样,都准备得差不多了?"方致远走了过来。

既然是乔迁,方致远便让叶枫张罗了一个简单的聚会,就安排在公司。

"都准备好了。"叶枫说着,眼睛却还盯着周宁静送的花篮,有些欲言又止。

方致远也瞧见了，看到花篮上的名字，眼神一动。

"嫂子心里还是有你的。"叶枫微笑。

方致远笑而不语。

"对了，嫂子那边都还好吧？"

"挺好的。"

"我前几天吧，听到些八卦，关于新百嘉的，说嫂子他们部门好像出了点事。"

"你的消息倒挺灵通。"

"我有个朋友，也在那上班，她顺嘴说的，我也就那么一听，不知真假，我还是不多嘴了吧。"

"出什么事了？"

"嫂子的上司，是不是叫迈克？"

"对啊。"

"就是他出了事，涉嫌滥用职权什么的，好像还有什么乱搞男女关系……"

叶枫绝非等闲之辈，她是那种明确了目标，就很难再动摇，会想尽一切办法去实现的女人。也是机缘巧合，她在朋友的生日派对上认识了周宁静的助理小王。又听到小王在跟人抱怨，说自己正找房子，要不就是价格太高，要不就是合租对象太奇葩。

叶枫主动邀请小王和自己同住，小王虽有疑虑，却见叶枫人畜无害，何况两人还有共同的朋友，隔日便去看了叶枫租的房子，两室一厅，很是干净整洁，房租更是出奇地低，小王当即就同意了。

住在一块，哪有不沟通沟通感情的。小王又初入社会，也没有什么识人的能力，整个一傻白甜，八卦公司的事就成了她们俩聊天的主题，周宁静的一举一动，叶枫便全都掌握了。

有些事，怕是连周宁静自己都不知道。

新百嘉前身是冇城百货，这周宁静本是冇城百货的老员工。冇城百货被TW集团收购后，留用的老员工并不多，周宁静便是其中之一。这批老员工多被降职，周宁静亦然。只是，自从她和迈克走近后，便颇有些平步青云起来，成了运营部副总监。那些老员工说起这事，无不愤愤，都觉得自己不比她差。之前的流言蜚语，一多半就是从这些人嘴里传出来的。这一次，要整迈克和周宁静的也是这些家伙。

"方总，我想，这事应该和嫂子没关系吧。"叶枫笑着。

此时，方致远的脸色已有些不好，却还是说着："当然没关系。"

叶枫压低声音："他们说嫂子升职和那个迈克也有关，说他们俩不清不楚什么的。方总，我也觉得不可能，嫂子我虽然只见过几面，但我能看出来，她不是那种女人。"

方致远沉默着。

"我真多嘴！其实，我就是怕迈克出事，会连累嫂子。我们先进去吧，等会儿客人就到了。今天乔迁，是大喜……"叶枫说着，一手攀上了方致远的手臂，"方总，你没事吧？我看你脸色不太好。"

当晚，方致远就约了周宁静，她说在加班，只能给他半小时，让他在新百嘉的一家咖啡馆等她。

周宁静来了，她一边打着电话，一边拿眼神看方致远，示意他别出声。

方致远只得坐着，听周宁静隔着手机指点江山，说着一大串他半懂不懂的专业术语，还夹杂着英文。回想这些年，他很少看到她工作时的样子。穿着修身制服的她，此时正用极其平稳的语调，处理着一个听起来十分棘手的问题。

好不容易等她接完电话，他才问："最近工作都还好吧？"

周宁静把手机放在小圆桌上："都好，就是有点忙。你约我，不会是为了问这个吧？"

方致远犹豫了一会儿："我听说迈克出了点事，怕你受影响。"

"你都听说什么了？"

方致远压低声音："我只问你，他的事到底和你有没有关系。"

"致远……"周宁静靠在椅背上，笑了笑，"不管你听到什么，那都是谣传。"

"我当然不信那些，只是，我怕这种无中生有会影响到你。"

"我也不信。我既不信自己要靠什么交易往上爬，更不信这些传言会打倒我。"

"要是事情真的闹大了，你可以离开的。"

"离开新百嘉吗？然后呢，我要去哪儿？"

"你可以来我公司。"

周宁静沉默着，凝视着方致远："我加班，比以前努力十倍百倍去工作，就是为了告诉他们，周宁静靠的是自己的才干。周宁静有能力担任副总监，假以时日，她还会成为总监。我不用解释，也不必争辩，稳稳地坐在那个位置上，就是最好的反击。所以，我哪儿都不会去。"

"可是……"

"你说的我都懂，我很感动，"周宁静抬手看表，"现在我得走了，办公室里还有一堆事在等我。"

说完，她从钱夹里掏出一张百元纸币，轻轻放到桌上，转身便走。

第二十一章 雨欲来风满楼

你自己可能不知道,你有一种力量,那种力量,我觉得就是烟火气。大概就是"在认清生活的真相后,仍然热爱生活"的勇敢。

周宁静面无表情地走进办公楼层。

灯火通明,整个运营部都在为商场的周年庆活动忙碌。

偶尔有人跟她打招呼,更多的,只是别过脸,假装没看到。

小王匆匆跑来,将周宁静拉进办公室。

周宁静的办公室里,站着一个男人,是迈克。

他似乎清瘦了不少,也黑了些,因为这样,他原本有些娘的感觉被另外一种气质所替代。不知道这些天他到底经历了什么,总之,他的身上有了沧桑的男人味。

他笑着:"大家都在忙呢,你去哪儿开小差去了?"

"我……"周宁静不敢相信,却强迫自己淡定,便道,"我去喝了杯咖啡。"

小王往后退,掩上门,悄然离去。

周宁静走过去,把门拉开,转身,很坦然地看着迈克。

他耸耸肩:"不是我故意失联,事出有因,也不方便跟你多解释。"

"迈克,你是打算今天就开始上班,还是先休息一晚?"

他笑了:"你这是在命令我?我才是总监。"

她也笑:"知道就好。"

"你比我想象得还要强悍,宁静。"

"我一直都这样。"

"我知道。好了,现在,请向我汇报这段时间运营部的所有工作,一个都不许漏,好吗?"

"没问题。"

方致远有些落寞地回到公司,叶枫和小于还在,看起来,两人似乎正准备离开。见方致远来了,小于知趣,看了叶枫一眼,便先行离去。

"方总,你没事吧?"叶枫看着方致远,眉眼里写满担忧。

"你怎么还没走?"

"我和小于在看简历,选了几个不错的,你来得正好……"

"你先回去吧,放那,我明天再看。"

"方总,你累了吧,来……"叶枫温柔地伸手,替方致远脱下外套,又仔仔细细将两人的外套挂好,轻轻弹去上面的尘土。

方致远颓然坐下,按揉着太阳穴。

叶枫给方致远倒了一杯热水:"喝点水。"

"谢谢你,叶枫。"

"方总,今天公司乔迁,是大喜事,你这是怎么了?"

见方致远不吭声,叶枫又道:"其实我也明白,这段时间,你和嫂子发生了些不愉快,你心里的苦我虽不能完全体会,但全都看在眼里。我很希望能为你做点什么。"

"你已经为公司付出很多。"

"这都是我应该做的。我一毕业就跟着你,从通信公司一直到你创业,一直到今天,咱们搬到了写字楼,开始招兵买马,公司一天天发展壮大。我想说,不管什么时候,不管发生了什么,我都会留在你身边。"叶枫说完,眼圈一红,竟是要哭。

"你这是干吗?怎么还哭了……"

"我没哭,我只是替你高兴。"

他够过桌上的纸巾盒,抽了两张纸巾给她:"别哭了。"

她一把抓住他的手:"我只想这样,静静和你坐在一起,看着你。"

方致远努力抽出了自己的手:"叶枫,你做的一切,我很感激。公司马上要走上正轨,我之前答应过你的,会给你公司股份。"

"我不要什么股份。"

"你一个小姑娘，在冇城孤身一人，你需要安身立命……"

"她真的就那么好吗？"

"我不懂你在说什么。"

"周宁静真的就那么好吗？我比她年轻，自问也不比她难看。这么多年，我对你不离不弃，我百分百信任你，为什么你从来都没有正眼看过我！"

方致远别过头："行了，叶枫，你失态了！"

"我不管！方致远，我就是喜欢你！我就是想跟你在一起！"

"我只把你当朋友。"

"可是我不想，我不想跟你做什么朋友！"叶枫一下坐到方致远怀里，"还记得吗，你离开通信公司那天，我也像这样，坐在你怀里……"

"那天我们什么都没有发生！"

"是，就是因为什么都没发生，我才会觉得遗憾……"叶枫探手，顺着方致远的腰际往下滑。

叶枫的柔软，差点让方致远沦陷。他用仅剩的理智，狠狠推开了她，抓起外套就往外走。

她跌倒在地，而他，自始至终都没回头看她一眼。

她泪如雨下，喃喃自语："方致远，你会后悔的，你一定会后悔的！"

周宁静办公室，小王站在门边，伸手想敲门，却又缩了回去。

"门本来就开着，你进来就是了。"正向迈克汇报工作的周宁静抬头道。

"是李总说，他找迈克。"

这李总是新百嘉的总经理，跟迈克一样，也是从总部空降过来的。

迈克道："你跟李总说，我马上就到。"

小王点头离开。

周宁静看着迈克："你……"

"我知道该怎么应对。本来，半年后我可能会调回总部的，可是有人不想让我回总部。但他们不知道，我现在已经不太想回北京了。"他直视着她的眼睛。

新百嘉的周年庆活动已经开始，公司上下一团忙碌，周宁静一大早便来到了办公室。

小王端了杯热气腾腾的咖啡过来，脸上一团喜气："静姐，那帮势利小人，见迈克回来，又看他跟没事人似的，一个个都变了脸。看，这咖啡是丽萨给你泡的，多奶少糖，人家还记得你的口味呢。"

"往后这样的话还是少说几句吧。祸从口出，多少是非都是从这张嘴里出来的。"

"静姐，我现在是越来越佩服你了。要是换了我，一定会急眼。"

她也急眼过，只是，现在的她，知道情绪解决不了任何问题。她想过跟那帮人对质，问他们为什么要编排她。甚至，她的内心闪过那么一丝害怕，害怕迈克真的不是因为她的能力而提拔她。

不，不对。她周宁静从踏入职场的那一刻起，就一直恪守本分，一直努力进取，她不是总部嫡系，但像迈克说的那样，她了解本土文化，她有着自己的优势。她做的线上运营方案，李总也曾赞不绝口。她负责的培训项目，为新百嘉培养了一批不错的运营人才。她没有那么不堪，相反，她从未放下过那颗蓬勃的进取心，她是优秀的，她不该妄自菲薄。

西亚整形医院。

陈墨一走进医院，就不断有人行注目礼。

她被看得很不自在，好不容易穿过大厅上楼，到了自己办公室。

一推开门，她就惊着了。

只见办公室里堆满了各种颜色的玫瑰花，这些花已经不能用"朵"来计数。

"花丛"里，陆泽西突然跳了出来，嘴里还叼着一朵，笑嘻嘻看着陈墨。

她走过去，拿下陆泽西嘴里的花："你就作吧。"

"怎么作了？我这叫浪漫。哎，你别动，我们拍个合影，我发朋友圈。"

她无奈，摆了个姿势："你这一天到晚秀恩爱，往后交了新女友，这些照片，会删到你手酸的。"

"干吗要删啊,不删,有你就够了。"

"西亚这两天搞活动,已经够忙的了,你还弄这些,让人看了像什么?"

"人生苦短,及时行乐。"

"以前我真没发现你这么幼稚。赶紧的,让人把这些花弄走,我还得工作呢。"

"今天不工作。"他说完,拉着她的手就往外走。

陆泽西的求婚仪式就安排在今天。他都计划好了,上午先是购物,中午安排了法式大餐,然后是SPA和电影,晚上才是重头戏。等吃过晚饭,先拉着陈墨到冇山顶看夜景,谈人生谈理想,可以的话,还可以温存一番。零点前,再带着她赶到派对门口。他们一到,先是一出事先排练好的快闪,五十对身穿礼服的新郎新娘挽手出现。快闪后,一名小提琴手登场,拉起最浪漫的旋律,派对楼身上的巨幅LED显示屏,会出现她的照片。趁着她还没回过神来,他马上掏出钻戒,单膝下跪。

陈墨虽觉陆泽西反常,但也没往求婚这上面想。毕竟,他这段时间各种出格的事还真没少干,每一次都让人大跌眼镜。他的孩子气,让她好笑又好气,却又不忍心打击他的积极性。况且,这样的他,实在是有点可爱。

新百嘉的周年庆活动全天不打烊,是今夜这座城市最热闹的所在。各个楼层都人满为患,柏橙的菲斯特餐厅也是。她站在阳台,往下看,华灯包裹着的城,竟变得有些陌生。那条在秋季本已沉寂的冇江,因为河堤两侧的灯带,熠熠生辉,鲜活无比。

周宁静和迈克走出商场时,已近零点。

新百嘉化身不夜城,一场购物的狂欢。他们作为这场狂欢的策划者,也该功成身退,感受一下节日的氛围了。

"想吃什么?"迈克笑看着周宁静。

"什么都行。"

说话间,几个女孩飞奔着从他们身边经过:"快,快,听说那边有人在求婚,那么大的LED,全是那个女孩的照片,全是!"

新百嘉广场,巨型LED屏幕下。

五十对新郎新娘装扮的俊男靓女,站成两排。

他们中间,是惊慌失措的陈墨和单膝下跪的陆泽西,他的手里,举着一枚钻戒。

"墨墨,嫁给我吧!"陆泽西大声说着。

方致远、老巴和明杭在一边起哄:"嫁给他,嫁给他!"

在他们的带动下,围观的人群沸腾了:"嫁给他,嫁给他!"

人群里,站着柏橙和周宁静,这两个女人几乎同时注意到了方致远。她们靠得原本不近,不知谁冲了出来,把她们俩撞到了一起。

两人还来不及尴尬,突然被那个冲出来的女人惊到了。

那个女人静静站着,像一尊雕像,立在人群最前面,最靠近陆泽西的地方。

背对着她的陆泽西并没有发现,他仍旧跪着,安静等待着陈墨的答复。

陈墨什么都想到了,却没想到他会求婚。

她犹豫着,然后,她的眼角余光瞥到了那个雕像般站立着的女人。

她摇摇头,转身就跑。

人群再次沸腾,陆泽西像个傻子,懵懵站起,看着陈墨飞奔的方向。

"陆泽西!"雕像说话了。

他慢慢回头,却再也站不稳当:"潘瑜……"

人群因这场失败的求婚而骚动,场面开始混乱。

这时,方致远看到了站在一起的迈克和周宁静。

迈克拉起周宁静,就往人群外挤。

方致远想追过去,却又被汹涌而来的人墙堵住。他挥动双臂,叫着周宁静的名字。但是她和迈克,很快就消失在他的视线里。

一片混乱中,潘瑜竟被几个人推倒在地。

陆泽西本想去追陈墨,到底还是扭过头,扶起了他的前妻。

"你赶紧去追吧。"潘瑜道。

"不用了,"他摊手,"随她去吧。你什么时候回来的?"

"说来话长。"

这对分离了的男女，尴尬地立在人声鼎沸的广场。

只是，时过境迁。

方致远奋力钻出人墙，往前跑着，却不知该往哪个方向，才能追上周宁静和迈克。

一辆摩托车从他身边飞奔而过，将他撂倒在地。

他就这样坐在地上，一动不动。

潘瑜上了陆泽西的车。副驾驶上，有一束娇艳的蓝色妖姬。

这也是陆泽西给陈墨的惊喜，求婚成功后的惊喜。

他似乎没有拿开花束的意思，潘瑜便上了后座。

"其实你不用送我的，我自己叫个车，很方便。"她坐定后才道。

"他们也是这么想的。"陆泽西一指车窗外。

路两侧有不少人在等出租车。

"其实你应该去追她的。"

他岔开话题："怎么想起回冇城了？"

"我回来，是想拿回叮当的抚养权。也是运气好，遇到个特别靠谱的律师，帮我打赢了官司。"

"太好了。之前我一直自责，因为我，你放弃了孩子的抚养权。"

"这些年，不是我在自责，就是你在自责，也该自责够了。"

"也对。"

"忘了告诉你，我们在新百嘉的专柜，元旦就要试营业了。"

"你们？"

"我一个朋友，做日化的，给了我一份工作。不管是为了自己，还是为了叮当，我都应该重新开始，找份工作。"

"有什么我能帮你的，你尽管开口。"

"谢谢。"

车子进了一个老旧的小区，潘瑜就住在这里。

陆泽西下车，给她拉开车门，皱眉看了看周边的环境。偌大的小区，没有保安，连路灯都没有。

"你就住在这？"

第二十一章 雨欲来风满楼

"比这糟的地方我又不是没住过。你看,这也不太方便,我就不邀请你上去参观了。"

是啊,比这糟的地方,他们都住过。当年,他们曾蜗居在城中村,连洗手间都是公用的。

"回去吧,回去找她。"她继续说着。

陆泽西并没有去找陈墨,而是回到了自己的公寓。

那里,方致远、明杭和老巴正在等他。

四个男人的夜晚,是以酒开始的,也准备以酒结束。

一开始他们谁都没说话,好像说什么都不合适。这场盛大但失败的求婚仪式,已经将陆泽西的精气神抽空。他像一只被踩扁的气球,瘫在沙发上。

跑出广场后,周宁静撒开了迈克的手。

两人站定,才发现无意间闯入了一条小巷。

巷子里的馄饨摊还开着,锅里的水在沸腾,一只只白胖的馄饨不停翻滚着。

"饿了吧?"迈克笑,"我请你。"

很快,老板端了两碗馄饨上来,面香、肉香夹杂在一起,令人垂涎。

见迈克大快朵颐,周宁静道:"没想到你会喜欢吃这些。"

"那我应该喜欢吃什么?"

"以为你是个对生活水准要求很高的人。"

"我喜欢烟火气。"

"烟火气?"

"对,你身上就有这样的烟火气。"

"也对,我就是一个俗人。一个不想做俗人,却还是不情不愿做了俗人的女人。"

迈克摇头:"如果你把热爱生活理解为俗,那我实在无话可说。你自己可能不知道,你有一种力量,那种力量,我觉得就是烟火气。大概就是'在认清生活的真相后,仍然热爱生活'的勇敢。我刚到新百嘉的时候,他们跟我说,周宁静很傲,很难搞,怕你不配合我的工作。可是,我看到的你,却跟他们说的不一样。你很拼,你每天都在证明自己。你的世界里,没有逃避。这也是我为什么会欣赏你,为什么会重用你。"

周宁静笑:"谢谢你的欣赏。"

"我懂你这话的另一层含义,你谢谢我的欣赏,而我,也只能止步于欣赏了。"

"是。"

"吃馄饨吧,不然该凉了。"

陆泽西公寓里,四个男人正喝着闷酒。

明杭突然揽过老巴的肩膀:"借一步说话。"

两人来到阳台,明杭掏出包烟来,还没来得及拆,弄了半天才打开。

他抽了一支给老巴,给他点上,然后又给自己点了一支。

老巴疑惑:"又抽上了?"

明杭本是不抽烟的,从北京回来后,因为父亲明远的病,抽过一段时间,后来又戒了。

"抽就抽了。人生苦短,横竖就是这么回事吧,瞻前顾后的,倒没趣了。"

"你爸情况怎么样了?"

"一言难尽。他总说不想全身插满针管活着,可我这个当儿子的,总不能就这么放弃吧。"

"有什么要帮忙的,你尽管吱声,别死扛,听到没?"

明杭点点头。

老巴咳嗽了一声,打破沉默:"有什么就说吧,这里怪冷的。"

"行,我直说了吧,还是海莉的事。"

老巴干笑了两声:"海莉又怎么了?"

"小楠年底就要回老家,我爸这边,实在离不开人,我不能让我妈干熬着。旧时光那边,我实在是有心无力。那天海莉跟我提了一嘴,说她想接手。我是这么想的,往后咖啡馆就交给她了。"

"还是你们俩合伙?"

"对。"

"话都说到这份上了,索性你就说开了吧。"

"我没法再往下说了。"

不是明杭无话可说,而是他怕说了,他和老巴真的连朋友都做不成了。

明杭转身走进客厅,老巴倔脾气上来,追了上去,一把拽住明杭的手臂:"你倒是说啊!"

方致远连忙拉开他们:"你们俩怎么回事?"

"你问明杭!"

方致远看向明杭。

明杭拨开方致远,看着老巴:"我们俩都应该尊重她!"

"谁啊?"方致远纳闷。

陆泽西睁开醉眼,瞧了老巴和明杭一眼,仍是一副事不关己的样子。

老巴一指明杭:"他看上海莉了!"

方致远懵了,连陆泽西都站了起来。

"明杭,他说的是真的吗?"方致远问道。

明杭沉默着,这种沉默,在另外几个人看来,便是默认。

老巴抓住明杭的衣领:"我让海莉去你那,不是为了让你泡的!"

"她来旧时光,是她自己的选择。"明杭开口了。

老巴松开明杭的衣领,照着他的鼻子就是一拳,明杭被打倒在地。

"老巴你住手!"陆泽西再也坐不住了。

明杭摇摇晃晃站起:"打吧,让他打,你们谁也别拦着!老巴我告诉你,你跟海莉已经离婚了!你最好把我打趴下,要不然,我从这里出去后,第一件事就是去找海莉,我要告诉她,我喜欢她!"

老巴吼了一声,又要打明杭,只是这一次,被陆泽西他们死死拽住了。

"你给我记住!当初要摆脱婚姻、摆脱海莉的人是你,"明杭擦了擦鼻子上的血,"我不是没顾及过你的感受,可是谁顾及我和海莉的感受!这几天我爸病危,我算想明白了,人一辈子就这么短,活着,就得尊重自己的内心,我和她两情相悦,这没什么不对!何况,你和海莉早就没有任何关系了!巴有根,人不能这么自私!"

老巴往后退着:"是啊,我跟海莉已经没有关系了……"

急促的敲门声,海莉隔着门洞,看到了明杭。

他曾送她回家,但都是止步于楼下,从没上来过。

"开门,是我!"他的声音很是急切。

海莉到底还是开了门,脸上带着血的明杭,顺手带上门,大踏步走了进来。

"你的脸……这是怎么了?"

"我跟他摊牌了。"

"谁?"

"还有谁……"

"值得吗?"

"为了你,也为了我自己,值得。你回来,就待在旧时光,哪也不许走,我也不会再让你走。"明杭说完,一把抱住了海莉。

"你……"海莉挣扎着。

"我不管了,什么都不管了。"他说完,捧起她的脸,覆上她的唇,不由分说,便是一阵疾风骤雨。

她早已不知所措,她傻了,也懵了,只觉全身动弹不得。

"放开我……"她呜咽着。

他松开她:"对不起,我太冲动了……"

她耸动着双肩,低声啜泣。

"对不起,对不起,我一直以为你心里是有我的。"

"我心里有你……可是,我们之间是不可能的,这一点,你不知道吗?"

他的眼里重新有了光芒,灼灼注视着她:"去他的不可能!"

"我离过婚,我可能不能生孩子。"

"我不在乎。"

"可是我在乎!"她捂着脸,"我在乎……"

国庆过后,TW总部的调查组入驻新百嘉,开始了对迈克的全面调查。

所谓证据，有两个：一个是迈克收受某国内服装品牌的贿赂，让这个明显不符合入驻规定的品牌在新百嘉设了专柜；另一个，则是他滥用职权，违规提拔周宁静。为了避嫌，迈克和周宁静均被暂时停职，运营部亦是人人自危，恨不得马上跟这二人划清界限。

早教中心门口，周宁静和方致远站在一处，却保持着半米距离。

停职也不是全无好处，至少，周宁静有更多时间来陪孩子了。

今天刚好是周五，前几天方周子打电话给方致远，提出要和爸爸妈妈一起吃饭。小丫头不知从哪学来的，居然说"我要请爸爸妈妈去吃海鲜自助"。方致远听完这话，感怀良久，现在，女儿是他唯一的安慰了。

既是女儿的要求，周宁静也不好驳斥。于是，她和方致远约了周五晚饭。

两人见了面，各怀心事。试离婚，是为了给这段婚姻新的出路。只是，这一切似乎比想象的要艰难。

"我听说你被停职了。"方致远突然问。

"是，这是为了配合调查组。我不会有事的。"

"要是他们实在不信，就……"

"我不会离开新百嘉的。"

周子从早教中心出来了，好几天没见到爸爸，她上去就抱住了方致远的腿。

自助餐厅内，方致远面前的盘子里，堆满了食物，多是周子帮他去取的。

周宁静有些心不在焉，目光追随着去拿取食物的周子。

女儿还不到3周岁，那么小点的个子，高处的东西哪能够得到，即便不是高处，她也得踮脚，伸长手臂才能够到。不时有服务员微笑着过去帮忙，小丫头还特别懂礼貌，没忘说"谢谢"。

不是方致远和周宁静狠心，而是周子放话了，今天这一餐是她请的，爸爸妈妈什么都不用干，只需要乖乖坐着。

不多时，周子端了一碗干果冰淇淋过来，递到了方致远面前："爸爸，冰淇淋不够了，只有一份，你和妈妈分着吃吧。"

两个大人一时尴尬。

周子又道："你一口，妈妈一口，好不好？"

"给妈妈吃吧，爸爸不吃。"方致远笑着。

"不行，今天是我请客！都得听我的！"小丫头又拿出撒手锏了。

她一边说着，一边打开小书包，果真掏了一叠百元纸币出来："我有钱！"

方致远和周宁静对看一眼，小丫头哪来这么多钱？

"我问外婆借的！"周子笑着，"等过年收了压岁钱，我再还给外婆！"

"请客哪有这么霸道的呀，爸爸胃寒，是不能吃冰淇淋的，所以，还是妈妈吃吧。"周宁静柔声道。

周子嘟嘴，不吱声，生气了。

"好好好，我一口，妈妈一口！"方致远说完，对周宁静使了个眼色。

周宁静张嘴，方致远挖了一勺冰淇淋，递到她嘴里。

周子这才笑起来："好啦，现在轮到妈妈喂爸爸啦！"

周宁静一愣，见方致远已经张开了嘴，便有些不情不愿地挖了一勺递过去。

勺子递偏了，冰淇淋弄得方致远满鼻子都是，还有一颗红豆不偏不倚沾在了鼻尖。

周子哈哈大笑起来。

吃完饭，方致远把周宁静和周子送回家。

周子不依不饶，一定要爸爸上楼。

方致远见周宁静没有反对的意思，就将娘俩直接送进屋了。

他一进屋，王秀芬忙道："致远来了，来得巧，我刚炖的燕窝，尝尝？"

周宁静看看笑嘻嘻的方周子，又看看不敢和自己直视的王秀芬，什么"周子非要吃自助餐"，这恐怕都是王秀芬导的一出好戏吧。

事已至此，周宁静也不好说什么了，扔给方致远一双拖鞋："进来吧。"

王秀芬见周宁静神色和缓，自认为大功告成，给女儿女婿盛了燕窝，便抱着周子回房去了。

本就不大的客厅里，只剩周宁静和方致远。

方致远坐下，小口小口地喝着燕窝，显得特别拘束。

周宁静没喝，只是满屋子转，摆弄摆弄这，摆弄摆弄那的。

方致远慢慢喝完了，才道："我都打听清楚了，你们公司这次的事，主要是冲迈克来的……"

周宁静疑惑:"你倒是都知道?"

"叶枫跟你们新百嘉的人挺熟的,就是她告诉我的。"

"没看出来,小叶还挺多嘴。"

"你别这么说,她这也是出于关心你。"

"关心我?我和她又不熟,她干吗这么关心我?"

"你又来了。"

"致远,"周宁静坐下,"我不了解叶枫,也许她真的像你说的那样,特别优秀,特别善良。但你有没有想过,在你赤手空拳的时候,她就敢放下高薪工作跟着你干,你知道她最终要的是什么吗?她要的,你给得了吗?"

方致远想起叶枫那晚的失态,一时语塞,而这些,是断不能告诉周宁静的。

"我这可不是在管你,"周宁静又道,"只是提起来了,就多说两句。"

"我倒是希望你能多管管。"他嘟囔。

她看了看墙上的挂钟:"差不多了,趁着周子被妈哄睡了,你赶紧走吧。"

第二十二章 人生几度秋凉

可惜,她读过的那些言情小说,它们并没有告诉她爱情和婚姻是两码事。爱情可以幻想,但婚姻就只是现实。

陆泽西求婚失败的八卦在西亚疯传,这些天,他只把自己关在公寓里。

这天,陈墨主动来找陆泽西。

陆泽西隔着猫眼看到她,他本没打算开门,只听得她说道:"我知道你在家。你把门开开,咱俩谈谈。"

"没什么好谈的。"闷了半晌,他终于说话了。

"你要不开门,我可就走了。"

"走就走呗,我也未必想见你。"话是这么说,门却还是开了。

陈墨笑盈盈地走了进来:"气色不错,看来我的担心是多余的。"

"那我应该怎么做,割腕还是跳楼?"陆泽西垂头丧气。

"不至于。"她还在笑。

"你现在很得意是吧?"

她径直坐到沙发上:"我有什么可得意的。"

"现在全世界都知道你拒绝了我的求婚。"

"全世界?有那么夸张吗?我怎么没听说?"她说着,"大家都知道你陆泽西是个游戏人生的家伙,求婚这种事,在你这,没准就是个玩笑。"

"求婚不是玩笑!但是我呢,我却成了最大的玩笑。"

"陆泽西,婚姻在我看来是神圣的,求婚也是,那么神圣的事,不应该也不可能发生在咱俩身上。"

"这就是你拒绝的原因?"

陈墨眼前闪过潘瑜的脸,却只道:"不然呢?你看看我,再看看你自己,咱俩像是那种结婚过日子的人吗?"

"不试怎么知道。"

"那你告诉我,你是真的想和我结婚?"

"扯淡!我要是不想,求个屁婚!"他也坐下了,黑着张脸。

"你看着我……"她捧起他的脸。

他别过脸去,她又把他的脸掰正:"你不过是一时觉得离不开我,想用婚姻绑住我。"

这句话很扎心,却也是事实。他确确实实离不开她,而婚姻,是他能想到的,和她厮守的最好途径。

她接着道:"我还是喜欢那个游戏人生、不问后果的你。这一次,你真的吓到我了。求婚仪式很美,真的,我也很感动!感动这段时间你为我做的一切。我只是不懂,难道除了婚姻,我们就没有别的出路了?"

"墨墨,"他有些哽咽了,"求婚的事,你只当没发生过,咱俩还是跟以前一样……"

"不可能再跟以前一样了。韩国那边的课业我还没完成,我也该走了。"

"决定了?"

"嗯。"

"我等你回来。"

"你别给我压力,"她亲了亲他的脸颊,"我也不会给你任何压力。"

调查组在周宁静这边找不到突破口,没有任何证据表明她和迈克有过什么不正当的交易。折腾了一圈,听到的都是些流言蜚语,调查组的人都怀疑是有人在捕风捉影、小题大做了。至于迈克收受贿赂倒是找到了铁证,某服装品牌专柜的老板煞有介事地拿出了转账记录,数额十万。周宁静自是不信,以迈克的为人和家境,怎么可能为这点钱就失了分寸?

不日,周宁静便收到通知,让她回新百嘉上班。迈克告诉她,有人将他们俩的往来邮件递送给了调查组。多是工作邮件,其中夹杂着些相互勉励的话,反倒证明了他们的清白。

"我想着，这肯定是你身边的人。递送邮件的居心，想想可怕。你要多留心。"

周宁静听毕，只是眉头紧锁，一声不吭。

这人是谁，她自是知道的。她的电脑密码，除了小王，再没告诉过第二个人。

大方油烟净化设备安装公司。

方致远跟以往这个时间段一样，正给员工开例会。

前台匆匆来报，说方太太来了。

那小姑娘话音刚落，只见周宁静带着小王走进了会议室。

"你在外面等我，我这正开会。"方致远有些不解，也微微有些恼怒。

周宁静要来公司，他十分欢迎，但莫名其妙闯进会议室，打断他主持的会议，就不太好看了。

"麻烦各位出去一下，我有点私事要跟你们方总谈。"周宁静的语气不容任何人质疑。

叶枫徐徐站起，一眼就看到了小王，一种不好的预感浮上心头。

只见小王躲在周宁静身后，战战兢兢，一脸不安。

"那就都先出去吧。"叶枫打着圆场。

"他们都出去，你和方致远留下。"周宁静笑看着叶枫。

几个员工一边拉椅子离开，一边狐疑地看着叶枫。

叶枫一脸不解。

待其他人都走了，周宁静关上了会议室的门，转身对小王："好了，你说吧。"

"这到底是怎么回事？"方致远再也按捺不住了。

"让小王说。"

小王唯唯诺诺，半天说不出一句话来。

"嫂子，你看这是怎么了？你们先坐下吧。"叶枫打着哈哈。

"坐，当然要坐，小王，你也坐，坐下说。"

小王低着头："叶枫姐，你干吗要害我……"

"我怎么害你了？"叶枫一副莫名其妙的样子。

方致远皱眉:"你们认识?"

如此,小王才委委屈屈道出叶枫是如何怂恿她窃取周宁静邮件、如何在调查组面前邀功请赏的。

叶枫怒其不争,却也不想认怂,便指着小王的鼻子:"你这是血口喷人!我教唆你干这些,我有什么好处!"

小王哭着:"我怎么知道……"

周宁静耸耸肩:"方致远,我早提醒过你的,你还不信,你看……"

她说完,便笑着拉过小王:"好了,我们走吧。"

小王仍在哭:"叶枫,我今天才知道你在静姐的先生这里上班。你这是为什么呀,为什么要坑静姐?"

叶枫本想争辩,周宁静轻轻推开她,带着小王大踏步离去。

叶枫一扭头,对上了方致远冷峻的双眼。

方致远盯着叶枫:"这些事真的是你教唆那个小王做的?"

周宁静和小王并肩走在街道上。

小王低头看路,神情戚戚:"我真不知道叶枫是这样的人。她这是为什么啊……"

"也怪你自己耳根子软。至于为什么,"周宁静笑笑,"你说她这是为什么?"

"是不是因为她……因为她喜欢你先生啊。"

"看来你也不傻嘛。"

"你不会开了我吧?"

"我为什么要开了你?不过,我打算把你推荐到人力资源部。这世上,最难的就是和人打交道,你去那边,估计能学到不少东西。"

小王只是缺心眼,本质上还是不错的,又何必断了人小姑娘的后路?

"那……"小王突然问,"那你先生会开了叶枫吗?"

这个问题,周宁静还真回答不了。

方致远摇头叹息："叶枫，你教唆小王，对你有什么好处啊？"

事已至此，叶枫知道再辩驳下去也没意义了，便摆出楚楚可怜的模样来："方总，我的出发点是为了你。"

"为了我？"方致远不解，"那我问你，我老婆丢了工作，背了黑锅，对我来说，又有什么好处呢？"

"你怎么知道它是个黑锅，万一要不是呢？"叶枫决定赌一把，"据我所知，新百嘉有能力的人很多，他们中未必没有比嫂子强的，为什么那个迈克单单提拔了嫂子呢？你敢说这里面没有他的私心吗？"

方致远笑了："你是不是觉得自己特别聪明？是，我和宁静现在婚姻遇到些状况，但我还是了解她的，她不用、也不屑于这么干！倒是你，你有精力有时间，管管公司的事不好吗，为什么要管我的家事、我的私事！叶枫，你越界了！"

叶枫万没想到方致远会是这个反应，她慌了，也乱了，喃喃着："我只是关心你。"

"我不需要你的关心！"方致远大怒。

"方总，你听我解释……"

"出去！"

叶枫红着眼出了会议室，小于跟了上来："疯子姐，出什么事了？方总他老婆有病吧，莫名其妙来公司，甩脸给谁看呢！现在公司都传遍了，说你勾引方总，才惹得他太太上门来讨伐！"

"谁说的！嘴也太碎了吧！"

"疯子姐，我真替你抱屈，真的。"

叶枫摆手："好了，什么也别说了，我没心情。"

"姐，你别再烦心了，这感情的事吧，好了坏了都是空的，要我说，手上拿着票子才是最实在的！"

叶枫抬抬眉眼，没说话。

小于压低声音："你知道振海集团吧？"

"当然，做新能源的，业内翘楚，冇城无人不知。"

小于想张嘴，又唯恐隔墙有耳，便站起，附到叶枫耳边，说了好一通话。

待她说完，叶枫嘴角上扬，微微笑了起来。

新百嘉广场。

周宁静和小王坐在一张长椅上，两人手里捧着咖啡。

"那会儿，我跟你现在差不多大，到了冇城百货，试用期工资特别少，扣了社保，到手也就一千多。工作上，我没少犯傻，也没少犯错。但是无论怎么样，我都会坚守自己的原则。"

"我记下了，静姐。"

"你是不是真觉得我和迈克不干净？"

小王没说话，这姑娘真是个不会撒谎的主儿。

周宁静便笑："也难怪，我和他确实是走得太近了。"

"迈克是个好人，你也是。"

"是吗……"周宁静笑了，"小王，我这人其实挺有野心的，我总想着往上走，往上爬。可是，要让我用身体当筹码，去换取什么，我是做不出的。人一旦失去了底线，就像鸡蛋开了口子，苍蝇就来了，也就臭了。我还记得当时啊，我有一个同事，我和她一起入的职。没多久，她就攀上了某位上司，上司调离，她又想去勾搭新上司。可是，这些男人，并不是每一个都愿意买她的账，新上司呢，又偏偏是个正人君子，一心扑在工作上，正眼都不带瞧她的。她吧，这些年就没好好工作过，光顾着钻营，又素来是个爬高踩低、欺软怕硬的主儿，还特别喜欢打小报告，没少得罪人。见她失了势，被她得罪过的这些人便联合起来对付她。到了最后啊，她自己熬不住，主动提出了辞职。"

小王点着头，若有所思。

周宁静又道："在职场上，女人本来就不占上风，如果再不走正道，能有什么好下场呢？"

"嗯。"

"我是不是又好为人师了？"

"静姐，我真挺佩服你的。这段时间，顶着那么大的压力，一点都没耽误工作，国庆大促，线上销售额破了纪录，有一多半都是你的功劳。你的线上运营方案我学习过，做得又细致又全面，不但考虑到了新百嘉今后的发展，还解决了现存的好多问题。"

"这不是我一个人的功劳,好多都是迈克和我共同探讨出来的。"

"有时候我会想……算了,不说了。"

"怎么又不说了?"

小王喝了口咖啡:"有时候我会想,要是你没结婚就好了,你和迈克……"

"那还是别说了吧。"

过了几日,有消息传来,迈克即将复职。

调查组也第一时间声明,迈克是被诬陷的,他和周宁静没有任何私情,周宁静的升职完全基于她个人的努力,她这些年的员工考核纪录可以佐证。至于那十万块钱,则是不怀好意的专柜老板设的圈套,恰恰是因为迈克要求他撤柜,他才设计陷害。

陈墨这一走,陆泽西彻彻底底地被打回了原形,甚至,他比原来还要变本加厉地放浪。

他不再去西亚,只是昼伏夜出。白天在公寓里蒙头大睡,到了晚上,就领着一帮狐朋狗友,各种玩乐。和以前不同的是,他再没带过女人回家。

这天上午,潘瑜来了,还买了些菜。

待她做好饭菜,问陆泽西:"有龙舌兰吗?"

陆泽西笑:"我这别的没有,酒管够!"

他取了酒,又拿小碟子装了切片柠檬和盐。

她倒了一小杯,娴熟地把盐洒在虎口上,舔了舔盐巴,随后将酒一饮而尽,再咬了一口柠檬片。

"你这个样子可不贵妇。"

"我从来就不是什么贵妇。"

陆泽西自知失言,却也来不及挽回了,便也照着她的样子,喝下了一杯。

"没有以前的味道了……"潘瑜有些遗憾,"你这瓶龙舌兰太高级了。"

这句话,一下就把陆泽西拉回到他们蜗居在城中村的日子。

那时候，日子清苦，陆泽西偏又有些小资情调。手头宽裕的时候，会买几瓶龙舌兰过过瘾，不过，那时候能买到什么好酒啊。

"一百块钱三瓶，还记得吗？"她看着他。

"记得啊，那味道实在太呛了。"

"都把我给呛哭了，"潘瑜的眼里闪动着晶莹的泪光，"那时候啊，我就想，这种苦日子什么时候才是头啊。可是现在回过头再看，却发现，那些苦，真的不算苦。喝什么酒根本就不重要，重要的是跟谁喝……"

他语塞，心里却一片汹涌。

那时，他们不但喝着一百块钱三瓶的龙舌兰，他们还穿着十块钱三条的内裤。

苦是真的苦。苦到他现在想起来，嘴里还能品出涩味。

"泽西，振作起来吧，"她的声音微微颤抖，"回西亚，照常工作，照常生活。陈墨如果真的只是你的过客，那就让这一切都过去。如果不是，她早晚都会回到你身边。想想当年吧，你一无所有，却无所畏惧。你现在有什么理由放弃自己？"

他抿着嘴，有热泪从他的眼角滑落。

吃了饭，他送她下楼，他已经很久没有下过楼了。

已是初冬，天色阴沉，寒风袭来。

"要不，还是打个车吧，大冷天的，就别坐什么公交车了。"他道。

"公交车挺好的，很方便。还记得吧，我们以前总挤公交，没座位的时候，你就挡在我身后护着我……"

"都过去了。"

"真的能过去吗？我也不止一次想过这个问题，但是，过不去。回苏州的时候，我本以为我能想明白了，我想做一个全新的潘瑜。可是，过去早就给我打上了标签，我是一个离过两次婚的女人。"

"别这么说。"

"我会往前走的，只是，我必须背着我的过去，那些标签，我是撕不掉的。你的，同样也撕不掉。"

他站定。

她微笑着："我们都应该正视自己，而过去，也是我们的一部分。"

潘瑜前脚刚走，方致远后脚就来了。

原来，这段时间，他公司的业务一直开展得不太顺利。有好几个潜在客户，谈得差不多了，却临时变卦，和另外一家公司合作了。这家公司隶属振海集团，原先一直是做新能源的，最近也开始承接餐饮油烟净化设备的安装业务。再一调查，竟是叶枫从中作梗，把客户资料给了振海。他想起周宁静的提醒，让他小心叶枫。

养虎遗患，却是悔之晚矣。叶枫这人，肯定是不能留了。

"这振海到底给叶枫什么好处了？"陆泽西问道。

方致远摇头："振海出了重金，要挖她过去，当然，前提是她带上所有客户资料。具体情况我现在还没摸清楚，手里也没有确切证据。这也是最让我为难的，叶枫是公司的功臣，还是很得人心的。我要是随便找个借口把她弄走，对公司影响很大。"

之后，方致远听了陆泽西的建议，暂且按兵不动，只是在公司内部提拔了一个销售总监。提拔销售总监这事，本来就在公司的计划之中，是他们早就定下的。只是，叶枫推荐的人选是小于，而方致远提拔的是一直默默无闻的小吴。

叶枫慌了。虽说公司的大小事务，没有她不经手不了解的，但方致远手里有几个很关键的大客户，是振海集团点名要的。眼下最重要的，还是先把这些客户搞定再说。

于是，她私下频频和几个重要客户联系，还有意无意透露出她即将跳槽到振海的消息。商人嘛，总是在商言商。他们看到振海给的折扣点确实低，一个个的就都动摇了。

况且，叶枫偏又生得人畜无害，极易博取别人的信任。如果连她都要跳槽，一准是方致远不仁义。一时间，方致远背信弃义、排挤功臣的传闻便风声四起。

这女人要是翻脸了，确实可怕。方致远叫苦不迭，要是再不和叶枫摊牌，还不知道会出什么事！如今，叶枫是公司的常务副总，公司的人事框架更是她一手搭建。更别说，她还有公司股份。她要真的就这么走人了，方致远辛辛苦苦创立的公司定会元气大伤！他本想从长计议，想一个不伤彼此情面又能相互保全的法子。

可是,叶枫步步紧逼,他要是再不出手,后果就很难想象了!

就在方致远的生活像一团拆解不开的乱麻时,突然传来一个消息:骗子付丽丽被抓获了。原来,这付丽丽东躲西藏,又良心难安,给跳楼未遂的周冲汇了一笔钱。正是这笔钱,暴露了她的行踪。并且警方在付丽丽的协助下,一举端掉了她上面的诈骗集团。等结案后,周宁静、周冲等受害者,就都能拿回属于他们的钱款了。

因为协助调查,算是戴罪立功,付丽丽只被判了五年。

法院宣判的时候,周宁静、方致远,还有那帮老同学全都去了。

连周冲都到场了,只不过,瘫坐在轮椅上的他,已经全无意识。

望着周冲身边一脸憔悴的季岚,周宁静一阵心酸。

她不知道是什么在支撑季岚,让这个瘦小的女人,在丈夫变成植物人、负债累累的情况下,选择了绝不放弃。

方致远也在看季岚,他的视线和周宁静的交错在了一起。

周宁静别过头,又看向了付丽丽。

被告席上的付丽丽瘦了,也黑了,看着比实际年龄起码老了近十岁。

付丽丽微微转头,也看到了周宁静。

她似乎努力在微笑,但抽动嘴角的样子,反而让她的五官扭曲在一块,显得十分吓人。

过了几日,周宁静接到看守所的电话,说付丽丽想见她。

看守所的人说,付丽丽的丈夫也在狱中服刑,除此之外,她再没有别的亲人了。如果能联系上她的亲友,适时沟通,是有助于她改造的。也就是说,他们希望周宁静帮助付丽丽改造。

前思后想,带着复杂的心情,周宁静在看守所里见到了付丽丽。

付丽丽的气色比在法庭那天是好多了,还略圆润了些。

"终于不用东躲西藏了,安心了。"这是她说的头一句话。

周宁静不知道该说什么，只是沉默。

"宁静，对不起。"付丽丽又道。

不知为什么，没抓到付丽丽的时候，周宁静一想起这个人就咬牙切齿，说不出的厌恶和鄙夷。可是，此刻，付丽丽就坐在她面前，她竟觉得这个女人有些可怜。

来之前，看守所的人曾跟周宁静聊起过付丽丽的过去。将付丽丽卷入这一切的，正是她狱中的丈夫。她做的一切，都因那个男人而起。爱情本来美好，可是，昏了头、失去理智的爱情，只会让人坠入深渊。

深渊……

周宁静皱皱眉，不禁联想到她自己。

也许，当她决定追求方致远的那一刻，就已经身处深渊了吧。

少女时代的周宁静，对爱情有着诸多幻想。她的高中时代，在未发奋图强之前，最大的爱好就是看书，看各种各样的言情小说。那些小说里，几乎所有男主都自带光环出场，都可以为了爱情，分分钟去死。女主亦然，她们似乎只为爱情而存在。她们总是无底线地付出、牺牲，美其名曰"爱情"。她常把自己代入女主，而方致远，则是她幻想中每个故事的男主。可惜，她读过的那些言情小说，它们并没有告诉她爱情和婚姻是两码事。爱情可以幻想，但婚姻就只是现实。

周宁静看着对面的付丽丽，这个十恶不赦的女骗子。

可是，付丽丽之所以会行骗，说到底，还是因为她对那个男人无条件的奉献和所谓的爱。爱情确实会让人盲目。再反观周宁静自己，她和付丽丽的爱情观其实也没有什么本质的区别。

见完付丽丽，周宁静的内心再也无法宁静，是时候重新审视自己的生活了。而摆在她面前的最重要也最大的难题，就是离与不离。

自从把周子送到早教中心，她学到了很多新名词，比如"离婚"。

她会歪着小脑袋，对周宁静说：谁谁谁的爸爸妈妈离婚了，谁谁谁的爸爸妈妈要离婚了。

妈妈，你和爸爸能不能快点和好啊，你们不会也离婚了吧？

每次孩子奶声奶气地说着这些，周宁静都觉得浑身不自在，她自责、内疚，觉得亏欠女儿。

试离婚之前，她确实跟孩子谈过——爸爸妈妈只是闹别扭了，要分开一段时间。

周子蓄着泪水："妈妈，是不是因为周子不听话呀？"

这话重重刺痛了周宁静，她忙抱住周子："不，周子很听话，是爸爸妈妈的问题，和你没关系，我们还是一样爱你，只会比以前更爱你。"

"那你们会和好吗？"

没等周宁静回答，小周子又道："一定会的！"

一定会的……

如果真的和方致远离婚了，他们又该怎么向周子交代？

要是不离婚呢？不离婚就意味着日子还得过下去，她和方致远早晚要终止试离婚，结束分居，继续在同一个屋檐下生活。那么，他们之间失去的信任，还能找回来吗？

这天，又是周子最开心的日子，因为又到周末，她能见到爸爸了。

陪周子去游乐场时，周宁静跟方致远谈起付丽丽，自然也说起那笔即将追回的钱。

"之前那个楼盘，马上要重新开盘了。我们这些原本就摇到号的，都有购房资格，"周宁静顿了顿，"我本来不敢想的，可如今付丽丽落网，那笔钱也快有着落了……"

方致远连连点头："买吧，我都听你的。"

"别，买房子不是小事，真的要买，我会征求你的意见。"

"还是你来做决定吧。以前你管着我，我不自在，现在你不管我了，我也没见得有多好。"

见方致远神情颓然，周宁静便道："这笔钱还能回来，是好事。你这是怎么了？"

方致远再也忍不住，便把叶枫出卖自己的事和盘托出。

说实话，他还是挺想听听周宁静的建议的。

周宁静倒没表现出惊愕，眼里反而写着歉意："这事搞不好和我上次带着小王来你公司、和她对质有关系。我也是一时气愤，做法确实欠考虑了。"

"叶枫的事，是我没处理好，怪不了任何人。当时我就不该让她来公司的，只是我这人，不管干什么都优柔寡断……好些话，我其实早就应该跟她说清楚的。"

"那你现在打算怎么办？"

"我要是知道怎么办，就不会这么犯愁了。"

周宁静顿了顿，才道："假装什么都没发生，找个体面的理由，让她走吧。"

"公司有她的股份。"

"给她，这也是她该得的。是，我确实不喜欢她，可咱俩都不能否认，她为公司付出了很多。给足她面子，送她走了，往后她可能还会记着你的好，做事还会留些余地。"

以往，方致远只知周宁静独断、控制欲强，家中大小事都要由着她来做主，不但这样，她还会干涉他的工作，懂的不懂的，都爱横插一脚。如今看来，她老是管着他，这一点固然不够可爱，但另一方面，其实也说明他在行事上有诸多不成熟的地方，她才会对他不放心。

次日，方致远借着"快年终了，安排员工聚餐"的由头，把叶枫叫到了办公室。

他先是让叶枫出主意，应该在哪吃饭，什么规格，饭后是否安排活动，什么活动比较合适等等，她亦一一回应。凡是她的建议，他没有不点头同意的。

末了，他还拿出一张年终奖金的表格，叶枫的名字赫然在第一行，那个数额让她很是惊诧，她的年终奖，足足比别人多了十数倍。公司的财务状况，除了方致远，最了解的就数她了。以目前的情况，能维持日常运转就不错了，哪来的钱发年终奖。

"我已经签字了，你拿给财务吧，就按这个数发。别忘交代财务，今天下班之前必须打到你们账上，晚上呢，大家再高高兴兴吃个饭，"方致远道，"另外，今天的聚会，你唱主角！"

"我唱主角？"

"公司从无到有,你是大功臣,我可以毫不夸张地说,没有你,就没有大方。公司上下,包括我,对你就没有不服气的。与其说是年底了,大家一起聚聚,还不如说是给你庆功!"

"这不合适吧?"

"没什么不合适的。对了,我打算把咱们的客户也邀请过来,一起聚,你看怎么样?"

他都把话说到这一步了,她哪还有什么意见?

等到了聚餐的酒店,员工们的年终奖早已到账,人人都是喜气洋洋。唯有叶枫,神情恍惚,她不知道方致远为什么要这么做,他真的一点都没有觉察到她的背叛?如果他觉察到了,怎么还会让她唱主角,给她发那么大一笔年终奖?

待客户们也到齐了,方致远举杯,敬过众人后,便单独敬了叶枫,字里行间,全是溢美之词,简直把她夸得无所不能。在他口中,她敬业、勤奋、忠诚,是大方的重要创始人,甚至比他方致远还要重要。

等方致远去了趟洗手间,在门廊里看到了叶枫。瞧她那样,应该是在等他。

"方总,"叶枫笑了笑,"谢谢你的认可。"

"该说谢的人是我。你本来可以有更好的发展。"

她低头不语。

"我知道有人在挖你。"他继续说着。

她抿了抿嘴唇:"我……"

"我也知道你在犹豫。所以,今天这顿饭,就当是我给你送行了,"他说着,掏出一张银行卡,"该给你的股份,都在这了。公司的状况不用我多说,我已经尽力。"

"方总,你何必这样……"叶枫到底不是什么大恶之人。

他把卡塞到她手里:"宥城不大,我们还会见面、还会合作,都互相留点余地吧。还是那句话,你是一个很好的合作伙伴,也是一个值得信赖的朋友。有些错,出在我身上。"

她的眼圈已经发红,只是拿着银行卡,恍恍惚惚站着。

第二十三章 聚散原本无常

这世上,有我们这种按部就班活着的,就得有他们那种不按常理出牌的。

CC科技的新游发布会。

老巴是开发这款新游的项目经理,但坐在贵宾席里的他,却无丝毫笑意。他低头摆弄着手机,在斗地主,已经连胜五局。果然是"情场失意,赌场得意"。

总经理一番斗志昂扬的发言后,便是揭幕仪式了。揭幕完毕,音乐响起,几个模特吊着威亚,空降到了大厅,众人无不惊呼。

老巴不禁抬头去看,看到一张熟悉的面孔,又是童安安!只见她穿着游戏主角的战袍,背着一把道具砍刀,英姿飒爽。嚯,这女人真是够拼,自从当上房奴,哪哪都有她。

待发布会结束,童安安主动提出请老巴吃饭。两人还合租时,他建议她去学摄影。没想到,她真的报了个班,如今已有小成,开始有模有样地在直播里教宅男们怎么拍照,反响居然还不错。

"我可能要红了,"她笑着,"到时候你再要吃我的饭,可就难了。"

她总是这么乐观。

"对了,你和你前妻怎么样了?上回我教你的那些大招,都用上了吗?"她问道。

老巴讪讪,耷拉着脸:"晚了。她看上别人了。"

"谁啊?"

"你见过,明杭。"

"噢……"

"噢？"

"我和余微还安排他们俩相过亲来着。是个好结局。"

"他们大团圆结局了，那我呢？"

"心里憋屈？"

"能不憋屈吗？"

"走，我带你去个地方。"

冇山顶，大石碑前，站着老巴和童安安。

童安安对着山下，大喊："啊！"

老巴扭扭捏捏："真要喊？"

"你倒是喊啊，喊出来就舒服了。像这样，啊！啊！"

"那个……啊……"

"刚才你不是吃挺多的吗？再来！"

"啊！"

"对，像这样，喊一百下，我替你数着。"

老巴喊得嗓子都哑了，回头看童安安，见她正蹲在地上，拿着小石子在地上划拉着。

"不是，你到底数没数啊？"

"心里舒服了吧？舒服了就歇会儿。"

他也蹲下了，看起来仍是一脸别扭。

她笑着："看来这招对你不管用啊。那要是再打明杭一顿，你会好点吗？"

"不知道。"

"你打了他，就能把他们打散？好，就算打散了，那海莉能原谅你吗？她会同意跟你复婚吗？"

他不说话了。

"我前夫出轨那会儿，我常来这，对着山下，'啊啊啊'大喊。喊累了，就坐地上想，要不我花钱雇一帮人，也跟网上那些打小三的视频似的，把人给打一顿，解解气。后来又想，不应该呀。小孩子吃不到糖，才又哭又闹又挠人呢，我是个大人。大人有解决问题的方式，不能太情绪化。我都能这样想，何况你呢？你和海莉早就离婚了，她和明杭可没做什么对不起你的事。"

"我也不是故意打他的，一时气急。"

"你站出来想，假设啊，海莉不是你前妻，就是你一个朋友，你觉得他们俩合适吗？"

"他们……就那样吧。"

"我看着挺合适的。你说，同样是爱，我们对朋友的爱，就是希望他们幸福、快乐，怎么换成爱情了，又变得自私了呢？我敢说，要她是你朋友，你现在肯定特别高兴，因为她找到喜欢的人了，刚好呢，那个人也喜欢她。多好。"

"要这么说，我是有点自私……"

"你看，你不笨啊，一点就通。老巴，婚是你要离的，这会儿，人家找到属于自己的幸福了，你又横插一杠子，这真的有些不讲理呀。"

"但我心里还是不痛快。"

"那就再喊一百下。"

"还要喊？"

"嗯。"

"这回你得给我数好了。"

"放心吧。"

旧时光咖啡馆。

老巴坐在吧台边上，明杭站在吧台里面，中间隔着两杯酒。

打了明杭之后，老巴就一直没跟他见面。不过看他那样，对自己的到来并不意外。

"这叫什么？"老巴看着那两杯酒。

"金汤力。"

老巴抿了一小口，皱皱眉："欣赏无能，我还是喜欢直接干白的。"

"我一般不调酒，不过，因为喜欢金汤力，就跟人学了。你别看这简简单单一杯酒，想调出好口感，还是需要功夫的。"

"不就一杯酒吗，有那么难？"

"当然。你看啊，这里面有金酒加汤力水，有柠檬角。柠檬的清香呢，是为了平衡苦甜味道，再加上经过温度、柠檬和碳酸气息修饰过的杜松子香气，足以让这杯酒成为永恒。据说，没喝过金汤力是人生的一种遗憾。"

"人生确实不该留遗憾，"老巴笑了笑，"可是，谁敢说自己的人生没有遗憾呢？我最近总在想，要是我还没和她离婚，我们会怎么样。其实，我和她，当时也没到非离不可的地步。但童安安说得对，有好些事情，我处理起来不像成年人。高兴了，我就乐，不高兴了，我就作，那些个遗憾，多半是我自己作出来的。"

明杭不语，又给老巴加了点酒。

老巴饮尽，把杯子往吧台上狠狠一撂："你得对她好。"

"她拒绝了我。"

"什么？"

"不但这样，她还从小捷的公司离职了。"

叶枫和小于离职后，方致远开始整顿公司，他一面笼络老员工，一面招聘新员工以补充新鲜血液。尽管这样，公司还是伤了元气。眼下最让他头疼的是，有笔货款年底必须和厂家结清。就在这时，周宁静突然提出，周末想带周子去趟野生动物园，同行的还有周宁海等人。

只是，方致远万没想到，这个"等人"居然是潘瑜。别说他了，就连周宁静都大感意外。

这天，周宁静巡查商场，在一楼的化妆品专柜见到了潘瑜，周宁海当时就立在她身边。

"宁静，你来得正好，"周宁海笑道，"这是潘瑜，你们应该认识吧？"

"周总监，久仰啊。"潘瑜忙道。

周宁静不无诧异地看向周宁海，他倒是一脸的风轻云淡。

原来，叮当的抚养权官司就是周宁海帮忙打的，他和潘瑜还有个共同朋友，就是这个化妆品专柜的老板娘梅姐。一来二去的，周宁海便看上了潘瑜，大有猛烈追击的意思。

"哥，你了解潘瑜吗？"周宁静问他。

"我曾经是她的代理律师，她的情况，我自然是知道的。"

"潘瑜是陆泽西的前妻，她离过两次婚，现在还带着个孩子……"

"这些重要吗？怎么了，我也离过婚，离婚在你眼里就那么不堪？"

"我不是这个意思，那你知道她为什么会和陆泽西离婚吗？"

"因为田凯可以给她更好的生活，这也无可厚非。再说了，我看她现在自食其力，挺有上进心的。"

周宁静摊手："你离婚后，有多少人给你介绍过女朋友，你一个都看不上，怎么到了她这……"

"做人呢，就是这么回事，喜欢的，就要去争取。特别是到我这岁数了，即将奔四，在物质上呢，该有的我都有了，好些事吧，我就敢想能想了。要是遇到自己喜欢的女人，不去试试水，不去努努力，我会后悔的。就这样吧。你要真为我好，就想办法帮帮我，当当我的助攻。要不想帮呢，就别捣乱。"

周宁海离婚后，家里人没少为他操心，都希望他能够早点走出上段婚姻的阴影，再成个家。可是呢，他对相亲什么的，都非常抗拒，还动不动就表示，他喜欢单身，他不会再婚了。这一次，他要不是动了真感情，是绝对不可能对周宁静说出这番话的。

周宁海又道："这样，周末我想带她和叮当去趟野生动物园，就我们三个吧，显得有些刻意了，你和致远呢，把周子带上，我们一起。"

"哥……"周宁静为难。

"就这么定了。"

周六一大早，王秀芬听说周宁海带了个女人在楼下等周宁静，不免拉着她问东问西。

"妈，你别那么八卦，现在啊，哥和潘瑜还只是朋友，普通朋友。"

"不是我八卦，宁静啊，你哥的事，你大娘不知道跟我提了多少回，她操心着呢。你想啊，你大伯去得早，你爸也……这老周家，可就剩你跟你哥了，他的事，你必须上心，听到没有？"

"知道了知道了，他们在等呢，我们先走了。"

"要不这样，我也下楼，我送送你们。"

"妈,你省省吧,别以为我不知道你想干吗,你想看看哥带过来的女人,是吧?"

王秀芬尴尬不语。

周宁静摇头:"您就别添乱了,这两天您好不容易放假了,不用带孩子了,趁这机会,找那些老朋友好好聚聚。"

"外婆,我会想你的,很想很想!"小周子踮脚,抱住了王秀芬的腰。

"外婆跟你说的话,你都记住啦?"王秀芬摸摸外孙女的脑袋。

小周子重重点头:"嗯,记住了,要让爸爸妈妈和好!快点和好!"

周宁静无奈一笑,抱起了小周子:"走吧,别让舅舅他们等急了。"

周宁海开了辆MPV,车上不但备了安全座椅,连小孩的零食都买了。

潘瑜的儿子叫叮当,跟小周子同龄,两个孩子很快就玩到一块了,叽叽喳喳说着只有孩子们才能听懂的话,欢声笑语的。

大概是被孩子们的快乐感染了,这几个各怀心事的大人们也都放松了下来。

一小时后,一行人先到了度假山庄。按照周宁海的安排,先在山庄小憩,下午再去附近的野生动物园。一到地方,安顿好众人,他就马不停蹄地去安排午餐了。

等周宁静走进餐厅,心内一阵感叹。平素不苟言笑、看着也不擅与异性交往的堂哥,竟是个大暖男。一桌看似平淡无奇的菜,荤素搭配,有适合两位男士下酒的,有适合女士的清淡口味,甚至还考虑到了两个孩子。

餐桌上,周宁海更是谈笑风生,不乏幽默风趣。再看潘瑜,话不多,谦和谨慎,行事亦顾全着大家的感受。照顾叮当的同时,还不忘关照小周子。原来,她还有这么温婉的一面?

这么一瞧,周宁海和潘瑜竟是极般配的一对。

午饭过后,便各自回房午睡。

四个大人,每人一间房,两个孩子自然是跟着当妈的。

小周子翻来覆去不肯睡,一定要给方致远打电话,要爸爸过来。周宁静无奈,便由着孩子了。不多时,方致远过来,两人哄着孩子睡下。

这对试离婚中的夫妻,如今同处一室,一时相顾无言。

❸

叮当一直没有午睡的习惯，缠着潘瑜，非要出去玩。

山庄内有个小花园，叮当看到好大一堆沙，嘻嘻哈哈跑过去，一下坐在沙堆里。

"妈妈是公主，我要给你造一座最好的城堡！"叮当朗声说着。

"妈妈才不要当公主，公主太娇弱了。"潘瑜笑道。

"正因为公主娇弱，才需要骑士嘛。"说话的是周宁海。

潘瑜忙回头，微微笑道："没休息吗？"

"平时在律所忙，也没有什么午睡的习惯。今天倒是想眯一会儿的，愣是没睡着。"他也笑着。

"我倒是想休息的，小家伙磨得我头疼，一定要拉我出来。"

"男孩子嘛，调皮。"

"叮当最喜欢的就是玩沙子，看到这么大一堆沙子，就跟得了什么大宝贝似的。"

"是啊，孩子的快乐总是来得简单……"周宁海忽然话锋一转，"我的也是儿子，叫安灿。"

"听梅姐提起过的，说是上中学了？"

"嗯，跟着他妈妈。如今他妈妈生了二胎，那家伙别扭了好一阵子。说起来也惭愧，安灿出生那年，我的律所刚开张，别说关心他了，连家都很少回。婚姻失败，我个人要负很大的责任。他妈妈没少怨我，那会儿呢，大家都很年轻，都不懂珍惜。咳，你看，我怎么跟你说起这些来了。"

"也许是因为我也离过婚吧，你觉得我能理解你，也是，我不但离过，而且还是两次……"潘瑜自嘲。

"我就说我说错话了吧？"

潘瑜笑，忽然问道："对了，致远和宁静，他们俩到底是怎么回事啊？我听说他们在试离婚？离婚也能试？就不怕弄假成真么？"

"他们试离婚，就是我建议的。我觉得他们还没走到那一步。这些年，离婚率是越来越高了,其中有不少都是冲动离婚。有句话是这么说的:即使身处最美好的婚姻中,一生中也会有两百次离婚的念头,五十次掐死对方的冲动。"

"婚姻不易。很幸运,宁静有你这样的哥哥。"

"说到底,还是要看他们自己。"

周宁静房间内,方致远的手机响起,打破了他们之间的沉默。

他到外面接完电话,一脸颓然地走进门来。

"是不是出什么事了?"周宁静轻拍着已经入睡的周子,小声问方致远。

"没事。"

"公司的事?"

他点点头。

她再问:"周转不过来了吧?"

"这段时间又是租办公楼,又是扩大经营的,还给了叶枫一笔钱,确实有些囊中羞涩。不过你放心,我自己能搞定的。"

"怎么搞定?又问陆泽西他们几个借?还是去找民间借贷?"

"咨询了一家借贷公司,利息还可以……"

"如果是这样,还不如去银行贷款,"她顿了顿,"过几天你到我这拿房产证。"

"宁静……"他没想到她会这样。

"不管咱俩离不离,这房子,咱俩都有份。你那边要是出了什么问题,周子以后的生活也不会好过。我这不只是为你考虑,更是为了孩子。"

"房产证我不要,房子不能抵押。"

"公司好不容易做起来了,不能自己把自己给困死了。房子是死的,人是活的。我以前不明白这道理,你也别怨我。再说了,就算你真的亏了,我还有原先被付丽丽骗走的那笔钱,我想,再过段时间,就应该能拿回来了。等拿回来了,学区房就有着落了。现在这套房,没了也就没了,大不了先住我妈那边的老公房。所以,你别有什么压力。"

方致远走近周宁静,一手放到她的肩头:"我真不知道你会这么想……老婆,我……"

"爸爸!"小周子睁开了眼睛,"爸爸你真的在呀?"

方致远抱起女儿:"爸爸一直都在这。"

小周子只是紧紧搂着爸爸的脖子,把小脑袋靠在他身上。

待从野生动物园回来,潘瑜特地来找周宁静,两人有一搭没一搭聊着。

说起周宁静和方致远的试离婚,潘瑜自是劝她从长计议,又不免说起她自己的两段婚姻。

"你哥的建议是对的,你和致远,真的没到非离不可的地步。"潘瑜道。

周宁静只笑:"不说我了,我问你个事,你觉得我哥这人怎么样?"

潘瑜当然知道周宁静想问什么,便道:"宁海人挺好的,各方面都很优秀。"

"他很喜欢你,你应该看出来了吧?"

"我笃定要独自带着叮当过下去的。尽量不给别人、也不给自己添麻烦,就是我现在的人生信条。你哥是个聪明人,他懂的。"

冇城人民医院,临终病房。

明远等来了儿子明杭,他抓住儿子的手,表情瞬时平和。

刘素织静立一旁,明杭转头,和她四目相对。

从母亲的眼睛里,明杭读到了她想说的话。

这一天,终于还是来了。

"妈,你也过来。"明杭轻声道。

母子俩各自抓着明远的左右手。

明远的意识已不是很清醒,嘴角却始终挂着一丝笑容。他走得很安详,是按照他的意愿,平和地离开人世的。

次日凌晨,方致远、陆泽西等人都得到了明远离世的消息。

追悼会安排在云县独山村。叶落归根,是明远临终前的心愿。他当年就是从这个小山村出来的,是当时少有的大学生,他的一生,无甚出奇,却是用知识改变命运的一生。当然,他还有一个心愿就是儿子能够成家。可惜,直到生命的尽头,儿子也未能实现他的这个心愿。

方致远、陆泽西他们这帮哥们自然是要过去的,出发前,老巴犹犹豫豫,提出要带海莉一起去。没人知道老巴到底是怎么想的,也没人敢问。

老巴赶到海莉家的时候,见她穿着一身黑,像是早就准备好了似的。

"走吧。"老巴道。

海莉微微诧异,没说话。

老巴又道:"我知道你要去云县,路途远,中间又有山路,你一个人开车我不放心,你坐我的车。"

海莉犹豫了一下,拿了包:"好。"

明杭在前来吊唁的人群里,一眼就看到了海莉。她和老巴并肩站着,她四处张望,像是在找着什么。

很快,她看到了他,快步朝他走来。

老巴似乎也想跟过去,只见他走了几步,一扭头,却又朝相反方向去了。

"明杭……"海莉叫着他的名字。

明杭很感动:"其实你不用特意过来的,都是山路,很颠簸。"

"应该的。节哀。"

刘素织见海莉来了,上去拉住她的手,便不愿再撒开。

不远处,一个牛棚边上,老巴独自抽着烟。

方致远走了过去。

老巴冲方致远笑了笑,继续抽他的烟。

看得出来,老巴的笑容有些苦涩。

"你这事干的,还算大气。"方致远也点了支烟。

"就算我不带她过来,她自己也会来的。"老巴道。

"放下了?"

老巴吐出来一个很大的烟圈:"致远,你说咱俩还真挺有意思的。绕了一圈,想做自己的你,到底还是觉得听老婆话才是最好的。一直在做自己、有些自私又有些糊涂的我,想开始为别人做点什么了,却发现,自己其实什么都做不了。"

方致远没吱声。

老巴又道:"你们俩这试离婚也该结束了吧?"

"是该结束了。都这么多年了,我离不开她,她也离不开我。还有周子,小丫头天天问我什么时候回家。家,得有家才能回。要是家都散了,我还能回哪儿去?"

老巴苦笑着点点头,问着:"哎,陆泽西怎么不见了?"

"他说想去这附近走走。陈墨这一走,他跟变了个人似的。就差戴上佛珠、泡上枸杞,修身养性了。"

"他和陈墨到底是怎么想的?"

"可能,他们俩跟我们不一样吧。这世上,有我们这种按部就班活着的,就得有他们那种不按常理出牌的。你信吗?就算陈墨答应求婚了,他们俩还不定比现在强。现在,至少陈墨还是陈墨,陆泽西还是陆泽西。"

明远葬礼后,刘素织就病倒了。明杭还未来得及为父亲病逝好好悲伤一场,就得收拾心情,为母亲的病奔忙。加之小楠即将回老家,他更是分身乏术,正打算暂时关掉旧时光,海莉却出现了,主动和小楠办了交接,揽过了她手里的工作。

这一日,小楠正式离职,未婚夫驱车来接,两人腻腻歪歪,一分钟都不想在宥城多待了。年轻真好,说风就是雨,他们这就要和明杭、海莉作别。

海莉也常去医院看刘素织。尽管她每次去,都故意和明杭错开,避免和他见面。可是,他早已从刘素织那里,知道了海莉做的一切。护工能做的,她总担心人家做不好,护工不愿做的,她总是撸起袖子自告奋勇。

周宁静劝海莉,让她放下顾虑,和明杭交往。海莉却说,等刘素织的病好了,仍旧把旧时光交还给明杭,她要出去走走。

"你要去哪儿?"

"现在还不知道。也许,走到哪是哪,也许,遇到合适的地方就定下来。安汶不是开了家民宿吗?我一直想去看看的。"

"海莉,遇到自己喜欢的人并不容易。"

"就是因为不容易,才觉得这份喜欢,就让它'只是喜欢'吧。"

这话很有道理,周宁静一时竟无法反驳。

5

潘瑜开了门，看到立在门口的周宁海，不无诧异。

他笑："叮当呢？我跟他约好的，带他去骑马。"

"他还没起床呢。"

人都来了，总不能往外赶，潘瑜便将他请进了屋。

周宁海环视着这套狭小的公寓，破旧不说，一应陈设也极简陋。要不是亲眼看到，真的很难想象潘瑜会住在这种地方。唯一鲜亮的，就是茶几上的一盆秋海棠。看得出来，花叶被精心修剪过。

"你那么忙，哪有什么周末。小孩的话，不能当真的。"潘瑜给周宁海倒了杯水。

"本来是没有周末的，不过，从现在起，我得改改了。今天的行程我都安排好了，先骑马，然后……"

"要不还是算了吧。"

"不能算，我说了，这是我跟孩子之间的约定，"周宁海说着，从随身的包里，掏出两张房产证，"还有这个，这是我给你的承诺。"

潘瑜皱眉："宁海，你这是……"

"我不年轻了，你也是。好听的话，我不会说。我当时离婚，是净身出户的，当然，当时也没什么东西，就一套还在按揭的小两居。好在这些年，我还算顺风顺水，赚了些钱。现在我名下有三套房，一套是给我安灿的，对他，我有责任。剩下两套，都在这了，一套是我现在自住的，另外一套在近郊，一个小别墅，还没装修。"

"你跟我说这些干吗？"

"这两套房，我会加上你的名字。"

"宁海，你帮我打赢了官司，平时对我们娘俩也多有照顾，这些我真的很感谢。但感谢是感谢，感情是感情，它们不一样。还有这两套房……"潘瑜也坐下了，只是盯着那盆秋海棠，"你不觉得自己唐突吗？"

"这是我的诚意。"

"对不起，我要请你离开了。"

周宁海走后，潘瑜窝在沙发里，想笑笑不出，想哭又不能哭。她在自行车上笑过，也在宝马车里哭过。如果现在让她重新选，她会靠自己的努力去买宝马，然后告诉对方，我什么都有了，我只需要你的爱。

然而，爱太吊诡。她的爱，早就消耗殆尽。她不认为自己还能够拥有它。

那些冬夜，她和他立在街边摆摊，相互取暖，也曾以为，爱会让她强大，强大到对抗贫瘠。从选择妥协的一刻起，她就已经失去了爱与被爱的资格。她幻想过回到他身边，却也仅仅只是幻想。他的心里，早已有了别人。哪怕那人拒绝了他的求婚，哪怕那人决绝离去，哪怕那人不再回来。

操场上站满了小朋友，穿着红色运动衫的周子也在他们中间。

这是早教中心的冬季亲子运动会。

同样穿着红色运动衫的方致远和周宁静坐在草坪上，视线随着周子移动。他们看起来，似乎和其他家长没有任何区别。

"我有好消息要告诉你……"两人几乎异口同声。

方致远笑道："那你先说。"

"付丽丽那笔钱，拿回来了。"周宁静也笑着。

"太好了。我要跟你说的也是钱的事，上回那笔货款，我已经解决，不用办抵押贷款了。"

"你已经解决？"

方致远自然有些小得意："接了笔大单子，客户是做连锁餐饮的，在省内有二十多家分店。"

"签了？"

"当然。为了啃下这块硬骨头，我没少花工夫。"

周宁静竖起拇指。

周子拿着块小奖牌，疾步跑来："妈妈，我赢了！"

小丫头跑得太快，一下摔在爸妈跟前。

方致远赶紧伸手去扶，周宁静打了打他的手："她自己能行。"

周子慢慢站起来，脸上粘着泥土和碎草叶，手里还紧攥着小奖牌，满是傲娇："跑步比赛，我是第六名！"

"周子真棒。不过,你要记住妈妈的话,名次不是最重要的,最重要的是你参与了。"

"让我想想……友谊第一,比赛第二。"

"对。"

周子歪着小脑袋,把奖牌套在周宁静的脖子上:"那妈妈和爸爸的友谊也是第一吗?"

方致远伸长手臂,圈住了妻子和女儿:"必须第一。"

就在这时,方致远的手机响了,是柏树林打来的。

"接吧。"周宁静看了看丈夫的手机。

接完电话,方致远半天才挤出一句话来:"柏橙出事了。"

"出什么事了?你倒是说啊。"

"先把周子送回家。"

"现在?"

方致远抱起了周子,不由分说拉住周宁静,快步走去。

第二十四章　此岸即是彼岸

相聚过后总会分离,而分离,它又紧挨着下一次相聚。

柏橙失踪了,在她三十二岁生日这天,方致远、周宁静和柏树林最终在柏家老宅找到了她。

柏家老宅早已拆迁,这一片已经盖了工业园。柏橙独自坐在一个厂房门口,蓬着头,神色恍惚,手里拿着把水果刀。

"你们怎么来了?"柏橙笑着,刀却仍抵在手腕上。

周宁静知道柏橙不是在开玩笑。

在来的路上,她和方致远从柏树林口中,得知柏橙已患抑郁症多年。

"这病,和我有关,和她妈妈也有关,跟你们俩也脱不了干系。不管你们是怎么想的,在她看来,我们都是罪人。她恨我们,却又不忍心伤害我们中的任何一个。她能伤害的,只有她自己。我说过,我会想尽办法让小方跟她在一起,"柏树林摇头,"可是,她说一切都没有意义了。今天我买了蛋糕去给她过生日,发现了她的遗书……"

此刻,柏橙就在周宁静面前。

她看起来恬淡、安静,带着一丝笑意,她说:"我没事,我就是想回家了。"

"柏橙……"周宁静慢慢走向她,"这里冷,我们先上车。"

她站起来:"别过来。"

这时,他们发现,她的手腕上已经有一条不深不浅的口子,血水正一点点渗出。

方致远和柏树林连忙上前去夺她的刀。

"谁也别过来！"她再次将刀抵在腕上，"让我一个人待着！"

周宁静指着方致远："柏橙，你看清楚了，这是致远，方致远！他心里还有你。为了他，你应该好好活下去！这么多年，他从没忘记过你，他一直都在想你！"

"我知道他是方致远，可他是你的方致远。"

"不，我们俩就要离婚了。"

方致远睁大眼睛看着周宁静。

"我不信。"柏橙又笑了，接着，她狠狠地在手腕上拉了一刀。

"柏橙！"方致远冲过去，抱住了即将倒地的柏橙。

周宁静摘了围巾，堵住柏橙手上不断涌出的血水，转头对柏树林："打电话啊！120！打电话！"

医院急诊室门口，陆泽西他们看到了方致远夫妇。

他们俩紧挨在一起，身上、手上全是血。

"静姐，我先带你回去，回去换身衣服。"海莉柔声说着。

"我哪儿都不去。"

柏树林从急诊室出来，方致远急忙上前："怎么样了？"

"暂时没有危险了，我要回去给她取几件衣服。"

"柏叔叔，我去吧，"周宁静道，"等她醒了，她会想看到你的。"

柏树林犹豫了一下，点点头，然后看向方致远："你跟我来，我有话跟你说。"

两人坐进柏树林车内。

"抽烟吗？"柏树林递给方致远一支烟。

方致远吸了一口，猛烈咳嗽着。

"我只有这么一个女儿。所以，你应该知道我要跟你说的是什么。"柏树林说道，"我知道，没有这样的道理，说跟你谈了一次恋爱，就要对她的一生负责。柏橙会这样，我的责任是最大的，也没想过往你和宁静身上推。我试过补救，把她们娘俩接回来，妥善安排她们的生活，给她开了家餐厅。但是，这些全都于事无补。我现在没有别的想法，就希望她能活下去。"

"叔叔，你想让我怎么做？"方致远掐灭烟头。

"多陪陪她,陪她走出来。另外,我也会给她找最好的医生。她在杭州看过医生的,我本以为她已经好了。这些年,她的所有问题都是自己解决,我欠她的,实在是太多了。小方,你可以选择现在就离开医院,我没有任何强迫你的意思。"

"我对不起柏橙。你说的,我全都答应。"

"宁静那边……"

"我跟她说。"

周宁静独自来到柏橙的公寓。

公寓内窗户还开着,风鼓着窗帘,打在周宁静的脸上、身上。

窗户下还放了把椅子,椅子上有脚印。想来,柏橙离开这里之前,是想过坠楼的。无奈在高层,窗户不能全开,那条隙缝根本容不下她的身体。

周宁静关上了窗,深呼吸着,一间间推开房门,到了柏橙的卧室。

卧室很大,床头摆着几个相框,有少年时代的柏橙,有少年时代的方致远,还有他们俩的合影。周宁静反扣方致远的相框,却又拿起来重新摆好。

她知道自己错了,但从没想过,她的错会带来这样的后果。她总以为自己才是钻牛角尖的那一个,却不知心心念念着,始终走不出来的人是柏橙。她们曾经那么要好,而她却在柏橙最难的时候,在她心口剜了一刀。只是这些血,直到今天才沾满她的双手。

周宁静回到医院的时候,柏橙已经醒了。

但是,周宁静并没有进病房,而是叫出了方致远。

"怎么样了?"她问。

"还是不说话。你呢,你……"

"别管我了,照顾好她。我就不进去了。"

"宁静,我有话跟你说。"

"什么都别说了,安排一下你公司那边的事,家里有我。"

他拉住她的手,她笑了笑,轻轻抽开,将手里的大袋子递给了他:"这里面有她的一些衣物，你的，我让陆泽西去你公司拿了。"

"我送你到门口。"

"不用了！"她低吼。

躺在病床上的柏橙，睁着眼睛，只是不说话。

"宁静刚才来过了，你看，这些东西就是她送来的。"方致远坐在一旁，轻声细语。

柏橙微微皱眉，似乎并不愿意听到周宁静的名字。

看着这样的柏橙，方致远的内心已经不能用歉疚来形容了。

当年，他第一次看到柏橙，她站在一堆女生里，是那么的与众不同，那么的显眼。那双眼睛，总是含着笑容，笑容里隐隐有着不能亲近却让人渴望亲近的魅力。几乎每个人都想成为她的朋友，包括方致远。

他们一起读《霍乱时期的爱情》，也一起听陈奕迅的歌。那时候，总希望时间过得慢一点，生怕这种美好稍纵即逝。却又希望时间能过得快一点，像翻页的书卷，直接抵达那个大团圆的结局。粗心的他，一直没发现她的困顿与无助。想来，那时候，她的母亲就生病了，她的父母早已不睦。

他心疼她。只是，他也明白，他已不再爱她。

时光早就给了他答案，生活本也给了他最好的安排，那就是和周宁静结婚，和她共度此生。他应该珍惜生活的赏赐的，虽然，以前他并不觉得这是一种馈赠，反而觉得饱受束缚。

他以往总觉得柏橙是他的最爱，却不知，他爱着的只是那段青葱岁月，那段不可逆的回忆。这么多年，用周宁静的话来说，他还是个没长大的孩子。如果没有遇到她，他也许永远都不会长大吧。现在，他全都明白了，可是生活却抛给了他们一个大难题。一个由他们自己出题，却又无解的大难题。

"柏橙，我不知道怎么弥补对你的亏欠，也知道，说什么都没用。我只求你一件事，无论如何，活下去，活着比什么都强。抑郁症，我了解一点，但了解不多……"

"我没病。"柏橙终于开口了。

"每个人都有些心理问题……"

她坐了起来："我说了，我没病。我不会，也不可能像我妈那样！"

"你别动,小心你的伤口。"他扶住她的肩膀。

她的身体在微微颤抖,试着推开他,却又抱住了他:"致远,我害怕,害怕自己会变成我妈……"

"你不会的。"他轻拍着她的后背。

周宁静并没有回家,公司里有套备用的衣服,她想把它换上再回家。不然,身上这些血迹,她没有办法跟王秀芳和周子解释。

还未换上衣服,在电梯口就遇到了迈克。

迈克的表情很复杂,还透着惊恐:"发生什么了?"

已经积蓄太多情绪的周宁静,瞬时就哭了。

"好了,不管发生什么,你先跟我走。你这样出现在公司,可不行。"

"好……"

到了迈克的公寓,他又去给她买了衣服。

洗漱干净,一杯暖心的姜茶喝下,她将发生的一切告诉了他。

"这是我的错,我必须为它买单。"

"用什么样的形式,和方致远离婚吗?"

她不说话了。

他顿了顿,才道:"不管发生什么,你总是往前冲,这很无畏,也很勇敢。我说过,我欣赏你对生活的态度。可是,你有没有想过,有些时候,是不是也应该往后躲一躲。我不是在教你逃避责任,是,柏橙的事,你有责任,但她的父母和方致远也有。你往前冲,根本解决不了任何问题。这一次,让方致远做决定吧。"

"让他做决定?"

"他才是柏橙的心结。这个结,你解不开的。"

周宁静端着姜茶,再次陷入了沉默。

迈克站起来,来回踱了几步:"有件事,还没来得及跟你说,当然,我也是刚刚得到的消息。我要回总部了。"

"太好了。"

"有好,也有不好……"他看着她的眼睛,"我问你,如果有那么个机会,能让你作为交换员工,在总部待上个一年半载,你愿意吗?"

3

柏橙出院这天，刚好是元旦。

方致远把她接到了陆泽西公寓，他们要在这里开一个新年派对。

潘瑜主动请缨，要来帮忙，身边还跟着周宁海。自那天在她家被"请走"之后，他们再没碰面。周宁海本有些摸不透她的心思，直到陈墨出现。

陈墨回来了，又一次杀了陆泽西一个措手不及。她把行李箱一放，就像只出差了三五天，就像什么都没发生。

潘瑜端着杯酒，独自站在阳台上。

客厅里很热闹，站在一起的陆泽西和陈墨，般配至极。

她想表现得很大度、优雅，也想当众祝福他们，可是，那些话，她真的一句都说不出口。

这一幕，是个有趣的反转。这次，难挨的人是她。

周宁海走了过来，手里拎着瓶酒，他给她倒酒，笑道："我现在明白你为什么一定要来，为什么一定要带我来了。"

"这不重要。"

"这对我来说，十分重要。你替陆泽西把陈墨请回来了，也就意味着你要把他从你心里请出去了。那个位置现在空缺，就说明我还有机会。"

"你怎么知道是我把她请回来的？"

"因为，除了你出马，别人说什么都没用。我倒是很好奇，你到底是怎么跟她说的？"

潘瑜笑了："我不会告诉你的。"

"请陈墨回来，是为了让陆泽西安心。请我过来，是为了让陈墨放心。那你自己呢？"

"宁海，你知道福袋吗？商家搞促销的时候，在袋子里装几件商品，顾客得付完钱才能打开。你不知道里面到底装了些什么，也许是一件羊毛大衣、两双袜子，也许是几件过季的衬衫。这就像我现在的生活，用努力换来一个个福袋，慢慢打开，好的、坏的，我全都收下。我的努力决定我的'命'，福袋里的东西就是'运'。这么一想，就觉得生而为人，也挺有趣。"

"哎，我刚才在思考，潘瑜什么时候才能打开装着我的那只福袋呢？这么一想，就觉得生而为人，确实有趣。"

潘瑜摇摇头，突然问道："宁静真的要去北京？"

"嗯。昨天刚办完那套学区房的按揭手续，明天就走。"

"那他们……"

"她说，交给致远来决定。不管什么结果，她都接受。我们进去吧，我陪你把戏演完，谢谢你给我设定了这么好的角色。"

老巴和童安安正往陆泽西这里赶，两人刚结束同城摄影小组的活动。

"前面拐弯！你往哪儿拐呢，我说的是那边。"副驾驶上，童安安正指挥着。

老巴黑着脸："这边那边的，你直接说左右不就完了吗？"

"你靠边，我来开！"

待他换到副驾驶，她却不见人影了。下车一找，她正站在一棵挂满彩灯的树下。

"哎，老巴，你帮我拍一张吧。"

"在这？"

"嗯，以前你帮我拍，我都穿着店里的衣服，这一身，是我自己的。我就想穿着自己的衣服，在这冇城街头，拍一张特别好看的照片。你看这，灯火辉煌的，多喜庆。好好拍啊，我要发给我妈看的。"

他取了相机，不敢懈怠，很是拍了几张出彩的。她凑过去看，趁他不注意，拿手机拍了张他们俩的合影。

"你拍了什么，发给我看看。这张不会也发给你妈吧？"他去抢她的手机。

她顺势从他的臂弯里钻过去："想得美，上车！"

在公寓楼下，他们遇到了明杭。

"我先上去了啊。"童安安走进了电梯。

老巴和明杭刚想进去，门就关上了。

"她倒是熟门熟路。"老巴笑笑。

明杭也笑："你们俩挺好啊？"

"别瞎说,没影的事。"

"我说什么了,你就紧张成这样。"明杭说着,伸手去按电梯。

"明杭,"老巴顿了顿,"你去找她吧。"

明杭的手停在按钮上,没有回头:"她在安汶的民宿,过得很好。"

"好不好的,得去看了才知道。"

"行。"

"下面这句话可能超纲了,回不回答是你的事,但我还是得问。"

"问吧。"

"她跟着你,我能放心吗?"

电梯门开了,明杭钻了进去,一回头:"老巴,你听好了啊,我比你靠谱。"

"哎!信不信我揍……"

门又关上了,老巴靠在门上,笑着笑着,就哭了起来。

聚会结束,方致远送柏橙回家。

这是他答应柏树林的,他会照顾好柏橙,直到她愿意去求助医生,直到她放弃轻生的念头。

而周宁静,明天就要走了。

半年,很短,短到他未必能处理好他的问题。半年,也很长,长到他觉得自己已经失去她。

他们在银行办理学区房按揭的时候见过一次,她神态如常,叮嘱着他:"我跟周子保证了,每个月至少会回来看她一次。我不在的时候,你要是能抽出时间来,就回去看看她。再不然,就送去齐镇,让她陪陪爷爷奶奶。有我妈,有你们,我放心。"

"致远,你快来看,烟花!"柏橙在叫他。

她指着窗外,夜空一片斑斓。

有束橙黄色的烟花,像流星雨划过夜空,流光溢彩。

陆泽西和陈墨也在看烟花。

"墨墨，你看，流星雨拖着小尾巴划过去的那个下边，就是我们西亚的分院。"

"哪啊？你这么指，我怎么看得清。"

"就在江边。我准备给你弄一间大办公室，落地窗，让你每天都能看到这条江，每天都能听到汽笛声。"

"我不想开分院了，还有西亚，我也不想再经营下去了。"

"你又要走？"

"嗯，"她笑，"这次，我想带你走。"

"去哪儿啊？"

"你不是收藏了好多画吗？我们先把那些画上的风景都看一遍。"

"然后呢？"

"再说。"

"我这房子，还有大浴缸……"

"放下吧。全都放下。"

他拉过她的手："行，你干什么我都陪着你。"

"你会在这陪我吗？"柏橙看着方致远，烟花映衬下，她的面容不再那么苍白。

方致远点点头："看完烟花，你早点睡觉。我就在客厅，有什么事，随时叫我。"

夜半，她起来看了几次，他都只是坐着。

"你不睡吗？"她挨着他坐下。

他看起来欲言又止。

"是因为周宁静要去北京了，对吧？"

"是。"

"痛吗？"

"柏橙……"

"我问你，痛吗？"

"痛。"

"有多痛？"

"她说,结婚六年是糖婚。但是,在这第六年里,她过得一点也不甜。我痛,是因为身为丈夫,也许……我曾经让她甜蜜过,但我从来没有让她轻松过。以前,我总觉得她是一只陀螺,不停地旋转着,就像有一条看不见的绳子在抽打着她。后来,我明白了,我就是那根绳子,我们的婚姻也是,我们的孩子也是。我痛,是因为我终于感受到她的痛了。"

"所以,就算你们离婚,你也会记得这种痛?"

"会。"

柏橙没有说话,转身回房。

他看起来很痛苦,而目睹着他的痛苦,她的心里也有无尽的酸楚。

周宁静要走了,他舍不得,放不下,可是,他却被自己紧紧地绑在了这里。

备受煎熬的方致远承受着他的痛楚,她又何尝不是?

他们已经不再是他们,在时间的更替中,早已失之交臂。

天终于亮了,她从钱包里找出一个硬币。随之,有张名片掉落在地。

她捡起,名片是陆泽西塞给她的,上面印着王医生的电话,那是他的心理医生。

名片被她轻放在一旁。然后,她将硬币抛向空中。

冇城机场。

周宁静和迈克走向登机口。

"等一下!"有个男人越过人群,振臂高呼。

周宁静总劝海莉,少安毋躁,把一切交给时间。

其实,她也不知时间到底会给出怎样的结局。

因为,相聚过后总会分离,而分离,它又紧挨着下一次相聚。

-完-

最后，
这本书给我的先生小柳。
人生苦短，
因你甜长。